AF241094

ALFRED DE MUSSET

ŒUVRES COMPLÈTES

ILLUSTRÉES

ALFRED DE MUSSET

VI

LA CONFESSION D'UN ENFANT DU SIÈCLE

L'ANGLAIS MANGEUR D'OPIUM

ILLUSTRATIONS
DE
CHARLES MARTIN

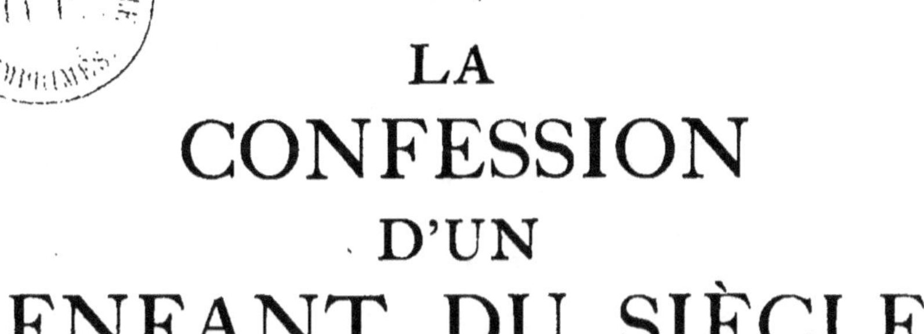

PARIS

LIBRAIRIE DE FRANCE

110, BOULEVARD SAINT-GERMAIN, 110

—

1929

LA CONFESSION
D'UN ENFANT DU SIÈCLE

LA CONFESSION D'UN ENFANT DU SIÈCLE

PREMIÈRE PARTIE

CHAPITRE I

Pour écrire l'histoire de sa vie, il faut d'abord avoir vécu; aussi n'est-ce pas la mienne que j'écris.

Mais de même qu'un blessé atteint de la gangrène s'en va dans un amphithéâtre se faire couper un membre pourri; et le professeur qui l'ampute, couvrant d'un linge blanc le membre séparé du corps, le fait circuler de main en main par tout l'amphithéâtre, pour que les élèves l'examinent; de même, lorsqu'un certain temps de l'existence d'un homme, et, pour ainsi dire, un des membres de sa vie a été blessé et gangrené par une maladie morale, il peut couper cette portion de lui-même, la retrancher du reste de sa vie, et la faire circuler sur la place publique, afin que les gens du même âge palpent et jugent la maladie.

Ainsi, ayant été atteint, dans la première fleur de la jeunesse, d'une maladie morale abominable, je raconte ce qui m'est arrivé pendant trois ans. Si j'étais seul malade, je n'en dirais rien; mais, comme il y en a beaucoup d'autres avec moi qui souffrent du même mal, j'écris pour ceux-là, sans trop savoir s'ils y feront attention; car, dans le cas où personne n'y prendrait garde, j'aurai encore retiré ce fruit de mes paroles, de m'être mieux guéri moi-même, et, comme le renard pris au piège, j'aurai rongé mon pied captif.

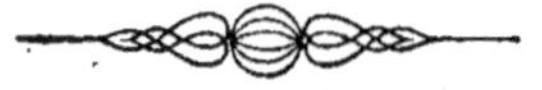

CHAPITRE II

Pendant les guerres de l'Empire, tandis que les maris et les frères étaient en Allemagne, les mères inquiètes avaient mis au monde une génération ardente, pâle, nerveuse. Conçus entre deux batailles, élevés dans les collèges aux roulements des tambours, des milliers d'enfants se regardaient entre eux d'un œil sombre, en essayant leurs muscles chétifs. De temps en temps leurs pères ensanglantés apparaissaient, les soulevaient sur leurs poitrines chamarrées d'or, puis les posaient à terre et remontaient à cheval.

Un seul homme était en vie alors en Europe; le reste des êtres tâchait de se remplir les poumons de l'air qu'il avait respiré. Chaque année, la France faisait présent à cet homme de trois cent mille jeunes gens; et lui, prenant avec un sourire cette fibre nouvelle arrachée au cœur de l'humanité, il la tordait entre ses mains et en faisait une corde neuve à son arc; puis il posait sur cet arc une de ces flèches qui traversèrent le monde, et s'en furent tomber dans une petite vallée d'une île déserte, sous un saule pleureur.

Jamais il n'y eut tant de nuits sans sommeil que du temps de cet homme; jamais on ne vit se pencher sur les remparts des villes un tel peuple de mères désolées; jamais il n'y eut un tel silence autour de ceux qui parlaient de mort. Et pourtant jamais il n'y eut tant de joie, tant de vie, tant de fanfares guerrières dans tous les cœurs; jamais il n'y eut de soleils si purs que ceux qui séchèrent tout ce sang. On disait que Dieu les faisait pour cet homme, et on les appelait ses soleils d'Austerlitz. Mais il les faisait bien lui-même avec ses canons toujours tonnants, et qui ne laissaient de nuages qu'aux lendemains de ses batailles.

C'était l'air de ce ciel sans tache, où brillait tant de gloire, où resplendissait tant d'acier, que les enfants respiraient alors. Ils savaient bien qu'ils étaient destinés aux hécatombes; mais ils croyaient Murat invulnérable, et on avait vu passer l'empereur sur un pont où sifflaient tant de balles, qu'on ne savait s'il pouvait mourir. Et quand même on aurait dû mourir, qu'était-ce que cela? La mort elle-même était si belle alors, si grande, si magnifique dans sa pourpre fumante! Elle ressemblait si bien à l'espérance, elle fauchait de si verts épis qu'elle en était comme devenue jeune, et qu'on ne croyait plus à la vieillesse. Tous les berceaux de France étaient des boucliers; tous les cercueils en étaient aussi; il n'y avait vraiment plus de vieillards; il n'y avait que des cadavres ou des demi-dieux.

Cependant l'immortel empereur était un jour sur une colline à regarder sept peuples s'égorger; comme il ne savait pas encore s'il serait le maître du monde ou seulement de la moitié, Azraël passa sur la route; il l'effleura du bout de l'aile et le poussa dans l'Océan. Au bruit de sa chute, les vieilles croyances moribondes se redressèrent sur leurs lits de douleur, et, avançant leurs pattes crochues, toutes les royales araignées découpèrent l'Europe, et de la pourpre de César se firent un manteau d'Arlequin.

De même qu'un voyageur, tant qu'il est sur le chemin, court nuit et jour par la pluie et par le soleil, sans s'apercevoir de ses veilles ni des dangers; mais dès qu'il est arrivé au milieu de sa famille et qu'il s'assoit devant le feu, il éprouve une lassitude sans bornes et peut à peine se traîner à son lit; ainsi la France, veuve de César, sentit tout à coup sa blessure. Elle tomba en défaillance et s'endormit d'un si profond sommeil, que ses vieux rois, la croyant morte, l'enveloppèrent d'un linceul blanc. La vieille armée en cheveux gris rentra épuisée de fatigue, et les foyers des châteaux déserts se rallumèrent tristement.

Alors ces hommes de l'Empire, qui avaient tant couru et tant égorgé, embrassèrent leurs femmes amaigries et parlèrent de leurs premières amours; ils se regardèrent dans les fontaines de leurs prairies natales, et ils s'y virent si vieux, si mutilés, qu'ils se souvinrent de leurs fils, afin qu'on leur fermât les yeux. Ils demandèrent où ils étaient; les enfants sortirent des collèges, et, ne voyant plus ni sabres, ni cuirasses, ni fantassins, ni cavaliers, ils demandèrent à leur tour où étaient leurs pères. Mais on leur répondit que la guerre était finie, que César était mort, et que les portraits de Wellington et de Blücher étaient suspendus dans les antichambres des consulats et des ambassades, avec ces deux mots au bas : *Salvatoribus mundi.*

Alors s'assit sur un monde en ruine une jeunesse soucieuse. Tous ces enfants étaient des gouttes d'un sang brûlant qui avait inondé la terre; ils étaient nés au sein de la guerre, pour la guerre. Ils avaient rêvé pendant quinze ans des neiges de Moscou et du soleil des Pyramides; on les avait trempés dans le mépris de la vie comme de jeunes épées. Ils n'étaient pas sortis de leurs villes, mais on leur avait dit que par chaque barrière de ces villes on allait à une capitale d'Europe. Ils avaient dans la tête tout un monde; ils regardaient la terre, le ciel, les rues et les chemins; tout cela était vide, et les cloches de leurs paroisses résonnaient seules dans le lointain.

De pâles fantômes, couverts de robes noires, traversaient lentement les campagnes; d'autres frappaient aux portes des maisons, et, dès qu'on leur avait ouvert, ils tiraient de leurs poches de grands parchemins tout usés, avec lesquels ils chassaient les habitants. De tous côtés arrivaient des hommes encore tout tremblants de la peur qui leur avait pris à leur départ, vingt ans auparavant. Tous réclamaient, disputaient et criaient; on s'étonnait qu'une seule mort pût appeler tant de corbeaux.

Le roi de France était sur son trône, regardant çà et là s'il ne voyait pas une abeille dans ses tapisseries. Les uns lui tendaient leur chapeau, et il leur donnait de l'argent; les autres lui montraient un crucifix, et il le baisait; d'autres se contentaient de lui crier aux oreilles de grands noms retentissants, et il répondait à ceux-là d'aller dans sa grande salle, que les échos en étaient sonores; d'autres encore lui montraient leurs vieux manteaux, comme ils en avaient effacé les abeilles, et à ceux-là il donnait un habit neuf.

Les enfants regardaient tout cela, pensant toujours que l'ombre de César allait débarquer à Cannes et souffler sur ces larves; mais le silence continuait toujours, et l'on ne voyait flotter dans le ciel que la pâleur des lis. Quand les enfants parlaient de gloire, on leur disait : « Faites-vous prêtres; » d'espérance, d'amour, de force, de vie : « Faites-vous prêtres. »

Cependant il monta à la tribune aux harangues un homme qui tenait à la main un contrat entre le roi et le peuple; il commença à dire que la gloire était une belle chose, et l'ambition, et la guerre aussi, mais qu'il y en avait une plus belle, qui s'appelait la liberté.

Les enfants relevèrent la tête et se souvinrent de leurs grands-pères, qui en avaient aussi parlé. Ils se souvinrent d'avoir rencontré, dans les coins obscurs de la maison paternelle, des bustes mystérieux avec de longs cheveux de marbre et une inscription romaine. Ils se souvinrent d'avoir vu le soir, à la veillée, leurs aïeules branler la tête et parler d'un fleuve de sang bien plus terrible encore que celui de l'empereur. Il y avait pour eux dans ce mot de liberté quelque chose qui leur faisait battre le cœur à la fois comme un lointain et terrible souvenir, et comme une chère espérance, plus lointaine encore.

Ils tressaillirent en l'entendant; mais, en rentrant au logis, ils virent trois paniers qu'on portait à Clamart : c'étaient trois jeunes gens qui avaient prononcé trop haut ce mot de liberté.

Un étrange sourire leur passa sur les lèvres à cette triste vue; mais d'autres harangueurs, montant à la tribune, commencèrent à calculer publiquement ce que coûtait l'ambition, et que la gloire était bien chère; ils firent voir l'horreur de la guerre et appelèrent boucheries les hécatombes. Et ils parlèrent tant et si longtemps que toutes les illusions humaines, comme des arbres en automne, tombaient feuille à feuille autour d'eux, et que ceux qui les écoutaient passaient leur main sur leur front, comme des fiévreux qui s'éveillent.

Les uns disaient : « Ce qui a causé la chute de l'empereur, c'est que le peuple n'en voulait plus; » les autres : « Le peuple voulait le

roi; non, la liberté; non, la raison; non, la religion; non, la constitution
anglaise; non, l'absolutisme; » un dernier ajouta : « Non ! rien de tout
cela, mais le repos. » Et ils continuèrent ainsi, tantôt raillant, tantôt
disputant, pendant nombre d'années, et, sous prétexte de bâtir, dé-
molissant tout pierre à pierre, si bien qu'il ne passait plus rien de vivant
dans l'atmosphère de leurs paroles, et que les hommes de la veille
devenaient tout à coup des vieillards.

Trois éléments partageaient donc la vie qui s'offrait alors aux jeunes
gens : derrière eux, un passé à jamais détruit, s'agitant encore sur ses
ruines, avec tous les fossiles des siècles de l'absolutisme; devant eux,
l'aurore d'un immense horizon, les premières clartés de l'avenir; et
entre ces deux mondes... quelque chose de semblable à l'Océan qui
sépare le vieux continent de la jeune Amérique, je ne sais quoi de
vague et de flottant, une mer houleuse et pleine de naufrages, traversée
de temps en temps par quelque blanche voile lointaine ou par quelque
navire soufflant une lourde vapeur; le siècle présent, en un mot, qui
sépare le passé de l'avenir, qui n'est ni l'un ni l'autre, et qui ressemble
à tous deux à la fois, et où l'on ne sait, à chaque pas qu'on fait, si l'on
marche sur une semence ou sur un débris.

Voilà dans quel chaos il fallut choisir alors; voilà ce qui se présentait
à des enfants pleins de force et d'audace, fils de l'Empire et petits-fils
de la Révolution.

Or, du passé, ils n'en voulaient plus; car la foi en rien ne se donne;
l'avenir, ils l'aimaient; mais quoi? comme Pygmalion Galatée; c'était
pour eux comme une amante de marbre, et ils attendaient qu'elle
s'animât, que le sang colorât ses veines.

Il leur restait donc le présent, l'esprit du siècle, ange du crépuscule,
qui n'est ni la nuit ni le jour; ils le trouvèrent assis sur un sac de chaux
plein d'ossements, serré dans le manteau des égoïstes, et grelottant
d'un froid terrible. L'angoisse de la mort leur entra dans l'âme à la
vue de ce spectre moitié momie et moitié fœtus; ils s'en approchèrent
comme le voyageur à qui l'on montre à Strasbourg la fille d'un vieux

comte de Saawerden, embaumée dans sa parure de fiancée. Ce squelette enfantin fait frémir, car ses mains fluettes et livides portent l'anneau des épousées, et sa tête tombe en poussière au milieu des fleurs d'oranger.

Comme à l'approche d'une tempête il passe dans les forêts un vent terrible qui fait frissonner tous les arbres, à quoi succède un profond silence, ainsi Napoléon avait tout ébranlé en passant sur le monde; les rois avaient senti vaciller leur couronne, et, portant leur main à leur tête, ils n'y avaient trouvé que leurs cheveux hérissés de terreur. Le pape avait fait trois cents lieues pour le bénir au nom de Dieu et lui poser son diadème; mais Napoléon le lui avait pris des mains. Ainsi tout avait tremblé dans cette forêt lugubre des puissances de la vieille Europe; puis le silence avait succédé.

On dit que, lorsqu'on rencontre un chien furieux, si l'on a le courage de marcher gravement, sans se retourner, et d'une manière régulière, le chien se contente de vous suivre pendant un certain temps, en grommelant entre ses dents; tandis que, si on laisse échapper un geste de terreur, si on fait un pas trop vite, il se jette sur vous et vous dévore; car, une fois la première morsure faite, il n'y a plus moyen de lui échapper.

Or, dans l'histoire européenne, il était arrivé souvent qu'un souverain eût fait ce geste de terreur et que son peuple l'eût dévoré; mais si un l'avait fait, tous ne l'avaient pas fait en même temps, c'est-à-dire qu'un roi avait disparu, mais non la majesté royale. Devant Napoléon, la majesté royale l'avait fait, ce geste qui perd tout, et non seulement la majesté, mais la religion, mais la noblesse, mais toute puissance divine et humaine.

Napoléon mort, les puissances divines et humaines étaient bien rétablies de fait; mais la croyance en elles n'existait plus. Il y a un danger terrible à savoir ce qui est possible, car l'esprit va toujours plus loin. Autre chose est de se dire : Ceci pourrait être, ou de se dire : Ceci a été; c'est la première morsure du chien.

Napoléon despote fut la dernière lueur de la lampe du despotisme ; il détruisit et parodia les rois, comme Voltaire les livres saints. Et après lui on entendit un grand bruit ; c'était la pierre de Sainte-Hélène qui venait de tomber sur l'ancien monde. Aussitôt parut dans le ciel l'astre glacial de la raison ; et ses rayons, pareils à ceux de la froide déesse des nuits, versant de la lumière sans chaleur, enveloppèrent le monde d'un suaire livide.

On avait bien vu jusqu'alors des gens qui haïssaient les nobles, qui déclamaient contre les prêtres, qui conspiraient contre les rois ; on avait bien crié contre les abus et les préjugés ; mais ce fut une grande nouveauté que de voir le peuple en sourire. S'il passait un noble, ou un prêtre, ou un souverain, les paysans qui avaient fait la guerre commençaient à hocher la tête et à dire : « Ah ! celui-là, nous l'avons vu en temps et lieu ; il avait un autre visage. » Et quand on parlait du trône et de l'autel ils répondaient : « Ce sont quatre ais de bois ; nous les avons cloués et décloués. » Et quand on leur disait : «Peuple, tu es revenu des erreurs qui t'avaient égaré ; tu as rappelé tes rois et tes prêtres, » ils répondaient : « Ce n'est pas nous ; ce sont ces bavards-là ». Et quand on leur disait : « Peuple, oublie le passé, laboure et obéis, » ils se redressaient sur leurs sièges, et on entendait un sourd retentissement. C'était un sabre rouillé et ébréché qui avait remué dans un coin de la chaumière. Alors on ajoutait aussitôt : « Reste en repos du moins ; si on ne te nuit pas, ne cherche pas à nuire. » Hélas ! ils se contentaient de cela.

Mais la jeunesse ne s'en contentait pas. Il est certain qu'il y a dans l'homme deux puissances occultes qui combattent jusqu'à la mort : l'une, clairvoyante et froide, s'attache à la réalité, la calcule, la pèse, et juge le passé ; l'autre a soif de l'avenir et s'élance vers l'inconnu. Quand la passion emporte l'homme, la raison le suit en pleurant et en l'avertissant du danger ; mais dès que l'homme s'est arrêté à la voix de la raison, dès qu'il s'est dit : « C'est vrai, je suis un fou ; où allais-je ? » la passion lui crie : « Et moi, je vais donc mourir ? »

Un sentiment de malaise inexprimable commença donc à fermenter dans tous les cœurs jeunes. Condamnés au repos par les souverains du monde, livrés aux cuistres de toute espèce, à l'oisiveté et à l'ennui, les jeunes gens voyaient se retirer d'eux les vagues écumantes contre lesquelles ils avaient préparé leurs bras. Tous ces gladiateurs frottés d'huile se sentaient au fond de l'âme une misère insupportable. Les plus riches se firent libertins ; ceux d'une fortune médiocre prirent un état et se résignèrent soit à la robe, soit à l'épée ; les plus pauvres se jetèrent dans l'enthousiasme à froid, dans les grands mots, dans l'affreuse mer de l'action sans but. Comme la faiblesse humaine cherche l'association et que les hommes sont troupeaux de nature, la politique s'en mêla. On s'allait battre avec les gardes du corps sur les marches de la chambre législative, on courait à une pièce de théâtre où Talma portait une perruque qui le faisait ressembler à César, on se ruait à l'enterrement d'un député libéral. Mais, des membres des deux partis opposés, il n'en était pas un qui, en rentrant chez lui, ne sentît amèrement le vide de son existence et la pauvreté de ses mains.

En même temps que la vie au dehors était si pâle et si mesquine, la vie intérieure de la société prenait un aspect sombre et silencieux ; l'hypocrisie la plus sévère régnait dans les mœurs ; les idées anglaises se joignant à la dévotion, la gaieté même avait disparu. Peut-être était-ce la Providence qui préparait déjà ses voies nouvelles ; peut-être était-ce l'ange avant-coureur des sociétés futures qui semait déjà dans le cœur des femmes les germes de l'indépendance humaine, que quelque jour elles réclameront. Mais il est certain que tout d'un coup, chose inouïe, dans tous les salons de Paris, les hommes passèrent d'un côté et les femmes de l'autre ; et ainsi, les unes vêtues de blanc comme des fiancées, les autres vêtus de noir comme des orphelins, ils commencèrent à se mesurer des yeux.

Qu'on ne s'y trompe pas : ce vêtement noir que portent les hommes de notre temps est un symbole terrible ; pour en venir là, il a fallu que les armures tombassent pièce par pièce et les broderies fleur à fleur. C'est la raison humaine qui a renversé toutes les illusions; mais elle en porte elle-même le deuil, afin qu'on la console.

Les mœurs des étudiants et des artistes, ces mœurs si libres, si belles, si pleines de jeunesse, se ressentirent du changement universel. Les hommes, en se séparant des femmes, avaient chuchoté un mot qui blesse à mort : le mépris; ils s'étaient jetés dans le vin et dans les courtisanes. Les étudiants et les artistes s'y jetèrent aussi; l'amour était traité comme la gloire et la religion; c'était une illusion ancienne. On allait donc aux mauvais lieux; la *grisette*, cette classe si rêveuse, si romanesque, et d'un amour si tendre et si doux, se vit abandonnée aux comptoirs des boutiques. Elle était pauvre, et on ne l'aimait plus; elle voulut avoir des robes et des chapeaux : elle se vendit. O misère ! le jeune homme qui aurait dû l'aimer, qu'elle aurait aimé elle-même, celui qui la conduisait autrefois aux bois de Verrières et de Romainville, aux danses sur le gazon, aux soupers sous l'ombrage; celui qui venait causer le soir sous la lampe, au fond de la boutique, durant les longues veillées d'hiver; celui qui partageait avec elle son morceau de pain trempé de la sueur de son front, et son amour sublime et pauvre; celui-là, ce même homme, après l'avoir délaissée, la retrouvait quelque soir d'orgie au fond du lupanar, pâle et tombée, à jamais perdue, avec la faim sur les lèvres et la prostitution dans le cœur.

Or, vers ce temps-là, deux poètes, les deux plus beaux génies du siècle après Napoléon, venaient de consacrer leur vie à rassembler tous les éléments d'angoisse et de douleur épars dans l'univers. Gœthe, le patriarche d'une littérature nouvelle, après avoir peint dans Werther la passion qui mène au suicide, avait tracé dans son Faust la plus sombre figure humaine qui eût jamais représenté le mal et le malheur. Ses écrits commencèrent alors à passer d'Allemagne en France.

Du fond de son cabinet d'étude, entouré de tableaux et de statues, riche, heureux et tranquille, il regardait venir à nous son œuvre de ténèbres avec un sourire paternel. Byron lui répondit par un cri de douleur qui fit tressaillir la Grèce, et suspendit Manfred sur les abîmes, comme si le néant eût été le mot de l'énigme hideuse dont il s'enveloppait.

Pardonnez-moi, ô grands poètes, qui êtes maintenant un peu de cendre et qui reposez sous la terre ; pardonnez-moi ! vous êtes des demi-dieux, et je ne suis qu'un enfant qui souffre. Mais, en écrivant tout ceci, je ne puis m'empêcher de vous maudire. Que ne chantiez-vous le parfum des fleurs, les voix de la nature, l'espérance et l'amour, la vigne et le soleil, l'azur et la beauté ? Sans doute vous connaissiez la vie et sans doute vous aviez souffert ; et le monde croulait autour de vous, et vous pleuriez sur ses ruines, et vous désespériez ; et vos maîtresses vous avaient trahis, et vos amis calomniés, et vos compatriotes méconnus ; et vous aviez le vide dans le cœur, la mort devant les yeux, et vous étiez des colosses de douleur. Mais, dites-moi, noble Gœthe, n'y avait-il plus de voix consolatrice dans le murmure religieux de vos vieilles forêts d'Allemagne ? Vous pour qui la belle poésie était la sœur de la science, ne pouvaient-elles à elles deux trouver dans l'immortelle nature une plante salutaire pour le cœur de leur favori ? Vous qui étiez un panthéiste, un poète antique de la Grèce, un amant des formes sacrées, ne pouviez-vous mettre un peu de miel dans ces beaux vases que vous saviez faire, vous qui n'aviez qu'à sourire et à laisser les abeilles vous venir sur les lèvres ? Et toi, et toi, Byron, n'avais-tu pas près de Ravenne, sous tes orangers d'Italie, sous ton beau ciel vénitien, près de ta chère Adriatique, n'avais-tu pas ta bien-aimée ? O Dieu ! moi qui te parle, et qui ne suis qu'un faible enfant, j'ai connu peut-être des maux que tu n'as pas soufferts, et cependant je crois encore à l'espérance, et cependant je bénis Dieu.

Quand les idées anglaises et allemandes passèrent ainsi sur nos têtes, ce fut comme un dégoût morne et silencieux, suivi d'une convulsion terrible. Car formuler des idées générales, c'est changer le salpêtre en poudre, et la cervelle homérique du grand Gœthe avait sucé, comme un alambic, toute la liqueur du fruit défendu. Ceux qui ne le lurent pas alors crurent n'en rien savoir. Pauvres créatures !

l'explosion les emporta comme des grains de poussière dans l'abîme du doute universel.

Ce fut comme une dénégation de toutes choses du ciel et de la terre, qu'on peut nommer désenchantement, ou, si l'on veut, *désespérance*; comme si l'humanité en léthargie avait été crue morte par ceux qui lui tâtaient le pouls. De même que ce soldat à qui l'on demanda jadis : « A quoi crois-tu ? » et qui le premier répondit : « A moi; » ainsi la jeunesse de France, entendant cette question, répondit la première : « A rien. »

Dès lors il se forma comme deux camps : d'une part, les esprits exaltés, souffrants, toutes les âmes expansives qui ont besoin de l'infini, plièrent la tête en pleurant; ils s'enveloppèrent de rêves maladifs, et l'on ne vit plus que de frêles roseaux sur un océan d'amertume; d'une autre part, les hommes de chair restèrent debout, inflexibles, au milieu des jouissances positives, et il ne leur prit d'autre souci que de compter l'argent qu'ils avaient. Ce ne fut qu'un sanglot et un éclat de rire, l'un venant de l'âme, et l'autre du corps.

Voici donc ce que disait l'âme :

« Hélas ! hélas ! la religion s'en va; les nuages du ciel tombent en pluie; nous n'avons plus ni espoir ni attente, pas deux petits morceaux de bois noir en croix devant lesquels tendre les mains. Le fleuve de la vie charrie de grands glaçons sur lesquels flottent les ours du pôle. L'astre de l'avenir se lève à peine, il ne peut sortir de l'horizon; il y reste enveloppé de nuages, et, comme le soleil en hiver, son disque y apparaît d'un rouge de sang, qu'il a gardé de 93. Il n'y a plus d'amour, il n'y a plus de gloire. Quelle épaisse nuit sur la terre ! Et nous serons morts quand il fera jour. »

Voici donc ce que disait le corps :

« L'homme est ici-bas pour se servir des sens; il a plus ou moins de morceaux d'un métal jaune ou blanc, avec quoi il a droit à plus ou moins d'estime. Manger, boire et dormir, c'est vivre. Quant aux liens qui existent entre les hommes, l'amitié consiste à prêter de l'argent; mais il est rare d'avoir un ami qu'on puisse aimer assez pour cela. La parenté sert aux héritages; l'amour est un exercice du corps; la seule jouissance intellectuelle est la vanité. »

De même que, dans la machine pneumatique, une balle de plomb et un duvet tombent aussi vite l'un que l'autre dans le vide, ainsi les plus fermes esprits subirent alors le même sort que les plus faibles et tombèrent aussi avant dans les ténèbres. De quoi sert la force lorsqu'elle manque de point d'appui ? Il n'y a point de ressource contre le vide. Je n'en veux d'autre preuve que Gœthe lui-même, qui, lorsqu'il nous fit tant de mal, avait ressenti la souffrance de Faust avant de la répandre, et avait succombé comme tant d'autres, lui, fils de Spinosa, qui n'avait qu'à toucher la terre pour revivre comme le fabuleux Antée.

Mais, pareille à la peste asiatique exhalée des vapeurs du Gange, l'affreuse *désespérance* marchait à grands pas sur la terre. Déjà Chateaubriand, prince de poésie, enveloppant l'horrible idole de son manteau de pèlerin, l'avait placée sur un autel de marbre, au milieu des parfums des encensoirs sacrés. Déjà, pleins d'une force désormais inutile, les enfants du siècle roidissaient leurs mains oisives et buvaient dans leur coupe stérile le breuvage empoisonné. Déjà tout s'abîmait, quand les chacals sortirent de terre. Une littérature cadavéreuse et infecte, qui n'avait que la forme, mais une forme hideuse, commença d'arroser d'un sang fétide tous les monstres de la nature.

Qui osera jamais raconter ce qui se passait alors dans les collèges ? Les hommes doutaient de tout : les jeunes gens nièrent tout. Les poètes chantaient le désespoir : les jeunes gens sortirent des écoles avec le front serein, le visage frais et vermeil, et le blasphème à la bouche. D'ailleurs le caractère français, qui de sa nature est gai et ouvert, prédominant toujours, les cerveaux se remplirent aisément des idées anglaises et allemandes; mais les cœurs, trop légers pour lutter et pour souffrir, se flétrirent comme des fleurs brisées. Ainsi le principe de mort descendit froidement et sans secousse de la tête aux entrailles. Au lieu d'avoir l'enthousiasme du mal, nous n'eûmes que l'abnégation du bien; au lieu du désespoir, l'insensibilité. Des enfants de quinze ans, assis nonchalamment sous des arbrisseaux en fleur, tenaient par passe-temps des propos qui auraient fait frémir d'horreur les bosquets immobiles de Versailles. La communion du Christ, l'hostie, ce symbole éternel de l'amour céleste, servait à cacheter des lettres; les enfants crachaient le pain de Dieu.

Heureux ceux qui échappèrent à ces temps ! heureux ceux qui passèrent sur les abîmes en regardant le ciel ! Il y en eut sans doute, et ceux-là nous plaindront.

Il est malheureusement vrai qu'il y a dans le blasphème une grande déperdition de force qui soulage le cœur trop plein. Lorsqu'un athée, tirant sa montre, donnait un quart d'heure à Dieu pour le foudroyer, il est certain que c'était un quart d'heure de colère et de jouissance atroce qu'il se procurait. C'était le paroxysme du désespoir, un appel sans nom à toutes les puissances célestes; c'était une pauvre et misérable créature se tordant sous le pied qui l'écrase; c'était un grand cri de douleur. Et qui sait? aux yeux de celui qui voit tout, c'était peut-être une prière.

Ainsi les jeunes gens trouvaient un emploi de la force inactive dans l'affectation du désespoir. Se railler de la gloire, de la religion, de l'amour, de tout au monde, est une grande consolation pour ceux qui ne savent que faire; ils se moquent par là d'eux-mêmes et se donnent raison tout en se faisant la leçon. Et puis, il est doux de se croire malheureux lorsqu'on n'est que vide et ennuyé. La débauche, en outre, première conclusion des principes de mort, est une terrible meule de pressoir lorsqu'il s'agit de s'énerver.

En sorte que les riches se disaient : « Il n'y a de vrai que la richesse; tout le reste est un rêve; jouissons et mourons. » Ceux d'une fortune médiocre se disaient : « Il n'y a de vrai que l'oubli; tout le reste est un rêve; oublions et mourons. » Et les pauvres se disaient : « Il n'y a de vrai que le malheur; tout le reste est un rêve; blasphémons et mourons. »

Ceci est trop noir? est-ce exagéré? Qu'en pensez-vous? Suis-je un misanthrope? Qu'on me permette une réflexion.

En lisant l'histoire de la chute de l'empire romain, il est impossible de ne pas s'apercevoir du mal que les chrétiens, si admirables dans le désert, firent à l'État dès qu'ils eurent la puissance. « Quand je pense, dit Montesquieu, à l'ignorance profonde dans laquelle le clergé grec plongea les laïques, je ne puis m'empêcher de le comparer à ces Scythes dont parle Hérodote, qui crevaient les yeux à leurs esclaves, afin que rien ne pût les distraire et les empêcher de battre leur lait. — Aucune affaire d'État, aucune paix, aucune guerre, aucune trêve, aucune négociation, aucun mariage, ne se traitèrent que par le ministère des moines. On ne saurait croire quel mal il en résulta. »

Montesquieu aurait pu ajouter : Le christianisme perdit les empereurs, mais il sauva les peuples. Il ouvrit aux barbares les palais de Constantinople, mais il ouvrit les portes des chaumières aux anges consolateurs du Christ. Il s'agissait bien des grands de la terre ! et voilà qui est intéressant, que les derniers râlements d'un empire corrompu jusqu'à la moelle des os, que le sombre galvanisme au moyen duquel s'agitait encore le squelette de la tyrannie sur la tombe d'Héliogabale et de Caracalla ! La belle chose à conserver que la momie de Rome embaumée des parfums de Néron, cerclée du linceul de Tibère ! Il s'agissait, messieurs les politiques, d'aller trouver les pauvres et de leur dire d'être en paix ; il s'agissait de laisser les vers et les taupes ronger les monuments de honte, mais de tirer des flancs de la momie une vierge aussi belle que la mère du Rédempteur, l'espérance, amie des opprimés.

Voilà ce que fit le christianisme ; et maintenant, depuis tant d'années, qu'ont fait ceux qui l'ont détruit? Ils ont vu que le pauvre se laissait opprimer par le riche, le faible par le fort, par cette raison qu'ils se disaient : « Le riche et le fort m'opprimeront sur la terre ; mais, quand ils voudront entrer au paradis, je serai à la porte et je les accuserai au tribunal de Dieu. » Ainsi, hélas ! ils prenaient patience.

Les antagonistes du Christ ont donc dit au pauvre : « Tu prends patience jusqu'au jour de justice, il n'y a point de justice; tu attends la vie éternelle pour y réclamer ta vengeance, il n'y a point de vie éternelle; tu amasses tes larmes et celles de ta famille, les cris de tes enfants et les sanglots de ta femme, pour les porter aux pieds de Dieu à l'heure de ta mort, il n'y a point de Dieu. »

Alors il est certain que le pauvre a séché ses larmes, qu'il a dit à sa femme de se taire, à ses enfants de venir avec lui, et qu'il s'est redressé sur la glèbe avec la force d'un taureau. Il a dit au riche : « Toi qui m'opprimes, tu n'es qu'un homme; » et au prêtre : « Tu en as menti, toi qui m'as consolé. » C'était justement là ce que voulaient les antagonistes du Christ. Peut-être croyaient-ils faire ainsi le bonheur des hommes en envoyant le pauvre à la conquête de la liberté.

Mais si le pauvre, ayant bien compris une fois que les prêtres le trompent, que les riches le dérobent, que tous les hommes ont les mêmes droits, que tous les biens sont de ce monde, et que sa misère est impie; si le pauvre, croyant à lui et à ses deux bras pour toute croyance, s'est dit un beau jour : « Guerre aux riches ! à moi aussi la jouissance ici-bas, puisqu'il n'y en a pas d'autre ! à moi la terre, puisque le ciel est vide ! à moi et à tous, puisque tous sont égaux ! » ô raisonneurs sublimes qui l'avez mené là, que lui direz-vous s'il est vaincu ?

Sans doute vous êtes des philanthropes, sans doute vous avez bien raison pour l'avenir, et le jour viendra où vous serez bénis; mais pas encore, en vérité, nous ne pouvons pas vous bénir. Lorsque autrefois l'oppresseur disait : « A moi la terre ! » — « A moi le ciel ! » répondait l'opprimé. A présent, que répondra-t-il ?

Toute la maladie du siècle présent vient de deux causes; le peuple qui a passé par 93 et par 1814 porte au cœur deux blessures : tout ce qui était n'est plus; tout ce qui sera n'est pas encore. Ne cherchez pas ailleurs le secret de nos maux.

Voilà un homme dont la maison tombe en ruine; il l'a démolie pour en bâtir une autre. Les décombres gisent sur son champ, et il attend des pierres nouvelles pour son édifice nouveau. Au moment où le voilà prêt à tailler ses moellons et à faire son ciment, la pioche en main, les bras retroussés, on vient lui dire que les pierres manquent et lui conseiller de reblanchir les vieilles pour en tirer parti. Que voulez-vous qu'il fasse, lui qui ne veut point de ruines pour faire un nid à sa couvée? La carrière est pourtant profonde, les instruments trop faibles pour en tirer les pierres. « Attendez, lui dit-on, on les tirera peu à peu; espérez, travaillez, avancez, reculez. » Que ne lui dit-on pas? Et pendant ce temps-là cet homme, n'ayant plus sa vieille maison et pas encore sa maison nouvelle, ne sait comment se défendre de la pluie, ni comment préparer son repas du soir, ni où travailler, ni où reposer, ni où vivre, ni où mourir; et ses enfants sont nouveau-nés.

Ou je me trompe étrangement, ou nous ressemblons à cet homme. O peuples des siècles futurs ! lorsque, par une chaude journée d'été, vous serez courbés sur vos charrues dans les vertes campagnes de la patrie; lorsque vous verrez, sous un ciel pur et sans tache, la terre, votre mère féconde, sourire dans sa robe matinale au travailleur, son enfant bien-aimé; lorsque, essuyant sur vos fronts tranquilles le saint baptême de la sueur, vous promènerez vos regards sur votre horizon immense, où il n'y a pas un épi plus haut que l'autre dans la moisson humaine, mais seulement des bluets et des marguerites au milieu des blés jaunissants; ô hommes libres ! quand alors vous remercierez Dieu d'être nés pour cette récolte, pensez à nous qui n'y serons plus; dites-vous que nous avons acheté bien cher le repos dont vous jouirez; plaignez-nous plus que tous vos pères ! car nous avons beaucoup des maux qui les rendaient dignes de plainte, et nous avons perdu ce qui les consolait.

CHAPITRE III

J'ai à raconter à quelle occasion je fus pris d'abord de la maladie du siècle.

J'étais à table, à un grand souper, après une mascarade. Autour de moi mes amis richement costumés, de tous côtés des jeunes gens et des femmes, tous étincelants de beauté et de joie; à droite et à gauche des mets exquis, des flacons, des lustres, des fleurs; au-dessus de ma tête un orchestre bruyant, et en face de moi ma maîtresse, créature superbe que j'idolâtrais.

J'avais alors dix-neuf ans; je n'avais éprouvé aucun malheur ni aucune maladie; j'étais d'un caractère à la fois hautain et ouvert, avec toutes les espérances, et un cœur débordant. Les vapeurs du vin fermentaient dans mes veines; c'était un de ces moments d'ivresse où tout ce qu'on voit, tout ce qu'on entend vous parle de la bien-aimée. La nature entière paraît alors comme une pierre précieuse à mille facettes, sur laquelle est gravé le nom mystérieux. On embrasserait volontiers tous ceux qu'on voit sourire, et on se sent le frère de tout ce qui existe. Ma maîtresse m'avait donné rendez-vous pour la nuit, et je portais lentement mon verre à mes lèvres en la regardant.

Comme je me retournais pour prendre une assiette, ma fourchette tomba. Je me baissai pour la ramasser, et, ne la trouvant pas d'abord, je soulevai la nappe pour voir où elle avait roulé. J'aperçus alors sous la table le pied de ma maîtresse qui était posé sur celui d'un jeune homme assis à côté d'elle; leurs jambes étaient croisées et entrelacées, et ils les resserraient doucement de temps en temps.

Je me relevai parfaitement calme, demandai une autre fourchette et continuai à souper. Ma maîtresse et son voisin étaient, de leur côté, très tranquilles aussi, se parlant à peine et ne se regardant pas. Le jeune homme avait les coudes sur la table et plaisantait avec une autre femme qui lui montrait son collier et ses bracelets. Ma maîtresse était immobile, les yeux fixes et noyés de langueur. Je les observai tous deux tant que dura le repas, et je ne vis ni dans leurs gestes, ni sur leurs visages rien qui pût les trahir. A la fin, lorsqu'on fut au dessert, je fis glisser ma serviette à terre, et, m'étant baissé de nouveau je les retrouvai dans la même position, étroitement liés l'un à l'autre.

J'avais promis à ma maîtresse de la ramener ce soir-là chez elle. Elle était veuve, et par conséquent fort libre, au moyen d'un vieux parent qui l'accompagnait et lui servait de chaperon. Comme je traversais le péristyle, elle m'appela. — « Allons, Octave, me dit-elle, partons, me voilà. » Je me mis à rire et sortis sans répondre. Au bout de quelques pas, je m'assis sur une borne. Je ne sais à quoi je pensais; j'étais comme abruti et devenu idiot par l'infidélité de cette femme dont je n'avais jamais été jaloux, et sur laquelle je n'avais jamais conçu un soupçon. Ce que je venais de voir ne me laissant aucun doute, je demeurais comme étourdi d'un coup de massue, et ne me rappelle rien de ce qui s'opéra en moi durant le temps que je restai sur cette borne, sinon que, regardant machinalement le ciel et voyant une étoile filer, je saluai cette lueur fugitive, où les poètes voient un monde détruit, et lui ôtai gravement mon chapeau.

Je rentrai chez moi fort tranquillement, n'éprouvant rien, ne sentant rien, et comme privé de réflexion. Je commençai à me déshabiller et me mis au lit; mais à peine eus-je posé la tête sur le chevet, que les esprits de vengeance me saisirent avec une telle force que je me redressai tout à coup contre la muraille, comme si tous les muscles de mon corps fussent devenus de bois. Je descendis de mon lit en criant, les bras étendus, ne pouvant marcher que sur les talons, tant les nerfs de mes orteils étaient crispés. Je passai ainsi près d'une heure, complètement fou et roide comme un squelette. Ce fut le premier accès de colère que j'éprouvai.

L'homme que j'avais surpris auprès de ma maîtresse était un de mes amis les plus intimes. J'allai chez lui le lendemain, accompagné d'un jeune avocat nommé Desgenais; nous prîmes des pistolets, un autre témoin, et fûmes au bois de Vincennes. Pendant toute la route, j'évitai de parler à mon adversaire et même de l'approcher; je résistai ainsi à l'envie que j'avais de le frapper ou de l'insulter, ces sortes de violences étant toujours hideuses et inutiles, du moment que la loi permet le combat en règle. Mais je ne pus me défendre d'avoir les yeux fixés sur lui. C'était un de mes camarades d'enfance, et il y avait eu entre nous un échange perpétuel de services depuis nombre d'années. Il connaissait parfaitement mon amour pour ma maîtresse et m'avait même plusieurs fois fait entendre clairement que ces sortes de liens étaient sacrés pour un ami, et qu'il serait incapable de chercher à me supplanter, quand même il aimerait la même femme que moi. Enfin j'avais toute sorte de confiance en lui, et je n'avais peut-être jamais serré la main d'une créature humaine plus cordialement que la sienne.

Je regardais curieusement, avidement, cet homme que j'avais entendu parler de l'amitié comme un héros de l'antiquité et que je venais de voir caressant ma maîtresse. C'était la première fois de ma vie que je voyais un monstre; je le toisais d'un œil hagard pour observer comment il était fait. Lui que j'avais connu à l'âge de dix ans, avec qui j'avais vécu jour par jour dans la plus parfaite et étroite amitié, il me semblait que je ne l'avais jamais vu. Je me servirai ici d'une comparaison.

Il y a une pièce espagnole, connue de tout le monde, dans laquelle une statue de pierre vient souper avec un débauché, envoyée par la justice céleste. Le débauché fait bonne contenance et s'efforce de paraître indifférent; mais la statue lui a demandé de lui donner la main, et, dès qu'il la lui a donnée, l'homme se sent pris d'un froid mortel et tombe en convulsions.

Or, toutes les fois que, durant ma vie, il m'est arrivé d'avoir cru pendant longtemps avec confiance, soit à un ami, soit à une maîtresse, et de découvrir tout d'un coup que j'étais trompé, je ne puis rendre l'effet que cette découverte a produit sur moi qu'en le comparant à la poignée de main de la statue. C'est véritablement l'impression du marbre, comme si la réalité, dans toute sa mortelle froideur, me glaçait d'un baiser; c'est le toucher de l'homme de pierre. Hélas ! l'affreux convive a frappé plus d'une fois à ma porte; plus d'une fois nous avons soupé ensemble.

Cependant, les arrangements faits, nous nous mîmes en ligne, mon adversaire et moi, avançant lentement l'un sur l'autre. Il tira le premier et me fracassa le bras droit. Je pris aussitôt mon pistolet de l'autre main; mais je ne pus le soulever, la force me manquant, et je tombai sur un genou.

Alors je vis mon ennemi s'avancer précipitamment, d'un air inquiet et le visage très pâle. Mes témoins accoururent en même temps, voyant que j'étais blessé; mais il les écarta et me prit la main de mon bras malade. Il avait les dents serrées et ne pouvait parler : je vis son angoisse. Il souffrait du plus affreux mal que l'homme puisse éprouver. — « Va-t'en, lui criai-je, va-t'en t'essuyer aux draps de*** ! » Il suffoquait, et moi aussi.

On me mit dans un fiacre, où je trouvai un médecin. La blessure ne se trouva pas dangereuse, la balle n'ayant point touché les os; mais j'étais dans un tel état d'excitation qu'il fut impossible de me panser sur-le-champ. Au moment où le fiacre partait, je vis à la portière une main tremblante; c'était mon adversaire qui revenait encore. Je secouai la tête pour toute réponse; j'étais dans une telle rage que j'aurais vainement fait un effort pour lui pardonner, tout en sentant bien que son repentir était sincère.

Arrivé chez moi, le sang qui coulait abondamment de mon bras me soulagea beaucoup; car la faiblesse me délivra de ma colère, qui me faisait plus de mal que ma blessure. Je me couchai avec délices, et je crois que je n'ai jamais rien bu de plus agréable que le premier verre d'eau qu'on me donna.

M'étant mis au lit, la fièvre me prit. Ce fut alors que, le fantôme de ma belle et adorée maîtresse étant venu se pencher sur moi, je commençai à verser des larmes. Ce que je ne pouvais concevoir, ce n'était pas qu'elle eût cessé de m'aimer, mais c'était qu'elle m'eût trompé. Je ne comprenais pas par quelle raison une femme, qui n'est forcée ni par le devoir ni par l'intérêt, peut mentir à un homme lorsqu'elle en aime un autre. Je demandais vingt fois par jour à Desgenais comment cela était possible. — « Si j'étais son mari, disais-je, ou si je la payais, je concevrais qu'elle me trompât; mais pourquoi, si elle ne m'aimait plus, ne pas me le dire? pourquoi me tromper? » Je ne concevais pas qu'on pût mentir en amour; j'étais un enfant alors, et j'avoue qu'à présent je ne le comprends pas encore. Toutes les fois que je suis devenu amoureux d'une femme, je le lui ai dit, et toutes les fois que j'ai cessé d'aimer une femme, je le lui ai dit de même, avec la même sincérité, ayant toujours pensé que, sur ces sortes de choses, nous ne pouvons rien par notre volonté, et qu'il n'y a de crime qu'au mensonge.

Desgenais, à tout ce que je disais, me répondait : « C'est une misérable; promettez-moi de ne plus la voir. » Je le lui jurai solennellement. Il me conseilla en outre de ne lui point écrire, même pour lui faire des reproches, et, si elle m'écrivait, de ne pas lui répondre. Je lui promis tout cela, presque étonné qu'il me le demandât et indigné de ce qu'il pouvait supposer le contraire.

Cependant la première chose que je fis, dès que je pus me lever et sortir de la chambre, fut de courir chez ma maîtresse. Je la trouvai seule, assise sur une chaise dans un coin de sa chambre, le visage abattu et dans le plus grand désordre. Je l'accablai des plus violents reproches; j'étais ivre de désespoir. Je criais à faire retentir toute la maison, et en même temps les larmes me coupaient parfois la parole si violemment que je tombais sur le lit pour leur donner un libre cours. — « Ah! infidèle! ah! malheureuse! lui disais-je en pleurant, tu sais que j'en mourrai; cela te fait-il plaisir? que t'ai-je fait? »

Elle se jeta à mon cou, me dit qu'elle avait été séduite, entraînée·

que mon rival l'avait enivrée dans ce fatal souper, mais qu'elle n'avait jamais été à lui ; qu'elle s'était abandonnée à un moment d'oubli, qu'elle avait commis une faute, mais non pas un crime ; enfin, qu'elle voyait bien tout le mal qu'elle m'avait fait, mais que si je ne la reprenais elle en mourrait aussi. Tout ce que le repentir sincère a de larmes, tout ce que la douleur a d'éloquence, elle l'épuisa pour me consoler ; pâle et égarée, sa robe entr'ouverte, ses cheveux épars sur ses épaules, à genoux au milieu de la chambre, jamais je ne l'avais vue si belle, et je frémissais d'horreur pendant que tous mes sens se soulevaient à ce spectacle.

Je sortis brisé, n'y voyant plus et pouvant à peine me soutenir. Je ne voulais jamais la revoir ; mais au bout d'un quart d'heure j'y retournai. Je ne sais quelle force désespérée m'y poussait ; j'avais comme une sourde envie de la posséder encore une fois, de boire sur son corps magnifique toutes ces larmes amères et de nous tuer après tous les deux. Enfin, je l'abhorrais et je l'idolâtrais ; je sentais que son amour était ma perte, mais que vivre sans elle était impossible. Je montai chez elle comme un éclair ; je ne parlai à aucun domestique, j'entrai tout droit, connaissant la maison, et je poussai la porte de sa chambre.

Je la trouvai assise devant sa toilette, immobile et couverte de pierreries ; sa femme de chambre la coiffait ; elle tenait à la main un morceau de crêpe rouge qu'elle passait légèrement sur ses joues. Je crus faire un rêve ; il me paraissait impossible que ce fût là cette femme que je venais de voir, il y avait un quart d'heure, noyée de douleur et étendue sur le carreau. Je restai comme une statue. Elle, entendant sa porte s'ouvrir, tourna la tête en souriant. — « Est-ce vous ? » dit-elle. Elle allait au bal et attendait mon rival qui devait l'y conduire. Elle me reconnut, serra les lèvres et fronça le sourcil.

Je fis un pas pour sortir ; je regardais sa nuque, lisse et parfumée, où ses cheveux étaient noués et sur laquelle étincelait un peigne de diamant. Cette nuque, siège de la force vitale, était plus noire que

l'enfer; deux tresses luisantes y étaient tordues, et de légers épis
d'argent se balançaient au-dessus. Ses épaules et son cou, plus blancs
que le lait, en faisaient ressortir le duvet rude et abondant. Il y avait
dans dans cette crinière retroussée je ne sais quoi d'impudemment
beau qui semblait me railler du désordre où je l'avais vue un instant
auparavant. J'avançai tout d'un coup et frappai cette nuque d'un
revers de mon poing fermé. Ma maîtresse ne poussa pas un cri; elle
tomba sur ses mains. Après quoi je sortis précipitamment.

Rentré chez moi, la fièvre me reprit avec une telle violence que je
fus obligé de me remettre au lit. Ma blessure s'était rouverte et j'en
souffrais beaucoup. Desgenais vint me voir; je lui racontai tout ce
qui s'était passé. Il m'écouta dans un grand silence, puis se promena
quelque temps par la chambre comme un homme irrésolu. Enfin il
s'arrêta devant moi et partit d'un éclat de rire. — « Est-ce que c'est
votre première maîtresse ? » me dit-il. — « Non ! lui dis-je, c'est la
dernière. »

Vers le milieu de la nuit, comme je dormais d'un sommeil agité,
il me sembla dans un rêve entendre un profond soupir. J'ouvris les
yeux et vis ma maîtresse debout près de mon lit, les bras croisés,
pareille à un spectre. Je ne pus retenir un cri d'épouvante, croyant à
une apparition sortie de mon cerveau malade. Je me lançai hors du
lit et m'enfuis à l'autre bout de la chambre; mais elle vint à moi. —
« C'est moi, » dit-elle; et, me prenant à bras-le-corps, elle m'entraîna.
— « Que me veux-tu ? criai-je; lâche-moi ! je suis capable de te tuer
tout à l'heure.

— Eh bien ! tue-moi, dit-elle. Je t'ai trahi, je t'ai menti, je suis
infâme et misérable; mais je t'aime et ne puis me passer de toi. »

Je la regardai. Qu'elle était belle ! Tout son corps frémissait;
ses yeux, perdus d'amour, répandaient des torrents de volupté;
sa gorge était nue, ses lèvres brûlaient. Je la soulevai dans mes bras.
— « Soit, lui dis-je; mais, devant Dieu qui nous voit, par l'âme de
mon père, je te jure que je te tue tout à l'heure et moi aussi. » Je

pris un couteau de table qui était sur ma cheminée et le posai sous l'oreiller.

— « Allons, Octave, me dit-elle en souriant et en m'embrassant, ne fais pas de folie. Viens, mon enfant, toutes ces horreurs te font mal; tu as la fièvre. Donne-moi ce couteau. »

Je vis qu'elle voulait le prendre. « Écoutez-moi, lui dis-je alors; je ne sais qui vous êtes et quelle comédie vous jouez, mais, quant à moi, je ne la joue pas. Je vous ai aimée autant qu'un homme peut aimer sur terre, et, pour mon malheur et ma mort, sachez que je vous aime encore éperdument. Vous venez me dire que vous m'aimez aussi, je le veux bien; mais par tout ce qu'il y a de sacré au monde, si je suis votre amant ce soir, un autre ne le sera pas demain. Devant Dieu, devant Dieu, répétai-je, je ne vous reprendrai pas pour maîtresse, car je vous hais autant que je vous aime. Devant Dieu, si vous voulez de moi, je vous tue demain matin. » En parlant ainsi, je me renversai dans un complet délire.

Elle jeta son manteau sur ses épaules et sortit en courant.

Lorsque Desgenais sut cette histoire, il me dit : « Pourquoi n'avez-vous pas voulu d'elle ? vous êtes bien dégoûté; c'est une jolie femme.

— Plaisantez-vous ? lui dis-je. Croyez-vous qu'une pareille femme puisse être ma maîtresse ? croyez-vous que je consente jamais à partager avec un autre ? songez-vous qu'elle-même avoue qu'un autre la possède, et voulez-vous que j'oublie que je l'aime, afin de la posséder aussi ? Si ce sont là vos amours, vous me faites pitié. »

Desgenais me répondit qu'il n'aimait que les filles, et qu'il n'y regardait pas de si près. — « Mon cher Octave, ajouta-t-il, vous êtes bien jeune; vous voudriez avoir bien des choses, et de belles choses, mais qui n'existent pas. Vous croyez à une singulière sorte d'amour, peut-être en êtes-vous capable; je le crois, mais ne le souhaite pas pour vous. Vous aurez d'autres maîtresses, mon ami, et vous regretterez un jour à venir ce qui vous est arrivé cette nuit. Quand cette femme est venue vous trouver, il est certain qu'elle vous aimait; elle ne vous aime peut-être pas à l'heure qu'il est, elle est peut-être dans les bras d'un autre; mais elle vous aimait cette nuit-là, dans cette chambre; et que vous importe le reste? Vous aviez là une belle nuit; et vous la regretterez, soyez-en sûr, car elle ne reviendra plus. Une femme pardonne tout, excepté qu'on ne veuille pas d'elle. Il fallait que son amour pour vous fût terrible, pour qu'elle vînt vous trouver, se sachant et s'avouant coupable, se doutant peut-être qu'elle serait refusée. Croyez-moi, vous regretterez une nuit pareille, car c'est moi qui vous dis que vous n'en aurez guère. »

Il y avait dans tout ce que disait Desgenais un air de conviction si simple et si profond, une si désespérante tranquillité d'expérience, que je frissonnais en l'écoutant. Pendant qu'il parlait, j'éprouvai une tentation violente d'aller encore chez ma maîtresse, ou de lui écrire pour la faire venir. J'étais incapable de me lever; cela me sauva de la honte de m'exposer de nouveau à la trouver ou attendant mon rival, ou enfermée avec lui. Mais j'avais toujours la facilité de lui écrire; je me demandais malgré moi, dans le cas où je lui écrirais, si elle viendrait.

Lorsque Desgenais fut parti, je sentis une agitation si affreuse que je résolus d'y mettre un terme, de quelque manière que ce fût. Après une lutte terrible, l'horreur surmonta enfin l'amour. J'écrivis à ma maîtresse que je ne la reverrais jamais, et que je la priais de ne plus revenir, si elle ne voulait s'exposer à être refusée à ma porte. Je sonnai violemment, et ordonnai qu'on portât ma lettre le plus vite possible. A peine mon domestique eut-il fermé la porte que je le rappelai. Il ne m'entendit pas; je n'osai le rappeler une seconde fois; et, mettant mes deux mains sur mon visage, je demeurai enseveli dans le plus profond désespoir.

CHAPITRE IV

Le lendemain, au lever du soleil, la première pensée qui me vint fut de me demander : « Que ferai-je à présent ? »

Je n'avais point d'état, aucune occupation. J'avais étudié la médecine, le droit, sans pouvoir me décider à prendre l'une ou l'autre de ces deux carrières ; j'avais travaillé six mois chez un banquier, avec une telle inexactitude que j'avais été obligé de donner ma démission à temps pour n'être pas renvoyé. J'avais fait de bonnes études, mais superficielles, ayant une mémoire qui veut de l'exercice, et qui oublie aussi facilement qu'elle apprend.

Mon seul trésor, après l'amour, était l'indépendance. Dès ma puberté, je lui avais voué un culte farouche, et je l'avais pour ainsi dire consacrée dans mon cœur. C'était un certain jour que mon père, pensant déjà à mon avenir, m'avait parlé de plusieurs carrières, entre lesquelles il me laissait le choix. J'étais accoudé à ma fenêtre, et je regardais un peuplier maigre et solitaire qui se balançait dans le jardin. Je réfléchissais à tous ces états divers, et délibérais d'en prendre un. Je les remuai tous dans ma tête l'un après l'autre jusqu'au dernier, je laissai flotter mes pensées. Il me sembla tout à coup que je sentais la terre se mouvoir, et que la force sourde et invisible qui l'entraîne dans l'espace se rendait saisissable à mes sens ; je la voyais monter dans le ciel ; il me semblait que j'étais comme sur un navire ; le peuplier que j'avais devant les yeux me paraissait comme un mât de vaisseau ; je me levai en étendant les bras, et m'écriai : « C'est bien assez peu de chose d'être un passager d'un jour sur ce navire flottant dans l'éther ; c'est bien assez peu d'être un homme, un point noir sur ce navire ; je serai un homme, mais non une espèce d'homme particulière. » Je jetai mes vêtements comme par un mouvement involontaire, et ainsi nu je me prosternai, en répétant : « Je serai un homme ! »

Tel était le premier vœu qu'à l'âge de quatorze ans j'avais prononcé en face de la nature; et depuis ce temps je n'avais rien essayé que par obéissance pour mon père, mais sans pouvoir jamais vaincre ma répugnance.

J'étais donc libre, non par paresse, mais par volonté; aimant d'ailleurs tout ce qu'a fait Dieu, et bien peu de ce qu'a fait l'homme. Je n'avais connu de la vie que l'amour, du monde que ma maîtresse, et n'en voulais savoir autre chose. Aussi, étant devenu amoureux en sortant du collège, j'avais cru sincèrement que c'était pour ma vie entière, et toute autre pensée avait disparu.

Mon existence était sédentaire. Je passais la journée chez ma maîtresse; mon grand plaisir était de l'emmener à la campagne durant les beaux jours de l'été, et de me coucher près d'elle dans les bois, sur l'herbe ou sur la mousse, le spectacle de la nature dans sa splendeur ayant toujours été pour moi le plus puissant des aphrodisiaques. En hiver, comme elle aimait le monde, nous courions les bals et les masques, en sorte que cette vie oisive ne cessait jamais; et par la raison que je n'avais pensé qu'à elle tant qu'elle m'avait été fidèle, je me trouvai sans une pensée lorsqu'elle m'eut trahi.

Pour donner une idée de l'état où se trouvait alors mon esprit, je ne puis mieux le comparer qu'à un de ces appartements comme on en voit aujourd'hui, où se trouvent rassemblés et confondus des meubles de tous les temps et de tous les pays. Notre siècle n'a point de formes. Nous n'avons donné le cachet de notre temps ni à nos maisons, ni à nos jardins, ni à quoi que ce soit. On rencontre dans les rues des gens qui ont la barbe coupée comme du temps de Henri III, d'autres qui sont rasés, d'autres qui ont les cheveux arrangés comme ceux du portrait de Raphaël, d'autres comme du temps de Jésus-Christ. Aussi les appartements des riches sont des cabinets de curiosités : l'antique, le gothique, le goût de la Renaissance, celui de Louis XIII, tout est pêle-mêle. Enfin nous avons de tous les siècles, hors du nôtre, chose qui n'a jamais été vue à une autre époque ;

l'éclectisme est notre goût; nous prenons tout ce que nous trouvons, ceci pour sa beauté, cela pour sa commodité, telle autre chose pour son antiquité, telle autre pour sa laideur même; en sorte que nous ne vivons que de débris, comme si la fin du monde était proche.

Tel était mon esprit; j'avais beaucoup lu; en outre, j'avais appris à peindre. Je savais par cœur une grande quantité de choses, mais rien par ordre, de façon que j'avais la tête à la fois vide et gonflée, comme une éponge. Je devenais amoureux de tous les poètes l'un après l'autre; mais, étant d'une nature très impressionnable, le dernier venu avait toujours le don de me dégoûter du reste. Je m'étais fait un grand magasin de ruines, jusqu'à ce qu'enfin, n'ayant plus soif à force de boire la nouveauté et l'inconnu, je m'étais trouvé une ruine moi-même.

Cependant sur cette ruine il y avait quelque chose de bien jeune encore : c'était l'espérance de mon cœur, qui n'était qu'un enfant.

Cette espérance, que rien n'avait flétrie ni corrompue, et que l'amour avait exaltée jusqu'à l'excès, venait tout à coup de recevoir une blessure mortelle. La perfidie de ma maîtresse l'avait frappée au plus haut de son vol, et, lorsque j'y pensais, je me sentais dans l'âme quelque chose qui défaillait convulsivement, comme un oiseau blessé qui agonise.

La société, qui fait tant de mal, ressemble à ce serpent des Indes dont la demeure est la feuille d'une plante qui guérit sa morsure. Elle présente presque toujours le remède à côté de la souffrance qu'elle a causée. Par exemple, un homme qui a son existence réglée, les affaires au lever, les visites à telle heure, le travail à telle autre, l'amour à telle autre, peut perdre sans danger sa maîtresse. Ses occupations et ses pensées sont comme ces soldats impassibles, rangés en bataille sur une même ligne; un coup de feu en emporte un, les voisins se resserrent, et il n'y paraît pas.

Je n'avais pas cette ressource; la nature, ma mère chérie, depuis que j'étais seul me semblait au contraire plus vaste et plus vide que jamais. Si j'avais pu oublier entièrement ma maîtresse, j'aurais été sauvé. Que de gens à qui il n'en faut pas tant pour les guérir ! Ceux-là sont incapables d'aimer une femme infidèle, et leur conduite, en pareil cas, est admirable de fermeté. Mais est-ce ainsi qu'on aime à dix-neuf ans, alors que, ne connaissant rien au monde, désirant tout, le jeune homme sent à la fois le germe de toutes les passions ? De quoi doute cet âge ? à droite, à gauche, là-bas, à l'horizon, partout quelque voix qui l'appelle. Tout est désir, tout est rêverie. Il n'y a réalité qui tienne lorsque le cœur est jeune; il n'y a chêne si noueux et si dur dont il ne sorte une dryade; et si on avait cent bras on ne craindrait pas de les ouvrir dans le vide; on n'a qu'à y serrer sa maîtresse et le vide est rempli.

Quant à moi, je ne concevais pas qu'on fît autre chose que d'aimer; et lorsqu'on me parlait d'une autre occupation je ne répondais pas. Ma passion pour ma maîtresse avait été comme sauvage, et toute ma vie en ressentait je ne sais quoi de monacal et de farouche. Je n'en veux citer qu'un exemple. Elle m'avait donné son portrait en miniature dans un médaillon; je le portais sur le cœur, chose que font bien des hommes; mais, ayant trouvé un jour chez un marchand de curiosités une discipline de fer, au bout de laquelle était une plaque hérissée de pointes, j'avais fait attacher le médaillon sur la plaque et le portais ainsi. Ces clous, qui m'entraient dans la poitrine à chaque mouvement, me causaient une volupté si étrange que j'y appuyais quelquefois ma main pour les sentir plus profondément. Je sais bien que c'est de la folie; l'amour en fait bien d'autres.

Depuis que cette femme m'avait trahi, j'avais ôté le cruel médaillon. Je ne puis dire avec quelle tristesse j'en détachai la ceinture de fer et quel soupir poussa mon cœur lorsqu'il s'en trouva délivré ! « Ah ! pauvres cicatrices, me dis-je, vous allez donc vous effacer ? Ah ! ma blessure, ma chère blessure, quel baume vais-je poser sur toi ? »

J'avais beau haïr cette femme, elle était pour ainsi dire dans le sang de mes veines ; je la maudissais, mais j'en rêvais. Que faire à cela ? que faire à un rêve ? quelle raison donner à des souvenirs de chair et de sang ? Macbeth, ayant tué Duncan, dit que l'Océan ne laverait pas ses mains ; il n'aurait pas lavé mes cicatrices. Je le disais à Desgenais : « Que voulez-vous ! dès que je m'endors, sa tête est là sur l'oreiller. »

Je n'avais vécu que par cette femme ; douter d'elle, c'était douter de tout ; la maudire, tout renier ; la perdre, tout détruire. Je ne sortais plus ; le monde m'apparaissait comme peuplé de monstres, de bêtes fauves et de crocodiles. A tout ce qu'on me disait pour me distraire, je répondais : « Oui, c'est bien dit, et soyez certain que je n'en ferai rien. »

Je me mettais à la fenêtre et je me disais : « Elle va venir, j'en suis sûr ; elle vient ; elle tourne la rue ; je la sens qui approche. Elle ne peut vivre sans moi, pas plus que moi sans elle. Que lui dirai-je ? quel visage ferai-je ? » Là-dessus, ses perfidies me revenaient. « Ah ! qu'elle ne vienne pas ! m'écriais-je ; qu'elle n'approche pas ! Je suis capable de la tuer. »

Depuis ma dernière lettre, je n'en entendais plus parler. « Enfin que fait-elle ? me disais-je. Elle en aime un autre ? Aimons-en donc une autre aussi. Qui aimer ? » Et, tout en cherchant, j'entendais comme une voix lointaine qui me criait : « Toi, une autre que moi ! Deux êtres qui s'aiment, qui s'embrassent, et qui ne sont pas toi et moi ! Est-ce que c'est possible ? Est-ce que tu es fou ? »

« Lâche ! me disait Desgenais, quand oublierez-vous cette femme ? Est-ce donc une si grande perte ? Le beau plaisir d'être aimé d'elle ! Prenez la première venue.

— Non, lui répondais-je ; ce n'est pas une si grande perte. N'ai-je pas fait ce que je devais ? Ne l'ai-je pas chassée d'ici ? Qu'avez-vous donc à dire ? Le reste me regarde ; les taureaux blessés dans le cirque ont la permission d'aller se coucher dans un coin avec l'épée du matador dans l'épaule, et de finir en paix. Qu'est-ce que j'irai faire, dites-moi, là ou là ? Qu'est-ce que c'est que vos premières venues ? Vous me montrerez un ciel pur, des arbres et des maisons, des hommes qui parlent, boivent, chantent, des femmes qui dansent et des chevaux qui galopent. Ce n'est pas la vie, tout cela : c'est le bruit de la vie. Allez, allez ; laissez-moi le repos. »

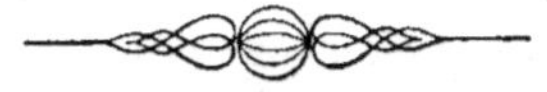

CHAPITRE V

Quand Desgenais vit que mon désespoir était sans remède, que je ne voulais écouter personne ni sortir de ma chambre, il prit la chose au sérieux. Je le vis arriver un soir avec un air de gravité; il me parla de ma maîtresse, et continua sur un ton de persiflage, disant des femmes tout le mal qu'il pensait. Tandis qu'il parlait, je m'étais appuyé sur mon coude, et, me soulevant sur mon lit, je l'écoutais attentivement.

C'était par une de ces sombres soirées où le vent qui siffle ressemble aux plaintes d'un mourant; une pluie aiguë fouettait les vitres, laissant par intervalles un silence de mort. Toute la nature souffre par ces temps : les arbres s'agitent avec douleur ou courbent tristement la tête; les oiseaux des champs se serrent dans les buissons; les rues des cités sont vides. Ma blessure me faisait souffrir. La veille encore, j'avais une maîtresse et un ami : ma maîtresse m'avait trahi, mon ami m'avait étendu dans un lit de douleur. Je ne démêlais pas encore clairement ce qui se passait dans ma tête : il me semblait tantôt que j'avais fait un rêve plein d'horreur et que je n'avais qu'à fermer les yeux pour me réveiller heureux le lendemain; tantôt, c'était ma vie entière qui me paraissait un songe ridicule et puéril, dont la fausseté venait de se dévoiler. Desgenais était assis devant moi, près de la lampe; il était ferme et sérieux, avec un sourire perpétuel. C'était un homme plein de cœur, mais sec comme la pierre ponce. Une précoce expérience l'avait rendu chauve avant l'âge; il connaissait la vie et avait pleuré dans son temps, mais sa douleur portait cuirasse : il était matérialiste et attendait la mort.

« Octave, me dit-il, d'après ce qui se passe en vous, je vois que vous croyez à l'amour tel que les romanciers et les poètes le représentent; vous croyez, en un mot, à ce qui se dit ici-bas et non à ce qui s'y fait. Cela vient de ce que vous ne raisonnez pas sainement, et peut vous mener à de très grands malheurs.

« Les poètes représentent l'amour, comme les sculpteurs nous peignent la beauté, comme les musiciens créent la mélodie : c'est-à-dire que, doués d'une organisation nerveuse et exquise, ils rassemblent avec discernement et avec ardeur les éléments les plus purs de la vie, les lignes les plus belles de la matière et les voix les plus harmonieuses de la nature. Il y avait, dit-on, à Athènes une grande quantité de belles filles ; Praxitèle les dessina toutes l'une après l'autre ; après quoi, de toutes ces beautés diverses qui, chacune, avaient leur défaut, il fit une beauté unique, sans défaut, et créa la Vénus. Le premier homme qui fit un instrument de musique et qui donna à cet art ses règles et ses lois, avait écouté longtemps, auparavant, murmurer les roseaux et chanter les fauvettes. Ainsi les poètes, qui connaissaient la vie, après avoir vu beaucoup d'amours plus ou moins passagers, après avoir senti profondément jusqu'à quel degré d'exaltation sublime la passion peut s'élever par moments, retranchant de la nature humaine tous les éléments qui la dégradent, créèrent ces noms mystérieux qui passèrent d'âge en âge sur les lèvres des hommes : Daphnis et Chloé, Héro et Léandre, Pyrame et Thisbé.

« Vouloir chercher dans la vie réelle des amours pareils à ceux-là, éternels et absolus, c'est la même chose que de chercher sur la place publique des femmes aussi belles que la Vénus, ou de vouloir que les rossignols chantent les symphonies de Beethoven.

« La perfection n'existe pas ; la comprendre est le triomphe de l'intelligence humaine ; la désirer pour la posséder est la plus dangereuse des folies. Ouvrez votre fenêtre, Octave ; ne voyez-vous pas l'infini ? ne sentez-vous pas que le ciel est sans bornes ? votre raison ne vous le dit-elle pas ? Cependant concevez-vous l'infini ? vous faites-vous quelque idée d'une chose sans fin, vous qui êtes né d'hier et qui mourrez demain ? Ce spectacle de l'immensité a, dans tous les pays du monde, produit les plus grandes démences. Les religions viennent de là ; c'est pour posséder l'infini que Caton s'est coupé la gorge, que les chrétiens se livraient aux lions, que les huguenots se jetaient aux catholiques ; tous les peuples de la terre ont étendu les bras vers cet espace immense, et ont voulu le presser sur leur poitrine. L'insensé veut posséder le ciel ; le sage l'admire, s'agenouille, et ne désire pas.

« La perfection, ami, n'est pas plus faite pour nous que l'immensité. Il faut ne la chercher en rien, ne la demander à rien : ni à l'amour, ni à la beauté, ni au bonheur, ni à la vertu ; mais il faut l'aimer, pour être vertueux, beau et heureux, autant que l'homme peut l'être.

« Supposons que vous avez dans votre cabinet d'étude un tableau de Raphaël que vous regardiez comme parfait ; supposons qu'hier soir, en le considérant de près, vous avez découvert dans un des personnages de ce tableau une faute grossière de dessin, un membre cassé ou un muscle hors nature, comme il y en a un, dit-on, dans l'un des bras du gladiateur antique. Vous éprouverez certainement un grand déplaisir, mais vous ne jetterez cependant pas au feu votre tableau ; vous vous direz seulement qu'il n'est pas parfait, mais qu'il y a des morceaux qui sont dignes d'admiration.

« Il y a des femmes que leur bon naturel et la sincérité de leur cœur empêchent d'avoir deux amants à la fois. Vous avez cru que votre maîtresse était ainsi ; cela vaudrait mieux en effet. Vous avez découvert qu'elle vous trompait ; cela vous oblige-t-il à la mépriser, à la maltraiter, à croire enfin qu'elle est digne de votre haine ?

« Quand bien même votre maîtresse ne vous aurait jamais trompé, et quand même elle n'aimerait que vous à présent, songez, Octave, combien son amour serait encore loin de la perfection, combien il serait humain, petit, restreint aux lois de l'hypocrisie du monde ; songez qu'un autre homme l'a possédée avant vous, et même plus d'un autre homme ; que d'autres encore la posséderont après vous.

« Faites cette réflexion : ce qui vous pousse en ce moment au désespoir, c'est cette idée de perfection que vous vous étiez faite sur votre maîtresse, et dont vous voyez qu'elle est déchue. Mais dès que vous comprendrez bien que cette idée première elle-même était humaine, petite et restreinte, vous verrez que c'est bien peu de chose qu'un degré de plus ou de moins sur cette grande échelle pourrie de l'imperfection humaine.

« Vous conviendrez volontiers, n'est-ce pas ? que votre maîtresse a eu d'autres hommes et qu'elle en aura d'autres ; vous me direz sans doute que peu vous importe de le savoir, pourvu qu'elle vous aime et qu'elle n'ait que vous tant qu'elle vous aimera. Mais, moi, je vous dis : Puisqu'elle a eu d'autres hommes que vous, qu'importe donc que ce soit hier ou y il a deux ans ? Puisqu'elle aura d'autres hommes, qu'importe que ce soit dèmain ou dans deux autres années ? Puisqu'elle ne doit vous aimer qu'un temps, et puisqu'elle vous aime, qu'importe donc que ce soit pendant deux ans ou pendant une nuit ? Êtes-vous homme, Octave ? Voyez-vous les feuilles tomber des arbres, le soleil se lever et se coucher ? Entendez-vous vibrer l'horloge de la vie à chaque battement de votre cœur ? Y a-t-il donc une si grande différence pour vous entre un amour d'un an et un amour d'une heure, insensé, qui, par cette fenêtre grande comme la main, pouvez voir l'infini ?

« Vous appelez honnête la femme qui vous aime deux ans fidèlement : vous avez apparemment un almanach fait exprès pour savoir combien de temps les baisers des hommes mettent à sécher sur les lèvres des femmes. Vous faites une grande différence entre la femme qui se donne pour de l'argent et celle qui se donne pour du plaisir, entre celle qui se donne pour de l'orgueil et celle qui se donne pour du dévouement. Parmi les femmes que vous achetez, vous payez les unes plus cher que les autres ; parmi celles que vous recherchez pour le plaisirs des sens, vous vous abandonnez aux unes avec plus de confiance qu'aux autres ; parmi celles que vous avez par vanité, vous vous montrez plus glorieux de celle-ci que de celle-là ; et de celles à qui vous vous dévouez, il y en a à qui vous donnez le tiers de votre cœur, à une autre le quart, à une autre la moitié, selon son éducation, ses mœurs, son nom, sa naissance, sa beauté, son tempérament, selon l'occasion, selon ce qu'on en dit, selon l'heure qu'il est, selon ce que vous avez bu à dîner.

« Vous avez des femmes, Octave, par la raison que vous êtes jeune, ardent, que votre visage est ovale et régulier, que vos cheveux sont peignés avec soin ; mais par cette raison même, mon ami, vous ne savez pas ce que c'est qu'une femme.

« La nature, avant tout, veut la reproduction des êtres ; partout, depuis le sommet des montagnes jusqu'au fond de l'Océan, la vie a peur de mourir. Dieu, pour conserver son ouvrage, a donc établi cette loi, que la plus grande jouissance de tous les êtres vivants fût l'acte de la génération. Le palmier, envoyant à sa femelle sa poussière féconde, frémit d'amour dans les vents embrasés ; le cerf en rut éventre sa biche qui lui résiste ; la colombe palpite sous les ailes du mâle comme une sensitive amoureuse ; et l'homme, tenant dans ses bras sa compagne, au sein de la toute-puissante nature, sent bondir dans son cœur l'étincelle divine qui l'a créé.

« O mon ami ! lorsque vous serrez dans vos bras nus une belle et robuste femme, si la volupté vous arrache des larmes, si vous sentez sangloter sur vos lèvres des serments d'amour éternel, si l'infini vous descend dans le cœur, ne craignez pas de vous livrer, fussiez-vous avec une courtisane ; vous êtes toujours devant Dieu. Vous accomplissez son grand œuvre ; il crée en vous ; vous êtes sa main droite. Ne retenez pas les prières qui vous viennent à la bouche pendant le sacrifice ; ce sont là les autels où il veut être compris et adoré.

« Mais ne confondez pas le vin avec l'ivresse ; ne croyez pas la coupe divine où vous buvez le breuvage divin ; ne vous étonnez pas le soir de la trouver vide et brisée. C'est une femme, c'est un vase fragile, fait de terre par un potier.

« Remerciez Dieu de vous montrer le ciel, et parce que vous battez de l'aile ne vous croyez pas un oiseau. Les oiseaux eux-mêmes ne peuvent franchir les nuages ; il y a une sphère où ils manquent d'air, et l'alouette, qui s'élève en chantant dans les brouillards du matin, retombe quelquefois morte sur le sillon.

« Prenez de l'amour ce qu'un homme sobre prend de vin ; ne devenez pas un ivrogne. Si votre maîtresse est sincère et fidèle, aimez-la pour cela ; mais si elle ne l'est pas, et qu'elle soit jeune et belle, aimez-la parce qu'elle est jeune et belle ; et si elle est agréable et spirituelle, aimez-la encore ; et si elle n'est rien de tout cela, mais qu'elle vous aime seulement, aimez-la encore : on n'est pas aimé tous les soirs.

« Ne vous arrachez pas les cheveux et ne parlez pas de vous poignarder parce que vous avez un rival. Vous dites que votre maîtresse vous trompe pour un autre : c'est votre orgueil qui en souffre ; mais changez seulement les mots : dites-vous que c'est lui qu'elle trompe pour vous, et vous voilà glorieux.

« Ne vous faites pas de règle de conduite et ne dites pas que vous voulez être aimé exclusivement ; car en disant cela, comme vous êtes homme et inconstant vous-même, vous êtes forcé d'ajouter tacitement : Autant que cela est possible.

« Prenez le temps comme il vient, le vent comme il souffle, la femme comme elle est. Les Espagnoles, les premières des femmes, aiment fidèlement : leur cœur est sincère et violent, mais elles portent un stylet sur le cœur. Les Italiennes sont lascives ; mais elles cherchent de larges épaules et prennent mesure de leur amant avec des aunes de tailleur. Les Anglaises sont exaltées et mélancoliques ; mais elles sont froides et guindées. Les Allemandes sont tendres et douces, mais fades et monotones. Les Françaises sont spirituelles, élégantes et voluptueuses, mais elles mentent comme des démons.

« Avant tout, n'accusez pas les femmes d'être ce qu'elles sont ; c'est nous qui les avons faites ainsi, défaisant l'ouvrage de la nature en toute occasion.

« La nature, qui pense à tout, a fait la vierge pour être amante ; mais, à son premier enfant, ses cheveux tombent, son sein se déforme, son corps porte une cicatrice ; la femme est faite pour être mère.

L'homme s'en éloignerait peut-être alors, dégoûté par la beauté perdue ; mais son enfant s'attache à lui en pleurant. Voilà la famille, la loi humaine ; tout ce qui s'en écarte est monstrueux. Ce qui fait la vertu des campagnards, c'est que leurs femmes sont des machines à enfantement et à allaitement, comme ils sont, eux, des machines à labourage. Ils n'ont ni faux cheveux ni lait virginal ; mais leurs amours n'ont pas la lèpre ; ils ne s'aperçoivent pas, dans leurs accouplements naïfs, qu'on a découvert l'Amérique. A défaut de sensualité, leurs femmes sont saines : elles ont les mains calleuses, aussi leur cœur ne l'est-il pas.

« La civilisation fait le contraire de la nature. Dans nos villes et selon nos mœurs, la vierge faite pour courir au soleil, pour admirer les lutteurs nus, comme à Lacédémone, pour choisir, pour aimer, on l'enferme, on la verrouille ; cependant elle cache un roman sous son crucifix. Pâle et oisive, elle se corrompt devant son miroir, elle flétrit dans le silence des nuits cette beauté verte et luxuriante qui l'étouffe et qui a besoin du grand air. Puis tout d'un coup on la tire de là, ne sachant rien, n'aimant rien, désirant tout ; une vieille l'endoctrine, on lui chuchote un mot obscène à l'oreille, et on la jette dans le lit d'un inconnu qui la viole. Voilà le mariage, c'est-à-dire la famille civilisée. Et maintenant voilà cette pauvre fille qui fait un enfant ; voilà ses cheveux, son beau sein, son corps qui se flétrissent ; voilà qu'elle a perdu la beauté des amantes, et elle n'a point aimé ! Voilà qu'elle a conçu, voilà qu'elle a enfanté, et elle se demande pourquoi ; on lui apporte un enfant et on lui dit : « Vous êtes mère. » Elle répond : « Je ne suis pas mère ; qu'on donne cet enfant à une femme qui ait du lait ! il n'y en a pas dans mes mamelles. Ce n'est pas ainsi que le lait vient aux femmes. » Son mari lui répond qu'elle a raison, que son enfant le dégoûterait d'elle. On vient, on la pare, on met une dentelle de Malines sur son lit ensanglanté, on la soigne, on la guérit du mal de la maternité. Un mois après, la voilà aux Tuileries, au bal, à l'Opéra ; son enfant est à Chaillot, à Auxerre ; son mari, au mauvais lieu. Dix jeunes gens lui parlent d'amour, de dévouement, de sympathie, d'éternel embrassement, de tout ce qu'elle a dans le cœur. Elle en prend un, l'attire sur sa poitrine; il la déshonore, se retourne, et s'en va à la Bourse. Maintenant la voilà lancée; elle pleure une nuit et trouve que les larmes lui rougissent les yeux. Elle prend un consolateur, de la perte duquel un autre la console ; ainsi jusqu'à trente ans et plus. C'est alors que, blasée et gangrenée, n'ayant plus rien d'humain, pas même le dégoût, elle rencontre un soir un bel adolescent aux cheveux noirs, à l'œil ardent, au cœur palpitant d'espérance; elle reconnaît sa jeunesse, se souvient de ce qu'elle a souffert, et, lui rendant les leçons de la vie, elle lui apprend à ne jamais aimer.

« Voilà la femme telle que nous l'avons faite; voilà nos maîtresses. Mais quoi ! ce sont des femmes, et il y a avec elles de bons moments !

« Si vous êtes d'une trempe ferme, sûr de vous-même et vraiment homme, voici donc ce que je vous conseille : lancez-vous sans crainte dans le torrent du monde; ayez des courtisanes, des danseuses, des bourgeoises, des marquises. Soyez constant et infidèle, triste et joyeux, trompé ou respecté; mais sachez si vous êtes aimé, car, du moment que vous le serez, que vous importe le reste?

« Si vous êtes un homme médiocre et ordinaire, je suis d'avis que vous cherchiez quelque temps avant de vous décider, mais que vous ne comptiez sur rien de ce que vous aurez cru trouver dans votre maîtresse !

« Si vous êtes un homme faible, enclin à vous laisser dominer et à prendre racine là où vous voyez un peu de terre, faites-vous une cuirasse qui résiste à tout; car, si vous cédez à votre nature débile, là où vous aurez pris racine, vous ne pousserez pas; vous sécherez comme une plante oisive, et vous n'aurez ni fleurs ni fruits. La sève de votre vie passera dans une écorce étrangère; toutes vos actions seront pâles comme la feuille du saule; vous n'aurez pour vous arroser que vos propres larmes, et pour vous nourir que votre propre cœur.

« Mais si vous êtes une nature exaltée, croyant à des rêves et voulant les réaliser, je vous réponds alors tout net : L'amour n'existe pas.

« Car j'abonde dans votre sens, et je vous dis : Aimer, c'est se donner corps et âme, ou, pour mieux dire, c'est faire un seul être de deux. C'est se promener au soleil, en plein vent, au milieu des blés et des prairies, avec un corps à quatre bras, à deux têtes et à deux cœurs. L'amour, c'est la foi, c'est la religion du bonheur terrestre; c'est un triangle lumineux placé à la voûte de ce temple qu'on appelle le monde. Aimer, c'est marcher librement dans ce temple, et avoir à son côté un être capable de comprendre pourquoi une pensée, un mot, une fleur, font que vous vous arrêtez et que vous relevez la tête vers le triangle céleste. Exercer les nobles facultés de l'homme est un grand bien, voilà pourquoi le génie est une belle chose; mais doubler ses facultés, presser un cœur et une intelligence sur son intelligence et sur son cœur, c'est le bonheur suprême. Dieu n'en a pas fait plus pour l'homme; voilà pourquoi l'amour vaut mieux que le génie. Or, dites-moi, est-ce là l'amour de nos femmes? Non, non, il faut en convenir. Aimer, pour elles, c'est autre chose : c'est sortir voilée, écrire avec mys-tère, marcher en tremblant sur la pointe du pied, comploter et railler, faire des yeux languissants, pousser de chastes soupirs dans une robe empesée et guindée, puis tirer les verrous pour la jeter par-dessus sa tête, humilier une rivale, tromper un mari, désoler ses amants; aimer, pour nos femmes, c'est jouer à mentir, comme les enfants jouent à se cacher : hideuse débauche du cœur, pire que toute la lubricité romaine aux saturnales de Priape; parodie bâtarde du vice lui-même aussi bien que de la vertu; comédie sourde et basse où tout se chuchote et se travaille avec des regards obliques, où tout est petit, élégant et difforme, comme dans ces monstres de porcelaine qu'on apporte de Chine; dérision lamentable de ce qu'il y a de beau et de laid, de divin et d'infernal au monde; ombre sans corps, squelette de tout ce que Dieu a fait. »

Ainsi parlait Desgenais, d'une voix mordante, au milieu du silence de la nuit.

CHAPITRE VI

Je fus le lendemain au bois de Boulogne, avant dîner; le temps était sombre. Arrivé à la porte Maillot, je laissai mon cheval aller où bon lui sembla, et, m'abandonnant à une rêverie profonde, je repassai peu à peu dans ma tête tout ce que m'avait dit Desgenais.

L'amour que j'avais pour ma maîtresse, m'ayant, presque au sortir du collège, absorbé tout entier, avait été pour moi une sauvegarde contre la corruption prématurée à laquelle la jeunesse s'abandonne souvent dans la première joie de la liberté; car, le plus grand défaut des écoles étant de défendre sans cesse ce que la nature ordonne, il est tout simple que les écoliers commencent, en entrant dans le monde, par se livrer à tout ce qu'on leur défendait, outre mesure et sans discernement.

Si l'on m'avait proposé de devenir un libertin tant que ma maîtresse m'était fidèle, les séductions les plus fortes et les raisonnements les plus pervers auraient été sans effet sur moi. Une courtisane me paraissait un être difforme. Tout d'un coup ma maîtresse, que j'adorais religieusement, était devenue pour moi comme une courtisane; et, tandis que je croyais fuir la débauche dans un sanctuaire impénétrable, je venais de m'apercevoir que c'était la débauche elle-même que j'avais dans les bras.

Je le demande à quiconque a aimé : parmi toutes les horreurs de l'enfer, en a-t-on jamais inventé une qui puisse entrer en comparaison avec ce qui se passe dans l'âme humaine lorsqu'une pareille chose arrive? Il me semble voir un enfant innocent que des brigands veulent égorger dans une forêt; il se sauve, en criant, dans les bras de son père; il s'attache à son cou, il se cache sous son manteau, il le supplie de le sauver; et son père tire une épée flamboyante; lui-même est un bandit, et égorge l'enfant.

Les peintres qui ont représenté la tentation de saint Antoine ont oublié de lui faire subir une épreuve à laquelle il n'eût pas résisté. Ils nous le montrent entouré de démons, de femmes nues, qui s'efforcent en vain de le faire succomber par tous les moyens possibles; cependant le saint en prière se courbe sur son crucifix. Il ne voit rien, il n'entend rien; il n'est pas là, il prie. Mais je voudrais qu'un démon plus rusé que les autres, un démon féminin, eût la pensée de se changer en Christ et de s'insinuer dans la statue du Rédempteur. Alors, au moment où le saint, pour échapper à la tentation, se précipiterait sur l'image de Dieu et la serrerait sur son cœur, je voudrais voir que le Christ lui-même, ouvrant ses bras de marbre, lui plantât sur les lèvres un baiser lascif et brûlant.

Certes, une femme ne sait ce qu'elle fait lorsqu'elle trompe un jeune homme qui n'a jamais été trompé; elle ne sait pas où elle l'envoie, au sortir de ce lit qu'elle souille, et où, la veille encore, il a baisé sur l'oreiller cette petite place plus chère qu'un empire, où repose la tête de la bien-aimée. Elle ne réfléchit pas à son action : elle cède à un caprice, elle suit sa fugitive étoile; il est impossible qu'elle raisonne : car, si elle raisonnait, si elle voyait la plaie affreuse qu'elle ouvre et le flot de sang qui va en sortir, plutôt que d'entr'ouvrir sa porte elle la ferait murer. Que dis-je? si elle savait que son amour pour un enfant peut faire éclore de pareils fruits, non seulement elle n'oserait le tromper, elle n'oserait pas même l'aimer; elle aurait pitié par avance des maux qu'elle pourrait lui faire; elle lui dirait comme Rosalinde : « Je vous en prie, ne prenez pas d'amour pour moi; je suis plus fausse que les serments faits dans l'ivresse. »

Comme je traversais une allée, plongé dans toutes ces pensées, je m'entendis appeler par mon nom. Je me retournai, et vis, dans une voiture découverte, une des amies intimes de ma maîtresse. Elle cria d'arrêter, et, me tendant la main d'un air amical, me demanda, si je n'avais rien à faire, de venir dîner avec elle.

Cette femme, qui s'appelait madame Levasseur, était petite, grasse

et très blonde; elle m'avait toujours déplu, je ne sais pourquoi, nos relations n'ayant jamais rien eu que d'agréable. Cependant je ne pus résister à l'envie d'accepter son invitation; je serrai sa main en la remerciant; je sentais que nous allions parler de ma maîtresse.

Elle me donna quelqu'un pour ramener mon cheval; je montai dans sa voiture; elle y était seule, et nous reprîmes aussitôt le chemin de Paris. La pluie commençait à tomber, on ferma la voiture; ainsi enfermés en tête à tête, nous demeurâmes d'abord silencieux. Je la regardais avec une tristesse inexprimable; non seulement elle était l'amie de mon infidèle, mais elle était sa confidente. Souvent, durant les jours heureux, elle avait été en tiers dans nos soirées. Avec quelle impatience je l'avais supportée alors ! combien de fois j'avais compté les instants qu'elle passait avec nous ! De là sans doute mon aversion pour elle. J'avais beau savoir qu'elle approuvait nos amours, qu'elle me défendait même parfois auprès de ma maîtresse dans les jours de brouille, je ne pouvais, en faveur de toute son amitié, lui pardonner ses importunités. Malgré sa bonté et les services qu'elle nous rendait, elle me semblait laide, fatigante. Hélas ! maintenant que je la trouvais belle ! Je regardais ses mains, ses vêtements; chacun de ses gestes m'allait au cœur; tout le passé y était écrit. Elle me voyait, elle sentait ce que j'éprouvais auprès d'elle et que des souvenirs m'oppressaient. Le chemin s'écoula ainsi, moi la regardant, elle me souriant. Enfin, quand nous entrâmes à Paris, elle me prit la main : « Eh bien ? dit-elle. — Eh bien ! répondis-je en sanglotant, dites-le lui, madame, si vous voulez. » Et je versai un torrent de larmes.

Mais lorsque après le dîner nous fûmes au coin du feu : « Mais enfin, dit-elle, toute cette affaire est-elle irrévocable ? n'y a-t-il plus aucun moyen ?

— Hélas ! madame, lui répondis-je, il n'y a rien d'irrévocable que la douleur qui me tuera. Mon histoire n'est pas longue à dire : je ne puis ni l'aimer, ni en aimer une autre, ni me passer d'aimer. »

Elle se renversa sur sa chaise à ces paroles, et je vis sur son visage les marques de sa compassion. Longtemps elle parut réfléchir et se reporter sur elle-même, comme sentant dans son cœur un écho. Ses yeux se voilèrent, et elle restait enfermée comme dans un souvenir ; elle me tendit la main ; je m'approchai d'elle. « Et moi, murmura-t-elle, et moi aussi ! voilà ce que j'ai connu en temps et lieu. » Une vive émotion l'arrêta.

De toutes les sœurs de l'amour, l'une des plus belles est la pitié. Je tenais la main de madame Levasseur ; elle était presque dans mes bras ; elle commença à me dire tout ce qu'elle put imaginer en faveur de la maîtresse, pour me plaindre autant que pour l'excuser. Ma tristesse s'en accrut ; que répondre ? Elle en vint à parler d'elle-même.

Il n'y avait pas longtemps, me dit-elle, qu'un homme qu'elle aimait l'avait quittée. Elle avait fait de grands sacrifices ; sa fortune était compromise, aussi bien que l'honneur de son nom. De la part de son mari, qu'elle connaissait pour vindicatif, il y avait eu des menaces. Ce fut un récit mêlé de larmes, et qui m'intéressa au point que j'oubliai mes douleurs en écoutant les siennes. On l'avait mariée à contre-cœur, elle avait lutté pendant longtemps ; mais elle ne regrettait rien, sinon de n'être plus aimée. Je crus même qu'elle s'accusait en quelque sorte, comme n'ayant pas su conserver le cœur de son amant, et ayant agi avec légèreté à son égard.

Lorsque après avoir soulagé son cœur elle demeura peu à peu comme muette et incertaine : « Non, madame, lui dis-je, ce n'est point le hasard qui m'a conduit aujourd'hui au bois de Boulogne. Laissez-moi croire que les douleurs humaines sont des sœurs égarées, mais qu'un bon ange est quelque part qui unit parfois à dessein ces faibles mains tremblantes, tendues vers Dieu. Puisque je vous ai revue, et que vous m'avez appelé, ne vous repentez donc point d'avoir parlé ; et, qui que ce soit qui vous écoute, ne vous repentez jamais des larmes. Le secret que vous me confiez n'est qu'une larme tombée de vos yeux, mais elle est restée sur mon cœur. Permettez-moi de revenir, et souffrons quelquefois ensemble. »

Une sympathie si vive s'empara de moi en parlant ainsi, que, sans y réfléchir, je l'embrassai ; il ne me vint pas à l'esprit qu'elle s'en pût trouver offensée, et elle ne parut même pas s'en apercevoir.

Un silence profond régnait dans l'hôtel qu'habitait madame Levasseur. Quelque locataire y étant malade, on avait répandu de la paille dans la rue, en sorte que les voitures n'y faisaient aucun bruit. J'étais près d'elle, la tenant dans mes bras, et m'abandonnant à l'une des plus douces émotions du cœur, le sentiment d'une douleur partagée.

Notre entretien continua sur le ton de la plus expansive amitié. Elle me disait ses souffrances, je lui contais les miennes, et entre ces deux douleurs qui se touchaient je sentais s'élever je ne sais quelle douceur, je ne sais quelle voix consolante, comme un accord pur et céleste né du concert de deux voix gémissantes. Cependant, durant toutes ces larmes, comme je m'étais penché sur madame Levasseur, je ne voyais que son visage. Dans un moment de silence, m'étant relevé et éloigné quelque peu, je m'aperçus que, pendant que nous parlions, elle avait appuyé son pied assez haut sur le chambranle de la cheminée, en sorte que, sa robe ayant glissé, sa jambe se trouvait entièrement découverte. Il me parut singulier que, voyant ma confusion, elle ne se dérangeât point, et je fis quelques pas en tournant la tête pour lui donner le temps de s'ajuster ; elle n'en fit rien. Revenant à la cheminée, j'y restai appuyé en silence, regardant ce désordre, dont l'apparence était trop révoltante pour se supporter. Enfin, fixant ses yeux, et voyant clairement qu'elle s'apercevait fort bien elle-même de ce qui en était, je me sentis frappé de la foudre ; car je compris net que j'étais le jouet d'une effronterie tellement monstrueuse, que la douleur elle-même n'était pour elle qu'une séduction des sens. Je pris mon chapeau sans dire mot ; elle rabaissa lentement sa robe, et je sortis de la salle en lui faisant un grand salut.

CHAPITRE VII

En rentrant chez moi, je trouvai au milieu de ma chambre une grande caisse de bois. Une de mes tantes était morte, et j'avais une part dans son héritage, qui n'était pas considérable. Cette caisse renfermait, entre autres objets indifférents, une quantité de vieux livres poudreux. Ne sachant que faire et rongé d'ennui, je pris le parti d'en lire quelques-uns. C'étaient pour la plupart des romans du siècle de Louis XV; ma tante, fort dévote, en avait probablement hérité elle-même, et les avait conservés sans les lire; car ils étaient de la plus grande licence, et, pour ainsi dire, comme autant de catéchismes de libertinage.

J'ai dans l'esprit une singulière propension à réfléchir à tout ce qui m'arrive, même aux moindres incidents, et à leur donner une sorte de raison conséquente et morale; j'en fais en quelque sorte comme des grains de chapelet, et je tâche malgré moi de les rattacher à un même fil.

Dussé-je paraître puéril en ceci, l'arrivée de ces livres me frappa dans la circonstance où je me trouvais. Je les dévorai avec une amertume et une tristesse sans bornes, le cœur brisé et le sourire sur les lèvres. « Oui, vous avez raison, leur disais-je, vous seuls savez les secrets de la vie; vous seuls osez dire que rien n'est vrai que la débauche, l'hypocrisie et la corruption. Soyez mes amis; posez sur la plaie de mon âme vos poisons corrosifs; apprenez-moi à croire en vous. »

Pendant que je m'enfonçais ainsi dans les ténèbres, mes poètes favoris et mes livres d'études restaient épars dans la poussière. Je les foulais aux pieds dans mes accès de colère. « Et vous, leur disais-je, rêveurs insensés qui n'apprenez qu'à souffrir, misérables arrangeurs de paroles, charlatans si vous saviez la vérité, niais si vous étiez de bonne foi, menteurs dans les deux cas, qui faites des contes de fée avec le cœur humain, je vous brûlerai tous jusqu'au dernier.

Au milieu de tout cela, les larmes venaient à mon aide, et je m'apercevais qu'il n'y avait de vrai que ma douleur. « Eh bien ? criai-je alors dans mon délire, dites-moi, vous tous, bons et mauvais génies, esprits de vie et de mort assis à mon chevet, poètes et ruffians, conseillers du bien et du mal, dites-moi donc ce qu'il faut faire ! Choisissez donc un arbitre entre vous ! »

Je saisis une vieille Bible qui était sur ma table, et l'ouvris au hasard. « Réponds-moi, toi, livre de Dieu, lui dis-je ! sachons un peu quel est ton avis. » Je tombai sur ces paroles de l'Ecclésiaste, chapitre IX :

« J'ai agité toutes ces choses dans mon cœur, et je me suis mis en peine d'en trouver l'intelligence. Il y a des justes et des sages, et leurs œuvres sont dans la main de Dieu; néanmoins l'homme ne sait s'il est digne d'amour ou de haine.

« Mais tout est réservé pour l'avenir et demeure incertain, parce que tout arrive également au juste et à l'injuste, au bon et au méchant, au pur et à l'impur, à celui qui immole des victimes et à celui qui méprise les sacrifices. L'innocent est traité comme le pécheur, et le parjure comme celui qui jure la vérité.

« C'est là ce qu'il y a de plus fâcheux dans tout ce qui se passe sous le soleil, que tout arrive de même à tous. De là vient que les cœurs des enfants des hommes sont remplis de malice et de mépris pendant leur vie, et après cela ils seront mis entre les morts. »

Je demeurai stupéfait après avoir lu ces paroles; je ne croyais pas qu'un sentiment pareil existât dans la Bible. « Ainsi donc, lui dis-je, et toi aussi, tu doutes, livre de l'espérance ! »

Que pensent donc les astronomes lorsqu'ils prédisent à point nommé, à l'heure dite, le passage d'une comète, le plus irrégulier des promeneurs célestes ? que pensent donc les naturalistes lorsqu'ils vous montrent à travers un microscope des animaux dans une goutte d'eau ? croient-ils donc qu'ils inventent ce qu'ils aperçoivent, et que leurs microscopes et leurs lunettes fassent la loi à la nature ? Que pensa donc le premier législateur des hommes, lorsque, cherchant quelle devait être la première pierre de l'édifice social, irrité sans doute par quelque parleur importun, il frappa sur ses tables de marbre, et sentit crier dans ses entrailles la loi du talion ? avait-il donc inventé la justice ? et celui qui le premier arracha de la terre le fruit planté par son voisin, et qui le mit sous son manteau, et qui s'enfuit en regardant çà et là, avait-il inventé la honte ? Et celui qui, ayant trouvé ce même voleur qui l'avait dépouillé du produit de son travail, lui pardonna le premier sa faute, et, au lieu de lever la main sur lui, lui dit : « Assieds-toi là et prends encore ceci ! » lorsque après avoir ainsi rendu le bien pour le mal il releva la tête vers le ciel, et sentit son cœur tressaillir, et ses yeux se mouiller de larmes, et ses genoux fléchir jusqu'à terre, avait-il donc inventé la vertu ? O Dieu ! ô Dieu ! voilà une femme qui parle d'amour, et qui me trompe ; voilà un homme qui parle d'amitié, et qui me conseille de me distraire dans la débauche ; voilà une autre femme qui pleure, et qui veut me consoler avec les muscles de son jarret ; voilà une Bible qui parle de Dieu, et qui répond : « Peut-être ; tout cela est indifférent ! »

Je me précipitai vers ma fenêtre ouverte. « Est-ce donc vrai que tu es vide ? criai-je en regardant un grand ciel pâle qui se déployait sur ma tête. Réponds, réponds ! Avant que je meure, me mettras-tu autre chose qu'un rêve entre ces deux bras que voici ? »

Un profond silence régnait sur la place que dominaient mes croisées. Comme je restais les bras étendus et les yeux perdus dans l'espace, une hirondelle poussa un cri plaintif ; je la suivis du regard malgré moi ; tandis qu'elle disparaissait comme une flèche à perte de vue, une fillette passa en chantant.

CHAPITRE VIII

Je ne voulais pourtant pas céder. Avant d'en venir à prendre réellement la vie par son côté plaisant, qui m'en paraissait le côté sinistre, j'étais résolu à tout essayer. Je restai ainsi fort longtemps en proie à des chagrins sans nombre et tourmenté de rêves terribles.

La grande raison qui m'empêchait de guérir, c'était ma jeunesse. Dans quelque lieu que je fusse, quelque occupation que je m'imposasse, je ne pouvais penser qu'aux femmes; la vue d'une femme me faisait trembler. Que de fois je me suis relevé, la nuit, baigné de sueur, pour coller ma bouche sur mes murailles, me sentant prêt à suffoquer !

Il m'était arrivé un des plus grands bonheurs, et peut-être des plus rares : celui de donner à l'amour ma virginité. Mais il en résultait que toute idée de plaisir des sens s'unissait en moi à une idée d'amour; c'était là ce qui me perdait. Car, ne pouvant m'empêcher de penser continuellement aux femmes, je ne pouvais faire autre chose en même temps que repasser jour et nuit dans ma tête toutes ces idées de débauche, de faux amour, et de trahisons féminines, dont j'étais plein. Posséder une femme, pour moi, c'était aimer; or je ne songeais qu'aux femmes, et je ne croyais plus à la possibilité d'un véritable amour.

Toutes ces souffrances m'inspiraient comme une sorte de rage : tantôt j'avais envie de faire comme les moines, et de me meurtrir pour vaincre mes sens; tantôt j'avais envie d'aller dans la rue, dans la campagne, je ne sais où, de me jeter aux pieds de la première femme que je rencontrerais, et de lui jurer un amour éternel.

Dieu m'est témoin que je fis alors tout au monde pour me distraire et pour me guérir. D'abord, toujours préoccupé de cette idée involontaire, que la société des hommes était un repaire de vices et d'hypocrisie, où tout ressemblait à ma maîtresse, je résolus de m'en séparer et de m'isoler tout à fait. Je repris d'anciennes études ; je me jetai dans l'histoire, dans les poètes antiques, dans l'anatomie. Il y avait dans la maison, au quatrième étage, un vieil Allemand fort instruit, qui vivait seul et retiré. Je lui persuadai, non sans peine, de m'apprendre sa langue : une fois à la besogne, ce pauvre homme la prit à cœur. Mes perpétuelles distractions le désolaient. Que de fois, assis en tête à tête avec moi, sous sa lampe enfumée, il est resté avec un étonnement patient, me regardant les mains croisées sur son livre, tandis que, perdu dans mes rêves, je ne m'apercevais ni de sa présence ni de sa pitié ! « Mon bon monsieur, lui dis-je enfin, voilà qui est inutile ; mais vous êtes le meilleur des hommes. Quelle tâche vous entreprenez ! Il faut me laisser à ma destinée : nous n'y pouvons rien, ni vous ni moi. » Je ne sais s'il comprit ce langage ; il me serra les mains sans mot dire, et il ne fut plus question de l'allemand.

Je sentis aussitôt que la solitude, loin de me guérir, me perdait, et je changeai complètement de système. J'allai à la campagne, je me lançai au galop dans les bois, à la chasse ; je faisais des armes jusqu'à perdre haleine ; je me brisais de fatigue, et lorsque après une journée de sueur et de courses j'arrivais le soir à mon lit, sentant l'écurie et la poudre, j'enfonçais ma tête dans l'oreiller, je me roulais dans mes couvertures, et je criais : « Fantôme, fantôme, es-tu las aussi ? me quitteras-tu quelque nuit ? »

Mais à quoi bon ces vains efforts ? La solitude me renvoyait à la nature, et la nature à l'amour. Lorsque à la rue de l'Observance je me voyais entouré de cadavres, essuyant mes mains sur mon tablier sanglant, pâle au milieu des morts, suffoqué par l'odeur de la putréfaction, je me détournais malgré moi ; je voyais flotter devant mes yeux des moissons verdoyantes, des prairies embaumées, et la pensive harmonie du soir. « Non, me disais-je, ce n'est pas la science qui me consolera ; j'aurai beau me plonger dans cette nature morte, j'y mourrai moi-même, comme un noyé livide dans la peau d'un agneau écorché.

Je ne me guérirai pas de ma jeunesse : allons vivre là où est la vie, ou mourons du moins au soleil. Je partais, je prenais un cheval, je m'enfonçais dans les promenades de Sèvres et de Chaville; j'allais m'étendre sur un pré en fleur, dans quelque vallée écartée. Hélas ! et toutes ces forêts, toutes ces prairies me criaient : « Que viens-tu chercher ? Nous sommes vertes, pauvre enfant : nous portons la couleur de l'espérance. »

Alors je rentrais dans la ville; je me perdais dans les rues obscures; je regardais les lumières de toutes ces croisées, tous ces nids mystérieux des familles, les voitures passant, les hommes se heurtant. Oh ! quelle solitude ! quelle triste fumée sur ces toits ! quelle douleur dans ces rues tortueuses où tout piétine, travaille et sue, où des milliers d'inconnus vont se touchant le coude : cloaque où les corps seuls sont en société, laissant les âmes solitaires, et où il n'y a que les prostituées qui vous tendent la main au passage ! « Corromps-toi, corromps-toi, tu ne souffriras plus ! » Voilà ce que les villes crient à l'homme, ce qui est écrit sur les murs avec du charbon, sur les pavés avec de la boue, sur les visages avec du sang extravasé.

Et parfois, lorsque, assis à l'écart dans un salon, j'assistais à une fête brillante, voyant sauter toutes ces femmes roses, bleues, blanches, avec leurs bras nus et leurs grappes de cheveux, comme des chérubins ivres de lumière dans leurs sphères d'harmonie et de beauté : « Ah ! quel jardin ! me disais-je, quelles fleurs à cueillir, à respirer ! Ah ! marguerites, marguerites, que dira votre dernier pétale à celui qui vous effeuillera ? « Un peu, un peu, et pas du tout. » Voilà la morale du monde voilà la fin de vos sourires. C'est sur ce triste abîme du néant de vos rêves que vous promenez si légèrement toutes ces gazes parsemées de fleurs; c'est sur cette vérité hideuse que vous courez comme des biches, sur la pointe de vos petits pieds ! »

« Eh, mon Dieu ! disait Desgenais, pourquoi tout prendre au sérieux ? C'est ce qui ne s'est jamais vu. Vous plaignez-vous que les bouteilles se vident ? Il y a des tonneaux dans les caves, et des caves sur les coteaux. Faites-moi un bon hameçon, doré de douces paroles, avec une mouche à miel pour appât; et alerte ! pêchez-moi dans le fleuve d'oubli une jolie consolation, fraîche et glissante comme une anguille; il nous en restera encore quand elle vous aura passé entre les doigts. Aimez, aimez; vous en mourez d'envie. Il faut que jeunesse se passe, et, si j'étais de vous, j'enlèverais plutôt la reine de Portugal que de faire de l'anatomie. »

Tels étaient les conseils qu'il me fallait entendre à tout propos; et quand l'heure arrivait je prenais le chemin du logis, le cœur gonflé, le manteau sur le visage; je m'agenouillais sur le bord de mon lit, et le pauvre cœur se soulageait. Quelles larmes ! quels vœux ! quelles prières ! Galilée frappait la terre en s'écriant : « Elle se meut, pourtant ! » Ainsi je me frappais le cœur.

CHAPITRE IX

Tout à coup, au milieu du plus noir chagrin, le désespoir, la jeunesse et le hasard me firent commettre une action qui décida de mon sort.

J'avais écrit à ma maîtresse que je ne voulais plus la revoir; je tenais en effet ma parole, mais je passais les nuits sous ses croisées, assis sur un banc à sa porte; je voyais ses fenêtres éclairées, j'entendais le bruit de son piano; parfois je l'apèrcevais comme une ombre derrière ses rideaux entr'ouverts.

Une certaine nuit que j'étais sur ce banc, plongé dans une affreuse tristesse, je vis passer un ouvrier attardé qui chancelait. Il balbutiait des mots sans suite, mêlés d'exclamations de joie; puis il s'interrompait pour chanter. Il était pris de vin, et ses jambes affaiblies le conduisaient tantôt d'un côté du ruisseau, tantôt de l'autre. Il vint tomber sur le banc d'une autre maison en face de moi. Là il se berça quelque temps sur ses coudes, puis s'endormit profondément.

La rue était déserte; un vent sec balayait la poussière; la lune, au milieu d'un ciel sans nuages, éclairait la place où dormait l'homme. Je me trouvais donc tête à tête avec ce rustre qui ne se doutait pas de ma présence, et qui reposait sur cette pierre plus délicieusement peut-être que dans son lit.

Malgré moi, cet homme fit diversion à ma douleur; je me levai pour lui céder la place, puis je revins et me rassis. Je ne pouvais quitter cette porte, où je n'aurais pas frappé pour un empire; enfin, après m'être promené dans tous les sens, je m'arrêtai machinalement devant le dormeur.

« Quel sommeil ! me disais-je ! cet homme ne fait aucun rêve assurément; sa femme, à l'heure qu'il est, ouvre peut-être à son voisin la porte du grenier où il couche. Ses habits sont en haillons; ses joues sont creuses, ses mains ridées ; c'est quelque malheureux qui n'a pas de pain tous les jours. Mille soucis dévorants, mille angoisses mortelles l'attendent à son réveil ; cependant il avait ce soir un écu dans sa poche ; il est entré dans un cabaret où on lui a vendu l'oubli de ses maux ; il a gagné dans sa semaine de quoi avoir une nuit de sommeil ; il l'a prise peut-être sur le souper de ses enfants. Maintenant sa maîtresse peut le trahir, son ami peut se glisser comme un voleur dans son taudis ; moi-même, je peux lui frapper sur l'épaule et lui crier qu'on l'assassine, que sa maison est en feu ; il se retournera sur l'autre flanc et se rendormira.

« Et moi, et moi, continuais-je en traversant à grands pas la rue, je ne dors pas, moi qui ai dans ma poche ce soir de quoi le faire dormir un an ; je suis si fier et si insensé que je n'ose entrer dans un cabaret, et je ne m'aperçois pas que, si tous les malheureux y entrent, c'est parce qu'il en sort des heureux. O Dieu ! une grappe de raison écrasée sous la plante des pieds suffit pour dissiper les soucis les plus noirs et pour briser tous les fils invisibles que les génies du mal tendent sur notre chemin. Nous pleurons comme des femmes, nous souffrons comme des martyrs ; il nous semble, dans notre désespoir, qu'un monde s'est écroulé sur notre tête, et nous nous asseyons dans nos larmes comme Adam aux portes d'Éden. Et pour guérir une blessure plus large que le monde il suffit de faire un petit mouvement de la main et d'humecter notre poitrine. Quelles misères sont donc nos chagrins, puisqu'on les console ainsi ! Nous nous étonnons que la Providence, qui les voit, n'envoie pas ses anges nous exaucer dans nos prières ; elle n'a pas besoin de se tant mettre en peine ; elle a vu toutes nos souffrances, tous nos désirs, tout notre orgueil d'esprits déchus et l'océan de maux qui nous environne ; et elle s'est contentée de suspendre un petit fruit noir au bord de nos routes. Puisque cet homme dort si bien sur ce banc, pourquoi ne dormirais-je pas de même sur le mien ? Mon rival passe peut-être la nuit chez ma maîtresse ; il en sortira au point du jour ; elle l'accompagnera demi-nue jusqu'à la porte, et ils me verront endormi. Leurs baisers ne m'éveilleront pas ; ils me frapperont sur l'épaule : je me retournerai sur l'autre flanc et me rendormirai. »

Ainsi, plein d'une joie farouche, je me mis en quête d'un cabaret. Comme il était minuit passé, presque tous se trouvaient fermés ; cela me mettait en fureur. « Eh quoi ! pensais-je, cette consolation même me sera refusée ? » Je courais de tous côtés, frappant aux boutiques en criant : « Du vin ! du vin ! »

Enfin je trouvai un cabaret ouvert ; je demandai une bouteille, et, sans regarder si elle était bonne ou mauvaise, je l'avalai coup sur coup ; une seconde suivit, puis une troisième. Je me traitais comme un malade et je buvais par force, comme s'il fût agi d'un remède ordonné par un médecin, sous peine de la vie.

Bientôt les vapeurs de la liqueur épaisse, qui sans doute était frelatée, m'environnèrent d'un nuage. Comme j'avais bu précipitamment, l'ivresse me prit tout à coup ; je sentis mes idées se troubler, puis se calmer, puis se troubler encore. Enfin, la réflexion m'abandonnant, je levai les yeux au ciel, comme pour me dire adieu à moi-même, et m'étendis les coudes sur la table.

Alors seulement je m'aperçus que je n'étais pas seul dans la salle. A l'autre extrémité du cabaret était un groupe d'hommes hideux, avec des figures haves et des voix rauques. Leur costume annonçait qu'ils n'étaient pas du peuple, sans être des bourgeois ; en un mot, ils appartenaient à cette classe ambiguë, la plus vile de toutes, qui n'a ni état, ni fortune, ni même une industrie, sinon une industrie ignoble, qui n'est ni le pauvre ni le riche, et qui a les vices de l'un et la misère de l'autre.

Ils disputaient sourdement sur des cartes dégoûtantes ; au milieu d'eux était une fille très jeune et très jolie, proprement mise, et qui ne paraissait leur ressembler en rien, si ce n'est par la voix, qu'elle avait aussi enrouée et aussi cassée, avec un visage de rose, que si elle avait été crieuse publique pendant soixante ans. Elle me regardait attentivement, étonnée sans doute de me voir dans un cabaret ; car j'étais élégamment vêtu et presque recherché dans ma toilette. Peu à peu elle s'approcha ; en passant devant ma table, elle souleva les bouteilles qui s'y trouvaient et, les voyant toutes vides, elle sourit. Je vis qu'elle avait des dents superbes et d'une blancheur éclatante ; je lui pris la main et la priai de s'asseoir près de moi ; elle le fit de bonne grâce et demanda, pour son compte, qu'on lui apportât à souper.

Je la regardais sans dire un mot, et j'avais les yeux pleins de larmes ; elle s'en aperçut et me demanda pourquoi. Mais je ne pouvais lui répondre ; je secouais la tête, comme pour faire couler mes pleurs plus abondamment, car je les sentais ruisseler sur mes joues. Elle comprit que j'avais quelque chagrin secret et ne chercha pas à en deviner la cause ; elle tira son mouchoir, et, tout en soupant fort gaiement, elle m'essuyait de temps en temps le visage.

Il y avait dans toute cette fille je ne sais quoi de si horrible et de si doux, et une impudence si singulièrement mêlée de pitié, que je ne savais qu'en penser. Je voyais bien que c'était une fille, et c'était la première que j'approchais. Si elle m'eût pris la main dans la rue, elle m'eût fait horreur ; mais il me paraissait si bizarre qu'une créature que je n'avais jamais vue, quelle qu'elle fût, vînt, sans me dire un mot, souper en face de moi et m'essuyer mes larmes avec son mouchoir, que je restais interdit, à la fois révolté et charmé. J'entendis que le cabaretier lui demandait si elle me connaissait ; elle répondit qu'oui, et qu'on me laissât tranquille. Bientôt les joueurs s'en allèrent, et, le cabaretier ayant passé dans son arrière-boutique après avoir fermé sa porte et ses volets au dehors, je restai seul avec cette fille.

Tout ce que je venais de faire était venu si vite, et j'avais obéi à un mouvement de désespoir si étrange, que je croyais rêver et que mes pensées se débattaient dans un labyrinthe. Il me semblait, ou que j'étais fou, ou que j'avais obéi à une puissance surnaturelle.

« Qui es-tu ? m'écriai-je tout d'un coup, que me veux-tu ? d'où me connais-tu ? qui t'a dit d'essuyer mes larmes ? Est-ce ton métier que tu fais et crois-tu que je veuille de toi ? Je ne te toucherais pas seulement du bout du doigt. Que fais-tu là ? réponds. Est-ce de l'argent qu'il te faut ? Combien vends-tu cette pitié que tu as ? »

Je me levai et voulus sortir ; mais je sentis que je chancelais. En même temps, mes yeux se troublèrent, une faiblesse mortelle s'empara de moi, et je tombai sur un escabeau.

« Vous souffrez, me dit cette fille en me prenant le bras ; vous avez bu comme un enfant que vous êtes, sans savoir ce que vous faisiez. Restez sur cette chaise et attendez qu'il passe un fiacre dans la rue ; vous me direz où demeure votre mère, et il vous mènera chez vous, puisque vraiment, ajouta-t-elle en riant, puisque vraiment vous me trouvez laide. »

Comme elle parlait, je levai les yeux. Peut-être fut-ce l'ivresse qui me trompa ; je ne sais si j'avais mal vu jusqu'alors ou si je vis mal en ce moment ; mais je m'aperçus tout à coup que cette malheureuse portait sur son visage la ressemblance fatale de ma maîtresse. Je me sentis glacé à cette vue. Il y a un certain frisson qui prend l'homme aux cheveux ; les gens du peuple disent que c'est la mort qui vous passe sur la tête, mais ce n'était pas la mort qui passait sur la mienne.

C'était la maladie du siècle, ou plutôt cette fille l'était elle-même, et ce fut elle qui, sous ces traits pâles et moqueurs, avec cette voix enrouée, vint s'asseoir devant moi au fond du cabaret.

CHAPITRE X

Au moment où je m'étais aperçu que cette fille ressemblait à ma maîtresse, une idée affreuse, irrésistible, s'était emparée de mon cerveau malade, et je l'exécutai tout à coup.

Durant les premiers temps de nos amours, ma maîtresse était venue quelquefois me visiter à la dérobée. C'étaient alors des jours de fête pour ma petite chambre; les fleurs y arrivaient, le feu s'allumait gaiement, les rayons poudreux voyaient se préparer un bon souper; le lit avait aussi sa parure de noce pour recevoir la bien-aimée. Souvent, assis sur mon canapé, sous la glace, je l'avais contemplée durant les heures silencieuses où nos cœurs se parlaient. Je la regardais, pareille à la fée Mab, changer en paradis ce petit espace solitaire où tant de fois j'avais pleuré. Elle était là, au milieu de tous ces livres, de tous ces vêtements épars, de tous ces meubles délabrés, entre ces quatre murs si tristes; elle brillait comme une pièce d'or dans toute cette pauvreté.

Ces souvenirs si doux, depuis que je l'avais perdue, me poursuivaient sans relâche; ils m'ôtaient le sommeil. Mes livres, mes murs me parlaient d'elle; je ne pouvais les supporter. Mon lit me chassait dans la rue; je l'avais en horreur quand je n'y pleurais pas.

J'amenai donc là cette fille; je lui dis de s'asseoir en me tournant le dos; je la fis mettre demi-nue; puis j'arrangeai ma chambre autour d'elle comme autrefois pour ma maîtresse. Je plaçai les fauteuils là où ils étaient un certain soir que je me rappelais. En général, dans toutes nos idées de bonheur il y a certain souvenir qui domine; un jour, une heure qui a surpassé toutes les autres, ou, sinon, qui en a été comme le type, comme le modèle ineffaçable; un moment est venu, au milieu de tout cela, où l'homme s'est écrié comme Théodore, dans Lope de Véga : « Fortune ! mets un clou d'or à ta roue. »

Ayant ainsi tout disposé, j'allumai un grand feu, et, m'asseyant sur mes talons, je commençai à m'enivrer d'un désepoir sans bornes. Je descendais jusqu'au fond de mon cœur, pour le sentir se tordre et se serrer. Cependant je murmurais dans ma tête une romance tyrolienne que ma maîtresse chantait sans cesse :

> *Altra volta, gieri biele,*
> *Bianch' e rossa com' un' fiore ;*
> *Ma ora no. Non son più biele,*
> *Consumatis dal' amore*.*

J'écoutais l'écho de cette pauvre romance résonner dans le désert de mon cœur. Je me disais : « Voilà le bonheur de l'homme ; voilà mon petit paradis ; voilà ma fée Mab : c'est une fille des rues. Ma maîtresse ne vaut pas mieux. Voilà ce qu'on trouve au fond du verre où on a bu le nectar des dieux ; voilà le cadavre de l'amour. »

J'étais comme un homme assis sur les ruines d'une maison où il a passé son enfance ; il regarde pousser l'herbe sur les souvenirs de sa vie, et les corbeaux battent de l'aile autour de lui.

La malheureuse m'entendant chanter, se mit à chanter aussi. Je devins pâle comme la mort ; car cette voix rauque et ignoble, sortant de cet être qui ressemblait à ma maîtresse, me parut comme un symbole de ce que j'éprouvais. C'était la débauche en personne qui lui grasseyait dans la gorge, au milieu d'une jeunesse en fleur. Il me semblait que ma maîtresse, depuis ses perfidies, devait avoir cette voix-là. Je me souvins de Faust qui, dansant au Broken avec une jeune sorcière nue, lui voit sortir une souris rouge de la bouche.

---

* Autrefois j'étais belle, blanche et rose comme une fleur ; mais aujourd'hui non. Je ne suis plus belle, consumée par l'amour.

« Tais-toi, lui criai-je ; viens çà et gagne ta pitance. » Je la jetai sur mon lit et m'y étendis à côté d'elle, comme ma propre statue sur mon tombeau. A ce moment je sentis dans ma tête comme une roue de moulin qui s'ébranlait. « Tourne donc, dis-je à mon ivresse, tourne sur moi, meule hideuse, et broie cette cervelle souffrante. »

La créature me regarda en souriant ; elle se pencha sur moi. Que Dieu me pardonne cette nuit ! j'y bus un plus amer calice que celui que les anges apportèrent au Christ, en détournant la tête, dans le jardin des Oliviers.

Je vous le demande, à vous, hommes du siècle, qui, à l'heure qu'il est, courez à vos plaisirs, au bal ou à l'Opéra, et qui ce soir, en vous couchant, lirez pour vous endormir quelque blasphème usé du vieux Voltaire, quelque badinage raisonnable de Paul-Louis Courier, quelque discours économique d'une commission de nos chambres, qui respirerez, en un mot, par quelqu'un de vos pores, les froides substances de ce nénuphar monstrueux que la Raison plante au cœur de nos villes ; je vous le demande, si par hasard ce livre obscur vient à tomber entre vos mains, ne souriez pas d'un noble dédain, ne haussez pas trop les épaules ; ne vous dites pas avec trop de sécurité que je me plains d'un mal imaginaire, qu'après tout la raison humaine est la plus belle de nos facultés, et qu'il n'y a de vrai ici-bas que les agiotages de la Bourse, les brelans au jeu, le vin de Bordeaux à table, une bonne santé au corps, l'indifférence pour autrui, et le soir, au lit, des muscles lascifs recouverts d'une peau parfumée.

Car quelque jour, au milieu de votre vie stagnante et immobile, il peut passer un coup de vent. Ces beaux arbres que vous arrosez des eaux tranquilles de vos fleuves d'oubli, la Providence peut souffler dessus ; vous pouvez être au désespoir, messieurs les impassibles ; il y a des larmes dans vos yeux. Je ne vous dirai pas que vos maîtresses peuvent vous trahir : ce n'est pas pour vous peine si grande que lorsqu'il vous meurt un cheval ; mais je vous dirai qu'on perd à la Bourse, que, quand on joue avec un brelan, on peut en rencontrer un autre ;

et, si vous ne jouez pas, pensez que vos écus, votre tranquillité monnayée, votre bonheur d'or et d'argent, sont chez un banquier qui peut faillir, ou dans des fonds publics qui peuvent ne pas payer; je vous dirai qu'enfin, tout glacés que vous êtes, vous pouvez aimer quelque chose; il peut se détendre un fibre au fond de vos entrailles, et vous pouvez pousser un cri qui ressemble à de la douleur. Quelque jour, errant dans les rues boueuses, quand les jouissances matérielles ne seront plus là pour user votre force oisive, quand le réel et le quotidien vous manqueront, vous pouvez d'aventure en venir à regarder autour de vous avec des joues creuses et à vous asseoir sur un banc désert à minuit.

O hommes de marbre ! sublimes égoïstes, inimitables raisonneurs, qui n'avez jamais fait ni un acte de désespoir ni une faute d'arithmétique, si jamais cela vous arrive, à l'heure de votre ruine ressouvenez-vous d'Abeilard quand il eut perdu Héloïse. Car il l'aimait plus que vous vos chevaux, vos écus d'or et vos maîtresses; car il avait perdu, en se séparant d'elle, plus que vous ne perdrez jamais, plus que votre prince Satan ne perdrait lui-même en retombant une seconde fois des cieux; car il l'aimait d'un certain amour dont les gazettes ne parlent pas, et dont vos femmes et vos filles n'aperçoivent pas l'ombre sur nos théâtres et dans nos livres; car il avait passé la moitié de sa vie à la baiser sur son front candide en lui apprenant à chanter les psaumes de David et les cantiques de Saül; car il n'avait qu'elle sur terre; et cependant Dieu l'a consolé.

Croyez-moi, lorsque, dans vos détresses, vous penserez à Abeilard, vous ne verrez pas du même œil les doux blasphèmes du vieux Voltaire et les badinages de Courier; vous sentirez que la raison humaine peut guérir les illusions, mais non pas guérir les souffrances; que Dieu l'a faite bonne ménagère, mais non pas sœur de charité. Vous trouverez que le cœur de l'homme, quand il a dit : « Je ne crois à rien, car je ne vois rien, » n'avait pas dit son dernier mot. Vous chercherez autour de vous quelque chose comme une espérance; vous irez secouer les portes des églises pour voir si elles branlent encore; mais vous les trouverez murées; vous penserez à vous faire trappistes, et la destinée qui vous raille vous répondra par une bouteille de vin du peuple et une courtisane.

Et si vous buvez la bouteille, si vous prenez la courtisane et l'emmenez dans votre lit, sachez comme il en peut advenir.

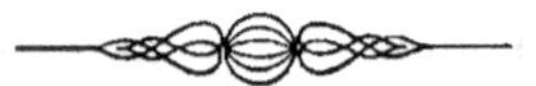

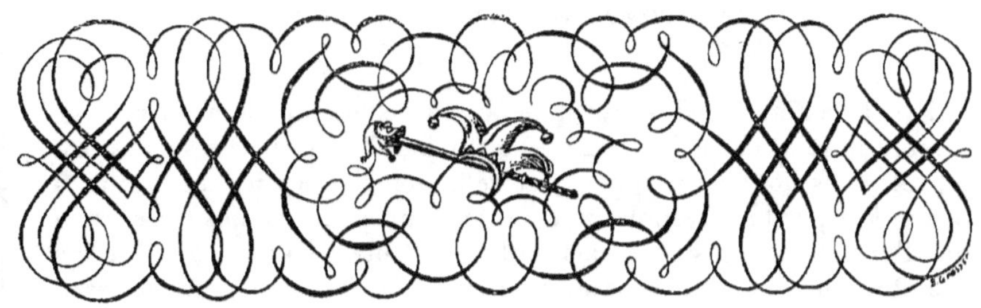

DEUXIÈME PARTIE

CHAPITRE I

Je sentis, en m'éveillant le lendemain, un si profond dégoût de moi-même, je me trouvai si avili, si dégradé à mes propres yeux, qu'une tentation horrible s'empara de moi au premier mouvement. Je m'élançai hors du lit, j'ordonnai à la créature de s'habiller et de partir le plus vite possible; puis je m'assis, et comme je promenais des regards désolés sur les murs de la chambre, je les arrêtai machinalement vers l'angle où étaient suspendus mes pistolets.

Lors même que la pensée souffrante s'avance pour ainsi dire les bras tendus vers l'anéantissement, lorsque notre âme prend un parti violent, il semble que, dans l'action physique de décrocher une arme, de l'apprêter, dans le froid même du fer, il semble qu'il y ait une horreur matérielle, indépendante de la volonté; les doigts se préparent avec une angoisse, le bras se roidit. Quiconque marche à la mort, la nature entière recule en lui. Ainsi je ne puis exprimer ce que j'éprouvai tandis que cette fille s'habillait, si ce n'est que ce fut comme si mon pistolet m'eût dit : « Pense à ce que tu vas faire. »

J'ai, en effet, pensé souvent depuis à ce qui me serait arrivé si, comme je le voulais, la créature se fût habillée à la hâte et aussitôt retirée. Sans doute le premier effet de la honte se serait calmé ; la tristesse n'est pas le désespoir, et Dieu les a unis comme des frères, afin que l'un ne nous laissât jamais seul avec l'autre. Une fois l'air de ma chambre vide de cette femme, mon cœur eût été soulagé. Il ne serait resté auprès de moi que le repentir, à qui l'ange du pardon céleste a défendu de tuer personne. Mais sans doute, du moins, j'étais guéri pour la vie ; la débauche était pour toujours chassée du seuil de ma porte, et je ne serais jamais revenu sur le sentiment d'horreur que sa première visite m'avait inspiré.

Mais il en arriva tout autrement. La lutte qui se faisait en moi, les réflexions poignantes qui m'accablaient, le dégoût, la crainte, la colère même, — car je ressentais mille choses à la fois, — toutes ces puissances fatales me clouaient sur mon fauteuil ; et, tandis que j'étais ainsi en proie au plus dangereux délire, la créature, penchée devant le miroir, ne pensait qu'à ajuster de son mieux sa robe et se coiffait en souriant le plus tranquillement du monde. Tout ce manège de coquetterie dura plus d'un quart d'heure, durant lequel j'avais presque fini par l'oublier. Enfin, à quelque bruit qu'elle fit, m'étant retourné avec impatience, je la priai de me laisser seul, avec un accent de colère si marqué qu'elle fut prête en un moment et tourna le bouton de la porte en m'envoyant un baiser.

Au même instant, on sonna à la porte extérieure. Je me levai précipitamment et n'eus que le temps d'ouvrir à la créature un cabinet où elle se jeta. Desgenais entra presque aussitôt avec deux jeunes gens du voisinage.

Ces grands courants d'eau que l'on rencontre au milieu des mers ressemblent à certains événements de la vie. Fatalité, hasard, Providence, qu'importe le nom ! Ceux qui croient nier l'un en lui opposant l'autre ne font qu'abuser de la parole. Il n'en est pourtant pas un de de ceux-là mêmes qui, en parlant de César ou de Napoléon, ne dise naturellement : « C'était l'homme de la Providence. » Ils croient apparemment que les héros méritent seuls que le ciel s'en occupe, et que la couleur de la pourpre attire les dieux comme les taureaux.

Ce que décident ici-bas les plus petites choses, ce que les objets et les circonstances en apparence les moins importants amènent de changements dans notre fortune, il n'y a pas, à mon sens, de plus profond abîme pour la pensée. Il en est de nos actions ordinaires comme de petites flèches émoussées que nous nous habituons à envoyer au but, ou à peu près, en sorte que nous en venons à faire de tous ces petits résultats un être abstrait et régulier que nous appelons notre prudence ou notre volonté. Puis passe un coup de vent; et voilà la moindre de ces flèches, la plus légère, la plus futile, qui s'enlève à perte de vue, par delà l'horizon, dans le sein immense de Dieu.

Avec quelle violence nous sommes saisis alors ! Que deviennent ces fantômes de l'orgueil tranquille, la volonté et la prudence ? La force elle-même, cette maîtresse du monde, cette épée de l'homme dans le combat de la vie, c'est en vain que nous la brandissons avec colère, que nous tentons de nous en couvrir pour échapper au coup qui nous menace; une main invisible en écarte la pointe, et tout l'élan de notre effort, détourné dans le vide, ne sert qu'à nous faire tomber plus loin.

Ainsi, au moment où je n'aspirais qu'à me laver de la faute que j'avais commise, peut-être même à m'en punir, à l'instant même où une horreur profonde s'emparait de moi, j'appris que j'avais à soutenir une dangereuse épreuve, à laquelle je succombai.

Desgenais était radieux; il commença, en s'étendant sur le sofa, par quelques railleries sur mon visage, qui, disait-il, n'avait pas bien dormi. Comme j'étais assez peu disposé à soutenir ses plaisanteries, je le priai sèchement de me les épargner.

Il n'eut pas l'air d'y prendre garde; mais, sur le même ton, il aborda le sujet qui l'amenait. Il venait m'apprendre que ma maîtresse avait eu non seulement deux amants à la fois, mais trois, c'est-à-dire qu'elle avait traité mon rival aussi mal que moi; ce que le pauvre garçon ayant appris, il en avait fait un bruit effroyable, et tout Paris le savait. Je compris d'abord assez mal ce qu'il me disait, n'écoutant pas attentivement ; mais lorsque, après le lui avoir fait répéter jusqu'à trois fois dans le plus grand détail, je me fus mis exactement au fait de cette horrible histoire, je demeurai décontenancé et si stupéfait que je ne pouvais répondre. Mon premier mouvement fut d'en rire, car je voyais clairement que je n'avais aimé que la dernière des femmes ; mais il n'en était pas moins vrai que je l'avais aimée, et, pour mieux dire, que je l'aimais encore. « Est-ce possible ? » Voilà tout ce que je pus trouver.

Les amis de Desgenais confirmèrent alors tout ce qu'il avait dit. C'était dans sa propre maison que ma maîtresse, surprise entre ses deux amants, avait essuyé de leur part une scène que tout le monde savait par cœur. Elle était déshonorée, obligée de quitter Paris, si elle ne voulait s'exposer au plus cruel scandale.

Il m'était aisé de voir que, dans toutes ces plaisanteries, il y avait une bonne part de ridicule répandu à pleines mains sur mon duel au sujet de cette même femme, sur mon invincible passion pour elle, enfin sur toute ma conduite à son égard. Dire qu'elle méritait les noms les plus odieux, que ce n'était, après tout, qu'une misérable qui en avait fait peut-être cent fois pis que ce qu'on en savait, c'était me faire sentir amèrement que je n'étais qu'une dupe comme tant d'autres.

Tout cela ne me plaisait pas ; les jeunes gens qui s'en aperçurent y mirent de la discrétion ; mais Desgenais avait ses projets : il avait pris à tâche de me guérir de mon amour, et il le traitait impitoyablement comme une maladie. Une longue amitié, fondée sur des services mutuels, lui donnait des droits, et, comme son motif lui paraissait louable, il n'hésitait pas à les faire valoir.

Non seulement donc il ne m'épargnait pas, mais, du moment qu'il vit mon trouble et ma honte, il fit tout au monde pour me pousser sur cette route aussi loin qu'il le put. Mon impatience devint trop visible pour lui permettre de continuer; il s'arrêta alors et prit le parti du silence, qui m'irrita encore plus.

A mon tour, je fis des questions; j'allais et venais par la chambre. Il m'avait été insupportable d'entendre raconter cette histoire; j'aurais voulu qu'on me la recommençât. Je m'efforçais de prendre tantôt un air riant, tantôt un visage traquille; mais ce fut en vain. Desgenais était devenu tout à coup muet, après s'être montré le plus détestable bavard. Tandis que je marchais à grands pas, il me regardait avec indifférence et me laissait me démener dans la chambre comme un renard dans une ménagerie.

Je ne puis dire ce que j'éprouvais; une femme qui pendant si long-temps avait été l'idole de mon cœur, et qui, depuis que je l'avais perdue, me causait de si vives souffrances, la seule que j'eusse aimée, celle que je voulais pleurer jusqu'à la mort, devenue tout à coup une éhontée sans vergogne, le sujet des quolibets des jeunes gens, d'un blâme et d'un scandale universels ! Il me semblait que je sentais sur mon épaule l'impression d'un fer rouge, et que j'étais marqué d'un stigmate brûlant.

Plus je réfléchissais, plus je sentais la nuit s'épaissir autour de moi. De temps en temps je détournais la tête et j'entrevoyais un sourire glacial, ou un regard curieux qui m'observait. Desgenais ne me quit-tait pas; il comprenait bien ce qu'il faisait; nous nous connaissions de longue main; il savait bien que j'étais capable de toutes les folies, et que l'exaltation de mon caractère pouvait m'entraîner au delà de toutes les bornes sur quelque route que ce fût, excepté sur une seule. Voilà pourquoi il déshonorait ma souffrance et en appelait de ma tête à mon cœur.

Lorsqu'il me vit enfin au point où il désirait m'amener, il ne tarda pas davantage à me porter le dernier coup. « Est-ce que l'histoire vous déplaît ? me dit-il. Voilà le meilleur, qui en est la fin. C'est, mon cher Octave, que la scène chez*** s'est passée une certaine nuit qu'il faisait un beau clair de lune; or, pendant que les deux amants se querellaient de leur mieux chez la dame et parlaient de se couper la gorge à côté d'un bon feu, il paraît qu'on a vu dans la rue une ombre qui se promenait fort tranquillement, laquelle vous ressemblait si fort qu'on en a conclu que c'était vous.

— Qui a dit cela? répondis-je. Qui m'a vu dans la rue?

— Votre maîtresse elle-même; elle le raconte à qui veut l'entendre, tout aussi gaiement que nous vous racontons sa propre histoire. Elle soutient que vous l'aimez encore, que vous montez la garde à sa porte enfin... tout ce que vous pensez; qu'il vous suffise de savoir qu'elle en parle publiquement ! »

Je n'ai jamais pu mentir, et toutes les fois qu'il m'est arrivé de vouloir déguiser la vérité mon visage m'a toujours trahi. L'amour-propre, la honte d'avouer ma faiblesse devant témoins, me firent cependant faire un effort. « Il est bien certain, me disais-je d'ailleurs, que j'étais dans la rue. Mais, si j'avais su que ma maîtresse était pire encore que je ne le croyais, je n'y eusse sans doute pas été. » Enfin je me persuadais qu'on ne pouvait m'avoir vu distinctement : je tentai de nier. Le rouge me monta à la figure avec une telle force que je sentis moi-même l'inutilité de ma feinte; Desgenais en sourit. « Prenez garde, lui dis-je, prenez garde ! n'allons pas trop loin ! »

Je continuais à marcher comme un fou; je ne savais à qui m'en prendre; il aurait fallu rire, et c'était encore plus impossible. En même temps, des signes évidents m'apprenaient ma faute; j'étais convaincu. « Est-ce que je le savais? m'écriai-je, est-ce que je savais que cette misérable...? »

Desgenais pinça les lèvres comme pour signifier : « Vous en saviez assez. »

Je demeurais court, balbutiant à tout moment une phrase ridicule. Mon sang, excité depuis un quart d'heure, commençait à battre dans mes tempes avec une force dont je ne répondais plus.

« Moi dans la rue ! baigné de larmes ! au désespoir ! et pendant ce temps-là cette rencontre chez elle ! Quoi ! cette nuit même ! Raillé par elle ! elle, railler ! Vraiment, Desgenais, vous ne rêvez pas ? Est-ce vrai ? est-ce possible ? Qu'en savez-vous ?»

Ainsi, parlant au hasard, je perdais la tête ; et pendant ce temps-là une colère insurmontable me dominait de plus en plus. Enfin je m'assis épuisé, les mains tremblantes.

« Mon ami, me dit Desgenais, ne prenez pas la chose au sérieux. Cette vie solitaire que vous menez depuis deux mois vous a fait beaucoup de mal ; je le vois, vous avez besoin de distractions. Venez ce soir souper avec nous, et demain déjeuner à la campagne. »

Le ton dont il prononça ces paroles me fit de plus mal que tout le reste. Je sentis que je lui faisais pitié, et qu'il me traitait comme un enfant.

Immobile, assis à l'écart, je faisais de vains efforts pour prendre quelque empire sur moi-même. « Eh quoi ! pensais-je, trahi par cette femme, empoisonné de conseils horribles, n'ayant trouvé nulle part de refuge, ni dans le travail ni dans la fatigue ; quand j'ai pour unique sauvegarde, à vingt ans, contre le désespoir et la corruption, une sainte et affreuse douleur, ô Dieu ! c'est cette douleur même, cette relique sacrée de ma souffrance qu'on vient me briser dans les mains ! Ce n'est plus à mon amour, c'est à mon désespoir qu'on insulte ! Railler ! elle, railler, quand je pleure ! » Cela me paraissait incroyable. Tous les souvenirs du passé me refluaient au cœur quand j'y pensais. Il me semblait voir se lever l'un après l'autre les spectres de nos nuits d'amour ; ils se penchaient sur un abîme sans fond, éternel, noir comme le néant ; et sur les profondeurs de l'abîme voltigeait un éclat de rire doux et moqueur : « Voilà ta récompense ! »

Si on m'avait appris seulement que le monde se moquait de moi, j'aurais répondu : « Tant pis pour lui ! » et ne m'en serais pas autrement fâché ; mais on m'apprenait en même temps que ma maîtresse n'était qu'une infâme. Ainsi, d'une part, le ridicule était public avéré, constaté par deux témoins, qui, avant de raconter qu'ils m'avaient vu, ne pouvaient manquer de dire en quelle occasion : le monde avait raison contre moi; et d'une autre part que pouvais-je lui répondre ? à quoi me rattacher ? en quoi me renfermer ? que faire, lorsque le centre de ma vie, le cœur lui-même, était ruiné, tué, anéanti ? Que dis-je ! lorsque cette femme, pour laquelle j'aurais tout bravé, le ridicule comme le blâme, pour laquelle j'aurais laissé une montagne de misères s'amonceler sur moi; lorsque cette femme, que j'aimais, et qui en aimait un autre, et à qui je ne demandais pas de m'aimer, de qui je ne voulais rien que la permission de pleurer à sa porte, rien que de me laisser vouer loin d'elle ma jeunesse à son souvenir, et écrire son nom, son nom seul, sur le tombeau de mes espérances !... Ah ! lorsque j'y songeais, je me sentais mourir; c'était cette femme qui me raillait. C'était elle qui, la première, me montrait au doigt, me signalait à cette foule oisive, à ce peuple vide et ennuyé qui s'en va ricanant autour de tout ce qui le méprise et l'oublie; c'était elle, c'étaient ces lèvres-là, tant de fois collées sur les miennes ; c'était ce corps, cet être-là, cette âme de ma vie, ma chair et mon sang; c'était de là que sortait l'injure, oui, la dernière de toutes, la plus lâche et la plus amère, le rire sans pitié qui crache au visage de la douleur !

Plus je m'enfonçais dans mes pensées, et plus ma colère augmentait. Est-ce de la colère qu'il faut dire ? car je ne sais quel nom porte le sentiment qui m'agitait. Ce qu'il y a de certain, c'est qu'un besoin désordonné de vengeance finit par prendre le dessus. Et comment me venger d'une femme ? J'aurais payé ce qu'on aurait voulu pour avoir à ma disposition une arme qui pût l'atteindre; mais quelle arme ? Je n'en avais aucune, pas même celle qu'elle avait employée : je ne pouvais lui répondre en sa langue.

Tout à coup j'aperçus une ombre derrière le rideau de la porte vitrée; c'était la créature qui attendait dans le cabinet.

Je l'avais oubliée. « Écoutez, m'écriai-je en me levant dans un transport; j'ai aimé, j'ai aimé comme un fou, comme un sot. J'ai mérité tout le ridicule que vous voudrez. Mais, par le ciel ! il faut que

je vous montre quelque chose qui vous prouvera que je ne suis pas encore si sot que vous croyez. »

En disant cela, je frappai du pied la porte vitrée qui céda, et je leur montrai cette fille, qui s'était blottie dans un coin.

« Entrez donc là-dedans, dis-je à Desgenais ; vous qui me trouvez fou d'aimer une femme et qui n'aimez que les filles, ne voyez-vous pas votre suprême sagesse qui traîne là sur ce fauteuil ? Demandez-lui si ma nuit tout entière s'est passée sous les fenêtres de*** ; elle vous en dira quelque chose. Mais ce n'est pas tout, ajoutai-je, ce n'est pas tout ce que j'ai à vous dire. Vous avez ce soir un souper, demain une partie de campagne ; j'y vais, et croyez-moi, car je ne vous quitte pas d'ici là. Nous ne nous séparerons pas ; nous allons passer la journée ensemble ; vous aurez des fleurets, des cartes, des dés, du punch, ce que vous voudrez ; mais vous ne vous en irez pas. Êtes-vous à moi ? moi à vous ? tope ! J'ai voulu faire de mon cœur le mausolée de mon amour ; mais je jetterai mon amour dans une autre tombe, ô Dieu de justice ! quand je devrais la creuser dans mon cœur. »

A ces mots, je me rassis, tandis qu'ils entraient dans le cabinet, et je sentis combien l'indignation qui se soulage peut nous donner de joie. Quant à celui qui s'étonnera qu'à partir de ce jour j'aie changé complètement ma vie, il ne connaît pas le cœur de l'homme, et il ne sait pas qu'on peut hésiter vingt ans à faire un pas, mais non reculer quand on l'a fait.

CHAPITRE II

L'apprentissage de la débauche ressemble à un vertige : on y ressent d'abord je ne sais quelle terreur mêlée de volupté, comme sur une tour élevée. Tandis que le libertinage honteux et secret avilit l'homme le plus noble, dans le désordre franc et hardi, dans ce qu'on peut nommer la débauche en plein air, il y a quelque grandeur, même pour le plus dépravé. Celui qui, à la nuit tombée, s'en va, le manteau sur le nez, salir incognito sa vie et secouer clandestinement l'hypocrisie de la journée, ressemble à un Italien qui frappe son ennemi par derrière, n'osant le provoquer en duel. Il y a de l'assassinat dans le coin des bornes et dans l'attente de la nuit, au lieu que dans le coureur des orgies bruyantes on croirait presque à un guerrier ; c'est quelque chose qui sent le combat, une apparence de lutte superbe. « Tout le monde le fait, et s'en cache ; fais-le, et ne t'en cache pas ! » Ainsi parle l'orgueil, et, une fois cette cuirasse endossée, voilà le soleil qui y reluit.

On raconte que Damoclès voyait une épée sur sa tête ; c'est ainsi que les libertins semblent avoir au-dessus d'eux je ne sais quoi qui leur crie sans cesse : « Va, va toujours ; je tiens à un fil. » Ces voitures de masques qu'on voit au temps du carnaval sont la fidèle image de leur vie. Un carrosse délabré ouvert à tous vents, des torches flamboyantes éclairant des têtes plâtrées ; ceux-ci rient, ceux-là chantent ; au milieu s'agitent comme des femmes ; ce sont en effet des restes de femmes, avec des semblants presque humains. On les caresse, on les insulte ; on ne sait ni leur nom ni qui elles sont. Tout cela flotte et se balance sous la résine brûlante, dans une ivresse qui ne pense à rien, et sur laquelle, dit-on, veille un dieu. On a l'air par moments de se pencher et de s'embrasser ; il y en a un de tombé dans un cahot ; qu'importe ? on vient de là, on va là, et les chevaux galopent.

Mais si le premier mouvement est l'étonnement, le second est l'horreur, et le troisième la pitié. Il y a là en effet tant de force, ou plutôt un si étrange abus de la force, qu'il arrive souvent que les caractères les plus nobles et les organisations les plus belles s'y laissent prendre. Cela leur paraît hardi et dangereux ; ils se font ainsi prodigues d'eux-mêmes ; ils s'attachent sur la débauche comme Mazeppa sur sa bête sauvage ; ils s'y garrottent, ils se font Centaures ; ils ne voient ni la route de sang que les lambeaux de leur chair tracent sur les arbres, ni les yeux des loups qui se teignent de pourpre à leur suite, ni le désert, ni les corbeaux.

Lancé dans cette vie par les circonstances que j'ai dites, j'ai à dire maintenant ce que j'y ai vu.

La première fois que j'ai vu de près ces assemblées fameuses qu'on appelle les bals masqués des théâtres, j'avais entendu parler des débauches de la Régence et d'une reine de France déguisée en marchande de violettes. Je trouvai là des marchandes de violettes déguisées en vivandières. Je m'attendais à du libertinage ; mais en vérité il n'y en a point là. Ce n'est pas du libertinage que de la suie, des coups et des filles ivres-mortes sur des bouteilles cassées.

La première fois que j'ai vu des débauches de table, j'avais entendu parler des soupers d'Héliogabale et d'un philosophe de la Grèce qui avait fait des plaisirs des sens une espèce de religion de la nature. Je m'attendais à quelque chose comme de l'oubli, sinon comme de la joie ; je trouvai là ce qu'il y a de pire au monde, l'ennui tâchant de vivre, et des Anglais qui se disaient : « Je fais ceci ou cela, donc je m'amuse. J'ai payé tant de pièces d'or, donc je ressens tant de plaisir. » Et ils usent leur vie sur cette meule.

La première fois que j'ai vu des courtisanes, j'avais entendu parler d'Aspasie qui s'asseyait sur les genoux d'Alcibiade en discutant avec Socrate. Je m'attendais à quelque chose de dégourdi, d'insolent, mais de gai, de brave et de vivace, quelque chose comme le pétillement du vin de Champagne ; je trouvai une bouche béante, un œil fixe et des mains crochues.

La première fois que j'ai vu des courtisanes titrées, j'avais lu Boccace et Bandello ; avant tout j'avais lu Shakspeare. J'avais rêvé à ces belles fringantes, à ces chérubins de l'enfer, à ces viveuses pleines de désinvolture, à qui les cavaliers du *Décaméron* présentent l'eau bénite au sortir de la messe. J'avais crayonné mille fois de ces têtes poétiquement folles, si inventrices dans leur audace, de ces maîtresses têtes fêlées qui vous décochent tout un roman dans une œillade, et qui ne marchent dans la vie que par flots et par secousses, comme des sirènes ondoyantes. Je me souvenais de ces fées des *Nouvelles Nouvelles*, qui sont toujours grises d'amour, si elles n'en sont pas ivres. Je trouvai des écriveuses de lettres, des arrangeuses d'heures précises, qui ne savent que mentir à des inconnus et enfouir leurs bassesses dans leur hypocrisie, et qui ne voient dans tout cela qu'à se donner et à oublier.

La première fois que je suis entré au jeu, j'avais entendu parler de flots d'or, de fortunes faites en un quart d'heure, et d'un seigneur de la cour de Henri IV qui gagna sur une carte cent mille écus que lui coûtait son habit. Je trouvai un vestiaire où les ouvriers qui n'ont qu'une chemise louent un habit à vingt sous la soirée, des gendarmes assis à la porte, et des affamés jouant un morceau de pain contre un coup de pistolet.

La première fois que j'ai vu une assemblée quelconque, publique ou non, ouverte à quelqu'une des trente mille femmes qui ont, à Paris, permission de se vendre, j'avais entendu parler des saturnales de tout temps, de toutes les orgies possibles, depuis Babylone jusqu'à Rome, depuis le temple de Priape jusqu'au Parc-aux-Cerfs, et j'avais toujours vu écrit au seuil de la porte un seul mot : Plaisir. Je n'ai trouvé non plus de ce temps-ci qu'un seul mot : Prostitution ; mais je l'y ai toujours vu ineffaçable, non pas gravé dans ce fier métal qui porte la couleur du soleil, mais dans le plus pâle de tous, celui que la froide lumière de la nuit semble avoir teint de ses rayons blafards, l'argent.

La première fois que j'ai vu le peuple... c'était par une affreuse matinée, le mercredi des Cendres, à la descente de la Courtille. Il tombait depuis la veille au soir une pluie fine et glaciale; les rues étaient des mares de boue. Les voitures de masques défilaient pêle-mêle, en se heurtant, en se froissant, entre deux longues haies d'hommes et de femmes hideux, debout sur les trottoirs. Cette muraille de spectateurs sinistres avait, dans ses yeux rouges de vin, une haine de tigre. Sur une lieue de long tout cela grommelait, tandis que les roues des carrosses leur effleuraient la poitrine, sans qu'ils fissent un pas en arrière. J'étais debout sur la banquette, la voiture découverte; de temps en temps un homme en haillons sortait de la haie, nous vomissait un torrent d'injures au visage, puis nous jetait un nuage de farine. Bientôt nous reçûmes de la boue; cependant nous montions toujours, gagnant l'Ile-d'Amour et le joli bois de Romainville, où tant de doux baisers sur l'herbe se donnaient autrefois. Un de nos amis, assis sur le siège, tomba, au risque de se tuer, sur le pavé. Le peuple se précipita sur lui pour l'assommer : il fallut y courir et l'entourer. Un des sonneurs de trompe qui nous précédaient à cheval reçut un pavé sur l'épaule : la farine manquait. Je n'avais jamais entendu parler de rien de semblable à cela.

Je commençai à comprendre le siècle et à savoir en quel temps nous vivons.

Le type de ce temps consiste avant tout en un contraste marqué : chez les femmes qui se vendent, ineptie, misère, bassesse et convoitise; chez les hommes qui les payent, dédain et ennui.

C'est la civilisation qui a creusé entre eux cet abîme. Quels sont ces hommes? Des grands seigneurs, c'est-à-dire des hommes instruits, intelligents, nobles et braves, car aujourd'hui c'est là ce que signifie ce mot, des artistes, des étudiants, des jeunes gens de famille, riches, qui tous ont reçu une éducation excellente, qui tous ont le cœur haut placé ; voilà les débauchés du siècle. Et à quelles femmes ont-ils affaire, le jour où il leur prend envie de l'être? Au rebut d'une société plus vieille que Saturne, à des larves sans tête, sans cœur, sans âme, à des esclaves en un mot.

La prostitution n'est pas autre chose que l'esclavage. Que voulez-vous donc qu'il y ait de commun entre ces jeunes gens et leurs maîtresses ? Le corps, et rien de plus. Et que fait la pensée pendant ce temps-là ? Durant les temps de dépravation universelle, la Régence, par exemple, les femmes étaient aussi débauchées que les hommes; maintenant, non seulement les hommes seuls le sont, mais une petite partie des hommes. Et lesquels ? Précisément peut-être les plus distingués, la meilleure partie de la jeunesse. Ce sont eux qu'un besoin d'action insurmontable et les facultés souvent les plus nobles poussent dans cette voie.

Qu'est-ce que cela prouve ? Trois choses claires : que la prostitution n'est plus de ce monde, que la débauche meurt, et que la jeunesse de France, quand elle s'enivre, lève son verre avec des mains qui ont soif d'une épée.

CHAPITRE III

Desgenais avait organisé à sa maison de campagne une réunion de jeunes gens. Les meilleurs vins, une table splendide, le jeu, la danse, les courses à cheval, rien n'y manquait. Desgenais était riche et d'une grande magnificence. Il avait une hospitalité antique avec des mœurs de ce temps-ci. D'ailleurs on trouvait chez lui les meilleurs livres ; sa conversation était celle d'un homme instruit et élevé. C'était un problème que cet homme.

J'avais apporté chez lui une humeur taciturne que rien ne pouvait surmonter ; il la respecta scrupuleusement. Je ne répondais pas à ses questions, il ne m'en fit plus ; l'important pour lui était que j'eusse oublié ma maîtresse. Cependant j'allais à la chasse ; je me montrais à table aussi bon convive que les autres ; il ne m'en demandait pas davantage.

Il ne manque pas dans le monde de gens pareils, qui prennent à cœur de vous rendre service, et qui vous jetteraient sans remords le plus lourd pavé pour écraser la mouche qui vous pique. Ils ne s'inquiètent que de vous empêcher de mal faire, c'est-à-dire qu'ils n'ont point de repos qu'ils ne vous aient rendu semblable à eux. Arrivés à ce but, n'importe par quel moyen, ils se frottent les mains, et l'idée ne leur viendrait pas que vous puissiez être tombé de mal en pis ; tout cela de bonne amitié.

C'est un des plus grands malheurs de la jeunesse sans expérience que de se figurer le monde d'après les premiers objets qui la frappent ; mais il y a aussi, il faut l'avouer, une race d'hommes bien malheureux : ce sont ceux qui, en pareil cas, sont toujours là pour dire à la jeunesse : « Tu as raison de croire au mal, et nous savons ce qui en est. » J'ai entendu parler, par exemple, de quelque chose de singulier : c'était comme un milieu entre le bien et le mal, entre la foi et l'impiété, un certain arrangement entre les femmes sans cœur et les hommes dignes d'elles ; ils appelaient cela le sentiment passager. Ils en parlaient comme d'une machine à vapeur inventée par un carrossier ou un entrepreneur de bâtiments. Ils me disaient : « On convient de ceci ou de cela, on prononce telles phrases qui en font répondre telles autres, on écrit des lettres de telle façon, on se met à genoux de telle autre. » Tout cela était réglé comme une parade ; ces braves gens avaient des cheveux gris !

Cela me fait rire. Malheureusement pour moi, je ne puis dire à une femme que je méprise, que j'ai de l'amour pour elle, même en sachant que c'est une convention et qu'elle ne s'y trompera pas. Je n'ai jamais mis le genou en terre sans y mettre le cœur. Ainsi cette classe de femmes qu'on appelle faciles m'est inconnue, ou si je m'y suis laissé prendre, c'est sans le savoir et par simplicité.

Je comprends qu'on mette son âme de côté, mais non qu'on y touche. Qu'il y ait de l'orgueil à le dire, cela est possible ; je n'entends ni me vanter ni me rabaisser. Je hais par-dessus tout les femmes qui rient de l'amour, et leur permets de me le rendre ; il n'y aura jamais de dispute entre nous.

Ces femmes-là sont bien au-dessous des courtisanes ; les courtisanes peuvent mentir, et ces femmes-là aussi ; mais les courtisanes peuvent aimer, et ces femmes-là ne le peuvent pas. Je me souviens d'une qui m'aimait et qui disait à un homme trois fois plus riche que moi, avec lequel elle vivait : « Vous m'ennuyez, je vais trouver mon amant. » Cette fille-là valait mieux que bien d'autres qu'on ne paye pas.

Je passai la saison entière chez Desgenais, où j'appris que ma maîtresse était partie et qu'elle était sortie de France ; cette nouvelle me laissa dans le cœur une langueur qui ne me quitta plus.

A l'aspect de ce monde si nouveau pour moi qui m'entourait en cette campagne, je me sentis pris d'abord d'une curiosité bizarre, triste et profonde, qui me faisait regarder de travers comme un cheval ombrageux. Voici la première chose qui y donna lieu.

Desgenais avait alors une très belle maîtresse, qui l'aimait beaucoup. Un soir que je me promenais avec lui, je lui dis que je la trouvais telle qu'elle était, c'est-à-dire admirable, tant par sa beauté que par son attachement pour lui. Bref, je fis son éloge avec chaleur et lui donnai à entendre qu'il devait s'en trouver heureux.

Il ne me répondit rien. C'était sa manière, et je le connaissais pour le plus sec des hommes. La nuit venue et chacun retiré, il y avait un quart d'heure que j'étais couché lorsque j'entendis frapper à ma porte. Je criai qu'on entrât, croyant à quelque visiteur pris d'insomnie.

Je vis entrer une femme plus pâle que la mort, à demi nue, et un bouquet à la main. Elle vint à moi et me présenta son bouquet; un morceau de papier y était attaché, sur lequel je trouvai ce peu de mots : « A Octave, son ami Desgenais. A charge de revanche ! »

Je n'eus pas plus tôt lu qu'un éclair me frappa l'esprit. Je compris tout ce qu'il y avait dans cette action de Desgenais m'envoyant ainsi sa maîtresse et m'en faisant une sorte de cadeau à la turque, sur quelques paroles que je lui avais dites. Du caractère que je lui savais, il n'y avait là ni ostentation de générosité ni trait de rouerie; il n'y avait qu'une leçon. Cette femme l'aimait; je lui en avais fait l'éloge; et il voulait m'apprendre à ne pas l'aimer, soit que je la prisse ou que je la refusasse.

Cela me donna à penser; cette pauvre fille pleurait et n'osait essuyer ses larmes, de peur de m'en faire apercevoir. De quoi l'avait-il menacée pour la déterminer à venir? Je l'ignorais. « Mademoiselle, lui dis-je, il ne faut pas vous chagriner. Allez chez vous et ne craignez rien. » Elle me répondit que, si elle sortait de ma chambre avant le lendemain matin, Desgenais la renverrait à Paris; que sa mère était pauvre et qu'elle ne pouvait s'y résoudre. « Très bien, lui dis-je; votre mère est pauvre, vous aussi probablement, en sorte que vous obéiriez à Desgenais si je voulais. Vous êtes belle, et cela pourrait me tenter. Mais vous pleurez, et, vos larmes n'étant pas pour moi, je n'ai que faire du reste. Allez-vous-en, et je me charge d'empêcher qu'on ne vous renvoie à Paris. »

C'est une chose qui m'est particulière, que la méditation, qui, chez le plus grand nombre, est une qualité ferme et constante de l'esprit, n'est en moi qu'un instinct indépendant de ma volonté, et qui me saisit par accès comme une passion violente. Elle me vient par intervalles, à son heure, malgré moi et n'importe où. Mais là où elle vient je ne puis rien contre elle. Elle m'entraîne où bon lui semble, et par le chemin qu'elle veut.

Cette femme partie, je me mis sur mon séant. « Mon ami, me dis-je, voilà ce que Dieu t'envoie. Si Desgenais ne t'avait pas voulu donner sa maîtresse, il ne se trompait peut-être pas en croyant que tu en serais devenu amoureux.

« L'as-tu bien regardée ? Un sublime et divin mystère s'est accompli dans les entrailles qui l'ont conçue. Un pareil être coûte à la nature ses plus vigilants regards maternels ; cependant l'homme qui veut te guérir n'a rien trouvé de mieux que de te pousser sur ses lèvres, pour y désapprendre à aimer.

« Comment cela se fait-il ? D'autres que toi l'ont admirée sans doute ; mais ils ne couraient aucun risque ; elle pouvait essayer sur eux toutes les séductions qu'elle voulait ; toi seul étais en danger.

« Il faut pourtant, quelle que soit sa vie, que ce Desgenais ait un cœur, puisqu'il vit. En quoi diffère-t-il de toi ? C'est un homme qui ne croit à rien, ne craint rien, qui n'a ni un souci ni un ennui peut-être, et il est clair qu'une légère piqûre au talon le remplirait de terreur ; car si son corps l'abandonnait que deviendrait-il ? Il n'y a en lui de vivant que le corps. Quelle est donc cette créature qui traite son âme comme les flagellants leur chair ? Est-ce qu'on peut vivre sans tête ?

« Pense à cela. Voilà un homme qui a dans les bras la plus belle femme du monde ; il est jeune et ardent ; il la trouve belle, il le lui dit ; elle lui répond qu'elle l'aime. Là-dessus, quelqu'un lui frappe sur l'épaule et lui dit : « C'est une fille. » Rien de plus ; il est sûr de lui. Si on lui avait dit : « C'est une empoisonneuse, » il l'eût peut-être aimée ; il ne lui en donnera pas un baiser de moins ; mais c'est une fille, et il ne sera pas plus question d'amour que de l'étoile de Saturne.

« Qu'est-ce que c'est donc que ce mot-là ? Un mot juste, mérité, positif, flétrissant, d'accord. Mais enfin, quoi ? Un mot, pourtant. Tue-t-on un corps avec un mot ?

« Et si tu l'aimes, toi, ce corps ? On te verse un verre de vin et on te dit : « N'aime pas cela ; on en a quatre pour six francs. » Et si tu te grises ?

« Mais ce Desgenais aime sa maîtresse, puisqu'il la paye ; il a donc une façon d'aimer particulière ? Non, il n'en a pas ; sa façon d'aimer n'est pas de l'amour, et il n'en ressent pas plus pour la femme qui le mérite que pour celle qui en est indigne. Il n'aime personne, tout simplement.

« Qui l'a donc amené là ? est-il né ainsi ou l'est-il devenu ? Aimer est aussi naturel que de boire et de manger. Ce n'est pas un homme. Est-ce un avorton ou un géant ? Quoi ! toujours sûr de ce corps impassible ! Vraiment, jusqu'à se jeter sans danger dans les bras d'une femme qui l'aime ? Quoi ! sans pâlir ! Jamais d'autre échange que de l'or contre de la chair ? Quel festin est-ce donc que sa vie, et quels breuvages y boit-on dans ses coupes ? Le voilà, à trente ans, comme le vieux Mithridate : les poisons des vipères lui sont amis et familiers.

« Il y a là un grand secret, mon enfant, une clef à saisir. De quelques raisonnements qu'on puisse étayer la débauche, on prouvera qu'elle est naturelle un jour, une heure, ce soir, mais non demain, ni tous les jours. Il n'y a pas un peuple sur la terre qui n'ait considéré la femme, ou comme la compagne et la consolation de l'homme, ou comme l'instrument sacré de sa vie, et, sous ces deux formes, qui ne l'ait honorée. Cependant voilà un guerrier armé qui saute dans l'abîme que Dieu a creusé de ses mains entre l'homme et l'animal ; autant vaudrait renier la parole. Quel Titan muet est-ce donc, pour oser refouler sous les baisers du corps l'amour de la pensée, et pour se planter sur les lèvres le stigmate qui fait la brute, le sceau du silence éternel?

« Il y a là un mot à savoir. Il souffle là-dessous le vent de ces forêts lugubres qu'on appelle corporations secrètes, un de ces mystères que les anges de destruction se chuchotent à l'oreille lorsque la nuit descend sur la terre. Cet homme est pire ou meilleur que Dieu ne l'a fait. Ses entrailles sont comme celles des femmes stériles : ou la nature ne les a qu'ébauchées, ou il s'y est distillé dans l'ombre quelque herbe vénéneuse.

« Eh bien ! ni le travail ni l'étude n'ont pu te guérir, mon ami. Oublie et apprends, voilà ta devise. Tu feuilletais des livres morts; tu es trop jeune pour les ruines. Regarde autour de toi; le pâle troupeau des hommes t'environne. Les yeux des sphinx étincellent au milieu des divins hiéroglyphes; déchiffre le livre de vie ! Courage, écolier ! lance-toi dans le Styx, le fleuve invulnérable, et que ses flots en deuil te mènent à la mort ou à Dieu ! »

CHAPITRE IV

Tout ce qu'il y avait de bien en cela, supposé qu'il pût y en avoir quelqu'un, c'est que ces faux plaisirs étaient des semences de douleurs et d'amertumes, qui me fatiguaient à n'en pouvoir plus. Telles sont les simples paroles que dit, à propos de sa jeunesse, l'homme le plus homme qui ait jamais été, saint Augustin. De ceux qui ont fait comme lui, peu diraient ces paroles, tous les ont dans le cœur; je n'en trouve pas d'autres dans le mien.

Revenu à Paris au mois de décembre, après la saison, je passai l'hiver en parties de plaisir, en mascarades, en soupers, quittant rarement Desgenais, qui était enchanté de moi; je ne l'étais guère. Plus j'allais, plus je me sentais de souci. Il me sembla, au bout de bien peu de temps, que ce monde si étrange, qui au premier aspect m'avait paru un abîme, se resserrait, pour ainsi dire, à chaque pas; là où j'avais cru voir un spectre, à mesure que j'avançais, je ne voyais qu'une ombre.

Desgenais me demandait ce que j'avais. « Et vous, lui disais-je, qu'avez-vous ? Vous souvient-il de quelque parent mort ? N'auriez-vous pas quelque blessure que l'humidité fait rouvrir ? »

Alors il me semblait parfois qu'il m'entendait sans me répondre. Nous nous jetions sur une table, buvant à en perdre la tête; au milieu de la nuit, nous prenions des chevaux de poste, et nous allions déjeuner à dix ou douze lieues dans la campagne; en revenant, au bain; de là à table, de là au jeu, de là au lit, et quand j'étais au bord du mien... alors je poussais le verrou de la porte, je tombais à genoux et je pleurais. C'était ma prière du soir.

Chose étrange ! je mettais de l'orgueil à passer pour ce qu'au fond je n'étais pas du tout; je me vantais de faire pis que je ne faisais, et je trouvais à cette forfanterie un plaisir bizarre, mêlé de tristesse.

Lorsque j'avais réellement fait ce que je racontais, je ne sentais que
de l'ennui ; mais lorsque j'inventais quelque folie, comme une histoire
de débauche ou le récit d'une orgie à laquelle je n'avais pas assisté,
il me semblait que j'avais le cœur plus satisfait, je ne sais pourquoi.

Ce qui me faisait le plus de mal, c'était lorsque, dans une partie de
plaisir, nous allions dans quelque lieu aux environs de Paris où j'avais
été autrefois avec ma maîtresse. Je devenais stupide ; je m'en allais
seul, à l'écart, regardant les buissons et les troncs d'arbres avec une
amertume sans bornes, jusqu'à les frapper du pied comme pour les
mettre en poussière. Puis je revenais, répétant cent fois de suite entre
mes dents : « Dieu ne m'aime guère, Dieu ne m'aime guère ! » Je
demeurais alors des heures sans parler. « Toutes les femmes sont des
libertins au fond du cœur, » pensais-je, et je regardais autour de moi
mes compagnons assis sur l'herbe. Voilà donc ce que ma maîtresse
avait dans le cœur en venant ici avec moi !

Cette idée funeste, que la vérité c'est la nudité, me revenait ainsi
à propos de tout. « Le monde, me disais-je, appelle son fard vertu,
son chapelet religion, son manteau traînant convenance. L'honneur
et la morale sont ses femmes de chambre ; il boit dans son vin les
larmes des pauvres d'esprit qui croient en lui ; il se promène les
yeux baissés tant que le soleil est au ciel ; il va à l'église, au bal, aux
assemblées ; et, le soir arrivé, il dénoue sa robe, et on aperçoit une
bacchante nue avec deux pieds de bouc. »

Mais, en parlant ainsi, je me faisais horreur à moi-même ; car je
sentais que, si le corps était sous l'habit, le squelette était sous le corps.
« Est-ce possible que ce soit là tout ? » me demandais-je malgré moi.
Puis je rentrais à la ville ; je rencontrais sur mon chemin une jolie fillette
donnant le bras à sa mère ; je la suivais des yeux en soupirant, et je
redevenais comme un enfant.

Quoique j'eusse pris avec mes amis des habitudes de tous les jours,
et que nous eussions réglé notre désordre, je ne laissais pas d'aller dans
le monde. La vue des femmes m'y causait un trouble insupportable ;

je ne leur touchais la main qu'en tremblant. Mon parti était pris de n'aimer plus jamais.

Cependant je revins un certain soir d'un bal avec le cœur si malade que je sentis que c'était de l'amour. Je m'étais trouvé à souper auprès d'une femme, la plus charmante et la plus distinguée dont le souvenir me soit resté. Lorsque je fermai les yeux pour m'endormir je la vis devant moi. Je me crus perdu; je résolus aussitôt de ne plus la rencontrer, d'éviter tous les lieux où je savais qu'elle allait. Cette sorte de fièvre dura quinze jours, pendant lesquels je restai presque constamment étendu sur mon canapé, et me rappelant sans fin, malgré moi, jusqu'aux moindres mots que j'avais échangés avec elle.

Comme il n'y a pas d'endroit sous le ciel où l'on s'occupe de son voisin autant qu'à Paris, il ne se passa pas longtemps avant que les gens de ma connaissance qui me rencontraient avec Desgenais n'eussent déclaré que j'étais le plus grand libertin. J'admirai en cela l'esprit du monde : autant j'avais passé pour niais et pour novice lors de ma rupture avec ma maîtresse, autant je passais maintenant pour insensible et endurci. On en venait à me dire qu'il était bien clair que je n'avais jamais aimé cette femme, que je me faisais sans doute un jeu de l'amour, ce qui était un grand éloge que l'on croyait m'adresser; et le pire de l'affaire, c'est que j'étais gonflé d'une vanité si misérable que cela me charmait.

Ma prétention était de passer pour blasé, en même temps que j'étais plein de désirs et que mon imagination exaltée m'emportait hors de toutes limites. Je commençai à dire que je ne pouvais faire aucun cas des femmes; ma tête s'épuisait en chimères que je disais préférer à la réalité. Enfin mon unique plaisir était de me dénaturer. Il suffisait qu'une pensée fût extraordinaire, qu'elle choquât le sens commun, pour que je m'en fisse aussitôt le champion, au risque d'avancer les sentiments les plus blâmables.

Mon plus grand défaut était l'imitation de tout ce qui me frappait, non pas par sa beauté, mais par son étrangeté; et, ne voulant pas m'avouer imitateur, je me perdais dans l'exagération, afin de paraître original. A mon gré, rien n'était bon, ni même passable; rien ne valait la peine de tourner la tête; cependant, dès que je m'échauffais dans une discussion, il semblait qu'il n'y eût pas dans la langue française d'expression assez ampoulée pour louer ce que je soutenais; mais il suffisait de se ranger à mon avis pour faire tomber toute ma chaleur.

C'était une suite naturelle de ma conduite. Dégoûté de la vie que je menais, je ne voulais pourtant pas en changer :

> *Simigliante a quella 'nferma*
> *Che non puo trovar posa in su le piume,*
> *Ma con dar volta suo dolore scherma* *.
> DANTE.

Ainsi je tourmentais mon esprit pour lui donner le change, et je tombais dans tous les travers pour sortir de moi-même.

Mais tandis que ma vanité s'occupait ainsi, mon cœur souffrait, en sorte qu'il y avait presque constamment en moi un homme qui riait et un autre qui pleurait. C'était comme un contre-coup perpétuel de ma tête à mon cœur. Mes propres railleries me faisaient quelquefois une peine extrême, et mes chagrins les plus profonds me donnaient envie d'éclater de rire.

Un homme se vantait un jour d'être inaccessible aux craintes superstitieuses et de n'avoir peur de rien; ses amis mirent dans son lit un squelette humain, puis se postèrent dans une chambre voisine pour guetter lorsqu'il rentrerait. Ils n'entendirent aucun bruit; mais, lorsqu'ils entrèrent dans sa chambre le lendemain matin, ils le trouvèrent dressé sur son séant et jouant avec les ossements; il avait perdu la raison.

Il y avait en moi quelque chose de semblable à cet homme, si ce

---

* Semblable au malade qui ne trouve pas de repos dans son lit, mais qui, en se retournant, secoue ses souffrances.

n'est que mes osselets favoris étaient ceux d'un squelette bien-aimé : c'étaient les débris de mon amour, tout ce qui restait du passé.

Il ne faut pourtant pas dire que dans tout ce désordre il n'y eût pas de bons moments. Les compagnons de Desgenais étaient des jeunes gens de la première distinction ; bon nombre étaient artistes. Nous passions quelquefois ensemble des soirées délicieuses, sous prétexte de faire les libertins. L'un d'eux était alors épris d'une belle cantatrice qui nous charmait par sa voix fraîche et mélancolique. Que de fois nous sommes restés, assis en cercle, à l'écouter tandis que la table était dressée ! Que de fois l'un de nous, au moment où les flacons se débouchaient, tenait à la main un volume de Lamartine et lisait d'une voix émue ! Il fallait voir alors comme toute autre pensée disparaissait ! Les heures s'envolaient pendant ce temps-là ; et quand nous nous mettions à table, les singuliers libertins que nous faisions ! Nous ne disions mot, et nous avions des larmes dans les yeux.

Desgenais surtout, le plus froid et le plus sec des hommes à l'habitude, était incroyable ces jours-là. Il se livrait à des sentiments si extraordinaires qu'on eût dit un poète en délire. Mais après ces expansions il arrivait qu'il se sentait pris d'une joie furieuse. Il brisait tout dès que le vin l'avait échauffé ; le génie de la destruction lui sortait tout armé de la tête, et je l'ai vu quelquefois, au milieu de ses folies, lancer une chaise dans une fenêtre fermée avec un vacarme à faire sauver.

Je ne pouvais m'empêcher de faire de cet homme bizarre un sujet d'étude. Il me paraissait comme le type marqué d'une classe de gens qui devaient exister quelque part, mais qui m'étaient inconnus. On ne savait, lorsqu'il agissait, si c'était le désespoir d'un malade ou la lubie d'un enfant gâté.

Il se montrait particulièrement les jours de fête dans un état d'excitation nerveuse qui le poussait à se conduire comme un véritable écolier. Son sang-froid était alors à mourir de rire. Il me persuada un jour de sortir à pied tous deux, seuls, à la brune, affublés de costumes grotesques, avec des masques et des instruments de musique. Nous nous promenâmes ainsi toute la nuit, gravement, au milieu du plus affreux charivari. Nous trouvâmes un cocher d'une voiture de place endormi sur son siège; nous dételâmes les chevaux; après quoi, feignant de sortir d'un bal, nous l'appelâmes à grands cris. Le cocher s'éveilla, et, au premier coup de fouet qu'il donna, ses chevaux partirent au trot, le laissant ainsi perché sur son siège. Nous fûmes le même soir aux Champs-Élysées. Desgenais, voyant passer une autre voiture, l'arrêta, ni plus ni moins qu'un voleur; il intimida le cocher par ses menaces, et le força de descendre et de se mettre à plat ventre. C'était un jeu à se faire tuer. Cependant il ouvrit la voiture, et nous trouvâmes dedans un jeune homme et une dame immobiles de frayeur. Il me dit alors de l'imiter, et, ayant ouvert les deux portières, nous commençâmes à entrer par l'une et à sortir par l'autre, en sorte que dans l'obscurité les pauvres gens du carrosse croyaient à une procession de bandits.

Je me figure que les gens qui disent que le monde donne de l'expérience doivent être bien étonnés qu'on les croie. Le monde n'est que tourbillons, et il n'y a aucun rapport entre ces tourbillons. Tout s'en va par bandes comme des volées d'oiseaux. Les différents quartiers d'une ville ne se ressemblent même pas entre eux, et il y a autant à apprendre, pour quelqu'un de la Chaussée-d'Antin, au Marais qu'à Lisbonne. Il est seulement vrai que ces tourbillons divers sont traversés, depuis que le monde existe, par sept personnages toujours les mêmes: le premier s'appelle l'espérance, le second la conscience, le troisième l'opinion, le quatrième l'envie, le cinquième la tristesse, le sixième l'orgueil, et le septième s'appelle l'homme.

Nous étions donc, mes compagnons et moi, une volée d'oiseaux, et nous restâmes ensemble jusqu'au printemps, tantôt jouant, tantôt courant...

« Mais, dira le lecteur, au milieu de tout cela quelles femmes aviez-vous? Je ne vois pas là la débauche en personne. »

O créatures qui portiez le nom de femmes, et qui avez passé comme des rêves dans ma vie qui n'était elle-même qu'un rêve ! que dirais-je de vous ? Là où il n'y a jamais eu l'ombre d'une espérance, est-ce qu'il y aurait quelque souvenir ? Où vous trouverais-je pour cela ? Qu'y a-t-il de plus muet dans la mémoire humaine ? Qu'y a-t-il de plus oublié que vous ?

Comment ressaisirais-je vos fantômes épars, et comment pourrais-je donner quelque suite à ce que je raconte ? Maintenant que je pense à ce temps de ma jeunesse, je crois voir un champ plat et stérile sous un ciel orageux. Des formes flottantes se soulèvent çà et là, puis s'effacent ; un soupir plaintif déchire les airs ; des monstres grimaçants volent en rond ; ils pouffent de rire et s'engouffrent. Un cheval emporté passe comme un éclair ; le vent siffle, une flèche le suit. La nuit arrive ; les pierres tremblent de froid ; un voyageur perdu se couche dans la neige en pleurant. Une ombre paraît à l'horizon sur le sommet d'une montagne ; elle se penche sur une cascade, elle glisse dans la nappe immense comme une plume légère. Le cor retentit, des chiens aboient ; des chasseurs, les bras retroussés jusqu'au coude, dépècent une biche ; ils s'essuient le front ; un soleil de plomb les étouffe ; ils s'approchent d'une citerne pour y boire, et ils aperçoivent au fond un crocodile mort. Silence ! une rivière limpide coule là auprès des saules ; Ophélia couverte de fleurs, y flotte doucement. Longues, maigres, fluettes, des mains s'agitent sur une table ; elles coupent et donnent ; elles agitent des cartes. Des poupées mécaniques dansent autour ; elles sont transparentes et vides, le vin qu'elles boivent colore leurs veines un instant ; elles mangent de l'or. Une douce musique tremble dans les feuilles ; le tonnerre qui gronde la saisit et l'emporte comme un épervier affamé. Silence, silence ! le jour se lève, la rosée tombe ; une alouette sort d'un sillon et s'en va mourir dans les cieux.

Lecteur, s'il faut parler des femmes, j'en citerai deux ; en voici une.

Je vous le demande ; que voulez-vous que fasse une pauvre lingère, jeune et jolie, ayant dix-huit ans, et par conséquent des désirs ; ayant un roman sur son comptoir, où il n'est question que d'amour; ne sachant rien, n'ayant aucune idée de morale; cousant éternellement à une fenêtre devant laquelle les processions ne passent plus, par ordre de police, mais devant laquelle rôdent tous les soirs une douzaine de filles patentées, reconnues par la même police; que voulez-vous qu'elle fasse, lorsque, après avoir fatigué ses mains et ses yeux pendant toute une journée sur une robe ou sur un chapeau, elle s'accoude un moment à cette fenêtre, à la nuit tombante? Cette robe qu'elle a cousue, ce chapeau qu'elle a coupé, elle que voilà, de ces pauvres et honnêtes mains, pour rapporter de quoi souper à la maison, elle les voit passer sur la tête et sur le corps d'une fille publique. Trente fois par jour il s'arrête une voiture de louage à sa porte, et il en descend une prostituée numérotée comme le fiacre qui la roule, laquelle vient d'un air dédaigneux minauder devant une glace, essayer, ôter et remettre dix fois ce triste et patient ouvrage de ses veilles. Elle voit cette fille tirer de sa poche six pièces d'or, elle qui en a une par semaine; elle la regarde des pieds à la tête, elle examine sa parure; elle la suit jusqu'à son carrosse; et puis, que voulez-vous ! quand la nuit est bien noire, un soir que l'ouvrage manque, que sa mère est malade, elle entr'ouvre sa porte, étend la main, et arrête un passant.

Telle était l'histoire d'une fille que j'ai connue. Elle savait un peu toucher du piano, un peu compter, un peu dessiner, même un peu d'histoire et de grammaire, et ainsi de tout un peu. Que de fois j'ai regardé avec une compassion poignante cette triste ébauche de la nature, mutilée encore par la société! que de fois j'ai suivi dans cette nuit profonde les pâles et vacillantes lueurs d'une étincelle souffrante et avortée ! que de fois j'ai tenté de rallumer quelques charbons éteints sous cette pauvre cendre ! Hélas ! ses longs cheveux avaient réellement la couleur de la cendre, et nous l'appelions Cendrillon.

Je n'étais pas assez riche pour lui donner des maîtres. Desgenais, d'après mon conseil, s'intéressa à cette créature; il lui fit apprendre de nouveau tout ce dont elle avait les éléments. Mais elle ne put jamais faire en rien un progrès sensible; dès que son maître était parti, elle se croisait les bras et restait ainsi des heures entières, regardant à travers les carreaux. Quelles journées ! quelle misère ! Je la menaçai, un jour, si elle ne travaillait pas, de la laisser sans argent; elle se mit silencieusement à l'ouvrage, et j'appris, peu de temps après, qu'elle sortait à la dérobée. Où allait-elle ? Dieu le sait. Je la priai, avant qu'elle partît, de me broder une bourse; j'ai conservé longtemps cette triste relique; elle était accrochée dans ma chambre comme un des monuments les plus sombres de tout ce qui est ruine ici-bas.

Maintenant, en voici une autre :

Il était environ dix heures du soir, lorsque après une journée entière de bruit et de fatigues nous nous rendîmes chez Desgenais, qui nous avait devancés de quelques heures pour faire ses préparatifs. L'orchestre était déjà en train, et le salon rempli à notre arrivée.

La plupart des danseuses étaient des filles de théâtre; on m'expliqua pourquoi celles-là valent mieux que les autres : c'est que tout le monde se les arrache.

A peine entré, je me jetai dans le tourbillon de la valse. Cet exercice vraiment délicieux m'a toujours été cher; je n'en connais pas de plus noble, ni qui soit plus digne en tout d'une belle femme et d'un jeune garçon; toutes les danses, au prix de celle-là, ne sont que des conventions insipides ou des prétextes pour les entretiens les plus insignifiants. C'est véritablement posséder en quelque sorte une femme que de la tenir une demi-heure dans ses bras et de l'entraîner ainsi, palpitante malgré elle, et non sans quelque risque, de telle sorte qu'on ne pourrait dire si on la protège ou si on la force. Quelques-unes se livrent alors avec une si voluptueuse pudeur, avec un si doux et si pur abandon, qu'on ne sait si ce qu'on ressent près d'elles est du désir ou de la crainte, et si, en les serrant sur son cœur, on se pâmerait ou on les briserait comme des roseaux. L'Allemagne, où l'on a inventé cette danse est à coup sûr un pays où l'on aime.

Je tenais dans mes bras une superbe danseuse d'un théâtre d'Italie, venue à Paris pour le carnaval; elle était en costume de bacchante, avec une robe de peau de panthère. Jamais je n'ai rien vu de si languissant que cette créature. Elle était grande et mince, et, tout en valsant avec une rapidité extrême, elle avait l'air de se traîner; à la voir, on eût dit qu'elle devait fatiguer son valseur; mais on ne la sentait pas, elle courait comme par enchantement.

Sur son sein était un bouquet énorme, dont les parfums m'enivraient malgré moi. Au moindre mouvement de mon bras, je la sentais plier comme une liane des Indes, pleine d'une mollesse si douce et si sympathique qu'elle m'entourait comme d'un voile de soie embaumé. A chaque tour, on entendait à peine un léger froissement de son collier sur sa ceinture de métal; elle se mouvait si divinement que je croyais voir un bel astre, et tout cela avec un sourire, comme une fée qui va s'envoler. La musique de la valse, tendre et voluptueuse, avait l'air de lui sortir des lèvres, tandis que sa tête, chargée d'une forêt de cheveux noirs tressés en nattes, penchait en arrière, comme si son cou eût été trop faible pour la porter.

Lorsque la valse fut finie, je me jetai sur une chaise au fond d'un boudoir; mon cœur battait, j'étais hors de moi. « O Dieu ! m'écriai-je, comment cela est-il possible ? O monstre superbe ! ô beau reptile, comme tu enlaces ! comme tu ondoies, douce couleuvre, avec ta peau souple et tachetée ! comme ton cousin le serpent t'a appris à te rouler autour de l'arbre de la vie, avec la pomme dans les lèvres! O Mélusine! ô Mélusine! les cœurs des hommes sont à toi. Tu le sais bien, enchanteresse, avec ta moelleuse langueur qui n'a pas l'air de s'en douter. Tu sais bien que tu perds, tu sais bien que tu noies, tu sais qu'on va souffrir lorsqu'on t'aura touchée; tu sais qu'on meurt de tes sourires, du parfum de tes fleurs, du contact de tes voluptés; voilà pourquoi tu te livres avec tant de mollesse, voilà pourquoi ton sourire est si doux, tes fleurs si fraîches; voilà pourquoi tu poses si doucement ton bras sur nos épaules. O Dieu ! ô Dieu ! que veux-tu donc de nous ? »

Le professeur Hallé a dit un mot terrible : « La femme est la partie nerveuse de l'humanité, et l'homme la partie musculaire. » Humboldt lui-même, ce savant grave et sérieux, a dit qu'autour des nerfs humains était une atmosphère invisible. Je ne parle pas des rêveurs qui suivent le vol tournoyant des chauves-souris de Spallanzani, et qui pensent avoir trouvé un sixième sens à la nature. Telle qu'elle est, ses mystères sont bien assez redoutables, ses puissances bien assez profondes, à cette nature qui nous crée, nous raille et nous tue, sans qu'il faille encore épaissir les ténèbres qui nous entourent ! Mais quel est l'homme qui croit avoir vécu, s'il nie la puissance des femmes ? s'il n'a jamais quitté une belle danseuse avec des mains tremblantes ? s'il n'a jamais senti ce je ne sais quoi indéfinissable, ce magnétisme énervant qui, au milieu d'un bal, au bruit des instruments, à la chaleur qui fait pâlir les lustres, sort peu à peu d'une jeune femme, l'électrise elle-même et voltige autour d'elle comme le parfum des aloès sur l'encensoir qui se balance au vent ?

J'étais frappé d'une stupeur profonde. Qu'une semblable ivresse existât quand on aime, cela ne m'était pas nouveau ; je savais ce que c'était que cette auréole dont rayonne la bien-aimée. Mais exciter de tels battements de cœur, évoquer de pareils fantômes, rien qu'avec sa beauté, des fleurs et la peau bigarrée d'une bête féroce, avec de certains mouvements, une certaine façon de tourner en cercle qu'elle a apprise de quelque baladin, avec les contours d'un beau bras ; et cela sans une parole, sans une pensée, sans qu'elle daigne paraître le savoir ! Qu'était donc le chaos, si c'est là l'œuvre des sept jours ?

Ce n'était pourtant pas de l'amour que je ressentais, et je ne puis dire autre chose sinon que c'était de la soif. Pour la première fois de ma vie je sentais vibrer dans mon être une corde étrangère à mon cœur. La vue de ce bel animal en avait fait rugir un autre dans mes entrailles. Je me tâtais comme pour m'éveiller ; j'appelais à mon secours ma vie passée. Je sentais bien que je n'aurais pas dit à cette femme que je l'aimais, ni qu'elle me plaisait, ni même qu'elle était belle ; il n'y avait rien sur mes lèvres que l'envie de baiser les siennes, de lui dire : « Ces bras nonchalants, fais-m'en une ceinture; cette tête penchée, appuie-la sur moi; ce doux sourire, colle-le sur ma bouche. » Mon corps aimait le sien; j'étais pris de beauté comme on est pris de vin.

Desgenais passa qui me damanda ce que je faisais là. « Quelle est cette femme? » lui dis-je. Il me répondit : « Quelle femme? De qui voulez-vous parler? »

Je le pris par le bras et le menai dans la salle. L'Italienne nous vit venir. Elle sourit; je fis un pas en arrière. « Ah ! ah ! dit Desgenais, vous avez valsé avec Marco?

— Qu'est-ce que c'est que Marco? lui dis-je.

— Eh ! c'est cette fainéante qui rit là-bas; est-ce qu'elle vous plaît?

— Non, répliquai-je; j'ai valsé avec elle et je voulais savoir son nom; elle ne me plaît pas autrement. »

C'était la honte qui me faisait parler ainsi; mais dès que Desgenais m'eut quitté je courus après lui.

« Vous êtes bien prompt, dit-il en riant. Marco n'est pas une fille ordinaire, elle est entretenue et presque mariée à M. de***, ambassadeur à Milan. C'est un de ses amis qui me l'a amenée. Cependant ajouta-t-il, comptez que je vais lui parler; nous ne vous laisserons mourir qu'autant qu'il n'y aura pas d'autre ressource. Il se peut qu'on obtienne de la laisser ici à souper. »

Il s'éloigna là-dessus. Je ne saurais dire quelle inquiétude je ressentis en le voyant s'approcher d'elle; mais je ne pus les suivre; ils se dérobèrent dans la foule.

« Est-ce donc vrai? me disais-je; en viendrais-je là? Eh quoi ! en un instant? O Dieu ! serait-ce là ce que je vais aimer? Mais après tout, pensais-je, ce sont mes sens qui agissent; mon cœur n'est pour rien là-dedans. »

Ainsi je cherchais à me tranquilliser. Cependant quelques instants après Desgenais me frappa sur l'épaule. « Nous souperons tout à l'heure me dit-il; vous donnerez le bras à Marco; elle sait qu'elle vous a plu, et cela est convenu.

— Écoutez, lui dis-je, je ne sais ce que j'éprouve. Il me semble que je vois Vulcain au pied boiteux couvrant Vénus de ses baisers, avec sa barbe enfumée dans sa forge. Il fixe ses yeux effarés sur la chair épaisse de sa proie. Il se concentre dans la vue de cette femme, son bien unique; il s'efforce de rire de joie, il fait comme s'il frémissait de bonheur; et pendant ce temps-là il se souvient de son père Jupiter, qui est assis au haut des cieux. »

Desgenais me regarda sans répondre; il me prit le bras et m'entraîna. « Je suis fatigué, me dit-il, je suis triste; ce bruit me tue. Allons souper, cela nous remontera. »

Le souper fut splendide, mais je ne fis qu'y assister. Je ne pouvais toucher à rien; les lèvres me défaillaient. « Qu'avez-vous donc? » me dit Marco. Mais je restais comme une statue, et je la regardais de la tête aux pieds dans un muet étonnement.

Elle se mit à rire, Desgenais aussi, qui nous observait de loin. Devant elle était un grand verre de cristal taillé en forme de coupe, qui reflétait sur mille facettes étincelantes la lumière des lustres, et qui brillait comme le prisme des sept couleurs de l'arc-en-ciel. Elle étendit son bras nonchalant et l'emplit jusqu'au bord d'un flot doré de vin de Chypre, de ce vin sucré d'Orient que j'ai trouvé si amer plus tard sur la grève déserte du Lido. « Tenez, dit-elle en me le présentant, *per voi, bambino mio.*

— Pour toi et moi, » lui dis-je en lui présentant le verre à mon tour. Elle y trempa ses lèvres, et je le vidai avec une tristesse qu'elle sembla lire dans mes yeux.

« Est-ce qu'il est mauvais? dit-elle. — Non, répondis-je. — Ou si vous avez mal à la tête? — Non. — Ou si vous êtes las? — Non. — Ah! donc, c'est un ennui d'amour? » En parlant ainsi dans son jargon, ses yeux devenaient sérieux. Je savais qu'elle était de Naples, et malgré elle, en parlant d'amour, son Italie lui battait dans le cœur.

Une autre folie vint là-dessus. Déjà les têtes s'échauffaient, les verres se choquaient; déjà montait sur les joues les plus pâles cette pourpre légère dont le vin colore les visages, comme pour défendre à la pudeur d'y paraître ; un murmure confus, semblable à celui de la marée montante, grondait par secousses ; les regards s'enflammaient çà et là, puis tout à coup se fixaient et restaient vides ; je ne sais quel vent faisait flotter l'une vers l'autre toutes ccs ivresses incertaines. Une femme se leva, comme dans une mer encore tranquille la première vague qui sent la tempête et qui se dresse pour l'annoncer ; elle fit signe de la main pour demander le silence, vida son verre d'un coup, et, du mouvement qu'elle fit, elle se décoiffa ; une nappe de cheveux dorés lui roula sur les épaules ; elle ouvrit les lèvres et voulut entonner une chanson de table ; son œil était à demi fermé. Elle respirait avec effort ; deux fois un son rauque sortit de sa poitrine oppressée ; une pâleur mortelle la couvrit tout à coup, et elle retomba sur sa chaise.

Alors commença un vacarme qui, pendant plus d'une heure que dura encore le souper, ne cessa pas jusqu'à la fin. Il était impossible d'y rien distinguer, ni les rires, ni les chansons, pas même les cris. « Qu'en pensez-vous ? me dit Desgenais. — Rien, répondis-je ; je me bouche les oreilles et je regarde. »

Au milieu de ce bacchanal, la belle Marco restait muette, ne buvant pas, appuyée tranquillement sur son bras nu et laissant rêver sa paresse. Elle ne semblait ni étonnée ni émue. « N'en voulez-vous pas faire autant qu'eux ? lui demandai-je ; vous qui m'avez offert du vin de Chypre tout à l'heure, ne voulez-vous pas y goûter aussi ? » Je lui versai, en disant cela, un grand verre plein jusqu'au bord ; elle le souleva lentement, le but d'un trait, puis le reposa sur la table et reprit son attitude distraite.

Plus j'observais cette Marco, plus elle me paraissait singulière ; elle ne prenait plaisir à rien, mais ne s'ennuyait non plus de rien. Il paraissait aussi difficile de la fâcher que de lui plaire ; elle faisait ce qu'on lui demandait, mais rien de son propre mouvement. Je pensai au génie du repos éternel, et je me disais que si cette pâle statue devenait somnambule elle ressemblerait à Marco.

« Es-tu bonne ou méchante ? lui disais-je ; triste ou gaie ? As-tu aimé ? Veux-tu qu'on t'aime ? Aimes-tu l'argent, le plaisir, quoi ? les chevaux, la campagne, le bal ? Qui te plaît ? A quoi rêves-tu ? » Et à toutes ces demandes le même sourire de sa part, un sourire sans joie et sans peine, qui voulait dire : « Qu'importe ? » et rien de plus.

J'approchai mes lèvres des siennes ; elle me donna un baiser, distrait et nonchalant comme elle, puis elle porta son mouchoir à sa bouche.

« Marco, lui dis-je, malheur à qui t'aimerait ! »

Elle abaissa sur moi son œil noir, puis le leva au ciel, et, mettant un doigt en l'air, avec ce geste italien qui ne s'imite pas, elle prononça doucement le grand mot féminin de son pays : *Forse !*

Cependant on servit le dessert ; plusieurs des convives s'étaient levés ; les uns fumaient, d'autres s'étaient mis à jouer, un petit nombre restait à table ; des femmes dansaient, d'autres s'endormaient. L'orchestre revint ; les bougies pâlissaient, on en remit d'autres. Je me souvins du souper de Pétrone, où les lampes s'éteignent autour des maîtres assoupis, tandis que des esclaves entrent sur la pointe du pied et volent l'argenterie. Au milieu de tout cela, les chansons allaient toujours ; et trois Anglais, trois de ces figures mornes dont le continent est l'hôpital, continuèrent en dépit de tout la plus sinistre ballade qui soit sortie de leurs marais.

« Viens, dis-je à Marco, partons ! » Elle se leva et prit mon bras. « A demain ! » me cria Desgenais ; et nous sortîmes de la salle.

En approchant du logis de Marco, mon cœur battait avec violence ; je ne pouvais parler. Je n'avais aucune idée d'une femme pareille ; elle n'éprouvait ni désir ni dégoût, et je ne savais que penser de voir trembler ma main auprès de cet être immobile.

Sa chambre était comme elle, sombre et voluptueuse ; une lampe d'albâtre l'éclairait à demi. Les fauteuils, le sofa, étaient moelleux comme des lits, et je crois que tout y était fait de duvet et de soie. En y entrant, je fus frappé d'une forte odeur de pastilles turques, non pas de celles qu'on vend dans les rues, mais de celles de Constantinople, qui sont les plus nerveux et les plus dangereux des parfums. Elle sonna ; une fille de chambre entra. Elle passa avec elle dans son alcôve, sans me dire un mot, et quelques instants après je la vis couchée, appuyée sur son coude, toujours dans la posture nonchalante qui lui était habituelle.

J'étais debout et je la regardais. Chose étrange ! plus je l'admirais, plus je la trouvais belle, plus je sentais s'évanouir les désirs qu'elle m'inspirait. Je ne sais si ce fut un effet magnétique : son silence et son immobilité me gagnaient. Je fis comme elle, je m'étendis sur le sofa en face de l'alcôve, et le froid de la mort me descendit dans l'âme.

Les battements du sang dans les artères sont une étrange horloge qu'on ne sent vibrer que la nuit. L'homme, abandonné alors par les objets extérieurs, retombe sur lui-même ; il s'entend vivre. Malgré la fatigue et la tristesse, je ne pouvais fermer les yeux ; ceux de Marco étaient fixés sur moi ; nous nous regardions en silence, et lentement, si l'on peut ainsi parler.

« Que faites-vous là ? dit-elle enfin ; ne venez-vous pas près de moi ?

— Si fait, lui répondis-je ; vous êtes bien belle ! »

Un faible soupir se fit entendre, semblable à une plainte : une des cordes de la harpe de Marco venait de se détendre. Je tournai la tête à ce bruit, et je vis que la pâle teinte des premiers rayons de l'aurore colorait les croisées.

Je me levai et ouvris les rideaux ; une vive lumière pénétra dans la chambre. Je m'approchai d'une fenêtre et m'y arrêtai quelques instants ; le ciel était pur, le soleil sans nuages.

« Viendrez-vous donc ? » répéta Marco.

Je lui fis signe d'attendre encore. Quelques raisons de prudence lui avaient fait choisir un quartier éloigné du centre de la ville ; peut-être avait-elle ailleurs un autre appartement, car elle recevait quelquefois. Les amis de son amant venaient chez elle, et la chambre où nous étions n'était sans doute qu'une sorte de *petite maison* ; elle donnait sur le Luxembourg, dont le jardin s'étendait au loin devant mes yeux.

Comme un liège qui, plongé dans l'eau, semble inquiet sous la main qui le renferme et glisse entre les doigts pour remonter à la surface, ainsi s'agitait en moi quelque chose que je ne pouvais ni vaincre ni écarter. L'aspect des allées du Luxembourg me fit bondir le cœur, et toute autre pensée s'évanouit. Que de fois, sur ces petits tertres, faisant l'école buissonnière, je m'étais étendu sous l'ombrage, avec quelque bon livre, tout plein de folle poésie ! car, hélas ! c'étaient là les débauches de mon enfance. Je retrouvais tous ces souvenirs lointains sur les arbres dépouillés, sur les herbes flétries des parterres. Là, quand j'avais dix ans, je m'étais promené avec mon frère et mon précepteur, jetant du pain à quelques pauvres oiseaux transis ; là, assis dans un coin, j'avais regardé durant des heures danser en rond des petites filles ; j'écoutais battre mon cœur naïf au refrain de leurs chansons enfantines ; là, rentrant au collège, j'avais traversé mille fois la même allée, perdu dans un vers de Virgile et chassant du pied un caillou. « O mon enfance, vous voilà ! m'écriai-je ; ô mon Dieu, vous voilà ici ! »

Je me retournai. Marco s'était endormie, la lampe s'était éteinte ; la lumière du jour avait changé tout l'aspect de la chambre : les tentures, qui m'avaient semblé d'un bleu d'azur, étaient d'une teinte verdâtre et fanée, et Marco, la belle statue, étendue dans l'alcôve, était livide comme une morte.

Je frissonnai malgré moi ; je regardais l'alcôve, puis le jardin ; ma tête épuisée s'alourdissait. Je fis quelques pas et allai m'asseoir devant un secrétaire ouvert, près d'une autre croisée. Je m'y étais appuyé, et regardais machinalement une lettre dépliée qui avait été laissée dessus ; elle ne contenait que quelques mots. Je les lus plusieurs fois de suite sans y prendre garde, jusqu'à ce que le sens en devînt intelligible à ma pensée à force d'y revenir ; j'en fus frappé tout à coup, quoiqu'il ne me fût pas possible de tout saisir. Je pris le papier et lus ce qui suit, écrit avec une mauvaise orthographe :

« Elle est morte hier. A onze heures du soir, elle se sentait défaillir ;

elle m'a appelée et elle m'a dit : « Louison, je vas rejoindre mon cama-
« rade ; tu vas aller à l'armoire, et tu vas décrocher le drap qui est au
« clou ; c'est le pareil de l'autre. » Je me suis jetée à genoux en pleurant ;
mais elle étendait la main, en criant : « Ne pleure pas ! ne pleure pas ! »
Et elle a poussé un tel soupir... »

Le reste était déchiré. Je ne puis rendre l'effet que cette lecture
sinistre produisit sur moi ; je retournai le papier, et vis l'adresse de
Marco, la date de la veille. « Elle est morte ! et qui donc morte ?
m'écriai-je involontairement en allant à l'alcôve. Morte ! Qui donc ?
qui donc ? »

Marco ouvrit les yeux ; elle me vit, assis sur son lit, la lettre à la
main. « C'est ma mère, dit-elle, qui est morte. Vous ne venez donc pas
près de moi ? »

En disant cela, elle étendit la main. « Silence ! lui dis-je ; dors, et
laisse-moi là. » Elle se retourna et se rendormit. Je la regardai
quelque temps, jusqu'à ce que, m'étant assuré qu'elle ne pouvait plus
m'entendre, je m'éloignai et sortis doucement.

CHAPITRE V

J'étais assis un soir au coin du feu avec Desgenais. La fenêtre était ouverte ; c'était un de ces premiers jours de mars, qui sont les messagers du printemps ; il avait plu, une douce odeur venait du jardin.

« Que ferons-nous, mon ami, lui dis-je, lorsque le printemps sera venu ? Je me sens l'envie de voyager.

— Je ferai, me dit Desgenais, ce que j'ai fait l'an passé : j'irai à la campagne quand ce sera le temps d'y aller.

— Quoi ! répondis-je, faites-vous tous les ans la même chose ? Vous allez donc recommencer votre vie de cette année ? .

— Que voulez-vous que je fasse ? répliqua-t-il.

— C'est juste, m'écriai-je en me levant en sursaut ; oui ! que voulez-vous que je fasse ? Vous avez bien dit. Ah ! Desgenais, que tout cela me fatigue ! Est-ce que vous n'êtes jamais las de cette vie que vous menez ?

— Non, » me dit-il.

J'étais debout devant une gravure qui représentait la Madeleine au désert ; je joignis les mains involontairement. « Que faites-vous donc ? demanda Desgenais.

— Écoutez, lui dis-je : si j'étais peintre et si je voulais peindre la mélancolie, je ne peindrais pas une jeune fille rêveuse, un livre entre les mains.

— A qui en avez-vous ce soir ? dit-il en riant.

— Non, en vérité, continuai-je. Cette Madeleine dans les larmes a le sein gonflé d'espérance ; cette main pâle et maladive sur laquelle elle soutient sa tête est encore embaumée des parfums qu'elle a versés sur les pieds du Christ. Ne voyez-vous pas que dans ce désert il y a un peuple de pensées qui prient ? Ce n'est pas là la mélancolie.

— C'est une femme qui lit, répondit-il d'une voix sèche.

— Et une heureuse femme, lui dis-je, et un heureux livre ! »

Desgenais comprit ce que je voulais dire ; il vit qu'une profonde tristesse s'emparait de moi. Il me demanda si j'avais quelque cause de chagrin. J'hésitais à lui répondre, et je sentais mon cœur se briser.

« Enfin, me dit-il, mon cher Octave, si vous avez un sujet de peine, n'hésitez pas à me le confier ; parlez ouvertement, et vous trouverez en moi un ami.

— Je le sais, répondis-je, j'ai un ami ; mais ma peine n'a pas d'ami. »

Il me pressa de m'expliquer. « Eh bien ! lui dis-je, si je m'explique, à quoi cela vous servira-t-il, puisque vous n'y pouvez rien, ni moi non plus ? Est-ce le fond de mon cœur que vous me demandez, ou est-ce seulement la première parole venue, et une excuse ?

— Soyez franc, me dit-il.

— Eh bien ! répliquai-je, eh bien ! Desgenais, vous m'avez donné des conseils en temps et lieu, et je vous prie de m'écouter comme je vous ai écouté alors. Vous me demandez ce que j'ai dans le cœur ; je vais vous le dire.

« Prenez le premier homme venu, et dites-lui : « Voilà des gens qui passent leur vie à boire, à monter à cheval, à rire, à jouer, à user de tous les plaisirs ; aucune entrave ne les retient ; ils ont pour loi ce qui leur plaît, des femmes, tant qu'ils en veulent ; ils sont riches. D'autres soucis, pas un ; tous les jours sont fêtes pour eux. » Qu'en pensez-vous ? A moins que cet homme ne soit un dévot sévère, il vous répondra que c'est de la faiblesse humaine, s'il ne vous répond pas simplement que c'est le plus grand bonheur qui puisse s'imaginer.

« Conduisez donc cet homme à l'action ; mettez-le à table, une femme à ses côtés, un verre à la main, une poignée d'or tous les matins, et puis dites-lui : « Voilà ta vie. Pendant que tu t'endormiras près de ta maîtresse, tes chevaux piafferont dans l'écurie ; pendant que tu feras caracoler ton cheval sur le sable des promenades, le vin mûrira dans tes caves ; pendant que tu passeras la nuit à boire, tes banquiers augmenteront ta richesse. Tu n'as qu'à souhaiter, et tes désirs seront des réalités. Tu es le plus heureux des hommes ; mais prends garde que tu boiras un jour outre mesure et que tu ne retrouveras plus ton corps prêt à jouir. Ce sera un grand malheur, car toutes les douleurs se consolent, hormis celle-là. Tu galoperas une belle nuit dans la forêt avec de joyeux compagnons; ton cheval fera un faux pas; tu tomberas dans un fossé plein de bourbe et tu risqueras que tes compagnons pris de vin, au milieu de leurs fanfares joyeuses, n'entendent pas tes cris d'angoisse; prends garde qu'ils ne passent sans t'apercevoir, et que le bruit de leur joie ne s'enfonce dans la forêt, tandis que tu te traîneras dans les ténèbres sur tes membres rompus. Tu perdras au jeu, quelque soir; la fortune a ses mauvais jours. Quand tu rentreras chez toi et que tu t'assoiras au coin de ton feu, prends garde de te frapper le front, de laisser le chagrin mouiller tes paupières, et de jeter les yeux çà et là avec amertume, comme quand on cherche un ami; prends garde surtout de penser tout à coup, dans ta solitude, à ceux qui ont par là, sous quelque toit de chaume, un ménage tranquille, et qui s'endorment en se tenant la main; car, en face de toi, sur ton lit splendide, sera assise, pour toute confidente, la pâle créature qui est l'amante de tes écus. Tu te pencheras sur elle pour soulager ta poitrine oppressée, et elle fera cette réflexion que tu es bien triste, et que la perte doit être considérable; les larmes de tes yeux lui causeront un grand souci, car elles sont capables de laisser vieillir la robe qu'elle porte et de faire tomber les bagues de ses doigts. Ne lui nomme pas celui qui t'a gagné ce soir : il se pourrait qu'elle le rencontrât demain, et qu'elle fît les yeux doux à ta ruine. Voilà ce que c'est que la faiblesse humaine ! Es-tu de force à avoir celle-là ? Es-tu un homme ? prends garde au dégoût; c'est encore un mal incurable; un mort vaut mieux qu'un vivant dégoûté de vivre. As-tu un cœur ? prends garde à l'amour; c'est pis qu'un mal pour un débauché, c'est un ridicule; les débauchés payent leurs maîtresses, et la femme qui se vend n'a droit de mépris que sur un seul homme au monde, celui qui l'aime. As-tu des passions ? prends garde à ton visage; c'est une honte pour un soldat de jeter son armure, et pour un débauché de paraître tenir à quoi que ce soit; sa gloire consiste à ne toucher à rien qu'avec des mains de marbre frottées d'huile sur lesquelles tout doit glisser. As-tu une tête chaude ? si tu veux vivre, apprends à tuer ; le vin est parfois querelleur. As-tu une conscience ? prends garde à ton sommeil ; un débauché qui se repent trop tard est comme un vaisseau qui prend l'eau : il ne peut ni revenir à terre ni continuer sa route ; les vents ont beau le pousser, l'Océan l'attire ; il tourne sur lui-même, et disparaît. Si tu as un corps, prends garde à la souffrance ; si tu as une âme, prends garde au désespoir. O malheureux ! prends garde aux hommes ! Tant que tu marcheras sur la route où tu es, il te semblera voir une plaine immense où se déploie en guirlande fleurie une farandole de danseurs qui se tiennent comme les anneaux d'une chaîne ; mais ce n'est là qu'un mirage léger ; ceux qui regardent à leurs pieds savent qu'ils voltigent sur un fil de soie tendu sur un abîme, et que l'abîme engloutit bien des chutes silencieuses sans une ride à sa surface. Que le pied ne te manque pas ! La nature elle-même sent reculer autour de toi ses entrailles divines ; les arbres et les roseaux ne te reconnaissent plus ; tu as faussé les lois de ta mère, tu n'es plus le frère des nourrissons, et les oiseaux des champs se taisent en te voyant. Tu es seul ! Prends garde à Dieu ! tu es seul en face de lui, debout comme une froide statue, sur le piédestal de ta volonté. La pluie du ciel ne te rafraîchit plus, elle te mine, elle te travaille. Le vent qui passe ne te donne plus le baiser de vie, communion sacrée de tout ce qui respire ; il t'ébranle, il te fait chanceler. Chaque femme que tu embrasses prend une étincelle de ta force sans t'en rendre une de la sienne ; tu t'épuises sur des fantômes ; là où tombe une goutte de ta sueur, pousse une des plantes sinistres qui croissent aux cimetières. Meurs ! tu es l'ennemi de tout ce qui aime ; affaise-toi sur ta solitude, n'attends pas la vieillesse ; ne laisse pas d'enfant sur la terre, ne féconde pas un sang corrompu ; efface-toi comme la fumée, ne prive pas le grain de blé qui pousse d'un rayon de soleil ! »

En achevant ces mots, je tombai sur un fauteuil, et un ruisseau de larmes coula de mes yeux. « Ah ! Desgenais, ajoutai-je en sanglotant, ce n'est pas là ce que vous m'avez dit. Ne le saviez-vous donc pas ? et si vous le saviez, que ne le disiez-vous ? »

Mais Desgenais avait lui-même les mains jointes ; il était pâle comme un linceul, et une longue larme lui coulait sur la joue.

Il y eut entre nous un moment de silence. L'horloge sonna ; je pensai tout à coup qu'il y avait juste un an qu'à pareil jour, à pareille heure, j'avais découvert que ma maîtresse me trompait.

« Entendez-vous cette horloge ? m'écriai-je ; l'entendez-vous ? Je ne sais ce qu'elle sonne à présent ; mais c'est une heure terrible et qui comptera dans ma vie. »

Je parlais ainsi dans un transport et sans pouvoir démêler ce qui se passait en moi. Mais presque au même instant un domestique entra précipitamment dans la chambre ; il me prit la main, m'emmena à l'écart, et me dit tout bas : « Monsieur, je viens vous avertir que votre père se meurt ; il vient d'être pris d'une attaque d'apoplexie, et les médecins désespèrent de lui. »

TROISIÈME PARTIE

CHAPITRE I

Mon père demeurait à la campagne, à quelques distance de Paris. Lorsque j'arrivai, je trouvai le médecin sur la porte, qui me dit : « Vous venez trop tard; votre père aurait voulu vous voir une dernière fois. »

J'entrai et vis mon père mort. « Monsieur, dis-je au médecin, faites, je vous prie, que tout le monde se retire et qu'on me laisse seul ici; mon père avait quelque chose à me dire et il me le dira. » Sur mon ordre, les domestiques s'en allèrent; je m'approchai alors du lit et soulevai doucement le linceul qui couvrait déjà le visage. Mais dès que j'y eus jeté les yeux, je me précipitai pour l'embrasser et perdis connaissance.

Quand je revins à moi, j'entendis qu'on disait : « S'il le demande, refusez-le, sur quelque prétexte que ce soit. » Je compris qu'on voulait m'éloigner du lit de mort et feignis de n'avoir rien entendu. Comme on me vit tranquille, on me laissa. J'attendis que tout le monde fût couché dans la maison, et, prenant un flambeau, je me rendis chez mon père. J'y trouvai un jeune ecclésiastique, seul, assis près du lit. « Monsieur, lui dis-je, disputer à un orphelin la dernière veillée à côté de son père, c'est une entreprise hardie; j'ignore ce qu'on a pu vous en dire. Restez dans la chambre voisine; s'il y a quelque mal, je le prends sur moi. »

Il se retira. Un seul flambeau, posé sur une table, éclairait le lit; je m'assis à la place de l'ecclésiastique, et découvris encore une fois ces traits que je ne devais jamais revoir. « Que vouliez-vous me dire, mon père? lui demandai-je; quelle a été votre dernière pensée en cherchant des yeux votre enfant? »

Mon père écrivait un journal où il avait l'habitude de consigner tout ce qu'il faisait jour par jour. Ce journal était sur la table, et je vis qu'il était ouvert; je m'en approchai et m'agenouillai ; sur la page ouverte étaient ces deux seuls mots : « Adieu, mon fils ; je t'aime et je meurs. »

Je ne versai pas une larme; pas un sanglot ne sortit de mes lèvres; ma gorge se serra, et ma bouche était comme scellée; je regardai mon père sans bouger.

Il connaissait ma vie, et mes désordres lui avaient donné plus d'une fois des motifs de plainte ou de réprimande. Je ne le voyais guère qu'il ne me parlât de mon avenir, de ma jeunesse et de mes folies. Ses conseils m'avaient souvent arraché à ma mauvaise destinée, et ils étaient d'une grande force, car sa vie avait été, d'un bout à l'autre, un modèle de vertu, de calme et de bonté. Je m'attendais qu'avant de mourir il avait souhaité de me voir pour tenter une fois encore de me détourner de la voie où j'étais engagé; mais la mort était venue trop vite; il avait tout à coup senti qu'il n'avait plus qu'un mot à dire, et il avait dit qu'il m'aimait.

CHAPITRE II

Une petite grille de bois entourait la tombe de mon père. Selon sa volonté expresse, manifestée depuis longtemps, il avait été enterré dans le cimetière du village. Tous les jours j'y allais, et je passais une partie de la journée sur un petit banc placé dans l'intérieur du tombeau. Le reste du temps, je vivais seul, dans la maison même où il était mort, et je n'avais avec moi qu'un seul domestique.

Quelque douleur que puissent causer les passions, il ne faut pas comparer les chagrins de la vie avec ceux de la mort. La première chose que j'avais sentie en m'asseyant auprès du lit de mon père, c'est que j'étais un enfant sans raison, qui ne savait rien et ne connaissait rien ; je puis dire même que mon cœur ressentit de sa mort une douleur physique, et je me courbais quelquefois en tordant mes mains comme un apprenti qui s'éveille.

Pendant les premiers mois que je demeurai à cette campagne, il ne me vint à l'esprit de songer ni au passé ni à l'avenir. Il ne me semblait pas que ce fût moi qui eusse vécu jusqu'alors ; ce que j'éprouvais n'était pas du désespoir et ne ressemblait en rien à ces douleurs furieuses que j'avais ressenties. Ce n'était que de la langueur dans toutes mes actions, comme une fatigue et une indifférence de tout, mais avec une amertume poignante qui me rongeait intérieurement. Je tenais toute la journée un livre à la main ; mais je ne lisais guère, ou, pour mieux dire, pas du tout, et je ne sais à quoi je rêvais. Je n'avais point de pensées ; tout en moi était silence ; j'avais reçu un coup si violent, et en même temps si prolongé, que j'en étais resté comme un être purement passif, et rien en moi ne réagissait.

Mon domestique, qui s'appelait Larive, avait été très attaché à mon père ; c'était peut-être, après mon père lui-même, le meilleur homme que j'aie jamais connu. Il était de la même taille et portait ses habits, que mon père lui donnait, n'ayant point de livrée. Il avait à peu près le même âge, c'est-à-dire que ses cheveux grisonnaient, et, depuis vingt ans qu'il n'avait pas quitté mon père, il en avait pris quelque choses de ses manières habituelles. Tandis que je me promenais dans la chambre après dîner, allant et venant de long en large, je l'entendais qui en faisait autant que moi dans l'antichambre ; quoique la porte fût ouverte, il n'entrait jamais, et nous ne nous disions pas un mot ; mais de temps en temps nous nous regardions pleurer. Les soirées se passaient ainsi, et le soleil était couché depuis longtemps lorsque je pensais à demander de la lumière, ou lui à m'en apporter.

Tout était resté dans la maison dans le même ordre qu'auparavant, et nous n'y avions pas dérangé un morceau de papier. Le grand fauteuil de cuir dans lequel s'asseyait mon père était auprès de la cheminée ; sa table, ses livres, placés de même ; je respectais jusqu'à la poussière de ses rayons, qu'il n'aimait pas qu'on lui dérangeât pour les nettoyer. Cette maison solitaire, habituée au silence et à la vie la plus tranquille, ne s'était aperçue de rien ; il me semblait seulement que les murailles et les meubles me regardaient quelquefois avec pitié, quand je m'enveloppais de la robe de chambre de mon père et que je m'asseyais dans son fauteuil. Une voix faible s'élevait alors des rayons poudreux comme pour dire : « Où est allé le père ? Nous voyons bien que c'est l'orphelin. »

Je reçus de Paris plusieurs lettres, et je fis à toutes la réponse que je voulais passer l'été seul à la campagne comme mon père avait coutume de faire. Je commençais à sentir cette vérité que dans tous les maux il y a toujours quelque bien, et qu'une grande douleur, quoiqu'on en dise, est un grand repos. Quelle que soit la nouvelle qu'ils apportent, lorsque les envoyés de Dieu nous frappent sur l'épaule, ils font toujours cette bonne œuvre, de nous réveiller de la vie ; et là où ils parlent tout se tait. Les douleurs passagères blasphèment et accusent le ciel ; les grandes douleurs n'accusent ni ne blasphèment : elles écoutent.

Le matin, je passais des heures entières en contemplation devant

la nature. Mes croisées donnaient sur une vallée profonde, et au milieu
s'élevait le clocher du village; tout était pauvre et tranquille. L'aspect
du printemps, des fleurs et des feuilles naissantes ne produisait pas
sur moi cet effet sinistre dont parlent les poètes, qui trouvent dans
les contrastes de la vie une raillerie de la mort. Je crois que cette idée
frivole, si elle n'est pas une simple antithèse faite à plaisir, n'appartient
encore en réalité qu'aux cœurs qui sentent à demi. Le joueur qui sort
au point du jour, les yeux ardents, les mains vides, peut se sentir en
guerre avec la nature, comme le flambeau d'une veillée hideuse; mais
que peuvent dire les feuilles qui poussent à l'enfant qui pleure son père ?
Les larmes de ses yeux sont sœurs de la rosée; les feuilles des saules
sont elles-mêmes des larmes. C'est en regardant le ciel, les bois et les
prairies, que je compris ce que c'est que les hommes qui s'imaginent
de se consoler.

Larive n'avait pas plus envie de me consoler que de se consoler
lui-même. Au moment de la mort de mon père, il avait eu peur que je
ne vendisse la maison et que je ne l'emmenasse à Paris. Je ne sais s'il
était au fait de ma vie passée, mais il m'avait témoigné d'abord de
l'inquiétude, et quand il me vit m'installer son premier regard m'alla
jusqu'au cœur. C'était un jour que j'avais fait apporter de Paris un
grand portrait de mon père; je l'avais fait mettre dans la salle à
manger. Lorsque Larive entra pour servir, il le vit; il demeura irrésolu,
regardant tantôt le portrait, tantôt moi; il y avait dans ses yeux une si
triste joie que je ne pus y résister. Il semblait me dire : « Quel
bonheur ! nous allons donc souffrir tranquilles. » Je lui tendis la
main, qu'il couvrit de baisers en sanglotant.

Il soignait, pour ainsi dire, ma douleur comme la maîtresse de la
sienne. Quand j'allais le matin au tombeau de mon père, je l'y trouvais
arrosant les fleurs; dès qu'il me voyait, il s'éloignait et rentrait au logis.
Il me suivait dans mes promenades; comme j'étais à cheval, et lui à
pied, je ne voulais jamais de lui; mais quoi que je fisse pour cela, dès
que j'avais fait cent pas dans la vallée je l'apercevais derrière moi,

son bâton à la main et s'essuyant le front. Je lui achetai un petit cheval qui appartenait à un paysan des environs, et nous nous mîmes ainsi à parcourir les bois.

Il y avait dans le village quelques personnes de connaissance qui venaient souvent à la maison. Ma porte leur était fermée, quoique j'en eusse du regret; mais je ne pouvais voir personne sans impatience. Renfermé dans ma solitude, je pensai au bout de quelque temps à visiter les papiers de mon père. Larive me les apporta avec un pieux respect, et, détachant les liasses d'une main tremblante, il les étala devant moi.

Aux premières pages que je lus, je sentis au cœur cette fraîcheur qui vivifie l'air autour du lac tranquille; la douce sérénité de l'âme de mon père s'exhalait comme un parfum des feuilles poudreuses à mesure que je les déployais. Le journal de sa vie reparut devant moi; je pouvais compter, jour par jour, les battements de ce noble cœur. Je commençai à m'ensevelir dans un rêve doux et profond; et, malgré le caractère sérieux et ferme qui dominait partout, je découvrais une grâce ineffable, la fleur paisible de sa bonté. Pendant que je lisais, l'idée de sa mort se mêlait sans cesse au récit de sa vie; je ne puis dire avec quelle tristesse je suivais ce ruisseau limpide que j'avais vu tomber dans l'Océan.

« O homme juste ! m'écriai-je, homme sans peur et sans reproche ! quelle candeur dans ton expérience ! Ton dévouement pour tes amis, ta tendresse divine pour ma mère, ton admiration pour la nature, ton amour sublime pour Dieu, voilà ta vie; il n'y a pas eu place dans ton cœur pour autre chose. La neige intacte au sommet des montagnes n'est pas plus vierge que ta sainte vieillesse; tes cheveux blancs lui ressemblaient. O père ! ô père ! donne-les-moi; ils sont plus jeunes que ma tête blonde. Laisse-moi vivre et mourir comme toi ! Je veux planter sur la terre où tu dors le rameau vert de ma vie nouvelle; je l'arroserai de mes larmes, et le Dieu des orphelins laissera pousser cette herbe pieuse sur la douleur d'un enfant et sur le souvenir d'un vieillard. »

Après avoir lu ces papiers chéris, je les classai en ordre. Je pris alors la résolution d'écrire aussi mon journal; j'en fis relier un tout semblable à celui de mon père, et, recherchant soigneusement sur le sien les moindres occupations de sa vie, je pris à tâche de m'y conformer. Ainsi, à chaque instant de la journée, l'horloge qui sonnait me faisait venir les larmes aux yeux. « Voilà, me disais-je, ce que faisait mon père à cette heure; » et que ce fût une lecture, une promenade ou un repas, je n'y manquais jamais. Je m'habituai de cette manière à une vie calme et régulière; il y avait dans cette exactitude ponctuelle un charme infini pour mon cœur. Je me couchais avec un bien-être que ma tristesse même rendait plus agréable. Mon père s'occupait aussi de jardinage; le reste du jour, l'étude, la promenade, une juste répartition entre les exercices du corps et ceux de l'esprit. En même temps, j'héritais de ses habitudes de bienfaisance et continuais à faire pour les malheureux ce qu'il faisait lui-même. Je commençai à rechercher dans mes courses les gens qui avaient besoin de moi; il n'en manquait pas dans la vallée. Bientôt je fus connu des pauvres; le dirai-je? oui, je le dirai hardiment : là où le cœur est bon, la douleur est saine. Pour la première fois de ma vie j'étais heureux; Dieu bénissait mes larmes, et la douleur m'apprenait la vertu.

CHAPITRE III

Comme je me promenais un soir dans une allée de tilleuls à l'entrée du village, je vis sortir une jeune femme d'une maison écartée. Elle était mise très simplement et voilée, en sorte que je ne pouvais voir son visage; cependant sa taille et sa démarche me parurent si charmantes que je la suivis des yeux quelque temps. Comme elle traversait une prairie voisine, un chevreau blanc, qui paissait en liberté dans un champ, accourut à elle; elle lui fit quelques caresses et regarda de côté et d'autre, comme pour chercher une herbe favorite à lui donner. Je vis près de moi un mûrier sauvage; j'en cueillis une branche et m'avançai en la tenant à la main. Le chevreau vint à moi à pas comptés, d'un air craintif; puis il s'arrêta, n'osant pas prendre la branche dans ma main. Sa maîtresse lui fit signe comme pour l'enhardir; mais il la regardait d'un œil inquiet; elle fit quelques pas jusqu'à moi, posa la main sur la branche, que le chevreau prit aussitôt. Je la saluai, et elle continua sa route.

Rentré chez moi, je demandai à Larive s'il ne savait pas qui demeurait dans le village à l'endroit que je lui indiquai; c'était une petite maison de paisible apparence, avec un jardin. Il la connaissait; les deux seules habitantes étaient une femme âgée, passant pour très dévote, et une jeune, qui s'appelait madame Pierson. C'était celle que j'avais vue. Je lui demandai qui elle était et si elle venait chez mon père. Il me répondit qu'elle était veuve, menant une vie retirée, et qu'il l'avait vue quelquefois, mais rarement, chez nous. Il n'en fut pas dit plus long, et, sortant de nouveau là-dessus, je m'en retournai à mes tilleuls, où je m'assis sur un banc.

Je ne sais quelle tristesse me gagna tout à coup en voyant le chevreau revenir à moi. Je me levai, et, comme par distraction, regardant le sentier que madame Pierson avait pris pour s'en aller, je le suivis tout en rêvant, si bien que je m'enfonçai fort avant dans la montagne.

Il était près de onze heures lorsque je pensai à revenir ; comme j'avais beaucoup marché, je me dirigeai du côté d'une ferme que j'aperçus, pour demander une tasse de lait et un morceau de pain. En même temps de grosses gouttes de pluie qui commençaient à tomber annonçaient un orage que je voulais laisser passer. Quoiqu'il y eût de la lumière dans la maison et que j'entendisse aller et venir, on ne me répondit pas quand je frappai, en sorte que je m'approchai d'une fenêtre pour regarder s'il n'y avait là personne.

Je vis un grand feu allumé dans la salle basse ; le fermier, que je connaissais, y était assis près du lit ; je frappai aux carreaux en l'appelant. Au même instant, la porte s'ouvrit, et je fus surpris de voir madame Pierson, que je reconnus aussitôt, et qui demanda qui était dehors.

Je m'attendais si peu à la trouver là qu'elle s'aperçut de mon étonnement. J'entrai dans la chambre en lui demandant la permission de me mettre à l'abri. Je n'imaginais pas ce qu'elle pouvait faire à une pareille heure dans une ferme presque perdue au milieu de la campagne, lorsqu'une voix plaintive qui sortait du lit me fit tourner la tête, et je vis que la femme du fermier était couchée, avec la mort sur le visage.

Madame Pierson, qui m'avait suivi, s'était rassise en face du pauvre homme, qui paraissait accablé de douleur ; elle me fit signe de ne pas faire de bruit : la malade dormait. Je pris une chaise et m'assis dans un coin, jusqu'à ce que l'orage fût passé.

Pendant que je restais là, je la vis se lever de temps en temps, aller au lit, puis parler bas au fermier. Un des enfants, que j'attirai sur mes genoux, m'apprit qu'elle venait tous les soirs depuis que sa mère était malade, et qu'elle passait quelquefois la nuit. Elle faisait l'office d'une sœur de charité ; il n'y en avait point d'autre qu'elle dans le pays, et un seul médecin fort ignorant. « C'est Brigitte la Rose, me dit-il à voix basse est-ce que vous ne la connaissez pas ?

— Non, lui dis-je de même; pourquoi l'appelle-t-on ainsi? » Il me répondit qu'il n'en savait rien, sinon que c'était peut-être qu'elle avait été rosière, et que le nom lui en était resté.

Cependant madame Pierson n'avait plus son voile; je pouvais voir ses traits à découvert; au moment où l'enfant me quitta, je levai la tête. Elle était près du lit, tenant à la main une tasse et la présentant à la fermière qui s'était éveillée. Elle me parut pâle et un peu maigre; ses cheveux étaient d'un blond cendré. Elle n'était pas régulièrement belle. Qu'en dirai-je? Ses grands yeux noirs étaient fixés sur ceux de la malade, et ce pauvre être près de mourir la regardait aussi. Il y avait dans ce simple échange de charité et de reconnaissance une beauté qui ne se dit pas.

La pluie redoublait; une profonde obscurité pesait sur les champs déserts, que de violents coups de tonnerre éclairaient par instants. Le bruit de l'orage, le vent qui mugissait, la colère des éléments déchaînés sur le toit de chaume, donnaient, par leur contraste avec le silence religieux de la cabane, plus de sainteté encore et comme une grandeur étrange à la scène dont j'étais témoin. Je regardais ce grabat, ces vitres inondées, les bouffées de la fumée épaisse renvoyées par la tempête, l'abattement stupide du fermier, la terreur superstitieuse des enfants, toute cette furie au dehors assiégeant une moribonde; et lorsque au milieu de tout cela je voyais cette femme douce et pâle, allant et venant sur la pointe du pied, ne quittant pas d'une minute son bienfait patient, ne paraissant s'apercevoir de rien, ni de la tempête, ni de notre présence, ni de son courage, sinon qu'on avait besoin d'elle, il me semblait qu'il y avait, dans cette œuvre tranquille, je ne sais quoi de plus serein que le plus beau ciel sans nuages, et que c'était une créature surhumaine que celle qui, à travers tant d'horreur, ne doutait pas un instant de son Dieu.

« Qu'est-ce donc que cette femme? me demandais-je. D'où vient-elle? Depuis quand ici? Depuis longtemps, puisqu'on s'y souvient de l'avoir vue rosière. Comment n'ai-je point entendu parler d'elle?

Elle vient seule dans cette chaumière, à cette heure ? Là où le danger ne l'appellera plus, elle ira en chercher un autre ? Oui, à travers tous ces orages, toutes ces forêts, toutes ces montagnes, elle va et vient, simple et voilée, portant la vie là où elle manque, dans cette petite tasse fragile, caressant sa chèvre en passant. C'est de ce pas silencieux et calme qu'elle marche elle-même à la mort. Voilà ce qu'elle faisait dans cette vallée, pendant que je courais les tripots ; elle y est sans doute née, et on l'y ensevelira dans un coin du cimetière, à côté de mon père bien-aimé. Ainsi mourra cette femme obscure, dont personne ne parle, et dont les enfants vous demandent : « Est-ce que vous ne la connaissez pas ? »

Je ne puis rendre ce que j'éprouvais ; j'étais immobile dans un coin ; je ne respirais qu'en tremblant, et il me semblait que, si j'avais essayé de l'aider, si j'avais étendu la main pour lui épargner un pas, j'aurais commis un sacrilège et touché aux vases sacrés.

L'orage dura près de deux heures. Lorsqu'il fut apaisé, la malade, s'étant mise sur son séant, commença à dire qu'elle se sentait mieux et que ce qu'elle avait pris lui faisait du bien. Les enfants accoururent aussitôt à son lit, regardant leur mère avec de grands yeux, moitié inquiets, moitié réjouis, et s'accrochant à la robe de madame Pierson.

« Je le crois bien, dit le mari, qui ne bougea pas de sa place ; nous avons fait dire une messe ; il nous en a coûté gros. »

A cette parole grossière et stupide, je regardai madame Pierson ; ses yeux battus, sa pâleur, l'attitude de son corps, montraient clairement sa fatigue, et que les veilles l'épuisaient. « Ah ! mon pauvre homme, dit la malade, que Dieu te le rende ! »

Je ne pouvais plus y tenir ; je me levai comme transporté de la sottise de ces brutes qui rendaient grâces de la charité d'un ange à l'avarice de leur curé ; j'étais prêt à leur reprocher leur plate ingratitude et à les traiter comme ils le méritaient. Madame Pierson souleva dans ses bras un des enfants de la fermière et lui dit avec un sourire : « Embrasse ta mère ; elle est sauvée. » Je m'arrêtai en entendant ce mot; jamais le naïf contentement d'une âme heureuse et bienveillante ne s'est peint avec tant de franchise sur un si doux visage. Je ne retrouvai plus tout d'un coup ni sa fatigue ni sa pâleur; elle rayonnait de toute la pureté de sa joie; et elle aussi rendait grâces à Dieu. La malade venait de parler; et qu'importait ce qu'elle avait dit?

Cependant, quelques instants après, madame Pierson dit aux enfants de réveiller le garçon de ferme, afin qu'il la reconduisît. Je m'avançai pour lui offrir mon escorte; je lui dis qu'il était inutile de réveiller le garçon, puisque je revenais par le même chemin, qu'elle me ferait honneur en acceptant. Elle me demanda si je n'étais pas Octave de T***. Je lui répondis que oui, et qu'elle se souvenait peut-être de mon père. Il me parut singulier que cette demande la fît sourire; elle prit mon bras gaiement, et nous partîmes.

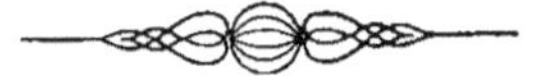

CHAPITRE IV

Nous marchions en silence; le vent s'apaisait; les arbres frémissaient doucement en secouant la pluie sur leurs rameaux. Quelques éclairs lointains brillaient encore; un parfum de verdure humide s'élevait dans l'air attiédi. Le ciel redevint bientôt pur, et la lune éclaira la montagne.

Je ne pouvais m'empêcher de penser à la bizarrerie du hasard qui, en si peu d'heures, me faisait ainsi me trouver seul, la nuit, dans une campagne déserte, le compagnon de voyage d'une femme dont je ne connaissais pas l'existence au lever du soleil. Elle avait accepté ma conduite sur le nom que je portais, et marchait avec assurance, s'appuyant sur mon bras d'un air distrait. Il me semblait que cette confiance était bien hardie ou bien simple; et elle devait être en effet l'un et l'autre, car, à chaque pas que nous faisions, je sentais mon cœur, à côté d'elle, devenir fier et innocent.

Nous commençâmes à nous entretenir de la malade qu'elle quittait, de ce que nous voyions sur la route; il ne nous vint pas à la pensée de nous faire des questions comme de nouvelles connaissances. Elle me parla de mon père, et toujours sur le même ton qu'elle avait pris lorsque je lui en avais d'abord rappelé le souvenir, c'est-à-dire presque gaiement. A mesure que je l'écoutais, je crus comprendre pourquoi, et que non seulement elle parlait ainsi de la mort, mais de la vie, de la souffrance et de tout au monde. C'était que les douleurs humaines ne lui enseignaient rien qui pût accuser Dieu, et je sentis la piété de son sourire.

Je lui contai la vie solitaire que je menais. Sa tante, me dit-elle, voyait mon père plus souvent qu'elle-même; ils jouaient ensemble aux cartes l'après-dînée. Elle m'engagea à aller chez elle, où je serais le bienvenu.

Vers le milieu de la route, elle se sentit fatiguée et s'assit quelques moments sur un banc que des arbres épais avaient protégé contre la pluie. Je restai debout devant elle, et je regardais sur son front les pâles rayons de la lune. Après un instant de silence, elle se leva, et me voyant distrait : « A quoi songez-vous ? me dit-elle ; il est temps de nous remettre en marche.

— Je songeais, répondis-je, pourquoi Dieu vous a créée, et je me disais qu'en effet c'était pour guérir ceux qui souffrent.

— Voilà une parole, dit-elle, qui ne peut guère être dans votre bouche autre chose qu'un compliment.

— Pourquoi ?

— Parce que vous me paraissez bien jeune.

— Il arrive quelquefois, lui dis-je, qu'on soit plus vieux que son visage.

— Oui, répondit-elle en riant, et il arrive aussi qu'on soit plus jeune que ses paroles.

— Ne croyez-vous pas à l'expérience ?

— Je sais que c'est le nom que la plupart des hommes donnent à leurs folies et à leurs chagrins. Qu'en peut-on savoir à votre âge ?

— Madame, un homme de vingt ans peut avoir plus vécu qu'une femme de trente. La liberté dont les hommes jouissent les mène bien plus vite au fond de toutes choses ; ils courent sans entraves à tout ce qui les attire ; ils essayent de tout. Dès qu'ils espèrent, ils se mettent en marche ; ils vont, ils s'empressent. Arrivés au but, ils se retournent ; l'espérance est restée en route, et le bonheur a manqué de parole. »

Comme je parlais ainsi, nous étions au sommet d'une petite colline qui descendait dans la vallée ; madame Pierson, comme invitée par la pente rapide, se mit à sauter légèrement. Sans savoir pourquoi, j'en fis autant qu'elle ; nous nous mîmes à courir sans nous quitter le bras ; l'herbe glissante nous entraînait. Enfin, comme deux oiseaux étourdis, en sautant et en riant, nous nous trouvâmes au bas de la montagne.

« Voyez ! dit madame Pierson, j'étais fatiguée tout à l'heure ; maintenant je ne le suis plus. Et voulez-vous m'en croire ? ajouta-t-elle d'un ton charmant ; traitez un peu votre expérience comme je traite ma fatigue ; nous avons fait une bonne course, et nous en souperons de meilleur appétit. »

CHAPITRE V

J'allai la voir le lendemain. Je la trouvai à son piano, la vieille tante brodant à la fenêtre, sa petite chambre remplie de fleurs, le plus beau soleil du monde dans ses jalousies, et une grande volière d'oiseaux à côté d'elle.

Je m'attendais à voir en elle presque une religieuse, du moins une de ces femmes de province qui ne savent rien de ce qui se passe à deux lieues à la ronde, et qui vivent dans un certain cercle dont elles ne s'écartent jamais. J'avoue que ces existences à part, qui sont comme enfouies çà et là dans les villes sous des milliers de toits ignorés, m'ont toujours effrayé comme des espèces de citernes dormantes; l'air ne m'y semble pas viable; dans tout ce qui est oubli sur la terre, il y a un peu de la mort.

Madame Pierson avait sur sa table les feuilles et les livres nouveaux; il est bien vrai qu'elle n'y touchait guère. Malgré la simplicité de ce qui l'entourait, de ses meubles, de ses habits, on y reconnaissait la mode, c'est-à-dire la nouveauté, la vie; elle n'y tenait ni ne s'en mêlait, mais tout cela allait sans dire. Ce qui me frappa dans ses goûts, c'est que rien n'y était bizarre, mais seulement jeune et agréable. Sa conversation montrait une éducation achevée; il n'était rien dont elle ne parlât bien aisément; en même temps qu'on l'y voyait naïve, on l'y sentait profonde et riche; une intelligence vaste et libre y planait doucement sur un cœur simple et sur les habitudes d'une vie retirée. L'hirondelle de mer, qui tournoie dans l'azur des cieux, plane ainsi du haut de la nue sur le brin d'herbe où elle à fait son nid.

Nous parlâmes littérature, musique, et presque politique. Elle était allée l'hiver à Paris; de temps en temps elle effleurait le monde; ce qu'elle en voyait servait de thème, et le reste était deviné.

Mais ce qui la distinguait par-dessus tout, c'était une gaieté qui, sans aller jusqu'à la joie, était inaltérable ; on eût dit qu'elle était née fleur, et que son parfum était la gaieté.

Avec sa pâleur et ses grands yeux noirs, je ne puis dire combien cela frappait, sans compter que de temps en temps, à certains mots, à certains regards, il était clair qu'elle avait souffert et que la vie avait passé par là. Je ne sais quoi vous disait en elle que la douce sérénité de son front n'était pas venue de ce monde, mais qu'elle l'avait reçue de Dieu et qu'elle la lui rapporterait fidèlement, malgré les hommes, sans en rien perdre ; et il y avait des moments où l'on se rappelait la ménagère, qui, lorsque le vent souffle, met la main devant son flambeau.

Dès que j'eus passé une demi-heure dans sa chambre, je ne pus m'empêcher de lui dire tout ce que j'avais dans le cœur. Je pensais à ma vie passée, à mes chagrins, à mes ennuis ! J'allais et venais, me penchant sur les fleurs, respirant l'air, regardant le soleil. Je la priai de chanter ; elle le fit de bonne grâce. Pendant ce temps-là, j'étais appuyé à la fenêtre et je regardais sautiller ses oiseaux. Il me revint en tête un mot de Montaigne : « Je n'aime ni estime la tristesse, quoique le monde ait entrepris, comme à prix fait, de l'honorer de faveurs particulières. Ils en habillent la sagesse, la vertu, la conscience. Sot et vilain ornement. »

« Quel bonheur ! m'écriai-je malgré moi ; quel repos ! quelle joie ! quel oubli ! »

La bonne tante leva la tête et me regarda d'un air étonné ; madame Pierson s'arrêta court. Je devins rouge comme le feu, sentant ma folie, et allai m'asseoir sans rien dire.

Nous descendîmes au jardin. Le chevreau blanc que j'y avais vu la veille était couché sur l'herbe ; il vint à elle dès qu'il l'aperçut et nous suivit familièrement.

Au premier tour d'allée, un grand jeune homme à figure pâle, enveloppé d'une espèce de soutane noire, parut tout à coup à la grille. Il entra sans sonner et vint saluer madame Pierson ; il me sembla que sa physionomie, que je trouvais déjà de mauvais augure, s'assombrit quelque peu en me voyant. C'était un prêtre que j'avais vu dans le village et qui s'appelait Mercanson; il sortait de Saint-Sulpice, et le curé de l'endroit était son parent.

Il était à la fois gros et blême, chose qui m'a toujours déplu et qui en effet est déplaisante; c'est un contre-sens qu'une santé maladive. En outre, il avait une manière de parler lente et saccadée, qui annonçait un pédant. Sa démarche même, qui n'était ni jeune ni franche, me choquait; quant au regard, on pouvait dire qu'il n'en avait pas. Je ne sais que penser d'un homme dont les yeux ne me disent rien. Voilà les signes sur lesquels j'avais jugé Mercanson, et qui, malheureusement, ne me trompèrent pas.

Il s'assit sur banc et commença à parler de Paris, qu'il appelait la Babylone moderne. Il en venait, connaissait tout le monde; il allait chez madame de B*** qui est un ange; il faisait des sermons dans son salon; on les écoutait à genoux. (Le pire de la chose est que c'était vrai.) Un de ses amis, qu'il y avait mené, venait d'être chassé d'un collège pour avoir séduit une fille, ce qui était bien affreux, bien triste. Il fit mille compliments à madame Pierson sur les habitudes charitables qu'elle avait contractées dans le pays; il avait appris ses bienfaits, les soins qu'elle prenait des malades, jusqu'à veiller sur eux en personne. C'était bien beau, bien pur; il ne manquerait pas d'en parler à Saint-Sulpice. Ne semblait-il pas dire qu'il ne manquerait pas d'en parler à Dieu?

Fatigué de cette harangue, pour n'en pas hausser les épaules je m'étais couché sur le gazon et je jouais avec le chevreau. Mercanson abaissa sur moi son œil terne et sans vie. « Le célèbre Vergniaud, dit-il, le célèbre Vergniaud avait cette manie de s'asseoir à terre et de jouer avec les animaux.

— C'est une manie, répondis-je, bien innocente, monsieur l'abbé. Si on n'en avait que de pareilles, le monde pourrait aller tout seul, sans tant de gens qui veulent s'en mêler. »

Ma réponse ne lui plut pas; il fronça le sourcil et parla d'autre chose. Il était chargé d'une commission : son parent, le curé du village, lui avait parlé d'un pauvre diable qui n'avait pas de quoi gagner son pain. Il demeurait à tel endroit; il y avait été lui-même, il s'y était intéressé; il espérait que madame Pierson...

Je la regardais pendant ce temps-là et j'attendais qu'elle répondît, comme si le son de sa voix eût dû me guérir de celle de ce prêtre. Elle ne fit qu'un profond salut, et il se retira.

Quand il fut parti, notre gaieté revint. Il s'agissait d'aller à une serre qui était au fond du jardin.

Madame Pierson traitait ses fleurs comme ses oiseaux et ses paysans : il fallait que tout se portât bien autour d'elle, que chacun eût sa goutte d'eau et son rayon de soleil, pour qu'elle pût être elle-même gaie et heureuse comme un bon ange; aussi rien n'était mieux tenu ni plus charmant que sa petite serre. Lorsque nous en eûmes fait le tour : « Monsieur de T***, me dit-elle, voilà mon petit monde; vous avez vu tout ce que je possède, et mon domaine finit là.

— Madame, lui dis-je, que le nom de mon père, qui m'a valu d'entrer ici, me permette d'y revenir, et je croirai que le bonheur ne m'a pas tout à fait oublié. »

Elle me tendit la main, et je la touchai avec respect, n'osant la porter à mes lèvres.

Le soir venu, je rentrai chez moi, je fermai ma porte et me mis au lit. J'avais devant les yeux une petite maison blanche; je me voyais sortant après dîner, traversant le village et la promenade et allant frapper à la grille. « O mon pauvre cœur ! m'écriai-je, Dieu soit loué ! tu es jeune encore : tu peux vivre, tu peux aimer ! »

CHAPITRE VI

J'étais un soir chez madame Pierson. Plus de trois mois s'étaient passés, durant lesquels je l'avais vue presque tous les jours; et de ce temps, que vous en dirais-je, sinon que je la voyais? « Être avec les gens qu'on aime, dit la Bruyère, cela suffit; rêver, leur parler, ne leur parler point, penser à eux, penser à des choses plus indifférentes, mais auprès d'eux, tout est égal. »

J'aimais. Depuis trois mois, nous avions fait ensemble de longues promenades; j'étais initié dans les mystères de sa charité modeste; nous traversions les sombres allées, elle sur un petit cheval, moi à pied, une baguette à la main; ainsi moitié courant, moitié rêvant, nous allions frapper aux chaumières; il y avait un petit banc à l'entrée du bois, où j'allais l'attendre après dîner; nous nous trouvions de cette sorte comme par hasard et régulièrement. Le matin, la musique, la lecture; le soir, avec la tante, la partie de cartes au coin du feu, comme autrefois mon père; et toujours, en tout lieu, elle près de là, elle souriant, et sa présence remplissant mon cœur. Par quel chemin, ô Providence ! m'avez-vous conduit au malheur ? Quelle destinée irrévocable étais-je donc chargé d'accomplir ? Quoi ? une vie si libre, une intimité si charmante, tant de repos, l'espérance naissante !... O Dieu ! de quoi se plaignent les hommes ? qu'y a-t-il de plus doux que d'aimer ?

Vivre, oui ! sentir fortement, profondément, qu'on existe, qu'on est homme, créé par Dieu, voilà le premier, le plus grand bienfait de l'amour. Il n'en faut pas douter, l'amour est un mystère inexprimable. De quelques chaînes, de quelques misères, et je dirai même, de quelques dégoûts que le monde l'ait entouré, tout enseveli qu'il est sous une montagne de préjugés qui le dénaturent et le dépravent, à travers toutes les ordures dans lesquelles on les traîne, l'amour, le vivace et fatal amour n'en est pas moins une loi céleste aussi puissante et aussi incompréhensible que celle qui suspend le soleil dans les cieux. Qu'est-ce que c'est, je vous le demande, qu'un lien plus dur, plus solide que le fer, et qu'on ne peut ni voir ni toucher ? Qu'est-ce que c'est que de rencontrer une femme, de la regarder, de lui dire un mot, et de ne plus jamais l'oublier ? Pourquoi celle-là plutôt qu'une autre ? Invoquez la raison, l'habitude, les sens, la tête, le cœur, et expliquez si vous pouvez. Vous ne trouverez que deux corps, un là, et l'autre ici, et entre eux, quoi ? l'air, l'espace, l'immensité. O insensés qui vous croyez des hommes et qui osez raisonner de l'amour ! L'avez-vous vu pour en parler ? Non, vous l'avez senti. Vous avez échangé un regard avec un être inconnu qui passait, et tout à coup il s'est envolé de vous je ne sais quoi qui n'a pas de nom. Vous avez pris racine en terre, comme le grain caché dans l'herbe qui sent que la vie le soulève, et qu'il va devenir une moisson.

Nous étions seuls, la croisée ouverte ; il y avait au fond du jardin une petite fontaine dont le bruit arrivait jusqu'à nous. O Dieu ! je voudrais compter goutte par goutte toute l'eau qui en est tombée tandis que nous étions assis, qu'elle parlait et que je lui répondais. C'est là que je m'enivrai d'elle jusqu'à en perdre la raison.

On dit qu'il n'y a rien de si rapide qu'un sentiment d'antipathie ; mais je crois qu'on devine plus vite encore qu'on se comprend et qu'on va s'aimer. De quel prix sont alors les moindres mots ! Qu'importe de quoi parlent les lèvres, lorsqu'on écoute les cœurs se répondre ! Quelle douceur infinie dans les premiers regards près d'une femme qui vous attire ! D'abord il semble que tout ce qu'on dit en présence l'un de l'autre soit comme des essais timides, comme de légères épreuves ; bientôt naît une joie étrange ; on sent qu'on a frappé un écho ; on s'anime d'une double vie. Quel toucher ! Quelle approche ! Et quand on est sûr de s'aimer, quand a reconnu dans l'être chéri la fraternité qu'on y cherchait, quelle sérénité dans l'âme ! La parole expire d'elle-même ; on sait d'avance ce qu'on va se dire ; les âmes s'entendent, les lèvres se taisent. Oh ! quel silence ! quel oubli de tout !

Quoique mon amour, qui avait commencé dès le premier jour, eût augmenté jusqu'à l'excès, le respect que j'avais pour madame Pierson m'avait pourtant fermé la bouche. Si elle m'eût admis moins facilement dans son intimité, j'eusse peut-être été plus hardi, car elle avait produit sur moi une impression si violente que je ne la quittais jamais sans des transports d'amour. Mais il y avait, dans sa franchise même et dans la confiance qu'elle me témoignait, quelque chose qui m'arrêtait; en outre c'était sur le nom de mon père qu'elle m'avait traité en ami. Cette considération me rendait encore plus respectueux auprès d'elle; je tenais à me montrer digne de ce nom.

« Parler d'amour, dit-on, c'est faire l'amour. » Nous en parlions rarement. Toutes les fois qu'il m'arrivait de toucher ce sujet en passant, madame Pierson répondait à peine et parlait d'autre chose. Je ne démêlais pas par quel motif, car ce n'était pas pruderie; mais il me semblait quelquefois que son visage prenait, dans ces occasions, une légère teinte de sévérité, et même de souffrance. Comme je ne lui avais jamais fait de questions sur sa vie passée et que je nè voulais point lui en faire, je ne lui en demandais pas plus long.

Le dimanche, on dansait au village; elle y allait presque toujours. Ces jours-là, sa toilette était plus élégante, quoique toujours simple; c'était une fleur dans les cheveux, un ruban plus gai, la moindre bagatelle; mais il y avait dans toute sa personne un air plus jeune, plus dégagé. La danse, qu'elle aimait beaucoup pour elle-même, et franchement, comme un exercice amusant, lui inspirait une gaieté folâtre; elle avait sa place sous le petit orchestre de l'endroit; elle y arrivait en sautant, riant avec les filles de campagne, qui la connaissaient presque toutes. Une fois lancée, elle ne s'arrêtait plus. Alors il me semblait qu'elle me parlait avec plus de liberté qu'à l'ordinaire; il y avait entre nous une familiarité inusitée. Je ne dansais pas, étant encore en deuil, mais je restais derrière elle, et, la voyant si bien disposée, j'avais éprouvé plus d'une fois la tentation de lui avouer que je l'aimais.

Mais je ne sais pourquoi, dès que j'y pensais, je me sentais une peur invincible; cette seule idée d'un aveu me rendait tout à coup sérieux au milieu des entretiens les plus gais. J'avais pensé quelquefois à lui écrire, mais je brûlais mes lettres dès qu'elles étaient à moitié.

Ce soir-là, j'avais dîné chez elle; je regardais toute cette tranquillité de son intérieur; je pensais à la vie calme que je menais, à mon bonheur depuis que je la connaissais, et je me disais : « Pourquoi davantage ? Cela ne te suffit pas ? Qui sait ? Dieu n'en a peut-être pas fait plus pour toi. Si je lui disais que je l'aime, qu'en arriverait-il ? Elle me défendrait peut-être de la voir. La rendrais-je, en le lui disant, plus heureuse qu'elle ne l'est aujourd'hui ? En serais-je plus heureux moi-même ? »

J'étais appuyé sur le piano, et comme je faisais ces réflexions la tristesse s'emparait de moi. Le jour baissait, elle alluma une bougie; en revenant s'asseoir, elle vit qu'une larme s'était échappée de mes yeux. « Qu'avez-vous ? » dit-elle. Je me détournai.

Je cherchais une excuse et n'en trouvais point; je craignais de rencontrer ses regards. Je me levai et fus à la croisée. L'air était doux; la lune se levait derrière l'allée de tilleuls, celle où je l'avais vue pour la première fois. Je tombai dans une rêverie profonde; j'oubliai sa présence même, et, étendant les bras vers le ciel, un sanglot sortit de mon cœur.

Elle s'était levée, et elle était derrière moi. « Qu'est-ce donc ? » demanda-t-elle encore. Je lui répondis que la mort de mon père s'était représentée à ma pensée à la vue de cette vallée solitaire; je pris congé d'elle et sortis.

Pourquoi j'étais déterminé à taire mon amour, je ne pouvais m'en rendre compte. Cependant, au lieu de rentrer chez moi, je commençai à errer comme un fou dans le village et dans les bois. Je m'asseyais là où je trouvais un banc, puis je me levais précipitamment. Vers minuit, je m'approchai de la maison de madame Pierson; elle était à la fenêtre. En la voyant, je me sentis trembler; je voulus retourner sur mes pas ; j'étais comme fasciné ; je vins lentement et tristement m'asseoir au-dessous d'elle.

Je ne sais si elle me reconnut ; il y avait quelques instants que j'étais là lorsque je l'entendis de sa voix douce et fraîche chanter le refrain d'une romance, et presque aussitôt une fleur me tomba sur l'épaule. C'était une rose que, le soir même, j'avais vue sur son sein ; je la ramassai et la portai à mes lèvres.

« Qui est là, dit-elle, à cette heure ? Est-ce vous ? » Elle m'appela par mon nom.

La grille du jardin était entr'ouverte ; je me levai sans répondre et j'y entrai. Je m'arrêtai au milieu de la pelouse ; je marchais comme un somnambule, et sans savoir ce que je faisais.

Tout à coup je la vis paraître à la porte de l'escalier ; elle paraissait incertaine et regardait attentivement aux rayons de la lune. Elle fit quelques pas vers moi ; je m'avançai. Je ne pouvais parler ; je tombai à genoux devant elle et saisis sa main.

« Écoutez-moi, dit-elle, je le sais ; mais si c'est à ce point, Octave, il faut partir. Vous venez ici tous les jours, n'êtes-vous pas le bien-venu ? N'est-ce pas assez ? Que puis-je pour vous ? Mon amitié vous est acquise ; j'aurais voulu que vous eussiez la force de me garder la vôtre plus longtemps. »

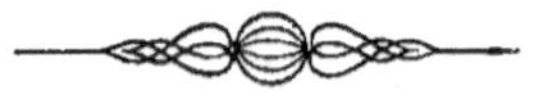

CHAPITRE VII

Madame Pierson, après avoir parlé ainsi, garda le silence, comme attendant une réponse. Comme je restais accablé de tristesse, elle retira doucement sa main, recula quelques pas, s'arrêta encore, puis rentra lentement chez elle.

Je demeurai sur le gazon. Je m'attendais à ce qu'elle m'avait dit; ma résolution fut prise aussitôt, et je me décidai à partir. Je me relevai, le cœur navré, mais ferme, et je fis le tour du jardin. Je regardai la maison, la fenêtre de sa chambre; je tirai la grille en sortant, et, après l'avoir fermée, je posai mes lèvres sur la serrure.

Rentré chez moi, je dis à Larive de préparer ce qu'il fallait, et que je comptais partir dès qu'il ferait jour. La pauvre garçon en fut étonné; mais je lui fis signe d'obéir et de ne pas questionner. Il apporta une grande malle et nous commençâmes à tout disposer.

Il était cinq heures du matin, et le jour commençait à paraître, lorsque je me demandai où j'irais. A cette pensée si simple, qui ne m'était pas encore venue, je me sentis un découragement irrésistible. Je jetai les yeux sur la campagne, regardant çà et là l'horizon. Une grande faiblesse s'empara de moi; j'étais épuisé de fatigue. Je m'assis dans un fauteuil; peu à peu mes idées se troublèrent; je portai la main à mon front; il était baigné de sueur. Une fièvre violente faisait trembler tous mes membres; je n'eus que la force de me traîner à mon lit avec l'aide de Larive. Toutes mes pensées étaient si confuses que j'avais à peine le souvenir de ce qui s'était passé. La journée s'écoula; vers le soir, j'entendis un bruit d'instruments. C'était le bal du dimanche, et je dis à Larive d'y aller et de voir si madame Pierson y était. Il ne l'y trouva point; je l'envoyai chez elle. Les fenêtres étaient fermées; la servante lui dit que sa maîtresse était partie avec sa tante, et qu'elles devaient passer quelques jours chez un parent qui demeurait à N***, petite ville assez éloignée. En même temps, il m'apporta une lettre qu'on lui avait remise. Elle était conçue en ces termes :

« Il y a trois mois que je vous vois, et un mois que je me suis aperçue que vous preniez pour moi ce qu'à votre âge on appelle de l'amour. J'avais cru remarquer en vous la résolution de me le cacher et de vous vaincre. J'avais de l'estime pour vous ; cela m'en a donné davantage. Je n'ai aucun reproche à vous faire sur ce qui s'est passé, ni de ce que la volonté vous a manqué.

« Ce que vous croyez de l'amour n'est que du désir. Je sais que bien des femmes cherchent à l'inspirer ; il pourrait y avoir un orgueil mieux place en elles, de faire en sorte qu'elles n'en aient pas besoin pour plaire à ceux qui les approchent. Mais cette vanité même est dangereuse, puisque j'ai eu tort de l'avoir avec vous.

« Je suis plus vieille que vous de quelques années, et je vous demande de ne plus me revoir. Ce serait en vain que vous tenteriez d'oublier un moment de faiblesse : ce qui s'est passé entre nous ne peut ni être une seconde fois ni s'oublier tout à fait.

« Je ne vous quitte pas sans tristesse ; je fais une absence de quelques jours ; si, en revenant, je ne vous retrouve plus au pays, je serai sensible à cette dernière marque de l'amitié et de l'estime que vous m'avez témoignées.

« Brigitte Pierson ».

CHAPITRE VIII

La fièvre me retint une semaine au lit. Dès que je fus en état d'écrire, je répondis à madame Pierson qu'elle serait obéie et que j'allais partir. Je l'écrivis de bonne foi et sans aucun dessein de la tromper; mais je fus bien loin de tenir ma promesse. A peine avais-je fait deux lieues, que je criai d'arrêter et descendis de voiture. Je me mis à me promener sur le chemin. Je ne pouvais détacher mes regards du village, que j'apercevais encore dans l'éloignement. Enfin, après une irrésolution affreuse, je sentis qu'il m'était impossible de continuer ma route, et plutôt que de remonter en voiture j'aurais consenti à mourir sur place. Je dis au postillon de tourner; et au lieu d'aller à Paris, comme je l'avais annoncé, je m'en fus droit à N*** où était madame Pierson.

J'y arrivai à dix heures du soir. A peine descendu à l'auberge, je me fis indiquer par un garçon la maison de son parent, et, sans réfléchir à ce que je faisais, je m'y rendis sur-le-champ. Une servante vint m'ouvrir; je lui demandai, si madame Pierson y était, d'aller la prévenir qu'on voulait lui parler de la part de monsieur Desprez. C'était le nom du curé de notre village.

Tandis que la servante faisait ma commission, j'étais resté dans une petite cour assez sombre; comme il pleuvait, j'avançai jusqu'à un péristyle au bas de l'escalier, qui n'était pas éclairé. Madame Pierson arriva bientôt, précédant la servante; elle descendit vite et ne me vit pas dans l'obscurité; je fis un pas vers elle et lui touchai le bras. Elle se rejeta en arrière avec terreur et s'écria : « Que me voulez-vous ? »

Le son de sa voix était si tremblant, et, lorsque la servante parut avec sa lumière, je la vis si pâle que je ne sus que penser. Était-il possible que ma présence inattendue l'eût troublée à ce point ? Cette réflexion me traversa l'esprit; mais je me dis que ce n'était sans doute qu'un mouvement de frayeur naturel à une femme qui se sent tout à coup saisie.

Cependant, d'une voix plus calme, elle répéta sa question. « Il faut, lui dis-je, que vous m'accordiez de vous voir encore une fois. Je partirai, je quitte le pays ; vous serez obéie, je vous le jure, et au delà de vos souhaits, car je vendrai la maison de mon père, aussi bien que le reste, et passerai à l'étranger. Mais ce n'est qu'à cette condition que je vous verrai encore une fois ; sinon, je reste ; ne craignez rien de moi, mais j'y suis résolu. »

Elle fronça le sourcil et jeta de côté et d'autre un regard étrange ; puis elle me répondit d'un air presque gracieux : « Venez demain dans la journée ; je vous recevrai. » Elle partit là-dessus.

Le lendemain, j'y allai à midi. On m'introduisit dans une chambre à vieilles tapisseries et à meubles antiques. Je la trouvai seule, assise sur un sofa. Je m'assis en face d'elle.

« Madame, lui dis-je, je ne viens ni vous parler de ce que je souffre ni renier l'amour que j'ai pour vous. Vous m'avez écrit que ce qui s'était passé entre nous ne pouvait s'oublier, et c'est vrai. Mais vous me dites qu'à cause de cela nous ne pouvons plus nous revoir sur le même pied qu'auparavant, et vous vous trompez. Je vous aime, mais je ne vous ai point offensée ; rien n'est changé pour ce qui vous regarde, puisque vous ne m'aimez pas. Si je vous revois, c'est donc uniquement de moi qu'il faut qu'on vous réponde, et ce qui vous en répond, c'est précisément mon amour. »

Elle voulut m'interrompre.

« Permettez-moi, de grâce, d'achever. Personne mieux que moi ne sait que, malgré tout le respect que je vous porte et en dépit de toutes les protestations par lesquelles je pourrais me lier, l'amour est le plus fort. Je vous répète que je ne viens pas renier ce que j'ai dans le cœur. Mais ce n'est pas d'aujourd'hui, d'après ce que vous me dites vous-même, que vous savez que je vous aime. Quelle raison m'a donc empêché jusqu'à présent de vous le déclarer ? La crainte de vous perdre: j'avais peur d'être renvoyé de chez vous, et c'est ce qui arrive. Mettez-moi pour condition qu'à la première parole que j'en dirai, à la première occasion où il m'échappera un geste ou une pensée qui s'écarte du respect le plus profond, votre porte me sera fermée; comme je me suis tu déjà, je me tairai à l'avenir. Vous croyez que c'est depuis un mois que je vous aime, et c'est depuis le premier jour. Quand vous vous en êtes aperçue, vous n'avez pas cessé de me voir pour cela. Si vous aviez alors pour moi assez d'estime pour me croire incapable de vous offenser, pourquoi aurais-je perdu cette estime? C'est elle que je viens vous redemander. Que vous ai-je fait? J'ai fléchi le genou; je n'ai pas même dit un mot. Que vous ai-je appris? Vous le saviez déjà. J'ai été faible parce que je souffrais. Eh bien ! madame, j'ai vingt ans, et ce que j'ai vu de la vie m'en a déjà tellement dégoûté (je pourrais dire un mot plus fort), qu'il n'y a aujourd'hui sur terre, ni dans la société des hommes ni dans la solitude même, une place si petite et si insignifiante que je veuille encore l'occuper. L'espace renfermé entre les quatre murs de votre jardin est le seul lieu au monde où je vive; vous êtes le seul être humain qui me fasse aimer Dieu. J'avais renoncé à tout avant même de vous connaître. Pourquoi m'ôter le seul rayon de soleil que la Providence m'ait laissé? Si c'est par crainte, en quoi ai-je pu vous en inspirer? Si c'est par aversion, de quoi me suis-je rendu coupable? Si c'est par pitié et parce que je souffre, vous vous trompez de croire que je puisse guérir; je le pouvais peut-être il y a deux mois; j'ai mieux aimé vous voir et souffrir, et ne m'en repens pas, quoi qu'il arrive. Le seul malheur qui puisse m'atteindre, c'est de vous perdre. Mettez-moi à l'épreuve. Si jamais je viens à sentir qu'il y a pour moi trop de souffrance dans notre marché, je partirai ; et vous en êtes bien sûre, puisque vous me renvoyez aujourd'hui et que je suis prêt à partir. Quel risque courez-vous en me donnant encore un mois ou deux du seul bonheur que j'aurai jamais ? »

J'attendais sa réponse. Elle se leva brusquement, puis se rassit Elle garda un moment le silence. « Soyez-en persuadé, dit-elle, cela

n'est pas ainsi. » Je crus m'apercevoir qu'elle cherchait des expressions
qui ne me parussent pas trop sévères, et qu'elle voulait me répondre
avec douceur.

« Un mot, lui dis-je en me levant, un mot ! et rien de plus ! Je sais
qui vous êtes, et s'il y a pour moi quelque compassion dans votre cœur,
je vous en remercie ; dites un mot. Ce moment décide de ma vie. »

Elle secouait la tête ; je la vis hésiter. « Vous croyez que j'en
guérirai ? m'écriai-je ; que Dieu vous laisse cette pensée, si vous me
chassez d'ici... »

En disant ces mots, je regardais l'horizon, et je sentais jusqu'au
fond de l'âme une si horrible sollitude à l'idée que j'allais partir, que
mon sang se glaçait. Elle me vit debout, les yeux sur elle, attendant
qu'elle parlât ; toutes les forces de ma vie étaient suspendues à ses
lèvres.

« Eh bien ! dit-elle, écoutez-moi. Ce voyage que vous avez fait est
une imprudence ; il ne faut pas que ce soit pour moi que vous soyez
venu ici ; chargez-vous d'une commission que je vous donnerai pour
un ami de ma famille. Si vous trouvez que c'est un peu loin, que ce soit
pour vous l'occasion d'une absence qui durera ce que vous voudrez,
mais qui ne sera pas trop courte ! Quoique vous en disiez, ajouta-
t-elle en souriant, un petit voyage vous calmera. Vous vous arrêterez
dans les Vosges, et vous irez jusqu'à Strasbourg. Que dans un mois,
dans deux mois, pour mieux dire, vous reveniez me rendre compte
de ce dont on vous chargera ; je vous reverrai et vous répondrai
mieux. »

CHAPITRE IX

Je reçus le soir même, de la part de madame Pierson, une lettre à l'adresse de M. R. D., à Strasbourg. Trois semaines après, ma commission était faite et j'étais revenu.

Je n'avais pensé qu'à elle pendant mon voyage, et je perdais toute espérance de l'oublier jamais. Cependant mon parti était pris de me taire devant elle; le danger que j'avais couru de la perdre par l'imprudence que j'avais commise m'avait fait souffrir trop cruellement pour que j'eusse l'idée de m'y exposer de nouveau. L'estime que j'avais pour elle ne me permettait pas de croire qu'elle n'était pas de bonne foi, et je ne voyais, dans la démarche qu'elle avait faite de quitter le pays, rien qui ressemblât à de l'hypocrisie. En un mot, j'avais la ferme persuasion qu'à la première parole d'amour que je lui dirais, sa porte me serait fermée.

Je la trouvai maigrie et changée. Son sourire habituel paraissait languissant sur ses lèvres décolorées. Elle me dit qu'elle avait été souffrante.

Il ne fut point question de ce qui s'était passé. Elle avait l'air de ne pas vouloir s'en souvenir. Et je ne voulais pas en parler. Nous reprîmes bientôt nos premières habitudes de voisinage; cependant il y avait entre nous une certaine gêne et comme une familiarité composée. Il semblait que nous nous disions parfois : « Il en était ainsi auparavant qu'il en soit donc encore de même ! » Elle m'accordait sa confiance comme une réhabilitation, qui n'était pas sans charmes pour moi. Mais nos entretiens étaient plus froids, par cette raison même que nos regards avaient, pendant que nous parlions, une conversation tacite. Dans tout ce que nous pouvions dire il n'y avait plus à deviner. Nous ne cherchions plus, comme auparavant, à pénétrer dans l'esprit l'un de l'autre; il n'y avait plus cet intérêt de chaque mot, de chaque sentiment, cette estimation curieuse d'autrefois ; elle me traitait avec bonté, mais je me défiais de sa bonté même ; je me promenais avec elle au jardin, mais je ne l'accompagnais plus hors de la maison ; nous ne traversions plus ensemble les bois et les vallées ; elle ouvrait le piano quand nous étions seuls ; le son de sa voix n'éveillait plus dans mon cœur ces élans de jeunesse, ces transports de joie qui sont comme des sanglots pleins d'espérance. Quand je sortais, elle me tendait toujours sa main, mais je la sentais inanimée. Il y avait beaucoup d'efforts dans notre aisance, beaucoup de réflexions dans nos moindres propos, beaucoup de tristesse au fond de tout cela.

Nous sentions bien qu'il y avait un tiers entre nous : c'était l'amour que j'avais pour elle. Rien ne le trahissait dans mes actions, mais il parut bientôt sur mon visage : je perdais ma gaieté, ma force et l'apparence de santé que j'avais sur les joues. Un mois ne s'était pas encore écoulé que je ne ressemblais plus à moi-même.

Cependant, dans nos entretiens, j'insistais toujours sur mon dégoût du monde, sur l'aversion que j'éprouvais d'y rentrer jamais. Je prenais à tâche de faire sentir à madame Pierson qu'elle ne devait pas se re-procher de m'avoir reçu de nouveau chez elle. Tantôt je lui peignais ma vie passée sous les couleurs les plus sombres, et je lui donnais à entendre que, s'il fallait me séparer d'elle, je resterais livré à une solitude pire que la mort ; je lui disais que j'avais la société en horreur, et le récit fidèle de ma vie, que je lui avais fait, lui prouvait que j'étais sincère. Tantôt j'affectais une gaieté qui était bien loin de mon cœur, pour lui dire qu'en me permettant de la voir elle m'avait sauvé du plus affreux malheur ; je la remerciais presque à chaque fois que j'allais chez elle, afin d'y pourvoir retourner le soir ou le lendemain. « Tous mes rêves de bonheur, lui disais-je, toutes mes espérances, toute mon ambition, sont renfermés dans ce petit coin de terre que vous habitez ; hors de l'air que vous respirez il n'y a point de vie pour moi. »

Elle voyait ce que je souffrais et ne pouvait s'empêcher de me plaindre. Mon courage lui faisait pitié ; et il se répandait sur toutes ses paroles, sur ses gestes même et sur son attitude, quand j'étais là, une sorte d'attendrissement. Elle sentait la lutte qui se faisait en moi; mon obéissance flattait son orgueil, mais ma pâleur réveillait en elle son instinct de sœur de charité. Je la voyais parfois irritée, presque coquette; elle me disait d'un air presque mutin : « Je n'y serai pas demain... Ne venez pas tel jour. » Puis comme je me retirais, triste et résigné, elle s'adoucissait tout à coup, elle ajoutait : « Je n'en sais rien, venez toujours »; ou bien son adieu était plus familier, elle me suivait jusqu'à la grille d'un regard plus triste et plus doux.

« N'en doutez pas, lui disais-je, c'est la Providence qui m'a mené à vous. Si je ne vous avais pas connue, peut-être, à l'heure qu'il est, serais-je retombé dans mes désordres. Dieu vous envoyée comme un ange de lumière pour me retirer de l'abîme. C'est une mission sainte qui vous est confiée. Qui sait, si je vous perdais, où pourraient me conduire le chagrin qui me dévorerait, l'expérience funeste que j'ai à mon âge, et le combat terrible de ma jeunesse avec mon ennui ? »

Cette pensée, bien sincère en moi, était de la plus grande force sur une femme d'une dévotion exaltée et d'une âme aussi pieuse qu'ardente. Ce fut peut-être pour cette seule cause que madame Pierson me permit de la voir.

Je me disposais un jour à aller chez elle, lorsqu'on frappa à ma porte, et je vis entrer Mercanson, ce même prêtre que j'avais rencontré dans son jardin à ma première visite. Il commença par des excuses, aussi ennuyeuses que lui, sur ce qu'il se présentait ainsi chez moi sans me connaître; je lui dis que je le connaissais très bien pour le neveu de notre curé, et lui demandai ce dont il s'agissait.

Il tournait de côté et d'autre, d'un air emprunté, cherchant ses phrases, et touchant du bout du doigt à tout ce qui se trouvait sur ma table, comme un homme qui ne sait quoi dire. Enfin il m'annonça que madame Pierson était malade et qu'elle l'avait chargé de m'avertir qu'elle ne pouvait me recevoir de la journée.

« Elle est malade ? Mais je l'ai quittée hier assez tard, et elle se portait bien. »

Il fit un salut. « Mais, monsieur l'abbé, pourquoi, si elle est malade, me l'envoyer dire par un tiers ? Elle ne demeure pas si loin, il importait peu de me laisser faire une course inutile. »

Même réponse de Mercanson. Je ne pouvais comprendre pourquoi cette démarche de sa part, encore moins cette commission dont on l'avait chargé. « C'est bien, lui dis-je ; je la verrai demain, et elle m'expliquera tout cela. »

Ses hésitations recommencèrent : madame Pierson lui avait dit en outre... il devait me dire... il s'était chargé...

« Eh ! de quoi donc ? m'écriai-je impatienté...

— Monsieur, vous êtes violent. Je pense que madame Pierson est assez gravement malade ; elle ne pourra vous voir de toute la semaine. »

Nouveau salut, et il sortit.

Il était clair que cette visite cachait quelque mystère : ou madame Pierson ne voulait plus me voir, et je ne savais à quoi l'attribuer ; ou Mercanson s'entremettait de son propre mouvement.

Je laissai passer la journée ; le lendemain, de bonne heure, je m'en fus à la porte, où je rencontrai la servante ; mais elle me dit qu'en effet sa maîtresse était fort malade, et, quoi que je pusse faire, elle ne voulut ni prendre l'argent que je lui offris ni écouter mes questions.

Comme je rentrais au village, je vis précisément Mercanson sur la promenade ; il était entouré des enfants de l'école, à qui son oncle faisait la leçon. Je l'abordai au milieu de sa harangue et le priai de me dire deux mots.

Il me suivit jusqu'à la place, mais c'était à mon tour d'hésiter, car je ne savais comment m'y prendre pour tirer de lui son secret. « Monsieur, lui dis-je, je vous supplie de me dire si ce que vous m'avez appris hier est la vérité, ou s'il y a quelque autre motif. Outre qu'il n'y a point dans le pays de médecin qui puisse être appelé, j'ai des raisons d'une grande importance pour vous demander ce qui en est. »

Il se défendit de toutes les façons, prétendant que madame Pierson était malade, et qu'il ne savait autre chose, sinon qu'elle l'avait envoyé chercher et chargé d'aller m'avertir, comme il s'en était acquitté. Cependant, tout en parlant, nous étions arrivés en haut de la grand'rue, dans un endroit désert. Voyant que ni la ruse ni la prière ne me servaient de rien, je me retournai tout à coup et lui pris les deux bras.

« Qu'est-ce à dire, monsieur ? voulez-vous user de violence ?

— Non ; mais je veux que vous parlier.

— Monsieur, je n'ai peur de personne, et je vous ai dit ce que je devais.

— Vous aviez dit ce que vous deviez et non ce que vous savez. Madame Pierson n'est point malade ; je le sais, j'en suis sûr.

— Qu'en savez-vous ?

— La servante me l'a dit. Pourquoi me ferme-t-elle sa porte, et pourquoi est-ce vous qu'elle en charge ? »

Mercanson vit passer un paysan. « Pierre, lui cria-t-il par son nom, attendez-moi, j'ai à vous parler. »

Le paysan s'approcha de nous ; c'était tout ce qu'il demandait, pensant bien que, devant un tiers, je n'oserais le maltraiter. Je le lâchai en effet, mais si rudement qu'il en recula et que son dos frappa contre un arbre. Il serra le poing et partit sans mot dire.

Je passai toute la semaine dans une agitation extrême, allant trois fois le jour chez madame Pierson, et constamment refusé à sa porte. Je reçus d'elle une lettre ; elle me disait que mon assiduité faisait jaser dans le pays et me priait que mes visites fussent plus rares dorénavant. Pas un mot, du reste, de Mercanson ni de sa maladie.

Cette précaution lui était si peu naturelle et contrastait d'une manière si étrange avec la fierté indifférente qu'elle témoignait pour toute espèce de propos de ce genre, que j'eus d'abord peine à y croire. Ne sachant cependant quelle autre interprétation trouver, je lui répondis que je n'avais rien tant à cœur que de lui obéir. Mais, malgré moi, les expressions dont je me servis se ressentaient de quelque amertume.

Je retardai même volontairement le jour où il m'était permis de l'aller voir, et n'envoyai point demander de ses nouvelles, afin de la persuader que je ne croyais point à sa maladie. Je ne savais par quelle raison elle m'éloignait ainsi; mais j'étais, en vérité, si malheureux, que je pensais parfois sérieusement à en finir avec cette vie insupportable. Je demeurais des journées entières dans les bois; le hasard l'y fit me rencontrer un jour, dans un état à faire pitié.

Ce fut à peine si j'eus le courage de lui demander quelques explications; elle n'y répondit pas franchement; et je ne revins plus sur ce sujet. J'en étais réduit à compter les jours que je passais loin d'elle et à vivre des semaines sur l'espoir d'une visite. A tout moment, je me sentais l'envie de me jeter à ses genoux et de lui peindre mon désespoir. Je me disait qu'elle ne pourrait y être insensible, qu'elle me payerait du moins de quelques paroles de pitié; mais, là-dessus, son brusque départ et sa sévérité me revenaient; je tremblais de la perdre, et j'aimais mieux mourir que de m'y exposer.

Ainsi, n'ayant pas même la permission d'avouer ma peine, ma santé achevait de se détruire. Mes pieds ne me portaient chez elle qu'à regret; je sentais que j'allais y puiser des sources de larmes, et chaque visite m'en coûtait de nouvelles; c'était un déchirement comme si je n'eusse plus dû la revoir, chaque fois que je la quittais.

De son côté, elle n'avait plus avec moi ni le même ton ni la même aisance qu'auparavant; elle parlait de projets de voyage; elle affectait de me confier légèrement des envies qui lui prenaient, disait-elle, de quitter le pays, et me rendaient plus mort que vif quand je les entendais. Si elle se livrait un instant à un mouvement naturel, elle se rejetait aussitôt dans une froideur désespérante. Je ne pus m'empêcher un jour de pleurer de douleur devant elle, de la manière dont elle me traitait. Je l'en vis pâlir malgré elle. Comme je sortais, elle me dit à la porte : « Je vais demain à Sainte-Luce (c'était un village des environs), et c'est trop loin pour aller à pied. Soyez ici à cheval de bon matin si vous n'avez rien à faire; vous m'accompagnerez. »

Je fus exact au rendez-vous, comme on peut le penser. Je m'étais couché sur cette parole avec des transports de joie; mais, en sortant de chez moi, j'éprouvai au contraire une tristesse invincible. En me rendant le privilège que j'avais perdu de l'accompagner dans ses courses solitaires, elle avait cédé clairement à une fantaisie qui me parut cruelle si elle ne m'aimait pas. Elle savait que je souffrais : pourquoi abuser de mon courage si elle n'avait pas changé d'avis ?

Cette réflexion, que je fis malgré moi, me rendit tout autre qu'à l'ordinaire. Lorsqu'elle monta à cheval, le cœur me battit quand je lui pris le pied; je ne sais si c'était de désir ou de colère. « Si elle est touchée, me dis-je à moi-même, pourquoi tant de réserve ? Si elle n'est que coquette, pourquoi tant de liberté ? »

Tels sont les hommes. A mon premier mot, elle s'aperçut que je regardais de travers et que mon visage était changé. Je ne lui parlais pas et je pris l'autre côté de la route. Tant que nous fûmes dans la plaine, elle parut tranquille et tournait seulement la tête de temps en temps pour voir si je la suivais; mais lorsque nous entrâmes dans la forêt et que le pas de nos chevaux commença à retentir sous les sombres allées, parmi les roches solitaires, je la vis trembler tout à coup. Elle s'arrêtait comme pour m'attendre, car je me tenais un peu derrière elle; dès que je la rejoignais elle prenait le galop. Bientôt nous arrivâmes sur le penchant de la montagne, et il fallut aller au pas. Je vins alors me mettre à côté d'elle; mais nous baissions tous les deux la tête; il était temps, je lui pris la main.

« Brigitte, lui dis-je, vous ai-je fatigué de mes plaintes ? Depuis que je suis revenu, que je vous vois tous les jours, et que tous les soirs, en rentrant, je me demande quand il faudra mourir, vous ai-je importunée ? Depuis deux mois que je perds le repos, la force et l'espérance, vous ai-je dit un mot de ce fatal amour qui me dévore et qui me tue, ne le savez-vous pas ? Levez la tête ! Faut-il vous le dire ? Ne voyez-vous pas que je souffre et que mes nuits se passent à pleurer. N'avez-vous pas rencontré quelque part, dans ces forêts sinistres, un malheureux assis, les deux mains sur son front ? N'avez-vous jamais trouvé de larmes sur ces bruyères ? Regardez-moi, regardez ces montagnes ! vous souvenez-vous que je vous aime ? Ils le savent, eux, ces témoins ; ces rochers, ces déserts le savent. Pourquoi m'amener devant eux ? Ne suis-je pas assez misérable ? Ai-je manqué maintenant de courage ? Êtes-vous assez obéie ? A quelle épreuve, à quelle torture suis-je soumis, et pour quel crime ? Si vous ne m'aimez pas, que faites-vous ici ?

— Partons, dit-elle, ramenez-moi, retournons sur nos pas. » Je saisis la bride de son cheval.

« Non, répondis-je, car j'ai parlé. Si nous retournons, je vous perds, je le sais ; en rentrant chez vous, je sais d'avance ce que vous me direz. Vous avez voulu voir jusqu'où allait ma patience, vous avez mis ma douleur au défi, peut-être pour avoir le droit de me chasser ; vous étiez lasse de ce triste amant qui souffrait sans se plaindre et qui buvait avec résignation le calice amer de vos dédains ! Vous saviez que, seul avec vous, à l'aspect de ces bois, en face de ces solitudes où mon amour a commencé, je ne pourrais garder le silence ! Vous avez voulu être offensée ; eh bien ! madame, que je vous perde ! J'ai assez pleuré, j'ai assez souffert, j'ai assez refoulé dans mon cœur l'amour insensé qui me ronge ; vous avez eu assez de cruauté ! »

Comme elle fit un mouvement pour sauter à bas de cheval, je la pris dans mes bras et collai mes lèvres sur les siennes. Mais, au même instant, je la vis pâlir, ses yeux se fermèrent, elle lâcha la bride qu'elle tenait et glissa à terre.

« Dieu de bonté, m'écriai-je, elle m'aime ! » Elle m'avait rendu mon baiser.

Je mis pied à terre et courus à elle. Elle était étendue sur l'herbe. Je la soulevai, elle ouvrit les yeux ; une terreur subite la fit frissonner tout entière ; elle repoussa ma main avec force, fondit en larmes et m'échappa.

J'étais resté au bord du chemin ; je la regardais, belle comme le jour, appuyée contre un arbre, ses longs cheveux tombant sur ses épaules, ses mains irritées et tremblantes, ses joues couvertes de rougeur, toutes brillantes de pourpre et de perles. « Ne m'approchez pas, criait-elle, ne faites pas un pas vers moi !

— O mon amour ! lui dis-je, ne craignez rien ; si je vous ai offensée tout à l'heure, vous pouvez m'en punir ; j'ai eu un moment de rage et de douleur ; traitez-moi comme vous voudrez ; vous pouvez partir maintenant, m'envoyer où il vous plaira : je sais que vous m'aimez, Brigitte, vous êtes plus en sûreté ici que tous les rois dans leurs palais. »

Madame Pierson, à ces paroles, fixa sur moi ses yeux humides ; j'y vis le bonheur de ma vie venir à moi dans un éclair. Je traversai la route et allai me mettre à genoux devant elle. Qu'il aime peu, celui qui peut dire de quelles paroles s'est servie sa maîtresse pour lui avouer qu'elle l'aimait !

CHAPITRE X

Si j'étais joaillier, et si je prenais dans mon trésor un collier de perles pour en faire présent à un ami, il me semble que j'aurais une grande joie à le lui poser moi-même autour du cou; mais si j'étais l'ami je mourrais plutôt que d'arracher le collier des mains du joaillier.

J'ai vu que la plupart des hommes pressent de se donner la femme qui les aime, et j'ai toujours fait le contraire, non par calcul, mais par un sentiment naturel. La femme qui aime un peu et qui résiste n'aime pas assez, et celle qui aime assez et qui résiste sait qu'elle est moins aimée.

Madame Pierson me témoigna plus de confiance, après m'avoir avoué qu'elle m'aimait, qu'elle ne m'en avait jamais montré. Le respect que j'avais pour elle lui inspira une si douce joie que son beau visage en devint comme une fleur épanouie; je la voyais quelquefois s'abandonner à une gaieté folle, puis tout à coup s'arrêter pensive; affectant à certains moments, de me traiter presque en enfant, puis me regardant les yeux pleins de larmes; imaginant mille plaisanteries pour se donner le prétexte d'un mot plus familier ou d'une caresse innocente, puis me quittant pour s'asseoir à l'écart et s'abandonner à des rêveries qui la saisissaient. Y a-t-il au monde un plus doux spectacle? Quand elle revenait à moi, elle me trouvait sur son passage, dans quelque allée d'où je l'avais observée de loin. « O mon amie ! lui disais-je, Dieu lui-même se réjouit de voir combien vous êtes aimée. »

Je ne pouvais pourtant lui cacher ni la violence de mes désirs ni ce que je souffrais en luttant contre eux. Un soir que j'étais chez elle, je lui dis que j'avais appris le matin la perte d'un procès important pour moi et qui apportait dans mes affaires un changement considérable. « Comment se fait-il, me demanda-t-elle, que vous me l'annonciez en riant ?

— Il y a, lui dis-je, une maxime d'un poète persan : « Celui qui est aimé d'une belle femme est à l'abri des coups du sort. »

Madame Pierson ne me répondit pas ; elle se montra toute la soirée plus gaie encore que de coutume. Comme je jouais aux cartes avec sa tante et que je perdais, il n'y eut sorte de malice qu'elle n'employât pour me piquer, disant que je n'y entendais rien et pariant toujours contre moi, si bien qu'elle me gagna tout ce que j'avais dans ma bourse. Quand la vieille dame se fut retirée, elle s'en alla sur le balcon, et je l'y suivis en silence.

Il faisait la plus belle nuit du monde ; la lune se couchait et les étoiles brillaient d'une clarté plus vive sur un ciel d'un azur foncé. Pas un souffle de vent n'agitait les arbres ; l'air était tiède et embaumé.

Elle était appuyée sur son coude, les yeux au ciel ; je m'étais penché à côté d'elle et je la regardais rêver. Bientôt je levai les yeux moi-même ; une volupté mélancolique nous enivrait tous deux. Nous respirions ensemble les tièdes bouffées qui sortaient des charmilles ; nous suivions au loin dans l'espace les dernières lueurs d'une blancheur pâle que la lune entraînait avec elle en descendant derrière les masses noires des marronniers. Je me souvins d'un certain jour que j'avais regardé avec désespoir le vide immense de ce beau ciel ; ce souvenir me fit tressaillir ; tout était si plein maintenant ! Je sentis qu'un hymne de grâces s'élevait dans mon cœur et que notre amour montait à Dieu. J'entourai de mon bras la taille de ma chère maîtresse ; elle tourna doucement la tête ; ses yeux étaient noyés de larmes. Son corps plia comme un roseau, ses lèvres entr'ouvertes tombèrent sur les miennes, et l'univers fut oublié.

CHAPITRE XI

Ange éternel des nuits heureuses, qui racontera ton silence? O baiser, mystérieux breuvage que les lèvres se versent comme des coupes altérées ! Ivresse des sens, ô volupté ! oui, comme Dieu, tu es immortelle ! Sublime élan de la créature, communion universelle des êtres, volupté trois fois sainte, qu'ont dit de toi ceux qui t'ont vantée? Ils t'ont appelée passagère, ô créatrice ! et ils ont dit que ta courte apparence illuminait leur vie fugitive. Parole plus courte elle-même que le souffle d'un moribond ! vraie parole de brute sensuelle, qui s'étonne de vivre une heure et qui prend les clartés de la lampe éternelle pour une étincelle qui sort d'un caillou ! Amour ! ô principe du monde ! flamme précieuse que la nature entière, comme une vestale inquiète, surveille incessamment dans le temple de Dieu ! foyer de tout, par qui tout existe ! les esprits de destruction mourraient eux-mêmes en soufflant sur toi ! Je ne m'étonne pas qu'on blasphème ton nom; car ils ne savent qui tu es, ceux qui croient t'avoir vu en face parce qu'ils ont ouvert les yeux; et quand tu trouves tes vrais apôtres, unis sur terre dans un baiser, tu ordonnes à leurs paupières de se fermer comme des voiles, afin qu'on ne voie pas le bonheur.

Mais vous, délices ! sourires languissants, premières caresses, tutoiement timide, premiers bégaiements de l'amante, vous qu'on peut voir, vous qui êtes à nous ! êtes-vous donc moins à Dieu que le reste, beaux chérubins qui planez dans l'alcôve et qui ramenez à ce monde l'homme réveillé du songe divin? Ah ! chers enfants de la volupté, comme votre mère vous aime ! C'est vous, causeries curieuses, qui soulevez les premiers mystères, touchers tremblants et chastes encore, regards déjà insatiables, qui commencez à tracer dans le cœur, comme une ébauche craintive, l'ineffaçable image de la beauté chérie ! O royaume ! ô conquête ! c'est vous qui faites les amants.

Et toi, vrai diadème, toi, sérénité du bonheur ! premier regard reporté sur la vie, premier retour des heureux à tant d'objets indifférents qu'ils ne voient plus qu'à travers leur joie, premiers pas faits dans la nature à côté de la bien-aimée ! qui vous peindra ? Quelle parole humaine exprimera jamais la plus faible caresse ?

Celui qui, par une fraîche matinée, dans la force de la jeunesse, est sorti un jour à pas lents, tandis qu'une main adorée fermait sur lui la porte secrète ; qui a marché sans savoir où, regardant les bois et les plaines ; qui a traversé une place sans entendre qu'on lui parlait ; qui s'est assis dans un lieu solitaire, riant et pleurant sans raison ; qui a posé ses mains sur son visage pour y respirer un reste de parfum ; qui a oublié tout à coup ce qu'il avait fait sur la terre jusqu'alors ; qui a parlé aux arbres de la route et aux oiseaux qu'il voyait passer ; qui enfin, au milieu des hommes, s'est montré un joyeux insensé, puis qui est tombé à genoux et qui en a remercié Dieu ; celui-là mourra sans se plaindre : il a eu la femme qu'il aimait.

QUATRIÈME PARTIE

——

CHAPITRE I

J'ai à raconter maintenant ce qui advint de mon amour et le changement qui se fit en moi. Quelle raison puis-je en donner ? Aucune, sinon que je raconte, et que je puis dire : « C'est la vérité. »

Il y avait deux jours, ni plus ni moins, que j'étais l'amant de madame Pierson. Je sortais du bain à onze heures du soir, et par une nuit magnifique je traversais la promenade pour me rendre chez elle. Je me sentais un tel bien-être dans le corps et tant de contentement dans l'âme, que je sautais de joie en marchant et que je tendais les bras au ciel. Je la trouvai en haut de son escalier, accoudée sur la rampe, une bougie par terre à côté d'elle. Elle m'attendait, et, dès qu'elle m'aperçut, courut à ma rencontre. Nous fûmes bientôt dans sa chambre, et les verrous tirés sur nous.

Elle me montrait comme elle avait changé sa coiffure, qui me déplaisait, et comme elle avait passé la journée à faire prendre à ses cheveux le tour que je voulais ; comme elle avait ôté de l'alcôve un grand vilain cadre noir qui me semblait sinistre ; comme elle avait renouvelé ses fleurs, et il y en avait de tous côtés ; elle me contait tout ce qu'elle avait fait depuis que nous nous connaissions, ce qu'elle m'avait vu souffrir, ce qu'elle avait souffert elle-même ; comme elle avait voulu mille fois quitter le pays et fuir son amour ; comme elle avait imaginé tant de précautions contre moi ; qu'elle avait pris conseil de sa tante, de Mercanson et du curé ; qu'elle s'était juré à elle-même de mourir plutôt que de céder, et comme tout cela s'était envolé sur un certain mot que je lui avais dit, sur tel regard, sur telle circonstance ; et, à chaque confidence, un baiser ! Ce que je trouvais de mon goût dans sa chambre, ce qui avait attiré mon attention, parmi les bagatelles dont ses tables étaient couvertes, elle voulait me le donner, que je l'emportasse le soir même et que je le misse sur ma cheminée ; ce qu'elle ferait dorénavant, le matin, le soir, à toute heure, que je le réglasse à mon plaisir, et qu'elle ne se souciait de rien ; que les propos du monde ne la touchaient pas ; que, si elle avait fait semblant d'y croire, c'était pour m'éloigner ; mais qu'elle voulait être heureuse et se boucher les deux oreilles ; qu'elle venait d'avoir trente ans, qu'elle n'avait pas longtemps à être aimée de moi. « Et vous, m'aimerez-vous longtemps ? Est-ce un peu vrai, ces belles paroles dont vous m'avez si bien étourdie ? » Et là-dessus les chers reproches : que je venais tard et que j'étais coquet ; que je m'étais trop parfumé au bain, ou pas assez, ou pas à sa guise ; qu'elle était restée en pantoufles pour que je visse son pied nu, et qu'il était aussi blanc que sa main ; mais que du reste elle n'était guère belle ; qu'elle voudrait l'être cent fois plus ; qu'elle l'avait été à quinze ans. Et elle allait, et elle venait, toute folle d'amour, toute vermeille de joie, et elle ne savait qu'imaginer, quoi faire, quoi dire, pour se donner et se donner encore, elle, corps et âme, et tout ce qu'elle avait.

J'étais couché sur le sofa ; je sentais tomber et se détacher de moi une mauvaise heure de ma vie passée, à chaque mot qu'elle disait. Je regardais l'astre de l'amour se lever sur mon champ, et il me semblait que j'étais comme un arbre plein de sève, qui secoue au vent ses feuilles sèches pour se revêtir d'une verdure nouvelle.

Elle se mit au piano et me dit qu'elle allait me jouer un air de Stradella. J'aime par-dessus tout la musique sacrée, et ce morceau, qu'elle m'avait déjà chanté, m'avait paru très beau. « Eh bien ! dit-elle quand elle eut fini, vous vous y êtes bien trompé : l'air est de moi, et je vous en ai fait accroire.

— Il est de vous ?

— Oui, et je vous ai conté qu'il était de Stradella pour voir ce que vous en diriez. Je ne joue jamais ma musique, quand il m'arrive d'en composer ; mais j'ai voulu faire un essai, et vous voyez qu'il m'a réussi, puisque vous en étiez la dupe. »

Monstrueuse machine que l'homme ! Qu'y avait-il de plus innocent ? Un enfant un peu avisé eût imaginé cette ruse pour surprendre son précepteur. Elle en riait de bon cœur en me le disant ; mais je sentis tout à coup comme un nuage qui fondait sur moi ; je changeai de visage. « Qu'avez-vous, dit-elle, qui vous prend ?

— Rien ; jouez-moi cet air encore une fois. »

Tandis qu'elle jouait, je me promenais de long en large, je passais la main sur mon front comme pour en écarter un brouillard, je frappais du pied, je haussais les épaules de ma propre démence ; enfin je m'assis à terre sur un coussin qui était tombé ; elle vint à moi. Plus je voulais lutter avec l'esprit des ténèbres qui me saisissait en ce moment, plus l'épaisse nuit redoublait dans ma tête.

« Vraiment ! lui dis-je, vous mentez si bien ? Quoi ! cet air est de vous ? vous savez donc mentir si aisément ? »

Elle me regarda d'un air étonné. « Qu'est-ce donc ? » dit-elle. Une inquiétude inexprimable se peignit sur ses traits. Assurément elle ne pouvait me croire assez fou pour lui faire un reproche véritable d'une plaisanterie aussi simple ; elle ne voyait rien là de sérieux que la tristesse qui s'emparait de moi ; mais plus la cause en était frivole, plus il y avait de quoi surprendre. Elle voulut croire un instant que je plaisantais à mon tour ; mais quand elle me vit toujours plus pâle et comme prêt à défaillir, elle resta, les lèvres ouvertes, le corps penché comme une statue. « Dieu du ciel ! s'écria-t-elle, est-ce possible ? »

Tu souris peut-être, lecteur, en lisant cette page ; moi qui l'écris, j'en frémis encore. Les malheurs ont leurs symptômes comme les maladies, et il n'y a rien de si redoutable en mer qu'un petit point noir à l'horizon.

Cependant, quand le jour parut (qui, dans l'été, se lève de bonne heure), ma chère Brigitte tira au milieu de la chambre une petite table ronde en bois blanc ; elle y posa de quoi souper, ou, pour mieux dire, de quoi déjeuner, car déjà les oiseaux chantaient et les abeilles bourdonnaient sur le parterre. Elle avait tout préparé elle-même, et je ne bus pas une goutte qu'elle n'eût porté le verre à ses lèvres. La lumière bleuâtre du jour, perçant les rideaux de toile bariolés, éclairait son charmant visage et ses grands yeux un peu battus ; elle se sentait envie de dormir et laissa tomber, tout en m'embrassant, sa tête sur mes épaules, avec mille propos languissants.

Je ne pouvais lutter contre un si charmant abandon, et mon cœur se rouvrait à la joie ; je me crus délivré tout à fait du mauvais rêve que je venais de faire, et je lui demandai pardon d'un moment de folie dont je ne pouvais me rendre compte. « Mon amie, lui dis-je du fond du cœur, je suis bien malheureux de t'avoir adressé un reproche injuste sur un badinage innocent ; mais, si tu m'aimes, ne mens jamais, fût-ce sur les moindres choses : le mensonge me semble horrible, et je ne puis le supporter. »

Elle se coucha ; il était trois heures du matin, et je lui dis que je voulais rester jusqu'à ce qu'elle fût endormie. Je la vis fermer ses beaux yeux, je l'entendis dans son premier sommeil murmurer tout en souriant, tandis que, penché au chevet, je lui donnais mon baiser d'adieu. Enfin je sortis le cœur tranquille, me promettant de jouir de mon bonheur sans que désormais rien pût le troubler.

Mais le lendemain même Brigitte me dit comme par hasard : « J'ai un gros livre où j'écris mes pensées, tout ce qui me passe par la tête, et je veux vous donner à lire ce que j'ai écrit de vous dans les premiers jours que je vous ai vu. »

Nous lûmes ensemble ce qui me regardait et nous y ajoutâmes cent folies, après quoi je me mis à feuilleter le livre d'une manière indifférente. Une phrase tracée en gros caractères me sauta aux yeux, au milieu des pages que je tournais rapidement; je lus distinctement quelques mots qui étaient assez insignifiants, et j'allais continuer lorsque Brigitte me dit : « Ne lisez pas cela. »

Je jetai le livre sur un meuble. « C'est vrai, lui dis-je, je ne sais ce que je fais.

— Le prenez-vous encore au sérieux? me répondit-elle en riant (voyant sans doute mon mal reparaître). Reprenez ce livre; je veux que vous lisiez.

— N'en parlons plus. Que puis-je donc y trouver de si curieux? Vos secrets sont à vous, ma chère. »

Le livre restait sur le meuble, et j'avais beau faire, je ne le quittais pas des yeux. J'entendis tout à coup comme une voix qui me chuchotait à l'oreille, et je crus voir grimacer devant moi, avec son sourire glacial, la figure sèche de Desgenais. « Que vient faire Desgenais ici? » me demandais-je à moi-même comme si je l'eusse vu réellement. Il m'avait apparu tel qu'il était un soir, le front incliné sous ma lampe, quand il me débitait de sa voix aiguë son catéchisme de libertin.

J'avais toujours les yeux sur le livre, et je sentais vaguement dans ma mémoire je ne sais quelles paroles oubliées, entendues autrefois, mais qui m'avaient serré le cœur. L'esprit du doute, suspendu sur ma tête, venait de me verser dans les veines une goutte de poison; la vapeur m'en montait au cerveau, et je chancelais à demi dans un commencement d'ivresse malfaisante. Quel secret me cachait Brigitte? Je savais bien que je n'avais qu'à me baisser et à ouvrir le livre; mais à quel endroit? Comment reconnaître la feuille sur laquelle le hasard m'avait fait tomber?

Mon orgueil, d'ailleurs, ne voulait pas que je prisse le livre. Était-ce donc vraiment mon orgueil? « O Dieu ! me dis-je avec une tristesse affreuse, est-ce que le passé est un spectre ? Est-ce qu'il sort de son tombeau ? Ah ! misérable, est-ce que je vais ne pas pouvoir aimer ? »

Toutes mes idées de mépris pour les femmes, toutes ces phrases de fatuité moqueuse que j'avais répétées comme une leçon et comme un rôle pendant le temps de mes désordres me traversèrent l'esprit subitement ; et, chose étrange ! tandis qu'autrefois je n'y croyais pas en en faisant parade, il me semblait maintenant qu'elles étaient réelles, ou que du moins elles l'avaient été.

Je connaissais madame Pierson depuis quatre mois, mais je ne savais rien de sa vie passée et ne lui en avais rien demandé. Je m'étais livré à mon amour pour elle avec une confiance et un entraînement sans bornes. J'avais trouvé une sorte de jouissance à ne faire aucune question sur elle à personne ni à elle-même ; d'ailleurs, les soupçons et la jalousie sont si peu dans mon caractère que j'étais plus étonné d'en ressentir que Brigitte d'en trouver en moi. Jamais, dans mes premières amours ni dans le commerce habituel de la vie, je n'avais été défiant, mais plutôt hardi, au contraire, et ne doutant pour ainsi dire de rien. Il avait fallu que je visse de mes propres yeux la trahison de ma maîtresse pour croire qu'elle pouvait me tromper ; Desgenais lui-même, tout en me sermonnant à sa manière, me plaisantait continuellement sur ma facilité à me laisser duper. L'histoire de ma vie entière était une preuve que j'étais plutôt crédule que soupçonneux ; aussi, quand la vue de ce livre me frappa ainsi tout à coup, il me sembla que je sentais en moi un nouvel être et une sorte d'inconnu ; ma raison se révoltait contre ce que j'éprouvais, et je n'osais me demander où tout cela allait me conduire.

Mais les souffrances que j'avais endurées, le souvenir des perfidies dont j'avais été le témoin, l'affreuse guérison que je m'étais imposée, les discours de mes amis, le monde corrompu que j'avais traversé, les tristes vérités que j'y avais vues, celles que, sans les connaître, j'avais comprises et devinées par une funeste intelligence, la débauche enfin, le mépris de l'amour, l'abus de tout, voilà ce que j'avais dans le cœur sans m'en douter encore; et, au moment où je croyais renaître à l'espérance de la vie, toutes ces furies engourdies me prenaient à la gorge et me criaient qu'elles étaient là.

Je me baissai et ouvris le livre, puis je le fermai aussitôt et le rejetai sur la table. Brigitte me regardait; il n'y avait dans ses beaux yeux ni orgueil blessé ni colère; il n'y avait qu'une tendre inquiétude, comme si j'eusse été malade. « Est-ce que vous croyez que j'ai des secrets? demanda-t-elle en m'embrassant. — Non, lui dis-je, je ne crois rien, sinon que tu es belle et que je veux mourir en t'aimant. »

Rentré chez moi, comme j'étais en train de dîner, je demandai à Larive : « Qu'est-ce donc que cette madame Pierson ? »

Il se retourna tout étonné. « Tu es, lui dis-je, dans le pays depuis nombre d'années : tu dois la connaître mieux que moi. Que dit-on d'elle ici? Qu'en pense-t-on dans le village? Quelle vie menait-elle avant que je la connusse? Quelles gens voyait-elle?

— Ma foi ! monsieur, je ne lui ai vu faire que ce qu'elle fait tous les jours, c'est-à-dire se promener dans la vallée, jouer au piquet avec sa tante et faire la charité aux pauvres. Les paysans l'appellent Brigitte la Rose. Je n'ai jamais entendu dire un mot contre elle à qui que ce soit, sinon qu'elle court les champs toute seule, à toute heure du jour et de la nuit; mais c'est dans un but si louable ! Elle est la Providence du pays. Quant aux gens qu'elle voit, ce n'est guère que le curé, et monsieur de Dalens, aux vacances.

— Qu'est-ce que c'est que monsieur de Dalens?

— C'est le propriétaire d'un château qui est là-bas, derrière la montagne; il ne vient ici que pour la chasse.

— Est-il jeune?

— Oui, monsieur.

— Est-il parent de madame Pierson?

— Non. Il était ami de son mari.

— Y a-t-il longtemps que son mari est mort?

— Cinq ans à la Toussaint; c'était un digne homme.

— Et ce monsieur de Dalens, dit-on qu'il lui ait fait la cour ?

— A la veuve, monsieur ? Dame ! à vrai dire... (Il s'arrêta d'un air embarrassé.)

— Parleras-tu ?

— On l'a dit, et on ne l'a pas dit... Je n'en sais rien, je n'en ai rien vu.

— Et tu me disais tout à l'heure qu'on ne parlait pas d'elle dans le pays ?

— On n'a jamais rien dit, du reste, et je pensais que monsieur savait cela.

— Enfin, le dit-on, oui ou non ?

— Oui, monsieur, je le crois, du moins. »

Je me levai de table et descendis sur la promenade. Mercanson y était; je m'attendais qu'il allait m'éviter; tout au contraire, il m'aborda.

« Monsieur, me dit-il, vous avez l'autre jour donné des marques de colère dont un homme de mon caractère ne saurait conserver la mémoire. Je vous exprime mon regret de m'être chargé d'une commission intempestive (c'était sa manière que les longs mots) et de m'être mis en travers des roues avec tant soit peu d'importunité. »

Je lui rendis son compliment, croyant qu'il me quitterait là-dessus; mais il se mit à marcher à côté de moi.

« Dalens ! Dalens ! répétais-je entre mes dents; qui me parlera de Dalens ? » Car Larive ne m'avait rien dit que ce que peut dire un valet. Par qui le savait-il ? Par quelque servante ou quelque paysan. Il me fallait un témoin qui pût avoir vu Dalens chez madame Pierson et qui sût à quoi s'en tenir. Ce Dalens ne me sortait pas de la tête, et, ne pouvant parler d'autre chose, j'en parlai tout de suite à Mercanson.

Si Mercanson était un méchant homme, s'il était niais ou rusé, je ne l'ai jamais distingué clairement; il est certain qu'il devait me haïr et qu'il en agit avec moi aussi méchamment que possible. Madame

Pierson, qui avait la plus grande amitié pour le curé (et c'était à juste titre), avait fini, presque malgré elle, par en avoir pour le neveu. Il en était fier, par conséquent jaloux. Il n'y a pas que l'amour seul qui donne de la jalousie ; une faveur, un mot bienveillant, un sourire d'une belle bouche, peuvent l'inspirer jusqu'à la rage à certaines gens.

Mercanson fut d'abord étonné, aussi bien que Larive, des questions que je lui adressai. J'en étais moi-même plus étonné encore. Mais qui se connaît ici-bas ?

Aux premières réponses du prêtre, je le vis comprendre ce que je voulais savoir, et décidé à ne pas me le dire.

« Comment se fait-il, monsieur, que vous qui connaissez madame Pierson depuis longtemps et qui êtes reçu chez elle d'une façon assez intime (je le pense du moins), vous n'y ayez point rencontré monsieur de Dalens ? Mais apparemment vous avez quelque raison, qu'il ne m'appartient point de connaître, pour vous enquérir de lui aujourd'hui. Ce que j'en puis dire pour ma part, c'est que c'était un honnête gentilhomme, plein de bonté et de charité ; il était, comme vous, monsieur, fort intime chez madame Pierson ; il a une meute considérable et fait à merveille les honneurs de chez lui. Il faisait de très bonne musique, comme vous, monsieur, chez madame Pierson. Pour ses devoirs de charité, il les remplissait ponctuellement ; lorsqu'il était dans le pays, il accompagnait, comme vous, monsieur, cette dame à la promenade. Sa famille jouit à Paris d'une excellente réputation ; il m'arrivait de le trouver chez cette dame presque toutes les fois que j'y allais ; ses mœurs passent pour excellentes. Du reste, vous pensez, monsieur, que je n'entends parler en tout que d'une familiarité honnête, telle qu'il convient aux personnes de ce mérite. Je crois qu'il ne vient que pour la chasse ; il était ami du mari ; on le dit fort riche et très généreux ; mais je ne le connais d'ailleurs presque pas, sinon par ouï-dire... »

De combien de phrases entortillées le pesant bourreau m'assomma ? Je le regardais, honteux de l'écouter, n'osant plus faire une seule question ni l'arrêter dans son bavardage. Il calomnia aussi sourdement et aussi longtemps qu'il voulut; il m'enfonça tout à loisir sa lame torse dans le cœur; quand ce fut fait, il me quitta, sans que je pusse le retenir; et, à tout prendre, il ne m'avait rien dit.

Je restai seul sur la promenade; la nuit commençait à venir. Je ne sais si je ressentais plus de fureur ou plus de tristesse. Cette confiance que j'avais eue de me livrer aveuglément à mon amour pour ma chère Brigitte m'avait été si douce et si naturelle que je ne pouvais me résoudre à croire que tant de bonheur m'eût trompé. Ce sentiment naïf et crédule qui m'avait conduit à elle, sans que je voulusse le combattre ni en douter jamais, m'avait semblé à lui seul comme une preuve qu'elle en était digne. Était-il donc possible que ces quatre mois si heureux ne fussent déjà qu'un rêve?

« Mais après tout, me dis-je tout à coup, cette femme s'est donnée bien vite. N'y aurait-il point eu de mensonge dans cette intention de me fuir qu'elle m'avait d'abord marquée et qu'une parole a fait évanouir? N'aurais-je point par hasard affaire à une femme comme on en voit tant? Oui, c'est ainsi qu'elles s'y prennent toutes; elles feignent de reculer afin de se voir poursuivre. Les biches elles-mêmes en font autant : c'est un instinct de la femelle. N'est-ce pas de son propre mouvement qu'elle m'a avoué son amour, au moment même où je croyais qu'elle ne serait jamais à moi? Dès le premier jour que je l'ai vue, n'a-t-elle pas accepté mon bras, sans me connaître, avec une légèreté qui aurait dû me faire douter d'elle? Si ce Dalens a été son amant il est probable qu'il l'est encore; ce sont de ces liaisons du monde qui ne commencent ni ne finissent; quand on se voit on se reprend, et dès qu'on se quitte on s'oublie. Si cet homme revient aux vacances, elle le reverra sans doute, et probablement sans rompre avec moi. Qu'est-ce que c'est que cette tante, que cette vie mystérieuse qui a la charité pour affiche, que cette liberté déterminée qui ne se soucie d'aucun propos? Ne seraient-ce point des aventurières que ces deux femmes avec leur petite maison, leur prud'homie et leur sagesse qui en imposent si vite aux gens et se démentent plus vite encore? Assurément, quoi qu'il en soit, je suis tombé les yeux fermés dans une affaire de galanterie que j'ai prise pour un roman. Mais que faire à présent? Je ne vois personne ici que ce prêtre, qui ne veut pas parler clairement, ou son oncle, qui en dira moins encore. O mon Dieu! qui me sauvera? Comment savoir la vérité? »

Ainsi parlait la jalousie; ainsi, oubliant tant de larmes et tout ce que j'avais souffert, j'en venais, au bout de deux jours, à m'inquiéter de ce que Brigitte m'avait cédé. Ainsi, comme tous ceux qui doutent, je mettais déjà de côté les sentiments et les pensées pour disputer avec les faits, m'attacher à la lettre morte et disséquer ce que j'aimais.

Tout en m'enfonçant dans mes réflexions, je gagnais à pas lents la maison de Brigitte. Je trouvai la grille ouverte, et, comme je traversais la cour, je vis de la lumière dans la cuisine. Je pensai à questionner la servante. Je tournai donc de ce côté, et, maniant dans ma poche quelques pièces d'argent, je m'avançai vers le seuil.

Une impression d'horreur m'arrêta court. Cette servante était une vieille femme maigre et ridée, le dos toujours courbé comme les gens attachés à la glèbe. Je la trouvai remuant sa vaisselle sur un évier malpropre. Une chandelle dégoûtante tremblotait dans sa main; autour d'elle des casseroles, des plats, des restes du dîner que visitait un chien errant, entré comme moi avec honte; une odeur chaude et nauséabonde sortait des murs humides. Lorsque la vieille m'aperçut, elle me regarda en souriant avec un air confidentiel. Elle m'avait vu me glisser le matin hors de la chambre de sa maîtresse. Je frissonnai de dégoût de moi-même et de ce que je venais chercher dans un lieu si bien assorti à l'action ignoble que je méditais. Je me sauvai de cette vieille comme de ma jalousie personnifiée et comme si l'odeur de sa vaisselle fût sortie de mon propre cœur.

Brigitte était à la fenêtre, arrosant ses fleurs bien-aimées; un enfant d'une de nos voisines, assis au fond de la bergère et enterré dans les coussins, se berçait à une de ses manches, et lui faisait, la bouche pleine de bonbons, dans son langage joyeux et incompréhensible, un de ces grands discours des marmots qui ne savent pas encore parler. Je m'assis auprès d'elle et baisai l'enfant sur ses grosses joues, comme pour rendre à mon cœur un peu d'innocence. Brigitte me fit un accueil craintif; elle voyait dans mes regards son image déjà troublée. De mon côté, j'évitais ses yeux; plus j'admirais sa beauté et son air de candeur, plus je me disais qu'une pareille femme, si elle n'était pas un ange, était un monstre de perfidie. Je m'efforçais de me rappeler chaque parole de Mercanson, et je confrontais pour ainsi dire les insinuations de cet homme avec les traits de ma maîtresse et les contours charmants de son visage.

« Elle est bien belle, me disais-je, bien dangereuse si elle sait tromper; mais je la rouerai et lui tiendrai tête, et elle saura qui je suis.»

« Ma chère, lui dis-je après un long silence, je viens de donner un conseil à un ami qui m'a consulté. C'est un jeune homme assez simple; il m'écrit qu'il a découvert qu'une femme, qui vient de se donner à lui, a en même temps un autre amant. Il m'a demandé ce qu'il devait faire.

— Que lui avez-vous répondu ?

— Deux questions : Est-elle jolie, et l'aimez-vous ? Si vous l'aimez, oubliez-la; si elle est jolie et que vous ne l'aimiez pas, gardez-la pour votre plaisir : il sera toujours temps de la quitter si vous n'avez affaire qu'à sa beauté, et autant vaut celle-là qu'une autre. »

En m'entendant parler ainsi, Brigitte lâcha l'enfant qu'elle tenait; elle fut s'asseoir au fond de la chambre. Nous étions sans lumière; la lune, qui éclairait la place que Brigitte venait de quitter, projetait une ombre profonde sur le sofa où elle était assise. Les mots que j'avais prononcés portaient un sens si dur, si cruel, que j'en étais navré moi-même et que mon cœur s'emplissait d'amertume. L'enfant inquiet appelait Brigitte et s'attristait en nous regardant. Ses cris joyeux, son petit bavardage, cessèrent peu à peu; il s'endormit sur la bergère. Ainsi, tous trois, nous demeurâmes en silence, et un nuage passa sur la lune.

Une servante entra, qui vint chercher l'enfant; on apporta de la lumière. Je me levai, et Brigitte en même temps; mais elle porta les deux mains sur son cœur et tomba à terre au pied de son lit.

Je courus à elle épouvanté; elle n'avait pas perdu connaissance et me pria de n'appeler personne. Elle me dit qu'elle était sujette à de violentes palpitations qui la tourmentaient depuis sa jeunesse et la prenaient ainsi tout à coup, mais que du reste il n'y avait point de danger dans ces attaques ni aucun remède à employer. J'étais à genoux auprès d'elle; elle m'ouvrit doucement les bras; je lui saisis la tête et me jetai sur son épaule.

« Ah ! mon ami, dit-elle, je vous plains.

— Écoute-moi, lui dis-je à l'oreille, je suis un misérable fou; mais je ne puis rien garder sur le cœur. Qu'est-ce que c'est qu'un monsieur Dalens qui demeure sur la montagne et qui vient te voir quelquefois ? »

Elle parut étonnée de m'entendre prononcer ce nom. « Dalens ? dit-elle, c'est un ami de mon mari. »

Elle me regardait comme pour ajouter : « A propos de quoi cette question ? » Il me sembla que son visage s'était rembruni. Je me mordis les lèvres. « Si elle veut me tromper, pensai-je, j'ai eu tort de parler. »

Brigitte se leva avec peine; elle prit son éventail et marcha à grands pas dans la chambre. Elle respirait avec violence; je l'avais blessée. Elle resta quelque temps pensive, et nous échangeâmes deux ou trois regards presque froids et presque ennemis. Elle alla à son secrétaire, qu'elle ouvrit, en tira un paquet de lettres attachées avec de la soie et le jeta devant moi sans dire un mot.

Mais je ne regardais ni elle ni ses lettres; je venais de lancer une pierre dans un abîme et j'en écoutais retentir l'écho. Pour la première fois, sur le visage de Brigitte, avait paru l'orgueil offensé. Il n'y avait plus dans ses yeux ni inquiétude ni pitié; et, comme je venais de me sentir tout autre que je n'avais jamais été, je venais aussi de voir en elle une femme qui m'était inconnue.

« Lisez cela, » dit-elle enfin. Je m'avançai et lui tendis la main. « Lisez cela, lisez cela, » répéta-t-elle d'un ton glacé.

Je tenais les lettres. Je me sentis en ce moment si persuadé de son innocence, et je me trouvais si injuste, que j'étais pénétré de repentir. « Vous me rappelez, me dit-elle, que je vous dois l'histoire de ma vie ; asseyez-vous, et vous la saurez. Vous ouvrirez ensuite ces tiroirs, et vous lirez tout ce qu'il y a ici écrit de ma main ou de mains étrangères. » Elle s'assit et me montra un fauteuil. Je vis l'effort qu'elle faisait pour parler. Elle était pâle comme la mort ; sa voix altérée sortait avec peine, et sa gorge se contractait.

« Brigitte ! Brigitte ! m'écriai-je, au nom du ciel, ne parlez pas ! Dieu m'est témoin que je ne suis pas né tel que vous me croyez ; je n'ai jamais été de ma vie ni soupçonneux ni défiant. On m'a perdu, on m'a faussé le cœur. Une expérience déplorable m'a conduit dans un précipice, et je n'ai vu, depuis un an, que ce qu'il y a de mal ici-bas. Dieu m'est témoin que jusqu'à ce jour je ne me croyais pas moi-même capable de ce rôle ignoble, le dernier de tous, celui d'un jaloux. Dieu m'est témoin que je vous aime et qu'il n'y a que vous en ce monde qui puissiez me guérir du passé. Je n'ai eu affaire jusqu'ici qu'à des femmes qui m'ont trompé, ou qui étaient indignes d'amour. J'ai mené la vie d'un libertin ; j'ai dans le cœur des souvenirs qui ne s'en effaceront jamais. Est-ce ma faute si une calomnie, si l'accusation la plus vague, la plus insoutenable, rencontre aujourd'hui dans ce cœur des fibres encore souffrantes, prêtes à accueillir tout ce qui ressemble à de la douleur ? On m'a parlé ce soir d'un homme que je ne connais pas, dont je ne savais pas l'existence ; on m'a fait entendre qu'il y avait eu, sur vous et sur lui, des propos tenus qui ne prouvent rien ; je ne veux rien vous en demander ; j'en ai souffert, je vous l'ai avoué, et c'est un tort irréparable. Mais, plutôt que d'accepter ce que vous me proposez, je vais tout jeter dans le feu. Ah ! mon amie, ne me dégradez pas, n'en venez pas à vous justifier, ne me punissez pas de souffrir. Comment pourrais-je, au fond du cœur, vous soupçonner de me tromper ? Non, vous êtes belle et vous êtes sincère ; un seul de vos regards, Brigitte, m'en dit plus long que je n'en demande pour vous aimer. Si vous saviez quelles horreurs, quelles perfidies monstrueuses a vues l'enfant qui est devant vous ! Si vous saviez comme on l'a traité, comme on s'est raillé de tout ce qu'il a de bon, comme on a pris soin de lui apprendre tout ce qui peut mener au doute, à la jalousie, au désespoir ! Hélas ! hélas ! ma chère maîtresse, si vous saviez qui vous aimez ! Ne me faites point de reproches ; ayez le courage de me plaindre ; j'ai besoin d'oublier qu'il existe d'autres êtres que vous. Qui sait par quelles épreuves, par quels affreux moments de douleur il ne va pas falloir que je passe ? Je ne me doutais pas qu'il en pût être ainsi, je ne croyais pas avoir à combattre. Depuis que vous êtes à moi, je m'aperçois de ce que j'ai fait ; j'ai senti en vous embrassant combien mes lèvres s'étaient souillées. Au nom du ciel, aidez-moi à vivre ! Dieu m'a fait meilleur que cela. »

Brigitte me tendit les bras, me fit les plus tendres caresses. Elle me pria de lui conter tout ce qui avait donné lieu à cette triste scène. Je ne lui parlai que de ce que m'avait dit Larive, et n'osai lui avouer que j'avais interrogé Mercanson. Elle voulait absolument que j'écoutasse ses explications. M. de Dalens l'avait aimée ; mais c'était un homme léger, très dissipé et très inconstant ; elle lui avait fait comprendre que, ne voulant pas se remarier, elle ne pouvait que le prier de changer de langage ; et il s'était résigné de bonne grâce : mais ses visites, depuis ce temps, avaient toujours été plus rares, et aujourd'hui il ne venait plus. Elle tira de la liasse une lettre qu'elle me montra, et dont la date était récente ; je ne pus m'empêcher de rougir en y trouvant la confirmation de ce qu'elle venait de me dire ; elle m'assura qu'elle me pardonnait, et exigea de moi, pour tout châtiment, la promesse que dorénavant je lui ferais part, à l'instant même, de ce qui pourrait éveiller en moi quelque soupçon sur elle. Notre traité fut scellé d'un baiser, et, lorsque je partis au jour, nous avions oublié tous deux que M. de Dalens existât.

CHAPITRE II

Une espèce d'inertie stagnante, colorée d'une joie amère, est ordinaire aux débauchés. C'est une suite d'une vie de caprices, où rien n'est réglé sur les besoins du corps, mais sur les fantaisies de l'esprit, et où l'un doit toujours être prêt à obéir à l'autre. La jeunesse et la volonté peuvent résister aux excès ; mais la nature se venge en silence et, le jour où elle décide qu'elle va réparer sa force, la volonté meurt pour l'attendre et en abuser de nouveau.

Retrouvant alors autour de lui tous les objets qui le tentaient la veille, l'homme, qui n'a plus la force de s'en saisir, ne peut rendre à ce qui l'entoure que le sourire du dégoût. Ajoutez que ces objets mêmes, qui excitaient hier son désir, ne sont jamais abordés de sang-froid ; tout ce qu'aime le débauché, il s'en empare avec violence ; sa vie est une fièvre ; ses organes, pour chercher la jouissance, sont obligés de se mettre au pair avec des liqueurs fermentées, des courtisanes et des nuits sans sommeil ; dans ses jours d'ennui et paresse, il sent donc une bien plus grande distance qu'un autre homme entre son impuissance et ses tentations, et pour résister à celles-ci il faut que l'orgueil vienne à son secours et lui fasse croire qu'il les dédaigne. C'est ainsi qu'il crache sans cesse sur tous les festins de la vie, et qu'entre une soif ardente et une profonde satiété la vanité tranquille le conduit à la mort.

Quoique je ne fusse plus un débauché, il m'arriva tout à coup que mon corps se souvint de l'avoir été. Il est tout simple que jusque-là je ne m'en fusse pas aperçu. Devant la douleur que j'avais ressentie à la mort de mon père, tout, d'abord, avait fait silence. Un amour violent était venu ; tant que j'étais dans la solitude, l'ennui n'avait pas à lutter. Triste ou gai, comme vient le temps, qu'importe à celui qui est seul ?

Comme le zinc, ce demi-métal, tiré de la veine bleuâtre où il dort dans la calamine, fait jaillir de lui-même un rayon du soleil en approchant du cuivre vierge, ainsi les baisers de Brigitte réveillèrent peu à peu dans mon cœur ce que j'y portais enfoui. Dès que je me trouvai vis-à-vis d'elle, je m'aperçus de ce que j'étais.

Il y avait de certains jours où je me sentais, dès le matin, une disposition d'esprit si bizarre qu'il est impossible de la qualifier. Je me réveillais, sans motif, comme un homme qui a fait la veille un excès de table qui l'a épuisé. Toutes les sensations du dehors me causaient une fatigue insupportable, tous les objets connus et habituels me rebutaient et m'ennuyaient ; si je parlais, c'était pour tourner en ridicule ce que disaient les autres, ou ce que je pensais moi-même. Alors, étendu sur un canapé et comme incapable de mouvement, je faisais manquer de propos délibéré toutes les parties de promenade que nous avions concertées la veille; j'imaginais de rechercher dans ma mémoire ce que, durant mes bons moments, j'avais pu dire de mieux senti et de plus sincèrement tendre à ma chère maîtresse, et je n'étais satisfait que lorsque mes plaisanteries ironiques avaient gâté et empoisonné ces souvenirs des jours heureux. « Ne pourriez-vous me laisser cela ? me demandait tristement Brigitte. S'il y a en vous deux hommes si différents, ne pourriez-vous, quand le mauvais se lève, vous contenter d'oublier le bon ? »

La patience que Brigitte opposait à ces égarements ne faisait cependant qu'exciter ma gaieté sinistre. Étrange chose, que l'homme qui souffre veuille faire souffrir ce qu'il aime ! Qu'on ait si peu d'empire sur soi, n'est-ce pas la pire des maladies ? Qu'y a-t-il de plus cruel pour une femme que de voir un homme qui sort de ses bras tourner en dérision, par une bizarrerie sans excuse, ce que les nuits heureuses ont de plus sacré et de plus mystérieux ? Elle ne me fuyait pourtant pas; elle restait auprès de moi, courbée sur sa tapisserie, tandis que, dans mon humeur féroce, j'insultais ainsi à l'amour et laissais grommeler ma démence sur une bouche humide de ses baisers.

Ces jours-là, contre l'ordinaire, je me sentais en train de parler de Paris et de représenter ma vie débauchée comme la meilleure chose du monde.

« Vous n'êtes qu'une dévote, disais-je en riant à Brigitte ; vous ne savez pas ce que c'est. Il n'y a rien de tel que les gens sans souci et qui font l'amour sans y croire. » N'était-ce pas dire que je n'y croyais pas ?

« Eh bien ! me répondait Brigitte, enseignez-moi à vous plaire toujours. Je suis peut-être aussi jolie que les maîtresses que vous regrettez ; si je n'ai pas l'esprit qu'elles avaient pour vous divertir à leur manière, je ne demande qu'à apprendre. Faites comme si vous ne m'aimiez pas, et laissez-moi vous aimer sans en rien dire. Si je suis dévote à l'église, je le suis aussi en amour. Que faut-il faire pour que vous le croyiez ? »

La voilà devant son miroir, s'habillant au milieu du jour comme pour un bal ou une fête, affectant une coquetterie qu'elle ne pouvait cependant souffrir, cherchant à prendre le même ton que moi, riant et sautant par la chambre. « Suis-je à votre goût ? disait-elle. A laquelle de vos maîtresses trouvez-vous que je ressemble ? Suis-je assez belle pour vous faire oublier qu'on peut croire encore à l'amour ? Ai-je l'air d'une sans-souci ? » Puis, au milieu de cette joie factice, je la voyais qui me tournait le dos, et un frisson involontaire faisait trembler sur ses cheveux les tristes fleurs qu'elle y posait. Je m'élançais alors à ses pieds. « Cesse, lui disais-je ; tu ressembles trop bien à ce que tu veux imiter et à ce que ma bouche est assez vile pour oser rappeler devant toi. Ote ces fleurs, ôte cette robe. Lavons cette gaieté avec une larme sincère ; ne me fais pas me souvenir que je ne suis que l'enfant prodigue ; je ne sais que trop le passé. »

Mais ce repentir même était cruel ; il lui prouvait que les fantômes que j'avais dans le cœur étaient pleins de réalité. En cédant à un mouvement d'horreur, je ne faisais que lui dire clairement que sa résignation et son désir de me plaire ne m'offraient qu'une image impure.

Et c'était vrai. J'arrivais chez Brigitte transporté de joie, jurant d'oublier dans ses bras mes douleurs et ma vie passée; je protestais à deux genoux de mon respect pour elle jusqu'au pied de son lit; j'y entrais comme dans un sanctuaire; je lui tendais les bras en répandant des larmes; puis elle faisait un certain geste, elle quittait sa robe d'une certaine façon, elle disait un certain mot en s'approchant de moi; et je me souvenais tout à coup de telle fille qui, en quittant sa robe un soir et approchant de mon lit, avait fait ce geste, avait dit ce mot.

Pauvre âme dévouée ! que souffrais-tu alors en me voyant pâlir devant toi, lorsque mes bras, prêts à te recevoir, tombaient comme privés de vie sur ton épaule douce et fraîche, lorsque le baiser se fermait sur ma lèvre, et que le plein regard de l'amour, ce pur rayon de la lumière de Dieu, reculait dans mes yeux comme une flèche que le vent détourne? Ah ! Brigitte, quels diamants coulaient de tes paupières ! Dans quel trésor de charité sublime tu puisais, d'une main patiente, ton triste amour plein de pitié !

Pendant longtemps les bons et les mauvais jours se succédèrent presque régulièrement; je me montrais alternativement dur et railleur, tendre et dévoué, sec et orgueilleux, repentant et soumis. La figure de Desgenais, qui la première m'avait apparu comme pour m'avertir de ce que j'allais faire, était sans cesse présente à ma pensée. Durant mes jours de doute et de froideur, je m'entretenais, pour ainsi dire, avec lui; souvent, au moment même où je venais d'offenser Brigitte par quelque raillerie cruelle, je me disais : « S'il était à ma place, il en ferait bien d'autres que moi ! »

Quelquefois aussi, en mettant mon chapeau pour aller chez Brigitte, je me regardais dans la glace et je me disais : « Quel grand mal y a-t-il ? J'ai après tout une jolie maîtresse; elle s'est donnée à un libertin; qu'elle me prenne tel que je suis ! » J'arrivais le sourire sur les lèvres, je me jetais dans un fauteuil d'un air indolent et délibéré; puis je voyais approcher Brigitte avec ses grands yeux doux et inquiets; je prenais dans mes mains ses petites mains blanches, et je me perdais dans un rêve infini.

Comment donner un nom à une chose sans nom ? Étais-je bon ou étais-je méchant ? Étais-je défiant ou étais-je fou ? Il ne faut pas y réfléchir, il faut aller; cela était ainsi.

Nous avions pour voisine une jeune femme qui s'appelait madame Daniel; elle ne manquait pas de beauté, encore moins de coquetterie; elle était pauvre et voulait passer pour riche; elle venait nous voir après dîner, et jouait toujours gros jeu contre nous, quoique ses pertes la missent mal à l'aise; elle chantait et n'avait point de voix. Au fond de ce village ignoré, où sa mauvaise destinée la forçait à s'ensevelir, elle se sentait dévorée d'une soif inouïe de plaisirs. Elle ne parlait que de Paris, où elle mettait les pieds deux ou trois jours par an; elle prétendait suivre les modes; ma chère Brigitte l'y aidait de son mieux, tout en souriant de pitié. Son mari était employé au cadastre; il la menait, les jours de fête, au chef-lieu du département; et, affublée de tous ses atours, la petite femme dansait là de tout son cœur avec la garnison, dans les salons de la préfecture. Elle en revenait les yeux brillants et le corps brisé; elle arrivait alors chez nous, afin d'avoir à conter ses prouesses et les petits chagrins qu'elle avait causés. Le reste du temps, elle lisait des romans, n'ayant jamais rien vu de son ménage, qui du reste n'était pas ragoûtant.

Toutes les fois que je la voyais, je ne manquais pas de me moquer d'elle, ne trouvant rien de si ridicule que cette vie qu'elle croyait mener; j'interrompais ses récits de fêtes pour lui demander des nouvelles de son mari et de son beau-père, qu'elle détestait par-dessus tout, l'un parce qu'il était son mari, et l'autre parce qu'il n'était qu'un paysan; enfin nous n'étions guère ensemble sans nous disputer sur quelque sujet.

Je m'avisai, dans mes mauvais jours, de faire la cour à cette femme uniquement pour chagriner Brigitte. « Voyez, disais-je, comme madame Daniel entend parfaitement la vie! De l'humeur enjouée dont elle est, peut-on souhaiter une plus charmante maîtresse ? » J'entreprenais alors son éloge ; son babillage insignifiant devenait un laisser-aller plein de finesse, ses prétentions exagérées une envie de plaire toute naturelle ; était-ce sa faute si elle était pauvre ? Du moins elle ne pensait qu'au plaisir et le confessait franchement ; elle ne faisait pas de sermons et n'écoutait pas ceux des autres. J'allais jusqu'à dire à Brigitte qu'elle devait la prendre pour modèle, et que c'était là tout à fait le genre de femme qui me plaisait.

La pauvre madame Daniel surprit dans les yeux de Brigitte quelques signes de mélancolie. C'était une étrange créature, aussi bonne et aussi sincère, quand on la tirait de ses chiffons, qu'elle était sotte quand elle les avait en tête. Elle fit, à cette occasion, une action toute semblable à elle, c'est-à-dire à la fois bonne et sotte. Un beau jour, à la promenade, comme elles étaient toutes deux seules, elle se jeta dans les bras de Brigitte, lui dit qu'elle s'apercevait que je commençais à lui faire la cour, et que je lui adressais des propos dont l'intention n'était pas douteuse ; mais qu'elle savait que j'étais l'amant d'une autre, et que, pour elle, quoi qu'il pût arriver, elle mourrait plutôt que de détruire le bonheur d'une amie. Brigitte la remercia, et madame Daniel, ayant mis sa conscience en repos, ne se fit plus faute d'œillades pour me désoler de son mieux.

Lorsque, le soir, elle fut partie, Brigitte me dit d'un ton sévère ce qui s'était passé dans le bois ; elle me pria de lui épargner de pareils affronts à l'avenir. « Non pas, dit-elle, que j'en fasse cas, ni que je croie à ces plaisanteries ; mais, si vous avez quelque amour pour moi, il me semble qu'il est inutile d'apprendre à un tiers que vous ne l'avez pas tous les jours.

— Est-il possible, répondis-je en riant, que cela ait quelque importance ? Vous voyez bien que je me moque et que c'est pour passer le temps.

— Ah ! mon ami, mon ami ! dit Brigitte, c'est un malheur qu'il faille passer le temps. »

Quelques jours après, je lui proposai d'aller nous-mêmes à la préfecture, et de voir danser madame Daniel; elle y consentit à regret. Tandis qu'elle achevait sa toilette, j'étais auprès de la cheminée, et je lui fis quelques reproches sur ce qu'elle perdait de son ancienne gaieté. « Qu'avez-vous donc? lui demandais-je (je le savais aussi bien qu'elle); pourquoi cet air morose qui maintenant ne vous quitte plus? En vérité, vous nous ferez vivre dans un tête-à-tête un peu triste. Je vous ai connu autrefois un caractère plus joyeux, plus libre et plus ouvert; il n'est guère flatteur pour moi de voir que je l'ai fait changer. Mais vous avez l'esprit claustral; vous étiez née pour être au couvent. »

C'était un dimanche : quand nous passâmes sur la promenade, Brigitte fit arrêter la voiture pour dire bonsoir à quelques bonnes amies, fraîches et braves filles de campagne qui s'en allaient danser aux Tilleuls. Après qu'elle les eut quittées, elle eut longtemps la tête à la portière; son petit bal lui était cher; elle porta son mouchoir à ses yeux.

Nous trouvâmes à la préfecture madame Daniel dans toute sa joie. Je commençai à la faire danser assez souvent pour qu'on le remarquât; je lui fis mille compliments, et elle y répondit de son mieux.

Brigitte était en face de nous; son regard ne nous quittait pas. Ce que j'éprouvais est difficile à dire : c'était du plaisir et de la peine. Je la voyais clairement jalouse; mais, au lieu d'en être touché, je fis tout ce qu'il fallait pour l'inquiéter davantage.

Je m'attendais, en revenant, à des reproches de sa part; non seulement elle ne m'en fit pas, mais elle resta sombre et muette le lendemain et le jour suivant. Quand j'arrivais chez elle, elle venait à moi et m'embrassait; après quoi nous nous asseyions l'un en face de l'autre, préoccupés tous deux et échangeant à peine quelques paroles insignifiantes. Le troisième jour, elle parla, éclata en reproches amers, me dit que ma conduite était inexplicable, qu'elle ne savait qu'en penser, sinon que je ne l'aimais plus, mais qu'elle ne pouvait supporter cette vie et qu'elle était résolue à tout plutôt que de souffrir mes bizarreries

t mes froideurs. Elle avait les yeux pleins de larmes, et j'étais prêt à
ui demander pardon, lorsqu'il lui échappa tout à coup quelques mots
ellement amers que mon orgueil se révolta. Je lui répliquai sur le même
on, et notre querelle prit un caractère de violence. Je lui dis qu'il
tait ridicule que je ne pusse inspirer à ma maîtresse assez de confiance
our qu'elle s'en rapportât à moi sur les actions les plus ordinaires;
que madame Daniel n'était qu'un prétexte; qu'elle savait fort bien
que je ne pensais pas sérieusement à elle; que sa prétendue jalousie
n'était qu'un despotisme très réel, et que, du reste, si cette vie la
atiguait, il ne tenait qu'à elle de la rompre.

« Soit ! me répondit-elle. Aussi bien, depuis que je suis à vous, je
ne vous reconnais plus; vous avez sans doute joué une comédie pour
me persuader que vous m'aimiez; elle vous lasse, et vous n'avez plus
que du mal à me rendre. Vous me soupçonnez de vous tromper sur
le premier mot qu'on vous dit; et je n'ai pas le droit de souffrir d'une
insulte que vous me faites. Vous n'êtes plus l'homme que j'ai aimé.

— Je sais, lui dis-je, ce que c'est que vos souffrances. A quoi
ient-il qu'elles ne se renouvellent à chaque pas que je ferai ? Je n'aurai
bientôt plus la permission d'adresser la parole à une autre que vous.
Vous feignez d'être maltraitée afin de pouvoir insulter vous-même.
Vous m'accusez de tyrannie pour que je devienne un esclave; puisque
e trouble votre repos, vivez en paix ! vous ne me verrez plus. »

Nous nous quittâmes avec colère, et je passai un jour sans la voir.
Le lendemain soir, vers minuit, je me sentis une telle tristesse que je
n'y pus résister. Je versai un torrent de larmes, je m'accablai moi-même
d'injures que je méritais bien. Je me dis que je n'étais qu'un fou, et
qu'une méchante espèce de fou, de faire souffrir la plus noble, la
meilleure des créatures. Je courus chez elle pour me jeter à ses pieds.

En entrant dans le jardin, je vis sa chambre éclairée, et une pensée
douteuse me traversa l'esprit. « Elle ne m'attend pas à cette heure, me
dis-je; qui sait ce qu'elle fait ? Je l'ai laissée en larmes, hier; je vais
peut-être la retrouver en train de chanter et ne se souciant pas plus

de moi que si je n'existais pas. Elle est peut-être à sa toilette, comme l'*autre*. Il faut que j'entre doucement et que je sache à quoi m'en tenir. »

Je m'avançai sur la pointe du pied, et, la porte se trouvant par hasard entr'ouverte, je pus voir Brigitte sans en être vu.

Elle était assise devant sa table et écrivait dans ce même livre qui avait causé mes premiers doutes sur son compte. Elle tenait dans sa main gauche une petite boîte de bois blanc qu'elle regardait de temps en temps avec une sorte de tremblement nerveux. Je ne sais ce qu'il y avait de sinistre dans l'apparence de tranquillité qui régnait dans la chambre. Son secrétaire était ouvert, et plusieurs liasses de papier y étaient rangées, comme venant d'y être mises dans l'ordre.

Je fis quelque bruit en poussant la porte. Elle se leva, alla au secrétaire, qu'elle ferma, puis vint à moi avec un sourire. « Octave, me dit-elle, nous sommes deux enfants, mon ami. Notre querelle n'a pas le sens commun, et si tu n'étais revenu ce soir j'aurais été chez toi cette nuit. Pardonne-moi, c'est moi qui ait tort. Madame Daniel vient dîner demain; fais-moi repentir, si tu veux, de ce que tu appelles mon despotisme. Pourvu que tu m'aimes, je suis heureuse; oublions ce qui s'est passé, et ne gâtons pas notre bonheur. »

CHAPITRE III

Notre querelle avait été, pour ainsi dire, moins triste que notre réconciliation; elle fut accompagnée, de la part de Brigitte, d'un mystère qui m'effraya d'abord, puis qui me laissa dans l'âme une inquiétude perpétuelle.

Plus j'allais, plus se développaient en moi, malgré tous mes efforts, les deux éléments de malheur que le passé m'avait légués : tantôt une jalousie furieuse, pleine de reproches et d'injures, tantôt une gaieté cruelle, une légèreté affectée qui outrageait en plaisantant ce que j'avais moi-même de plus cher. Ainsi me poursuivaient sans relâche des souvenirs inexorables; ainsi Brigitte, se voyant traitée alternativement ou comme une maîtresse infidèle ou comme une fille entretenue, tombait peu à peu dans une tristesse qui dévastait notre vie entière; et le pire de tout c'est que cette tristesse même, quoique j'en susse le motif et que je me sentisse coupable, ne m'en était pas moins à charge. J'étais jeune, et j'aimais le plaisir; ce tête-à-tête de tous les jours avec une femme plus âgée que moi, qui souffrait et languissait, ce visage de plus en plus sérieux que j'avais toujours devant moi, tout cela révoltait ma jeunesse et m'inspirait des regrets amers pour ma liberté d'autrefois.

Lorsque, par un beau clair de lune, nous traversions lentement la forêt, nous nous sentions pris tous les deux d'une mélancolie profonde. Brigitte me regardait avec pitié; nous allions nous asseoir sur une roche qui dominait une grotte déserte. Nous y passions des heures entières. Ses yeux à demi voilés plongeaient dans mon cœur à travers les miens, puis elle les reportait sur la nature, sur le ciel et sur la vallée. « Ah ! mon cher enfant, disait-elle, je te plains ! tu ne m'aimes pas. »

Pour gagner cette roche il fallait faire deux lieues dans le bois; autant pour revenir, cela faisait quatre. Brigitte n'avait peur ni de la fatigue ni de la nuit. Nous partions à onze heures du soir pour ne rentrer quelquefois qu'au matin. Quand il s'agissait de ces grandes courses, elle prenait une blouse bleue et des habits d'homme, disant avec gaieté que son costume habituel n'était pas fait pour les broussailles. Elle marchait devant moi dans le sable, avec un pas déterminé et un mélange si charmant de délicatesse féminine et de témérité enfantine, que je m'arrêtais pour la regarder à chaque instant. Il semblait, une fois lancée, qu'elle eût à accomplir une tâche difficile, mais sacrée; elle allait devant comme un soldat, les bras ballants, et chantant à tue-tête; tout d'un coup elle se retournait, venait à moi et m'embrassait. C'était pour aller; au retour, elle s'appuyait sur mon bras : alors plus de chanson; c'étaient des confidences, de tendres propos à voix basse, quoique nous fussions tous deux seuls à plus de deux lieues à la ronde. Je ne me souviens pas d'un seul mot, échangé durant le retour, qui ne fût pas d'amour ou d'amitié.

Un soir, nous avions pris, pour gagner la roche, un chemin de notre invention, c'est-à-dire que nous avions été à travers les bois sans suivre de chemin. Brigitte y allait de si bon cœur, et sa petite casquette de velours sur ses grands cheveux blonds lui donnait si bien l'air d'un gamin résolu, que j'oubliais qu'elle était femme lorsqu'il y avait quelque pas difficile à franchir. Plus d'une fois, elle avait été obligée de me rappeler pour l'aider à grimper aux rochers, tandis que, sans songer à elle, je m'étais déjà lancé plus haut. Je ne puis dire l'effet que produisait alors, dans cette nuit claire et magnifique, au milieu des forêts, cette voix de femme, à demi joyeuse et à demi plaintive, sortant de ce petit corps d'écolier accroché aux genêts et aux troncs d'arbres et ne pouvant plus avancer. Je la prenais dans mes bras. « Allons, madame, lui disais-je en riant, vous êtes un joli petit montagnard, brave et alerte; mais vous écorchez vos petites mains blanches, et, malgré vos gros souliers ferrés, votre bâton et votre air martial, je vois qu'il faut vous emporter. »

Nous arrivâmes tout essoufflés; j'avais autour du corps une courroie, et je portais de quoi boire dans une bouteille d'osier; lorsque nous fûmes sur la roche, ma chère Brigitte me demanda ma bouteille; je l'avais perdue, aussi bien qu'un briquet qui nous servait à un autre usage : c'était à lire les noms des routes écrites sur les poteaux, quand nous nous étions égarés, ce qui arrivait continuellement. Je grimpais alors aux poteaux, et il s'agissait d'allumer le briquet assez à propos pour saisir au passage les lettres à demi effacées; tout cela follement, comme deux enfants que nous étions. Il fallait nous voir dans un carrefour, lorsqu'il y avait à déchiffrer, non pas un poteau, mais cinq ou six, jusqu'à ce que le bon se trouvât. Mais, ce soir-là, tout notre bagage était resté dans l'herbe. « Eh bien ! me dit Brigitte, nous passerons la nuit ici; aussi bien, je suis fatiguée. Ce rocher est un lit un peu dur; nous en ferons un avec des feuilles sèches. Asseyons-nous et n'en parlons plus. »

La soirée était superbe; la lune se levait derrière nous; je la vois encore à ma gauche. Brigitte la regarda longtemps sortir doucement des dentelures noires que les collines boisées dessinaient à l'horizon. A mesure que la clarté de l'astre se dégageait des taillis épais et se répandait dans le ciel, la chanson de Brigitte devenait plus lente et plus mélodieuse. Elle s'inclina bientôt, et me jetant ses bras au cou : « Ne crois pas, me dit-elle, que je ne comprenne pas ton cœur et que je te fasse des reproches de ce que tu me fais souffrir. Ce n'est pas ta faute, mon ami, si tu manques de forces pour oublier ta vie passée; c'est de bonne foi que tu m'as aimée, et je ne regretterai jamais, quand je devrais mourir de ton amour, le jour où je me suis donnée. Tu as cru renaître à la vie, et que tu oublierais dans mes bras le souvenir des femmes qui t'ont perdu. Hélas ! Octave, j'ai souri autrefois de cette précoce expérience que tu disais avoir acquise, et dont je t'entendais te vanter comme les enfants qui ne savent rien. Je croyais que je n'avais qu'à vouloir, et que tout ce qu'il y avait de bon dans ton cœur allait te venir sur les lèvres à mon premier baiser. Tu le croyais toi-même, et nous nous sommes trompés tous deux. O enfant ! tu portes au cœur une plaie qui ne veut pas guérir; cette femme qui t'a trompé, il faut que tu l'aies bien aimée ! oui, plus que moi, bien plus, hélas ! puisque avec tout mon pauvre amour je ne puis effacer son image ; il faut aussi qu'elle t'ait cruellement trompé, puisque c'est en vain que je te suis fidèle. Et ces autres, ces misérables, qu'ont-elles donc fait pour empoisonner ta jeunesse ? Les plaisirs qu'elles t'ont vendus étaient donc bien vifs et bien terribles, puisque tu me demandes de leur ressembler ! Tu te souviens d'elles près de moi ! Ah ! mon enfant, c'est là le plus cruel. J'aime mieux te voir, injuste et furieux, me reprocher des crimes imaginaires et te venger sur moi du mal que t'a fait ta première maîtresse, que de trouver sur ton visage cette affreuse gaieté, cet air de libertin railleur qui vient tout à coup se poser comme un masque de plâtre entre tes lèvres et les miennes. Dis-moi, Octave, pourquoi cela ? Pourquoi ces jours où tu parles de l'amour avec mépris et où tu railles si tristement jusqu'à nos épanchements les plus doux ? Quel empire avait donc pris sur tes nerfs irritables cette vie affreuse que tu as menée, pour que de pareilles injures flottent encore malgré toi sur tes lèvres ? Oui, malgré toi, car ton cœur est noble ; tu rougis toi-même de ce que tu fais ; tu m'aimes trop pour n'en pas souffrir, parce que tu vois que j'en souffre. Ah ! je te connais maintenant. La première fois que je t'ai vu ainsi, j'ai été prise d'une terreur dont rien ne peut te donner l'idée. J'ai cru que tu n'étais qu'un roué, que tu m'avais trompée à dessein par l'apparence d'un amour que tu n'éprouvais pas, et que je te voyais tel que tu étais véritablement. O mon ami ! j'ai pensé à la mort ; quelle nuit j'ai passée ! Tu ne connais pas ma vie ; tu ne sais pas que, moi qui te parle, je n'ai pas fait du monde une expérience plus douce que la tienne ! Hélas ! elle est douce, la vie, mais c'est à ceux qui ne la connaissent pas.

« Vous n'êtes pas, mon cher Octave, le premier homme que j'aie aimé. Il y a, au fond de mon cœur, une histoire fatale que je désire que vous sachiez. Mon père m'avait destinée, jeune encore, au fils unique d'un vieil ami. Ils étaient voisins de campagne et possédaient deux petits domaines à peu près d'égale valeur. Les deux familles se voyaient tous les jours et vivaient pour ainsi dire ensemble. Mon père mourut; il y avait longtemps que nous avions perdu ma mère. Je demeurai sous la garde de ma tante, que vous connaissez. Un voyage qu'elle fut obligée de faire quelque temps après la força de me confier à son tour à mon futur beau-père. Il ne m'appelait jamais autrement que sa fille; et il était si bien connu dans le pays que je devais épouser son fils, qu'on nous laissait tous deux ensemble avec la plus grande liberté.

« Ce jeune homme, dont il est inutile de vous dire le nom, avait toujours paru m'aimer. Ce qui était depuis des années une amitié d'enfance devint de l'amour avec le temps. Il commençait, quand nous étions seuls, à me parler du bonheur qui nous attendait; il me peignait son impatience. J'étais plus jeune que lui d'un an seulement, mais il avait fait dans le voisinage la connaissance d'un homme de mauvaise vie, espèce de chevalier d'industrie dont il avait écouté les conseils. Tandis que je me livrais à ses caresses avec la confiance d'un enfant, il résolut de tromper son père, de nous manquer à tous de parole et de m'abandonner après m'avoir perdue.

« Son père nous avait fait venir un matin dans sa chambre, et là, en présence de toute la famille, nous avait annoncé que le jour de notre mariage était fixé. Le soir même de ce jour, il me rencontra au jardin, me parla de son amour avec plus de force que jamais, me dit que, puisque l'époque était décidée, il se regardait comme mon mari, et qu'il l'était devant Dieu depuis sa naissance. Je n'eus d'autre excuse à alléguer que ma jeunesse, mon ignorance et la confiance que j'avais. Je me donnai à lui avant d'être sa femme, et, huit jours après, il quitta la maison de son père; il prit la fuite avec une femme que son nouvel ami lui avait fait connaître; il nous écrivit qu'il partait pour l'Allemagne; et nous ne l'avons jamais revu.

« Voilà, en un mot, l'histoire de ma vie; mon mari l'a sue comme vous la savez maintenant. J'ai beaucoup d'orgueil, mon enfant, et j'avais juré dans ma solitude que jamais un homme ne me ferait souffrir

une seconde fois ce que j'ai souffert alors. Je vous ai vu, et j'ai oublié
mon serment, mais non pas ma douleur. Il faut me traiter doucement;
si vous êtes malade, je le suis aussi; il faut avoir soin l'un de l'autre.
Vous le voyez, Octave, je sais aussi ce que c'est que le souvenir du
passé. Il m'inspire aussi près de vous des moments de terreur cruelle;
j'aurai plus de courage que vous, car peut-être ai-je plus souffert. Ce sera
à moi de commencer; mon cœur est bien peu sûr de lui, je suis encore bien
faible; ma vie, dans ce village, était si tranquille avant que tu y fusses
venu ! Je m'étais tant promis de n'y rien changer ! Tout cela me rend
exigeante. Eh bien ! n'importe, je suis à toi. Tu m'as dit, dans tes
bons moments, que la Providence m'a chargé de veiller sur toi comme
une mère. C'est la vérité, mon ami : je ne suis pas votre maîtresse
tous les jours; il y en a beaucoup où je suis, où je veux être votre mère.
Oui, lorsque vous me faites souffrir, je ne vois plus en vous mon amant;
vous n'êtes plus qu'un enfant malade, défiant ou mutin, que je veux
soigner ou guérir pour retrouver celui que j'aime et que je veux toujours
aimer. Que Dieu me donne cette force! ajouta-t-elle en regardant
le ciel. Que Dieu, qui nous voit, qui m'entend, que le Dieu des mères
et des amantes me laisse accomplir cette tâche ! Quand je devrais y
succomber, quand mon orgueil qui se révolte, mon pauvre cœur qui se
brise malgré moi, quand toute ma vie... »

Elle n'acheva pas; ses larmes l'arrêtèrent. O Dieu ! je l'ai vue là sur
ses genoux, les mains jointes, inclinée sur la pierre; le vent la faisait
vaciller devant moi comme les bruyères qui nous environnaient. Frêle
et sublime créature ! elle priait pour son amour. Je la soulevai dans
mes bras. « O mon unique amie ! m'écriai-je, ô ma maîtresse, ma mère
et ma sœur, demande aussi pour moi que je puisse t'aimer comme tu
le mérites ! Demande que je puisse vivre ! que mon cœur se lave
dans tes larmes; qu'il devienne une hostie sans tache, et que nous la
partagions devant Dieu ! »

Nous nous renversâmes sur la pierre. Tout se taisait autour de nous;
au-dessus de nos têtes se déployait le ciel resplendissant d'étoiles.

« Le reconnais-tu ? dis-je à Brigitte ; te souviens-tu du premier jour ? »

Dieu merci, depuis cette soirée, nous ne sommes jamais retournés à cette roche. C'est un autel qui est resté pur ; c'est un des seuls spectres de ma vie qui soit encore vêtu de blanc lorsqu'il passe devant mes yeux.

CHAPITRE IV

Comme je traversais la place, je vis un soir deux hommes arrêtés dont l'un disait assez haut : « Il paraît qu'il l'a maltraitée. — C'est sa faute, répondit l'autre; pourquoi choisir un homme pareil? Il n'a eu affaire qu'à des filles; elle porte la peine de sa folie. »

Je m'avançai dans l'obscurité pour reconnaître ceux qui parlaient ainsi et tâcher d'en entendre davantage; mais ils s'éloignèrent en me voyant.

Je trouvai Brigitte inquiète; sa tante était gravement malade; elle n'eut que le temps de me dire quelques mots. Je ne pus la voir d'une semaine entière; je sus qu'elle avait fait venir un médecin de Paris; enfin, un jour, elle m'envoya demander.

« Ma tante est morte, me dit-elle; je perds le seul être qui me restât sur la terre. Je suis maintenant seule au monde, et je vais quitter le pays.

— Ne suis-je vraiment rien pour vous?

— Si, mon ami; vous savez que je vous aime, et je crois souvent que vous m'aimez. Mais comment pourrais-je compter sur vous? Je suis votre maîtresse, hélas ! sans que vous soyez mon amant. C'est pour vous que Shakspeare a dit ce triste mot : « Fais-toi faire un habit de taffetas changeant, car ton cœur est semblable à l'opale aux mille couleurs. » Et moi, Octave, ajouta-t-elle en me montrant sa robe de deuil, je suis vouée à une seule couleur, et pour longtemps : je n'en changerai plus.

— Quittez le pays si vous voulez ! ou je me tuerai, ou je vous suivrai. Ah ! Brigitte, continuai-je en me mettant à genoux devant elle, vous avez pensé que vous étiez seule en voyant mourir votre tante ! C'est la plus cruelle punition que vous puissiez m'infliger; jamais je n'ai senti avec plus de douleur la misère de mon amour pour vous.

Il faut que vous rétractiez cette pensée horrible, je la mérite, mais elle me tue. O Dieu ! serait-ce vrai que je compte pour rien dans votre vie, ou que je n'y suis quelque chose que par le mal que je vous fais ?

— Je ne sais, dit-elle, qui s'occupe de nous : il s'est répandu depuis quelque temps, dans ce village et dans les environs, des discours singuliers. Les uns disent que je me perds ; on m'accuse d'imprudence et de folie ; les autres vous représentent comme un homme cruel et dangereux. On a fouillé, je ne sais comment, jusque dans nos plus secrètes pensées ; ce que je croyais savoir seule, ces inégalités dans votre conduite et les tristes scènes auxquelles elles ont donné lieu, tout cela est connu ; ma pauvre tante m'en a parlé, et il y a longtemps qu'elle le savait sans en rien dire. Qui sait si tout cela ne l'a pas fait descendre plus vite, plus cruellement, dans le tombeau ? Lorsque je rencontre à la promenade mes anciennes amies, elles m'abordent froidement ou s'éloignent à mon approche ; mes chères paysannes elles-mêmes, ces bonnes filles qui m'aimaient tant, lèvent les épaules le dimanche lorsqu'elles voient ma place vide sous l'orchestre de leur petit bal. Pourquoi, comment cela se fait-il ? Je l'ignore, vous aussi sans doute ; mais il faut que je parte ; je ne puis supporter cela. Et cette mort, cette maladie subite et affreuse ! par-dessus tout, cette solitude ! cette chambre vide ! Le courage me manque ; mon ami, mon ami, ne m'abandonnez pas ! »

Elle pleurait ; j'aperçus dans la chambre voisine des hardes en désordre, une malle à terre, et tout ce qui annonce des préparatifs de départ. Il était clair qu'au moment de la mort de sa tante Brigitte avait voulu partir sans moi et qu'elle n'en avait pas eu la force. Elle était, en effet, si abattue qu'elle ne parlait qu'avec peine. Sa situation était horrible, et c'était moi qui l'avais faite. Non seulement elle était malheureuse, mais on l'outrageait en public ; et l'homme en qui elle aurait dû trouver à la fois un soutien et un consolateur n'était pour elle qu'une source plus féconde encore d'inquiétudes et de tourments.

Je sentis si vivement mes torts, que je me fis honte à moi-même.

Après tant de promesses, tant d'exaltation inutile, tant de projets et tant d'espérances, voilà, en somme, ce que j'avais fait, et dans l'espace de trois mois ! Je me croyais dans le cœur un trésor, et il n'en était sorti qu'un fiel amer, l'ombre d'un rêve et le malheur d'une femme que j'adorais. Pour la première fois, je me trouvai réellement en face de moi-même : Brigitte ne me reprochait rien ; elle voulait partir et ne le pouvait pas ; elle était prête à souffrir encore. Je me demandai tout à coup si je ne devais pas la quitter, si ce n'était pas à moi de la fuir et de la délivrer d'un fléau.

Je me levai, et, passant dans la chambre voisine, j'allai m'asseoir sur la malle de Brigitte. Là, j'appuyai mon front dans mes mains et demeurai comme anéanti. Je regardais autour de moi tous ces paquets à moitié faits, ces hardes étalées sur les meubles ; hélas ! je les connaissais toutes ; il y avait un peu de mon cœur après tout ce qui l'avait touchée. Je commençai à calculer tout le mal que j'avais causé ; je revis passer ma chère Brigitte sous l'allée des tilleuls, son chevreau blanc courant après elle.

« O homme ! m'écriai-je, et de quel droit ? Qui te rend si osé que de venir ici et de mettre la main sur cette femme ? Qui a permis qu'on souffre pour toi ? Tu te peignes devant ton miroir, et t'en vas, fat, en bonne fortune chez ta maîtresse désolée ; tu te jettes sur les coussins où elle vient de prier pour toi et pour elle, et tu frappes doucement, d'un air dégagé, sur ces mains fluettes qui tremblent encore. Tu ne t'entends pas trop mal à exalter une pauvre tête, et tu pérores assez chaudement dans tes délires amoureux, à peu près comme les avocats qui sortent les yeux rouges d'un méchant procès qu'ils ont perdu. Tu fais le petit enfant prodigue, tu badines avec la souffrance ; tu trouves du laisser-aller à accomplir à coups d'épingle un meurtre de boudoir. Que diras-tu au Dieu vivant lorsque ton œuvre sera achevée ? Où s'en va la femme qui t'aime ? Où glisses-tu, où tombes-tu, pendant qu'elle s'appuie sur toi ? De quel visage enseveliras-tu un jour ta pâle et misérable amante, comme elle vient d'ensevelir le dernier être qui la protégeait? Oui, oui, sans aucun doute, tu l'enseveliras; car ton amour la tue et la consume; tu l'as vouée à tes furies, et c'est elle qui les apaise. Si tu suis cette femme, elle mourra par toi. Prends garde ! son bon ange hésite : il est venu frapper ce coup dans cette maison pour en chasser une passion fatale et honteuse; il a inspiré à Brigitte cette pensée de son départ; il lui donne peut-être en ce moment à l'oreille son dernier avertissement. O assassin ! ô bourreau ! prends garde ! il s'agit de vie et de mort. »

Ainsi je me parlais à moi-même; puis je vis sur un coin du sopha une petite robe de guingamp rayé, déjà pliée pour entrer dans la malle. Elle avait été le témoin de l'un des seuls de nos jours heureux. Je la touchai·et la soulevai.

« Moi, te quitter ! lui dis-je; moi, te perdre ! O petite robe ! tu veux partir sans moi ?

« Non, je ne puis abandonner Brigitte; dans ce moment, ce serait une lâcheté. Elle vient de perdre sa tante; la voilà seule; elle est en butte aux propos de je ne sais quel ennemi. Ce ne peut être que Mercanson; il aura sans doute raconté son entretien avec moi sur Dalens, et, me voyant jaloux un jour, il en aura conclu et deviné le reste. Assurément, c'est cette couleuvre qui vient baver sur ma fleur bien-aimée. Il faut d'abord que je l'en punisse, il faut ensuite que je répare le mal que j'ai fait à Brigitte. Insensé que je suis ! je pense à la quitter lorsqu'il faut lui consacrer ma vie, expier mes torts, lui rendre en bonheur, en soins et en amour, ce que j'ai fait couler de larmes de ses yeux ! lorsque je suis son seul appui au monde, son seul ami, sa seule épée ! lorsque je dois la suivre au bout de l'univers, lui faire un abri de mon corps, la consoler de m'avoir aimé et de s'être donnée à moi !

« Brigitte ! m'écriai-je en rentrant dans la chambre où elle était restée, attendez-moi une heure et je reviens.

— Où allez-vous ? demanda-t-elle.

— Attendez-moi, lui dis-je, ne partez pas sans moi. Souvenez-vous des paroles de Ruth : « En quelque lieu que vous alliez, votre peuple sera mon peuple, et votre Dieu sera mon Dieu; la terre où vous mourrez me verra mourir, et je serai enseveli où vous le serez. »

Je la quittai précipitamment et je courus chez Mercanson; on me dit qu'il était sorti, et j'entrai chez lui pour l'attendre.

Je m'étais assis dans un coin, sur la chaise de cuir du prêtre, devant sa table noire et sale. Je commençais à trouver le temps long, lorsque je vins à me rappeler mon duel au sujet de ma première maîtresse.

« J'y ai reçu, me dis-je, un bon coup de pistolet, et j'en suis resté un fou ridicule. Qu'est-ce que je viens faire ici? Ce prêtre ne se battra pas; si je vais lui chercher querelle, il me répondra que la forme de son habit le dispense de m'écouter, et il en jasera un peu davantage quand je serai parti. Quels sont d'ailleurs ces propos que l'on tient? De quoi s'inquiète Brigitte? On dit qu'elle se perd de réputation, que je la maltraite et qu'elle a tort de souffrir. Quelle sottise! Cela ne regarde personne. Il n'y a rien de mieux que de laisser dire; en pareil cas, s'occuper de ces misères, c'est leur donner de l'importance. Peut-on empêcher des gens de province de s'occuper de leurs voisins? Peut-on empêcher des bégueules de médire d'une femme qui prend un amant? Quel moyen saurait-on trouver de faire cesser un bruit public? Si on dit que je la maltraite, c'est à moi à prouver le contraire par ma conduite avec elle et non par de la violence. Il serait aussi ridicule de chercher querelle à Mercanson que de quitter un pays parce qu'on y jase. Non, il ne faut pas quitter le pays; c'est une maladresse; ce serait faire dire à tout le monde qu'on avait raison contre nous et de donner gain de cause aux bavards. Il ne faut ni partir ni se soucier des propos. »

Je retournai chez Brigitte; une demi-heure s'était à peine passée, et j'avais changé trois fois de sentiment. Je la dissuadai de son projet; je lui racontai ce que je venais de faire, et pourquoi je m'étais abstenu. Elle m'écouta avec résignation; cependant elle voulait partir; cette maison où sa tante était morte lui était odieuse; il fallut bien des efforts de ma part pour la faire consentir à rester; j'y parvins enfin. Nous nous répétâmes que nous méprisions les propos du monde, qu'il ne fallait leur céder en rien, ni rien changer à notre vie habituelle. Je lui jurai que mon amour la consolerait de tous ses chagrins, et elle feignit de l'espérer. Je lui dis que cette circonstance m'avait si bien éclairé sur mes torts que ma conduite lui prouverait mon repentir, que je voulais chasser de moi comme un fantôme tout le mauvais levain qui restait dans mon cœur, qu'elle n'aurait désormais à souffrir ni de mon orgueil ni de mes caprices. Et ainsi, triste et patiente, toujours suspendue à mon cou, elle obéit à un pur caprice que je prenais moi-même pour un éclair de ma raison.

CHAPITRE V

Un jour, en entrant au logis, je vis ouverte une petite chambre qu'elle appelait son oratoire; il n'y avait, en effet, pour tout meuble, qu'un prie-Dieu et un petit autel, avec une croix et quelques vases de fleurs. Du reste, les murs et les rideaux, tout était blanc comme la neige. Elle s'y enfermait quelquefois, mais rarement, depuis que je vivais chez elle.

Je me penchai contre la porte, et je vis Brigitte assise à terre au milieu de fleurs qu'elle venait de jeter. Elle tenait une petite couronne qui me parut être d'herbes sèches, et elle la brisait entre ses mains.

« Que faites-vous donc ? » lui demandai-je. Elle tressaillit et se leva. « Ce n'est rien, dit-elle, un jouet d'enfant; c'est une vieille couronne de roses qui s'est fanée dans cet oratoire; il y a longtemps que je l'y avais mise; je suis venue pour changer mes fleurs. »

Elle parlait d'une voix tremblante et paraissait prête à défaillir. Je me souvins de ce nom de Brigitte-la-Rose, que je lui avais entendu donner. Je lui demandai si par hasard ce n'était pas sa couronne de rosière qu'elle venait de briser ainsi.

« Non, répondit-elle en pâlissant.

— Oui, m'écriai-je, oui, sur ma vie ! Donnez-m'en les morceaux. »

Je les ramassai et les posai sur l'autel, puis je restai muet, les yeux fixés sur ce débris.

« N'aurais-je pas raison, dit-elle, si c'était ma couronne, de l'avoir ôtée de ce mur où elle était depuis si longtemps ? A quoi ces ruines sont-elles bonnes ? Brigitte-la-Rose n'est plus de ce monde, pas plus que les roses qui l'ont baptisée. »

Elle sortit; j'entendis un sanglot, et la porte se ferma sur moi; je tombai à genoux sur la pierre et je pleurai amèrement.

Lorsque je remontai chez elle, je la trouvai assise à table; le dîner était prêt, et elle m'attendait. Je pris ma place en silence, et il ne fut pas question de ce que nous avions dans le cœur.

CHAPITRE VI

C'était, en effet, Mercanson qui avait raconté, dans le village et dans les châteaux environnants, mon entretien avec lui sur Dalens et les soupçons que, malgré moi, je lui avais laissé voir clairement. On sait comment, dans les provinces, les propos médisants se répètent, volent de bouche en bouche et s'exagèrent; ce fut alors ce qui arriva.

Brigitte et moi, nous nous trouvions l'un vis-à-vis de l'autre dans une position nouvelle. Quelque faiblessse qu'elle eût mise dans sa tentative de départ, elle ne l'en avait pas moins faite. C'était sur ma prière qu'elle était restée; il y avait là une obligation. Je m'étais engagé à ne troubler son repos ni par ma jalousie ni par ma légèreté; chaque parole dure ou railleuse qui m'échappait était une faute; chaque regard triste qu'elle m'adressait était un reproche senti et mérité.

Son bon et simple naturel lui fit trouver d'abord à sa solitude un charme de plus; elle pouvait me voir à toute heure et sans être obligée à aucune précaution. Peut-être se livra-t-elle à cette facilité pour me prouver qu'elle préférait son amour à sa réputation; il semblait qu'elle se repentît de s'être montrée sensible aux discours des médisants. Quoi qu'il en soit, au lieu de veiller sur nous et de nous défendre de la curiosité, nous prîmes, au contraire, un genre de vie plus libre et plus insouciant que jamais.

J'allais chez elle à l'heure du déjeuner; n'ayant rien à faire dans la journée, je ne sortais qu'avec elle. Elle me retenait à dîner, la soirée s'ensuivait par conséquent; bientôt, lorsque l'heure de rentrer arrivait, nous imaginâmes mille prétextes, nous prîmes mille précautions illusoires qui, au fond, n'en étaient point. Enfin je vivais, pour ainsi dire chez elle, et nous faisions semblant de croire que personne ne s'en apercevait.

Je tins parole quelque temps, et pas un nuage ne troubla notre tête-à-tête. Ce furent d'heureux jours; ce n'est pas de ceux-là qu'il faut parler.

On disait partout dans le pays que Brigitte vivait publiquement avec un libertin venant de Paris, que son amant la maltraitait, que leur temps se passait à se quitter et à se reprendre, mais que tout cela finirait mal. Autant on avait donné de louanges à Brigitte pour sa conduite passée, autant on la blâmait maintenant. Il n'était rien dans cette conduite même, autrefois digne de tous les éloges, qu'on n'allât rechercher pour y trouver une mauvaise interprétation. Ses courses solitaires dans les montagnes, dont la charité était le but et qui n'avaient jamais fait naître un soupçon, devinrent tout à coup le sujet des quolibets et des railleries. On parlait d'elle comme une femme qui avait perdu tout respect humain, et qui devait s'attirer justement d'inévitables et affreux malheurs.

J'avais dit à Brigitte que mon avis était de laisser jaser et que je ne voulais pas paraître me soucier de ces propos; mais la vérité est qu'ils me devenaient insupportables. Je sortais quelquefois exprès, et j'allais faire des visites dans les environs, pour tâcher d'entendre un mot positif que j'eusse pu regarder comme une insulte, afin d'en demander raison. J'écoutais avec attention tout ce qui se disait à voix basse dans un salon où je me trouvais; mais je ne pouvais rien saisir; pour me déchirer à son aise, on attendait que je fusse parti. Je rentrais alors au logis et je disais à Brigitte que tous ces contes n'étaient que des misères et qu'il fallait être fou pour s'en occuper; qu'on parlerait de nous tant qu'on voudrait, et que je n'en voulais rien savoir.

N'étais-je point coupable au delà de toute expression? Si Brigitte était imprudente, n'était-ce pas à moi de réfléchir et de l'avertir du danger? Tout au contraire, je pris, pour ainsi dire, le parti du monde contre elle.

J'avais commencé par me montrer insouciant; j'en vins bientôt à me montrer méchant. « Vraiment, disais-je à Brigitte, on dit du mal de vos excursions nocturnes ! Êtes-vous bien sûre qu'on a tort ? Ne s'est-il rien passé dans les allées et dans les grottes de cette forêt romantique ? N'avez-vous jamais accepté, pour rentrer à la brune, le bras d'un inconnu, comme vous avez accepté le mien ? Était-ce bien la charité seule qui vous servait de divinité dans ce beau temple de verdure que vous traversiez si courageusement ? »

Le premier regard de Brigitte, lorsque je commençai à prendre ce ton, ne sortira jamais de ma mémoire ; j'en frissonnai moi-même. « Mais, bah ! pensais-je, elle ferait comme ma première maîtresse, si je prenais fait et cause pour elle ; elle me montrerait au doigt comme un sot ridicule, et je payerais pour tous aux yeux du public. »

De l'homme qui doute à celui qui renie, il n'y a guère de distance. Tout philosophe est cousin d'un athée. Après avoir dit à Brigitte que je doutais de sa conduite passée, j'en doutai véritablement, et, dès que j'en doutai, je n'y crus pas.

J'en venais à me figurer que Brigitte me trompait, elle que je ne quittais pas une heure par jour. Je faisais quelquefois à dessein des absences assez longues, et je convenais avec moi-même que c'était pour l'éprouver ; mais, au fond, ce n'était que pour me donner, comme à mon insu, sujet de douter et de railler. Alors j'étais content lorsque je lui faisais remarquer que, bien loin d'être encore jaloux, je ne me souciais plus de ces folles craintes qui me traversaient autrefois l'esprit ; bien entendu que cela voulait dire que je ne l'estimais pas assez pour être jaloux.

J'avais d'abord gardé pour moi-même les remarques que je faisais ; je trouvai bientôt du plaisir à les faire tout haut devant Brigitte. Sortions-nous pour une promenade : « Cette robe est jolie, lui disais-je ; telle fille de mes amies en a, je crois, une pareille. » Étions-nous à table : « Allons, ma chère, mon ancienne maîtresse chantait sa chanson au dessert ; il convient que vous l'imitiez.» Se mettait-elle au piano : « Ah ! de grâce, jouez-moi donc la valse qui était de mode l'hiver passé ; cela me rappelle le bon temps. »

Lecteur, cela dura six mois; pendant six mois entiers, Brigitte, calomniée, exposée aux insultes du monde, eut à essuyer de ma part tous les dédains et toutes les injures qu'un libertin colère et cruel peut prodiguer à la fille qu'il paye.

Au sortir de ces scènes affreuses, où mon esprit s'épuisait en tortures et déchirait mon propre cœur, tour à tour accusant et raillant, mais toujours avide de souffrir et de revenir au passé, au sortir de là, un amour étrange, une exaltation poussée à l'excès, me faisait traiter ma maîtresse comme une idole, comme une divinité. Un quart d'heure après l'avoir insultée, j'étais à genoux; dès que je n'accusais plus, je demandais pardon; dès que je ne raillais plus, je pleurais. Alors un délire inouï, une fièvre de bonheur s'emparait de moi; je me montrais navré de joie; je perdais presque la raison par la violence de mes transports; je ne savais que dire, que faire, qu'imaginer, pour réparer le mal que j'avais fait. Je prenais Brigitte dans mes bras, et je lui faisais répéter cent fois, mille fois, qu'elle m'aimait et qu'elle me pardonnait. Je parlais d'expier mes torts et de me brûler la cervelle si je recommençais à la maltraiter. Ces élans du cœur duraient des nuits entières, pendant lesquelles je ne cessais de parler, de pleurer, de me rouler aux pieds de Brigitte, de m'enivrer d'un amour sans bornes, énervant, insensé. Puis le matin venait, le jour paraissait; je tombais sans force, je m'endormais, et je me réveillais, le sourire sur les lèvres, me moquant de tout et ne croyant à rien.

Durant ces nuits de volupté terrible, Brigitte ne paraissait pas se souvenir qu'il y eût en moi un autre homme que celui qu'elle avait devant les yeux. Lorsque je lui demandais pardon, elle haussait les épaules, comme pour me dire : « Ne sais-tu pas que je te pardonne? » Elle se sentait gagnée de ma fièvre. Que de fois je l'ai vue, pâle de plaisir et d'amour, me dire qu'elle me voulait ainsi, que c'était sa vie que ces orages; que les souffrances qu'elle endurait lui étaient chères ainsi payées; qu'elle ne se plaindrait jamais tant qu'il resterait dans mon cœur une étincelle de notre amour; qu'elle savait qu'elle en mourrait, mais qu'elle espérait que j'en mourrais moi-même; enfin que tout lui était bon, lui était doux venant de moi, les insultes comme les larmes, et que ces délices étaient son tombeau.

Cependant, les jours s'écoulaient, et mon mal empirait sans cesse; mes accès de méchanceté et d'ironie prenaient un caractère sombre et intraitable. J'avais, au milieu de mes folies, de véritables accès de fièvre, qui me frappaient comme des coups de foudre; je m'éveillais tremblant de tous mes membres et couvert d'une sueur froide. Un mouvement de surprise, une impression inattendue me faisait tressaillir jusqu'à effrayer ceux qui me voyaient. Brigitte, de son côté, quoiqu'elle ne se plaignît pas, portait sur le visage des marques d'une altération profonde. Quand je commençais à la maltraiter, elle sortait sans mot dire et s'enfermait. Dieu merci, je n'ai jamais porté la main sur elle; dans mes plus grands accès de violence, je serais plutôt mort que de la toucher.

Un soir, la pluie fouettait les vitres; nous étions seuls, les rideaux fermés. «Je me sens d'humeur joyeuse, dis-je à Brigitte, et cependant ce temps horrible m'attriste malgré moi. Il ne faut pas nous laisser faire, et, si vous êtes de mon avis, nous nous divertirons en dépit de l'orage.»

Je me levai et j'allumai toutes les bougies qui se trouvaient dans les flambeaux. La chambre, assez petite, en fut tout à coup éclairée comme d'une illumination. En même temps, un feu ardent (nous étions à l'hiver) y répandait une chaleur étouffante. « Allons, dis-je, qu'allons-nous faire en attendant qu'il soit temps de souper ? »

Je pensai qu'alors, à Paris, c'était le temps du carnaval. Il me sembla voir passer devant moi les voitures de masques qui se croisent aux boulevards. J'entendais la foule joyeuse se renvoyer, à l'entrée des théâtres, mille propos étourdissants; je voyais les danses lascives, les costumes bariolés, le vin et la folie; toute ma jeunesse me fit bondir le cœur. « Déguisons-nous, dis-je à Brigitte. Ce sera pour nous seuls; qu'importe? Si nous n'avons pas de costumes, nous avons de quoi nous en faire, et nous passerons le temps plus agréablement. »

Nous prîmes dans une armoire des robes, des châles, des manteaux, des écharpes, des fleurs artificielles ; Brigitte, comme toujours, montrait une gaieté patiente. Nous nous travestîmes tous deux ; elle voulut me coiffer elle-même ; nous avions mis du rouge, et nous nous étions poudrés ; tout ce qu'il nous fallait pour cela s'était trouvé dans une vieille cassette qui venait, je crois, de la tante. Enfin, au bout d'une heure, nous ne nous reconnaissions plus l'un l'autre. La soirée se passa à chanter, à imaginer mille folies ; vers une heure du matin, il fut temps de souper

Nous avions fouillé dans toutes les armoires ; il y en avait une près de moi qui était restée entr'ouverte. En m'asseyant pour me mettre à table, j'y aperçus sur un rayon le livre dont j'ai déjà parlé, où Brigitte écrivait souvent.

« N'est-ce-pas le recueil de vos pensées ? demandai-je en étendant le bras et en le prenant. Si ce n'est pas une indiscrétion, laissez-moi y jeter les yeux. »

J'ouvris le livre, quoique Brigitte fît un geste pour m'en empêcher ; à la première page, je tombai sur ces mots : « Ceci est mon testament. »

Tout était écrit d'un main tranquille. J'y trouvai d'abord un récit fidèle, sans amertume et sans colère, de tout ce que Brigitte avait souffert par moi depuis qu'elle était ma maîtresse. Elle annonçait une ferme détermination de tout supporter tant que je l'aimerais, et de mourir quand je la quitterais. Ses dispositions étaient faites ; elle rendait compte, jour par jour, du sacrifice de sa vie. Ce qu'elle avait perdu, ce qu'elle avait espéré, l'isolement affreux où elle se trouvait jusque dans mes bras, la barrière toujours croissante qui s'interposait entre nous, les cruautés dont je payais son amour et sa résignation, tout cela était raconté sans une plainte ; elle prenait à tâche, au contraire, de me justifier. Enfin elle arrivait au détail de ses affaires personnelles et réglait ce qui regardait ses héritiers. C'était par le poison, disait-elle, qu'elle en finirait avec la vie. Elle mourrait de sa propre volonté, et défendait expressément que sa mémoire servît jamais de prétexte à quelque démarche contre moi. « Priez pour lui ! » telle était sa dernière parole.

Je trouvai dans l'armoire, sur le même rayon, une petite boîte que j'avais déjà vue, pleine d'une poudre fine et bleuâtre, semblable à du sel.

« Qu'est-ce que c'est que cela ? » demandai-je à Brigitte en portant la boîte à mes lèvres. Elle poussa un cri terrible et se jeta sur moi.

« Brigitte, lui dis-je, dites-moi adieu. J'emporte cette boîte ; vous m'oublierez et vous vivrez, si vous voulez m'épargner un meurtre. Je partirai cette nuit même, et ne vous demande point de pardon ; vous me l'accorderiez que Dieu n'en voudrait pas. Donnez-moi un dernier baiser. »

Je me penchai sur elle et la baisai au front. « Pas encore ! » s'écriat-elle avec angoisse. Mais je la repoussai sur le sofa et m'élançai hors de la chambre.

Trois heures après, j'étais prêt à partir, et les chevaux de poste étaient arrivés. La pluie tombait toujours, et je montai à tâtons dans la voiture. Au même instant, le postillon partit ; je sentis deux bras qui me serraient le corps, et un sanglot qui se collait sur ma bouche.

C'était Brigitte. Je fis tout au monde pour la décider à rester ; je criai qu'on arrêtât ; je lui dis tout ce que je pus imaginer pour lui persuader de descendre ; j'allai même jusqu'à lui promettre que je reviendrais un jour à elle, lorsque le temps et les voyages auraient effacé le souvenir du mal que je lui avais fait. Je m'efforçai de lui prouver que ce qui avait été hier serait encore demain ; je lui répétai que je ne pouvais que la rendre malheureuse ; que s'attacher à moi, c'était faire de moi un assassin. J'employai la prière, les serments, la menace même ; elle ne me répondit qu'un mot : « Tu pars, emmène-moi ; quittons le pays, quittons le passé. Nous ne pouvons plus vivre ici ; allons ailleurs, où tu voudras ; allons mourir dans un coin de la terre. Il faut que nous soyons heureux, moi par toi, toi par moi. »

Je l'embrassai avec un tel transport que je crus sentir mon cœur se briser. « Pars donc ! » criai-je au postillon. Nous nous jetâmes dans les bras l'un de l'autre, et les chevaux partirent au galop.

CHAPITRE I

Décidés à un long voyage, nous étions venus à Paris; les préparatifs nécessaires et les affaires à régler demandaient du temps, et il fallut prendre pour un mois un appartement à l'hôtel garni.

La résolution de quitter la France avait tout fait changer de face; la joie, l'espoir, la confiance, tout était revenu à la fois; plus de chagrins, plus de querelles devant la pensée du départ prochain. Il ne s'agissait plus que de rêves de bonheur, de serments d'aimer à jamais; je voulais enfin pour tout de bon faire oublier à ma chère maîtresse tous les maux qu'elle avait soufferts. Comment aurais-je pu résister à tant de preuves d'une affection si tendre et à une résignation si courageuse? Non seulement Brigitte me pardonnait, mais elle s'apprêtait à me faire le plus grand sacrifice et à tout quitter pour me suivre. Autant je me sentais indigne du dévouement qu'elle me témoignait, autant je voulais à l'avenir que mon amour l'en récompensât; enfin mon bon ange avait triomphé, et l'admiration et l'amour prenaient le dessus dans mon cœur.

Inclinée près de moi, Brigitte cherchait sur la carte le lieu où nous allions nous ensevelir; nous ne l'avions pas décidé encore, et nous trouvions à cette incertitude un plaisir si vif et si nouveau, que nous feignions, pour ainsi dire, de ne pouvoir nous fixer sur rien. Durant ces recherches, nos fronts se touchaient, mon bras entourait la taille de Brigitte. « Où irons-nous? Que ferons-nous? Où commencera la vie nouvelle? » Comment dirais-je ce que j'éprouvais, lorsque au milieu de tant d'espérances je relevais la tête par moments? Quel repentir me pénétrait à la vue de ce beau et tranquille visage qui souriait à l'avenir, pâle encore des douleurs du passé ! Lorsque je la tenais ainsi et que son doigt errait sur la carte, tandis qu'elle parlait à voix basse de ses affaires qu'elle disposait, de ses désirs, de notre retraite future, j'aurais donné mon sang pour elle. Projets de bonheur, vous êtes peut-être le seul bonheur véritable ici-bas !

Il y avait huit jours environ que notre temps se passait en courses et en emplettes, lorsqu'un jeune homme se présenta chez nous; il apportait des lettres à Brigitte. Après l'entretien qu'il eut avec elle, je la trouvai triste et abattue; mais je n'en pus savoir autre chose sinon que les lettres étaient de N***, cette même ville où, pour la première fois, j'avais parlé de mon amour, et où demeuraient les seuls parents que Brigitte eût encore.

Cependant nos préparatifs se faisaient rapidement, et il n'y avait de place dans mon cœur que pour l'impatience du départ; en même temps la joie que j'éprouvais me laissait à peine un instant de repos. Quand je me levais le matin et que le soleil éclairait nos croisées, je me sentais de tels transports que j'en étais comme enivré; j'entrais alors sur la pointe du pied dans la chambre où dormait Brigitte. Elle me trouva plus d'une fois, en s'éveillant, à genoux au pied de son lit, la regardant dormir et ne pouvant retenir mes larmes ; je ne savais par quel moyen la convaincre de la sincérité de mon repentir. Si mon amour pour ma première maîtresse m'avait fait faire autrefois des folies, j'en faisais maintenant cent fois plus; tout ce que la passion portée à l'excès peut inspirer d'étrange ou de violent, je le recherchais avec fureur. C'était un culte que j'avais pour Brigitte, et, quoique son amant depuis plus de six mois, il me semblait, quand je l'approchais, que je la voyais pour la première fois ; j'osais à peine baiser le bas de la robe de cette femme que j'avais si longtemps maltraitée. Ses moindres mots me faisaient tressaillir comme si sa voix m'eût été nouvelle ; tantôt je me jetais dans ses bras en sanglotant, et tantôt j'éclatais de rire sans motif ; je ne parlais de ma conduite passée qu'avec horreur et avec dégoût, et j'aurais voulu qu'il eût existé quelque part un temple consacré à l'Amour, pour m'y laver dans un baptême et m'y couvrir d'un vêtement distinct que rien désormais n'eût pu m'arracher.

J'ai vu le saint Thomas du Titien poser son doigt sur la plaie du Christ et j'ai souvent pensé à lui ; si j'osais comparer l'amour à la foi d'un homme en son Dieu, je pourrais dire que je lui ressemblais. Quel nom porte le sentiment qu'exprime cette tête inquiète, presque doutant encore et adorant déjà ? Il touche la plaie ; le blasphème étonné s'arrête sur ses lèvres ouvertes, où la prière se pose doucement. Est-ce un apôtre ? Est-ce un impie ? Se repent-il autant qu'il a offensé ? Ni lui, ni le peintre, ni toi qui le regardes, vous n'en savez rien : le Sauveur sourit, et tout s'absorbe comme une goutte de rosée dans un rayon de l'immense bonté.

C'est ainsi que, devant Brigitte, j'étais muet et comme surpris sans cesse ; je tremblais qu'elle ne conservât des craintes, et que tant de changements qu'elle avait vus en moi ne la rendissent défiante. Mais au bout de quinze jours elle avait lu clairement dans mon cœur : elle comprit qu'en la voyant sincère je l'étais devenu à mon tour, et, comme mon amour venait de son courage, elle ne douta pas plus de l'un que de l'autre.

Notre chambre était pleine de hardes en désordre, d'albums, de crayons, de livres, de paquets, et sur tout cela, toujours étalée, la chère carte que nous aimions tant. Nous allions et venions ; je m'arrêtais à tout moment pour me jeter aux genoux de Brigitte, qui me traitait de paresseux, disant en riant qu'il lui fallait tout faire et que je n'étais bon à rien ; et, tout en préparant les malles, les projets allaient, comme on le pense. C'était bien loin, de gagner la Sicile; mais l'hiver y est si agréable ! c'est le climat le plus heureux. Gênes est bien belle avec ses maisons peintes, ses jardins verts en espalier et les Apennins derrière elle ! Mais que de bruit ! quelle multitude ! Sur trois hommes qui passent dans les rues, il y a un moine, et un soldat. Florence est triste; c'est le moyen âge encore vivant au milieu de nous. Comment souffrir ces fenêtres grillées et cette affreuse couleur brune dont les maisons sont toutes salies ? Qu'irions-nous faire à Rome ? nous ne voyageons pas pour nous éblouir, et encore moins pour rien apprendre. Si nous allions sur les bords du Rhin ? Mais la saison y sera passée, et quoiqu'on ne cherche pas le monde il est toujours triste d'aller où il va quand il n'y est plus. Mais l'Espagne ! Trop d'embarras nous y arrêteraient; il faut y marcher comme en guerre et s'attendre à tout, hormis au repos. Allons en Suisse; si tant de gens y voyagent, laissons les sots en faire fi; c'est là qu'éclatent dans toute leur splendeur les trois couleurs les plus chères à Dieu : l'azur du ciel, la verdure des plaines et la blancheur des neiges au sommet des glaciers. « Partons, partons, disait Brigitte, envolons-nous comme deux oiseaux. Figurons-nous, mon cher Octave, que c'est d'hier que nous nous connaissons. Vous m'avez rencontrée au bal, je vous ai plu et je vous aime; vous me contez qu'à quelques lieues d'ici, dans je ne sais quelle petite ville, vous avez aimé une madame Pierson; ce qui s'est passé entre vous et elle, je ne le veux seulement pas croire. N'iriez-vous pas me faire confidence de vos amours avec une femme que vous avez quittée pour moi ? Je vous dis tout bas à mon tour qu'il n'y a pas bien longtemps encore j'ai aimé un mauvais sujet qui m'a rendue assez malheureuse; vous me plaignez, vous m'imposez silence, et il est convenu entre nous qu'il n'en sera jamais question. »

Lorsque Brigitte parlait ainsi, ce que j'éprouvais ressemblait à de l'avarice; je la serrais avec des bras tremblants. « O Dieu ! m'écriais-je, je ne sais si c'est de joie ou de crainte que je frissonne. Je vais t'emporter, mon trésor. Devant cet horizon immense, tu es à moi! Nous allons partir. Meure ma jeunesse, meurent les souvenirs, meurent les soucis et les regrets ! O ma bonne et brave maîtresse ! tu as fait un homme d'un enfant ! Si je te perdais maintenant, jamais je ne pourrais aimer. Peut-être avant de te connaître une autre femme aurait pu me guérir ; mais maintenant toi seule au monde tu peux me tuer ou me sauver ; car je porte au cœur la blessure de tout le mal que je t'ai fait. J'ai été ingrat, aveugle et cruel. Dieu soit béni ! tu m'aimes encore. Si jamais tu retournes au village où je t'ai vue sous les tilleuls, regarde cette maison déserte : il doit y avoir là un fantôme, car l'homme qui en sort avec toi n'est pas celui qui y était entré.

— Est-ce bien vrai, disait Brigitte, et son beau front, tout radieux d'amour, se levait alors vers le ciel, est-ce bien vrai que je suis à toi ? Oui, loin de ce monde odieux qui vous avait vieilli avant l'âge, oui, enfant, vous allez aimer. Je vous aurai tel que vous êtes, et, quel que soit le coin de la terre où nous allons trouver la vie, vous m'y pourrez oublier sans remords le jour où vous n'aimerez plus. Ma mission sera remplie, et il me restera toujours là-haut un Dieu pour l'en remercier. »

De quel poignant et affreux souvenir me remplissent encore ces paroles ! Enfin il était décidé que nous irions d'abord à Genève, et que nous choisirions au pied des Alpes un lieu tranquille pour le printemps. Déjà Brigitte parlait du beau lac ; déjà j'aspirais dans mon cœur le souffle du vent qui l'agite et la vivace odeur de la verte vallée ; déjà Lausanne, Vevey, l'Oberland, et, par delà les sommets du Mont Rose, la plaine immense de la Lombardie ; déjà l'oubli, le repos, la fuite, tous les esprits des solitudes heureuses nous conviaient et nous invitaient ; déjà, quand le soir, les mains jointes, nous nous regardions l'un l'autre en silence, nous sentions s'élever en nous ce sentiment plein d'une grandeur étrange qui s'empare du cœur à la veille des longs voyages, vertige secret et inexplicable qui tient à la fois des terreurs de l'exil et des espérances du pèlerinage. O Dieu ! c'est ta voix elle-même qui appelle alors et qui avertit l'homme qu'il va venir à toi. N'y a-t-il pas dans la pensée humaine des ailes qui frémissent et des cordes sonores qui se tendent? Que vous dirai-je? N'y a-t-il pas un monde dans ces seuls mots : « Tout était prêt, nous allions partir » ?

Tout à coup Brigitte languit; elle baisse la tête, elle garde le silence. Quand je lui demande si elle souffre, elle me dit que non d'une voix éteinte; quand je lui parle du jour du départ, elle se lève, froide et résignée, et continue ses préparatifs; quand je lui jure qu'elle va être heureuse et que je veux lui consacrer ma vie, elle s'enferme pour pleurer; quand je l'embrasse, elle devient pâle et détourne les yeux en tendant les lèvres; quand je lui dis que rien n'est encore fait, qu'elle peut renoncer à nos projets, elle fronce le sourcil d'un air dur et farouche; quand je la supplie de m'ouvrir son cœur, quand je lui répète que, dussé-je en mourir, je sacrifierai mon bonheur s'il doit jamais lui coûter un regret, elle se jette à mon cou, puis s'arrête, et me repousse comme involontairement. Enfin j'entre un jour dans sa chambre tenant à la main un billet où nos places sont marquées pour la voiture de Besançon. Je m'approche d'elle, je le pose sur ses genoux; elle étend les bras, pousse un cri, et tombe sans connaissance à mes pieds.

CHAPITRE II

Tous mes efforts pour deviner la cause d'un changement aussi inattendu étaient restés sans résultat comme les questions que j'avais pu faire. Brigitte était malade et gardait opiniâtrément le silence. Après une journée entière, passée tantôt à la supplier de s'expliquer, tantôt à m'épuiser en conjectures, j'étais sorti sans savoir où j'allais. En passant près de l'Opéra, un commissionnaire m'offrit un billet et machinalement j'y entrai comme c'était mon habitude.

Je ne pouvais faire attention à ce qui se passait ni sur le théâtre ni dans la salle; j'étais navré d'une telle douleur et en même temps si stupéfait, que je ne vivais, pour ainsi dire, qu'en moi, et que les objets extérieurs ne semblaient plus frapper mes sens. Toutes mes forces concentrées se portaient sur une pensée, et plus je la remuais dans ma tête, moins j'y pouvais voir nettement. Quel obstacle affreux, survenu tout à coup, renversait ainsi, à la veille du départ, tant de projets et d'espérances ? S'il s'agissait d'un événement ordinaire ou même d'un malheur véritable, comme d'un accident de fortune ou de la perte de quelque ami, pourquoi ce silence obstiné ? Après tout ce qu'avait fait Brigitte, dans un moment où nos rêves les plus chers paraissaient près de se réaliser, de quelle nature pouvait être un secret qui détruisait notre bonheur et qu'elle refusait de me confier ? Quoi ! c'est de moi qu'elle se cache ? Que ses chagrins, que ses affaires, la crainte même de l'avenir, je ne sais quel motif de tristesse, d'incertitude ou de colère, la retiennent ici quelque temps ou la fassent renoncer pour toujours à ce voyage si désiré, par quelle raison ne pas s'ouvrir à moi ? Dans l'état où se trouvait mon cœur, je ne pouvais cependant supposer qu'il y eût là rien de blâmable. L'apparence seule d'un soupçon me révoltait et me faisait horreur. Comment, d'autre part, croire à de l'inconstance ou à du caprice seulement dans une femme telle que je la connaissais ? Je me perdais dans un abîme, et ne voyais pas même la plus faible lueur, le moindre point qui pût me fixer.

Il y avait en face de moi, à la galerie, un jeune homme dont les traits ne m'étaient pas inconnus. Comme il arrive souvent quand on a l'esprit préoccupé, je le regardais sans m'en rendre compte, et je cherchais à mettre son nom sur son visage. Tout à coup, je le reconnus : c'était lui qui, comme je l'ai dit plus haut, avait apporté à Brigitte des lettres de N***. Je me levai précipitamment pour aller lui parler, sans songer à ce que je faisais. Il occupait une place à laquelle je ne pouvais arriver sans déranger un grand nombre de spectateurs, et je fus contraint d'attendre l'entr'acte.

Mon premier mouvement avait été de penser que, si quelqu'un pouvait m'éclairer sur l'unique souci qui m'inquiétait, c'était ce jeune homme plus que tout autre. Il avait eu avec madame Pierson plusieurs entretiens depuis quelques jours, et je me souvins que, lorsqu'il l'avait quittée, je l'avais trouvée constamment triste, non seulement le premier jour, mais toutes les fois qu'il était venu. Il l'avait vu la veille, le matin même du jour où elle était tombée malade. Les lettres qu'il apportait, Brigitte ne me les avait point montrées ; il était possible qu'il connût la véritable raison qui retardait notre départ. Peut-être n'était-il pas entièrement dans la confidence, mais il ne pouvait manquer de m'apprendre au moins quel était le contenu de ces lettres, et je devais le supposer assez au fait de nos affaires pour ne pas craindre de l'interroger. J'étais ravi de l'avoir trouvé, et, dès que la toile fut baissée, je courus le joindre dans le corridor. Je ne sais s'il me vit venir, mais il s'éloigna et entra dans une loge. Je résolus d'attendre qu'il en sortît, et demeurai un quart d'heure à me promener, regardant toujours la porte de la loge.

Elle s'ouvrit enfin, il sortit ; je le saluai aussitôt de loin et m'avançant à sa rencontre. Il fit quelques pas d'un air irrésolu ; puis, tournant tout à coup, il descendit l'escalier et disparut.

Mon intention de l'aborder avait été trop évidente pour qu'il pût m'échapper ainsi sans un dessein formel de m'éviter. Il devait connaître mon visage, et d'ailleurs même, sans qu'il le connût, un homme qui en voit un autre venir à lui doit au moins l'attendre. Nous étions seuls dans le corridor quand je m'étais avancé vers lui; ainsi il était hors de doute qu'il n'avait pas voulu me parler. Je ne songeai pas à y voir une impertinence : un homme qui venait tous les jours dans un appartement où je demeurais, à qui j'ai toujours fait bon accueil quand je m'étais rencontré avec lui, dont les manières étaient simples et modestes, comment penser qu'il voulût m'insulter ? Il n'avait voulu que me fuir et se dispenser d'un entretien fâcheux. Pourquoi encore ? Ce second mystère me troubla presque autant que le premier. Quoi que je fisse pour écarter cette idée, la disparition de ce jeune homme se liait invinciblement dans ma tête avec le silence obstiné de Brigitte.

L'incertitude est de tous les tourments le plus difficile à supporter, et, dans plusieurs circonstances de ma vie, je me suis exposé à de grands malheurs faute de pouvoir attendre patiemment. Lorsque je rentrai à la maison, je trouvai Brigitte lisant précisément ces fatales lettres de N***. Je lui dis qu'il m'était impossible de rester plus longtemps dans la situation d'esprit où je me trouvais, et qu'à tout prix j'en voulais sortir; que je voulais savoir, quel qu'il fût, le motif du changement subit qui s'était opéré en elle, et que, si elle refusait de répondre, je regarderais son silence comme un refus positif de partir avec moi, et même comme un ordre de m'éloigner d'elle pour toujours.

Elle me montra avec répugnance une des lettres qu'elle tenait. Ses parents lui écrivaient que son départ la déshonorait à jamais, que personne n'en ignorait la cause, et qu'ils se croyaient obligés de lui déclarer par avance quels en seraient les résultats; qu'elle vivait publiquement comme ma maîtresse, et que, bien qu'elle fût libre et veuve, elle avait encore à répondre du nom qu'elle portait; que ni eux ni aucun de ses anciens amis ne la reverraient si elle persistait; enfin, par toutes sortes de menaces et de conseils, ils l'engageaient à revenir au pays.

Le ton de cette lettre m'indigna, et je n'y vis d'abord qu'une injure. «Et ce jeune homme qui vous apporte ces remontrances, m'écriai-je, sans doute il s'est chargé de vous en faire de vive voix, et il n'y manque pas, n'est-il pas vrai? »

La profonde tristesse de Brigitte me fit réfléchir et calma ma colère. « Vous ferez, me dit-elle, ce que vous voudrez, et vous achèverez de me perdre. Aussi bien mon sort est entre vos mains, et il y a longtemps que vous en êtes le maître. Tirez telle vengeance qu'il vous plaira du dernier effort que mes vieux amis font pour me rappeler à la raison, au monde, que je respectais jadis, et à l'honneur que j'ai perdu. Je n'ai pas un mot à dire, et si vous voulez même me dicter ma réponse, je la ferai telle que vous la souhaiterez.

— Je ne souhaite rien, répondis-je, que de connaître vos intentions; c'est à moi au contraire de m'y conformer, et, je vous jure, je suis prêt. Dites-moi si vous restez, ou si vous partez, ou s'il faut que je parte seul.

— Pourquoi cette question? demanda Brigitte; vous ai-je dit que j'eusse changé d'avis? Je souffre et ne puis partir ainsi; mais, dès que je serai guérie ou seulement en état de me lever, nous irons à Genève, comme il est convenu. »

Nous nous séparâmes sur ces mots, et la mortelle froideur dont elle les avait prononcés m'attrista plus qu'un refus ne l'aurait fait. Ce n'était pas la première fois que par des avis de ce genre on tentait de rompre notre liaison; mais jusqu'ici, quelque impression que de pareilles lettres eussent faite sur Brigitte, elle s'en était bientôt distraite. Comment croire que ce seul motif eût aujourd'hui sur elle tant de force, lorsqu'il n'avait rien pu dans des temps moins heureux? Je cherchais si, dans ma conduite depuis que nous étions à Paris, je n'avais rien à me reprocher. « Serait-ce seulement, me disais-je, la faiblesse d'une femme qui a voulu faire un coup de tête, et qui, au moment de l'exécution, recule devant sa propre liberté? Serait-ce ce que les libertins pourraient nommer un dernier scrupule? Mais cette gaieté qu'il y a huit jours Brigitte montrait du matin au soir, ces projets si doux, quittés, repris sans cesse, ces promesses, ces protestations, tout cela pourtant était franc, réel, sans aucune contrainte. C'était malgré moi qu'elle voulait partir. Non, il y a là quelque mystère ; et comment le savoir si maintenant, quand je la questionne, elle me paye d'une raison qui ne peut être la véritable ? Je ne puis lui dire qu'elle ment ni la forcer à répondre autre chose. Elle me dit qu'elle veut toujours partir ; mais, si elle le dit de ce ton, ne dois-je pas refuser absolument ? Puis-je accepter un sacrifice pareil, quand il s'accomplit comme une tâche, comme une condamnation, quand ce que je croyais m'être offert par l'amour, j'en viens pour ainsi dire à l'exiger de la parole donnée ? O Dieu ! serait-ce donc cette pâle et languissante créature que j'emporterais dans mes bras ? N'emmènerais-je si loin de la patrie, pour si longtemps, pour la vie peut-être, qu'une victime résignée ? « Je ferai, dit-elle, ce qui te plaira. » Non, certes, il ne me plaira point de rien demander à la patience, et, plutôt que de voir ce visage souffrant seulement encore une semaine, si elle se tait, je partirai seul. »

Insensé que j'étais, en avais-je la force ? J'avais été trop heureux depuis quinze jours pour oser vraiment regarder en arrière, et, loin de me sentir ce courage, je ne songeais qu'aux moyens d'emmener Brigitte. Je passai la nuit sans fermer l'œil, et le lendemain, de grand matin, je résolus, à tout hasard, d'aller chez ce jeune homme que j'avais vu à l'Opéra. Je ne sais si c'était la colère ou la curiosité qui m'y poussait, ni ce qu'au fond je voulais de lui ; mais je pensai que, de cette manière, il ne pourrait du moins m'éviter, et c'était tout ce que je désirais.

Comme je ne savais pas son adresse, j'entrai chez Brigitte pour la demander, prétextant une politesse que je lui devais après toutes les visites qu'il nous avait faites ; car je n'avais pas dit un mot de ma rencontre au spectacle. Brigitte était au lit, et ses yeux fatigués montraient qu'elle avait pleuré. Lorsque j'entrai, elle me tendit la main et me dit :

« Que me voulez-vous ? » Sa voix était triste, mais tendre. Nous échangeâmes quelques paroles amicales, et je sortis le cœur moins désolé.

Le jeune homme que j'allais voir se nommait Smith ; il demeurait à peu de distance. En frappant à sa porte, je ne sais quelle inquiétude me saisit ; je m'avançai lentement et comme frappé tout à coup d'une lumière inattendue. A son premier geste, mon sang se glaça. Il était couché, et, avec le même accent que tout à l'heure Brigitte, avec un visage aussi pâle et aussi défait, il me tendit la main en me voyant et me dit la même parole : « Que me voulez-vous ? »

Qu'on en pense ce qu'on voudra ; il y a de tels hasards dans la vie que la raison de l'homme ne saurait s'expliquer. Je m'assis sans pouvoir répondre, et, comme si je me fusse éveillé d'un rêve, je me répétai à moi-même la question qu'il m'adressait. Que venais-je faire, en effet, chez lui ? Comment lui dire ce qui m'amenait ? En supposant qu'il pût m'être utile de l'interroger, comment savoir s'il voudrait parler ? Il avait apporté des lettres et connaissait ceux qui les avaient écrites ; mais n'en savais-je pas aussi long que lui après ce que Brigitte venait de me montrer ? Il m'en coûtait de lui faire des questions, et je craignais qu'il ne soupçonnât ce qui se passait dans mon cœur. Les premiers mots que nous échangeâmes furent polis et insignifiants. Je le remerciai de s'être chargé des commissions de la famille de madame Pierson ; je lui dis qu'en quittant la France nous le prierions à notre tour de nous rendre quelques services ; après quoi nous demeurâmes en silence, étonnés de nous trouver vis-à-vis l'un de l'autre.

Je regardais autour de moi, comme les gens embarrassés. La chambre qu'occupait ce jeune homme était au quatrième étage, et tout y annonçait une pauvreté honnête et laborieuse. Quelques livres, des instruments de musique, des cadres de bois blanc, des papiers en ordre sur une table couverte d'un tapis, un vieux fauteuil et quelques chaises, c'était tout ; mais tout se ressentait d'un air de propreté et de soin qui en faisait un ensemble agréable. Quant à lui, sa physionomie ouverte et animée prévenait d'abord en sa faveur. J'aperçus à la cheminée le portrait d'une femme âgée ; je m'en approchai tout en rêvant, et il me dit que c'était sa mère.

Je me souvins alors que Brigitte m'avait souvent parlé de lui, et mille détails que j'avais oubliés me revinrent à la mémoire. Brigitte le connaissait depuis son enfance. Avant que je vinsse au pays, elle le voyait quelquefois à N*** ; mais depuis mon arrivée elle n'y était allée qu'une fois, et il n'y était point à ce moment. Ce n'était donc que par hasard que j'avais appris sur son compte quelques particularités, qui cependant m'avaient frappé. Il avait pour tout bien un modique emploi qui lui servait à entretenir une mère et une sœur ; sa conduite envers ces deux femmes méritait les plus grands éloges. Il se privait de tout pour elles, et, quoiqu'il possédât comme musicien des talents précieux qui pouvaient mener à la fortune, une probité et une réserve extrêmes lui avaient toujours fait préférer le repos aux chances de succès qui s'étaient présentées. En un mot, il était de ce petit nombre d'êtres qui vivent sans bruit et savent gré aux autres de ne pas s'apercevoir de ce qu'ils valent.

On m'avait cité de lui certains traits qui suffisent pour peindre un homme. Il avait été très amoureux d'une belle fille de son voisinage, et, après plus d'un an d'assiduités près d'elle, on consentait à la lui donner pour femme. Elle était aussi pauvre que lui. Le contrat allait être signé, et tout était prêt pour la noce, lorsque sa mère lui dit : « Et ta sœur, qui la mariera ? » Cette seule parole lui fit comprendre que, s'il prenait femme, il dépenserait pour son ménage ce qu'il gagnerait de son travail, et que, par conséquent, sa sœur n'aurait point de dot. Il rompit aussitôt tout ce qui était commencé, et renonça courageusement à son mariage et à son amour ; ce fut alors qu'il vint à Paris et obtint la place qu'il avait.

Je n'avais jamais entendu cette histoire, dont on parlait dans le pays, sans désirer d'en connaître le héros. Ce dévouement tranquille et obscur m'avait semblé plus admirable que toutes les gloires des champs de bataille. En voyant le portrait de sa mère, je m'en souvins aussitôt, et, reportant mes regards sur lui, je fus étonné de le trouver si jeune. Je ne pus m'empêcher de lui demander son âge; c'était le mien. Huit heures sonnèrent, et il se leva.

Aux premiers pas qu'il fit, je le vis chanceler; il secoua la tête. « Qu'avez-vous ? » lui dis-je. Il me répondit que c'était l'heure d'aller au bureau, et qu'il ne se sentait pas la force de marcher.

« Êtes-vous malade ?

— J'ai la fièvre, et je souffre cruellement.

— Vous vous portiez mieux hier soir; je vous ai vu, je pense, à l'Opéra.

— Pardonnez-moi de ne pas vous avoir reconnu. J'ai mes entrées à ce théâtre et j'espère vous y retrouver. »

Plus j'examinais ce jeune homme, cette chambre, cette maison, moins je me sentais la force d'aborder le véritable sujet de ma visite. L'idée que j'avais eue la veille, qu'il avait pu me nuire dans l'esprit de Brigitte, s'évanouissait malgré moi; je lui trouvais un air de franchise et en même temps de sévérité qui m'arrêtait et m'imposait. Peu à peu mes pensées prenaient un autre cours; je le regardais attentivement, et il me sembla que, de son côté, il m'observait aussi avec curiosité.

Nous avions vingt et un ans tous deux; et quelle différence entre nous ! Lui, habitué à une existence dont le son réglé d'une horloge déterminait les mouvements; n'ayant jamais vu de la vie que le chemin d'une chambre isolée à un bureau enfoui dans un ministère; envoyant à une mère l'épargne même, ce denier de la joie humaine, que serre avec tant d'avarice toute main qui travaille; se plaignant d'une nuit de souffrance parce qu'elle le privait d'un jour de fatigue; n'ayant qu'une pensée, qu'un bien, veiller au bien d'un autre, et cela depuis son enfance, depuis qu'il avait des bras ! Et moi, de ce temps précieux, rapide, inexorable, de ce temps buveur de sueurs, qu'en avais-je fait ? Étais-je un homme ? Lequel de nous avait vécu ?

Ce que je dis là en une page, il nous fallut un regard pour le sentir.

Nos yeux venaient de se rencontrer et ne se quittaient pas. Il me parla de mon voyage et du pays que nous allions visiter.

« Quand partez-vous ? me demanda-t-il.

— Je ne sais ; madame Pierson est souffrante et garde le lit depuis trois jours.

— Depuis trois jours ! répéta-t-il avec un mouvement involontaire.

— Oui ; qu'y a-t-il qui vous étonne ? »

Il se leva et se jeta sur moi, les bras étendus et les yeux fixes. Un frisson terrible le fit tressaillir.

« Souffrez-vous ? » lui dis-je en lui prenant la main. Mais, au même instant, il la porta à son visage, et, ne pouvant étouffer ses larmes, il se traîna lentement à son lit.

Je le regardais avec surprise ; le transport violent de sa fièvre l'avait abattu tout à coup. J'hésitais à le laisser en cet état, et je m'approchai de lui de nouveau. Il me repoussa avec force et comme avec une terreur étrange. Lorsqu'il fut enfin revenu à lui :

« Excusez-moi, dit-il d'une voix faible ; je suis hors d'état de vous recevoir. Soyez assez bon pour me laisser ; dès que mes forces me le permettront, j'irai vous remercier de votre visite. »

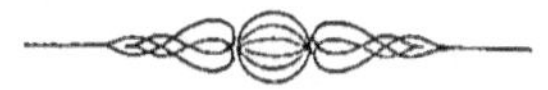

CHAPITRE III

Brigitte se portait mieux. Comme elle me l'avait dit, elle avait voulu partir aussitôt guérie. Mais je m'y étais opposé, et nous devions attendre encore une quinzaine, qu'elle fût en état de supporter le voyage.

Toujours triste et silencieuse, elle était pourtant bienveillante. Quoi que je fisse pour la déterminer à me parler à cœur ouvert, la lettre qu'elle m'avait montrée était, disait-elle, le seul motif de sa mélancolie, et elle me priait qu'il n'en fût plus question. Ainsi réduit moi-même à me taire comme elle, je cherchais vainement à deviner ce qui se passait dans son cœur. Le tête-à-tête nous pesait à tous deux, et nous allions au spectacle tous les soirs. Là, assis l'un près de l'autre dans le fond d'une loge, nous nous serrions quelquefois la main; de temps en temps, un beau morceau de musique, un mot qui nous frappait, nous faisaient échanger des regards amis; mais, pour aller comme pour revenir, nous restions muets, plongés dans nos pensées. Vingt fois par jour, je me sentais prêt à me jeter à ses pieds et à lui demander comme une grâce de me donner le coup de la mort ou de me rendre le bonheur que j'avais entrevu; vingt fois, au moment de le faire, je voyais ses traits s'altérer; elle se levait et me quittait, ou, par une parole glacée, arrêtait mon cœur sur mes lèvres.

Smith venait presque tous les jours. Quoique sa présence dans la maison eût été la cause de tout le mal et que la visite que je lui avais faite m'eût laissé dans l'esprit de singuliers soupçons, la manière dont il parlait de notre voyage, sa bonne foi et sa simplicité me rassuraient sur lui. Je lui avais parlé des lettres qu'il avait apportées, et il m'en avait paru non pas aussi offensé, mais plus triste que moi. Il en ignorait le contenu, et l'amitié de vieille date qu'il avait pour Brigitte les lui faisait blâmer hautement. Il ne s'en serait pas chargé, disait-il, s'il avait su ce qu'elles renfermaient. Au ton réservé que madame

Pierson gardait avec lui, je ne pouvais le croire dans sa confidence. Je le voyais donc avec plaisir, quoi qu'il y eût toujours entre nous une sorte de gêne et de cérémonie. Il s'était chargé d'être, après notre départ, l'intermédiaire entre Brigitte et sa famille, et d'empêcher une rupture éclatante. L'estime qu'on avait pour lui dans le pays ne devait pas être de peu d'importance dans cette négociation, et je ne pouvais m'empêcher de lui en savoir gré. C'était le plus noble caractère : quand nous étions tous trois ensemble, s'il apercevait quelque froideur ou quelque contrainte, je le voyais faire tous ses efforts pour ramener la gaieté entre nous ; il semblait inquiet de ce qui se passait, c'était toujours sans indiscrétion et de manière à faire comprendre qu'il eût souhaité de nous voir heureux ; s'il parlait de notre liaison, c'était pour ainsi dire avec respect, et comme un homme pour qui l'amour est un lien sacré devant Dieu ; enfin c'était une sorte d'ami, et il m'inspirait une entière confiance.

Mais, malgré tout et en dépit de ses efforts mêmes, il était triste ; et je ne pouvais vaincre d'étranges pensées qui me saisissaient. Les larmes que j'avais vu répandre à ce jeune homme, sa maladie arrivée précisément en même temps que celle de ma maîtresse, je ne sais quelle sympathie mélancolique qu'il me semblait découvrir entre eux, me troublaient et m'inquiétaient. Il n'y avait pas un mois que, sur de moindres soupçons, j'aurais eu des transports de jalousie ; mais maintenant de quoi soupçonner Brigitte ? Quel que fût le secret qu'elle me cachait, n'allait-elle pas partir avec moi ? Quand bien même il eût été possible que Smith fût dans la confidence de quelque mystère que j'ignorais, de quelle nature pouvait être ce mystère ? Que pouvait-il y avoir de blâmable dans leur tristesse et dans leur amitié ? Elle l'avait connu enfant ; elle le revoyait après de longues années, au moment de quitter la France ; elle se trouvait dans une situation malheureuse, et le hasard voulait qu'il en fût instruit, qu'il eût servi même en quelque sorte d'instrument à sa mauvaise destinée. N'était-il pas tout naturel qu'ils échangeassent quelques tristes regards, que la vue de ce jeune homme rappelât à Brigitte le passé, quelques souvenirs et quelques regrets ? Pouvait-il, à son tour, la voir partir sans crainte, sans songer malgré lui aux chances d'un long voyage, aux risques d'une vie désormais errante, presque proscrite et abandonnée ? Sans doute, cela devait être, et je sentais, quand j'y pensais, que c'était à moi à me lever, à me mettre entre eux deux, à les rassurer, à les faire croire en moi, à dire à l'une que mon bras la soutiendrait tant qu'elle voudrait s'y appuyer, à l'autre que je lui étais reconnaissant de l'affection qu'il nous témoignait et des services qu'il allait nous rendre. Je le sentais, et ne pouvais le faire. Un froid mortel me serrait le cœur, et je restais sur mon fauteuil.

Smith parti le soir, ou nous nous taisions, ou nous parlions de lui. Je ne sais quel attrait bizarre me faisait demander tous les jours à Brigitte de nouveaux détails sur son compte. Elle n'avait cependant à m'en dire que ce que j'en ai dit au lecteur ; sa vie n'avait jamais été autre chose que ce qu'elle était, pauvre, obscure et honnête. Pour la raconter tout entière, il suffisait de peu de mots ; mais je me les faisais répéter sans cesse, et, sans savoir pourquoi, j'y prenais intérêt.

En y réfléchissant, il y avait au fond de mon cœur une souffrance secrète que je ne m'avouais pas. Si ce jeune homme fût arrivé au moment de notre joie, qu'il eût apporté à Brigitte une lettre insignifiante, qu'il lui eût serré la main en montant en voiture, y aurais-je fait la moindre attention ? Qu'il m'eût reconnu ou non à l'Opéra, qu'il lui fût échappé devant moi des larmes dont j'ignorais la cause, que m'importait, si j'étais heureux ? Mais, tout en ne pouvant deviner le motif de la tristesse de Brigitte, je voyais bien que ma conduite passée, quoi qu'elle en pût dire, n'était pas maintenant étrangère à ses chagrins. Si j'eusse été ce que j'avais dû être depuis six mois que nous vivions ensemble, rien au monde, je le savais, n'aurait pu troubler notre amour. Smith n'était qu'un homme ordinaire, mais il était bon et dévoué ; ses qualités simples et modestes ressemblaient à de grandes lignes pures que l'œil saisit sans peine et tout d'abord ; en un quart d'heure, on le

connaissait, et il inspirait la confiance, sinon l'admiration. Je ne pouvais m'empêcher de me dire que, s'il eût été l'amant de Brigitte, elle serait partie joyeuse avec lui.

C'était de ma propre volonté que j'avais retardé notre départ, et déjà je m'en repentais. Brigitte aussi, quelquefois, me pressait. « Qui nous arrête? disait-elle; me voilà guérie, tout est prêt. » Qui m'arrêtait, en effet? Je ne sais.

Assis près de la cheminée, je fixais mes yeux alternativement sur Smith et sur ma maîtresse. Je les voyais tous deux pâles, sérieux, muets. J'ignorais pourquoi ils étaient ainsi, et, malgré moi, je me répétais que ce pouvait bien être pour la même cause, et qu'il n'y avait pas là deux secrets à apprendre. Mais ce n'était pas un de ces soupçons vagues et maladifs qui m'avaient tourmenté autrefois, c'était un instinct invincible, fatal. Quelle étrange chose que nous ! Je me plaisais à les laisser seuls et à les quitter au coin du feu pour aller rêver sur le quai, m'appuyer sur le parapet et regarder l'eau comme un oisif des rues.

Lorsqu'ils parlaient de leur séjour à N***, et que Brigitte, presque enjouée, prenait un petit ton de mère pour lui rappeler les jours passés ensemble, il me semblait que je souffrais, et cependant j'y prenais plaisir. Je leur faisais des questions; je parlais à Smith de sa mère, de ses occupations, de ses projets. Je lui donnais occasion de se montrer dans un jour favorable, et je forçais sa modestie à nous révéler son mérite. « Vous aimez beaucoup votre sœur, n'est-il pas vrai? lui demandais-je. Quand comptez-vous la marier? » Il nous disait alors en rougissant que le ménage coûtait beaucoup, que ce serait fait peut-être dans deux ans, peut-être plus tôt, si sa santé lui permettait quelques travaux extraordinaires qui lui valaient des gratifications; qu'il y avait dans le pays une famille assez à l'aise dont le fils aîné était son ami; qu'ils étaient presque d'accord ensemble, et que le bonheur pouvait venir un jour, comme le repos, sans y songer; qu'il avait renoncé pour sa sœur à la petite part de l'héritage que le père leur avait laissé;

que la mère s'y opposait, mais qu'il tiendrait bon malgré elle; qu'un jeune homme devait vivre de ses mains, tandis que l'existence d'une fille se décidait le jour de son contrat. Ainsi, peu à peu, il nous déroulait toute sa vie et toute son âme, et je regardais Brigitte l'écouter. Puis, quand il se levait pour se retirer, je l'accompagnais à la porte, et j'y restais pensif, immobile, jusqu'à ce que le bruit de ses pas se fût perdu dans l'escalier.

Je rentrais alors dans la chambre et je trouvais Brigitte se disposant à se déshabiller. Je contemplais avidement ce corps charmant, ces trésors de beauté, que tant de fois j'avais possédés. Je la regardais peigner ses longs cheveux, nouer son mouchoir, et se détourner lorsque sa robe glissait à terre, comme une Diane qui entre au bain. Elle se mettait au lit; je courais au mien; il ne pouvait me venir à l'esprit que Brigitte me trompât ni que Smith fût amoureux d'elle; je ne pensais ni à les observer ni à les surprendre; je ne me rendais compte de rien. Je me disais : « Elle est bien belle, et ce pauvre Smith est un honnête garçon; ils ont tous deux un grand chagrin, et moi aussi. » Cela me brisait le cœur, et en même temps me soulageait.

Nous avions trouvé, en rouvrant nos malles, qu'il y manquait encore quelques bagatelles; Smith s'était chargé d'y pourvoir. Il avait une activité infatigable, et on l'obligeait, disait-il, quand on lui confiait le soin de quelques commissions. Comme je revenais un jour au logis, je le vis à terre, fermant un porte-manteau. Brigitte était devant un clavecin que nous avions loué à la semaine pour notre séjour à Paris. Elle jouait un de ses anciens airs où elle mettait tant d'expression et qui m'avaient été si chers. Je m'arrêtai dans l'anti-chambre près de la porte, qui était ouverte; chaque note m'entrait dans l'âme; jamais elle n'avait chanté si tristement et si sainement.

Smith l'écoutait avec délices; il était à genoux, tenant la boucle du porte-manteau. Il la froissa, puis la laissa tomber, et regarda les hardes qu'il venait de plier lui-même et de couvrir d'un linge blanc. L'air terminé, il resta ainsi; Brigitte, les mains sur le clavier, regardait au loin l'horizon. Je vis pour la seconde fois tomber des larmes des yeux du jeune homme; j'étais près d'en verser moi-même, et, ne sachant ce qui se passait en moi, j'entrai et lui tendis la main.

« Étiez-vous là ? » demanda Brigitte. Elle tressaillit et parut surprise.

« Oui, j'étais là, lui répondis-je. Chantez, ma chère, je vous en supplie. Que j'entende encore votre voix ! »

Elle recommença sans répondre; c'était aussi pour elle un souvenir. Elle voyait mon émotion, celle de Smith; sa voix s'altéra. Les derniers sons, à peine articulés, semblaient se perdre dans les cieux; elle se leva et me donna un baiser. Smith tenait encore ma main; je le sentis me la serrer avec force et convulsivement; il était pâle comme la mort.

Un autre jour, j'avais apporté un album lithographié qui représentait plusieurs vues de Suisse. Nous le regardions tous les trois, et, de temps en temps, lorsque Brigitte trouvait un site qui lui plaisait, elle s'y arrêtait pour l'observer. Il y en eut un qui lui parut surpasser de beaucoup tous les autres : c'était un paysage du canton de Vaud, à quelque distance de la route de Brigues : une vallée verte plantée de pommiers où des bestiaux paissaient à l'ombre; dans l'éloignement, un village consistant en une douzaine de maisons de bois semées en désordre dans la prairie et étagées sur les collines environnantes. Sur le premier plan, une jeune fille coiffée d'un large chapeau de paille était assise au pied d'un arbre, et un garçon de ferme, debout devant elle, semblait lui montrer, un bâton ferré à la main, la route qu'il avait parcourue; il indiquait un sentier tortueux qui se perdait dans la montagne. Au-dessus d'eux paraissaient les Alpes, et le tableau était couronné par trois sommets couverts de neige, teints des nuances du soleil couchant. Rien n'était plus simple, et en même temps rien n'était plus beau que ce paysage. La vallée ressemblait à un lac de verdure, et l'œil en suivait les contours avec la plus parfaite tranquillité.

« Irons-nous là ? » dis-je à Brigitte. Je pris un crayon et traçai quelques traits sur l'estampe.

« Que faites-vous ? demanda-t-elle.

— Je cherche, lui dis-je, si, avec un peu d'adresse, il faudrait changer beaucoup cette figure pour qu'elle vous ressemblât. La jolie coiffure de cette fille vous irait, je crois, à merveille; et ne pourrais-je pas, si je réussissais, donner à ce brave montagnard quelque ressemblance avec moi ? »

Ce caprice parut lui plaire, et, s'emparant aussitôt d'un grattoir, elle eut bientôt effacé sur la feuille le visage du garçon et celui de la fille. Me voilà faisant son portrait, elle voulut essayer le mien. Les figures étaient très petites, en sorte que nous ne fûmes pas difficiles; il fut convenu que les portraits étaient frappants, et il suffisait, en effet, qu'on y cherchât nos traits pour les y retrouver. Lorsque nous en eûmes ri, le livre resta ouvert, et, le domestique m'ayant appelé pour quelque affaire, je sortis quelques instants après.

Lorsque je rentrai, Smith était appuyé sur la table et regardait l'estampe avec tant d'attention qu'il ne s'aperçut pas que je fusse revenu. Il était absorbé dans une rêverie profonde; je repris ma place auprès du feu, et ce ne fut qu'à la première parole que j'adressai à Brigitte qu'il releva la tête. Il nous regarda tous deux un moment; puis il prit congé de nous à la hâte, et, comme il traversait la salle à manger, je le vis se frapper le front.

Quand je surprenais ces signes de douleur, je me levais et courais m'enfermer. « Et qu'est-ce donc, qu'est-ce donc? » répétais-je. Puis je joignais les mains pour supplier... qui ? Je l'ignore; peut-être mon bon ange, peut-être mon mauvais destin.

CHAPITRE IV

Mon cœur me criait de partir, et cependant je tardais toujours; une volupté secrète et amère me clouait le soir à ma place. Quand Smith devait venir, je n'avais point de repos que je n'eusse entendu le bruit de la sonnette. Comment se fait-il qu'il y ait ainsi en nous je ne sais quoi qui aime le malheur?

Chaque jour, un mot, un éclair rapide, un regard, me faisaient frémir; chaque jour, un autre mot, un autre regard, par une impression contraire, me rejetaient dans l'incertitude. Par quel mystère inexplicable les voyais-je si tristes tous deux? Par quel autre mystère restais-je immobile, comme une statue, à les regarder, lorsque, dans plus d'une occasion semblable, je m'étais montré violent jusques à la fureur? Je n'avais pas la force de bouger, moi qui m'étais senti en amour de ces jalousies presque féroces, comme on en voit en Orient. Je passais mes journées à attendre, et je n'aurais pu dire ce que j'attendais. Je m'asseyais le soir sur mon lit, et je me disais : « Voyons, pensons à cela. » Je mettais ma tête dans mes mains, puis je m'écriais : « C'est impossible ! » et je recommençais le jour suivant.

En présence de Smith, Brigitte me témoignait plus d'amitié que quand nous étions seuls. Il arriva un soir, comme nous venions d'échanger quelques mots assez durs; quand elle entendit sa voix dans l'antichambre, elle vint s'asseoir sur mes genoux. Pour lui, toujours tranquille et triste, il semblait qu'il fît sur lui-même un effort continuel. Ses moindres gestes étaient mesurés; il parlait peu et lentement ; mais les mouvements brusques qui lui échappaient n'en étaient que plus frappants par leur contraste avec sa contenance habituelle.

Dans la circonstance où je me trouvais, puis-je appeler curiosité l'impatience qui me dévorait? Qu'aurais-je répondu si quelqu'un fût venu me dire : « Que vous importe ? Vous êtes bien curieux. » Peut-être, cependant, n'était-ce pas autre chose.

Je me souviens qu'un jour, au Pont-Royal, je vis un homme se noyer. Je faisais avec des amis ce qu'on appelle une pleine eau, à l'école de natation, et nous étions suivis par un bateau où se tenaient deux maîtres nageurs. C'était au plus fort de l'été ; notre bateau en avait rencontré un autre, en sorte que nous nous trouvions plus de trente sous la grande arche du pont. Tout à coup, au milieu de nous, une jeune homme est pris d'un coup de sang. J'entends un cri et je me retourne. Je vis deux mains qui s'agitaient à la surface de l'eau, puis tout disparut. Nous plongeâmes aussitôt ; ce fut en vain, et, une heure après seulement, on parvint à retirer le cadavre engagé sous un train de bois.

L'impression que j'éprouvai tandis que je plongeais dans la rivière ne sortira jamais de ma mémoire. Je regardais de tous les côtés, dans les couches d'eau obscures et profondes qui m'enveloppaient avec un sourd murmure. Tant que je pouvais retenir mon haleine, je m'enfonçais plus avant ; puis je revenais à la surface, j'échangeais une question avec quelque autre nageur aussi inquiet que moi ; puis je retournais à cette pêche humaine. J'étais plein d'horreur et d'espérance ; l'idée que j'allais peut-être me sentir saisi par deux bras convulsifs me causait une joie et une terreur indicibles, et ce ne fut qu'exténué de fatigue que je remontai dans le bateau.

Quand la débauche n'abrutit pas l'homme, une de ses suites nécessaires est une étrange curiosité. J'ai dit plus haut celle que j'avais ressentie à ma première visite à Desgenais. Je m'expliquerai davantage.

La vérité, squelette des apparences, veut que tout homme, quel qu'il soit, vienne à son jour et à son heure toucher ses ossements éternels au fond de quelque plaie passagère. Cela s'appelle connaître le monde, et l'expérience est à ce prix.

Or, il arrive que, devant cette épreuve, les uns reculent épouvantés ; les autres, faibles et effrayés, en restent vacillants comme des ombres.

Quelques créatures, les meilleures peut-être, en meurent aussitôt. Le plus grand nombre oublie, et ainsi tout flotte à la mort.

Mais certains hommes, à coup sûr malheureux, ne reculent ni ne chancellent, ne meurent ni n'oublient; quand leur tour vient de toucher au malheur, autrement dit à la vérité, ils s'en approchent d'un pas ferme, étendent la main, et, chose horrible! se prennent d'amour pour le noyé livide qu'ils ont senti au fond des eaux. Ils le saisissent, le palpent, l'étreignent; les voilà ivres du désir de connaître; ils ne regardent plus les choses que pour voir à travers; ils ne font plus que douter et tenter; ils fouillent le monde comme des espions de Dieu; leurs pensées s'aiguisent en flèches, et il leur naît un lynx dans les entrailles.

Les débauchés, plus que tous les autres, sont exposés à cette fureur, et la raison en est toute simple. En comparant la vie ordinaire à une surface plane et transparente, les débauchés, dans les courants rapides, à tout moment touchent le fond. Au sortir d'un bal, par exemple, ils s'en vont dans un mauvais lieu. Après avoir serré dans la valse la main pudique d'une vierge, et peut-être l'avoir fait trembler, ils partent, ils courent, jettent leur manteau, et s'attablent en se frottant les mains. La dernière phrase qu'ils viennent d'adresser à une belle et honnête femme est encore sur leurs lèvres; ils la répètent en éclatant de rire. Que dis-je? Ne soulèvent-ils pas pour quelques pièces d'argent ce vêtement qui fait la chasteté, la robe, ce voile plein de mystère, qui semble respecter lui-même l'être qu'il embellit et l'entoure sans le toucher? Quelle idée doivent-ils donc se faire du monde? Ils s'y trouvent à chaque instant comme des comédiens dans une coulisse. Qui plus qu'eux est habitué à cette recherche du fond des choses et, si l'on peut ainsi parler, à ces tâtements profonds et impies? Voyez comme ils parlent de tout. Toujours les termes les plus crus, les plus grossiers, les plus abjects; ceux-là seulement leur paraissent vrais; tout le reste n'est que parade, convention et préjugés. Qu'ils racontent une anecdote, qu'ils rendent compte de ce qu'ils ont éprouvé, toujours le mot sale et physique, toujours la lettre, toujours la mort. Ils ne disent pas : Cette femme m'a aimé; ils disent : J'ai eu cette femme. Ils ne disent pas : J'aime; ils disent : J'ai envie. Ils ne disent jamais : Dieu le veuille ! ils disent partout : Si je voulais ! Je ne sais ce qu'ils pensent d'eux-mêmes et quels monologues ils font.

De là, inévitablement, ou la paresse ou la curiosité; car, pendant qu'ils s'exercent ainsi à voir en tout ce qu'il y a de pire, ils n'entendent pas moins les autres continuer de croire au bien. Il faut donc qu'ils soient nonchalants jusqu'à se boucher les oreilles, ou que ce bruit du reste du monde les vienne éveiller en sursaut. Le père laisse aller son fils où vont tant d'autres, où allait Caton lui-même; il dit que jeunesse se passe. Mais, en rentrant, le fils regarde sa sœur; et voyez ce qu'a produit en lui une heure passée en tête à tête avec la brute réalité ! il faut qu'il se dise : « Ma sœur n'a rien de semblable à la créature que je quitte; » et de ce jour le voilà inquiet.

La curiosité du mal est une maladie infâme qui naît de tout contact impur. C'est l'instinct rôdeur des fantômes qui lève la pierre des tombeaux; c'est une torture inexplicable dont Dieu punit ceux qui ont failli; ils voudraient croire que tout peut faillir, et ils en seraient peut-être désolés. Mais ils s'enquêtent, ils cherchent, disputent; ils penchent la tête de ce côté comme un architecte qui ajuste une équerre, et travaillent ainsi à voir ce qu'ils désirent. Du mal prouvé, ils en sourient; du mal douteux, ils en jureraient; le bien, ils veulent voir derrière. «Qui sait ?» voilà la grande formule, le premier mot que Satan a dit quand il a vu le ciel se fermer. Hélas ! combien de malheureux a faits cette seule parole ! combien de désastres et de morts ! combien de coups de faux terribles dans des moissons prêtes à pousser ! combien de cœurs, combien de familles où il n'y a plus que des ruines depuis que ce mot s'y est fait entendre ! « Qui sait ? qui sait ? » parole infâme ! Plutôt que de la prononcer, on devrait faire comme les moutons qui ne savent où est l'abattoir et qui y vont en broutant de l'herbe. Cela vaut mieux que d'être un esprit fort et de lire La Rochefoucauld.

Quel meilleur exemple en puis-je donner que ce que je raconte en ce moment ? Ma maîtresse voulait partir, et je n'avais qu'à dire un mot. Je la voyais triste, et pourquoi restais-je ? Qu'en serait-il arrivé si j'étais parti ? Ce n'eût été qu'un moment de crainte ; nous n'aurions pas voyagé trois jours que tout serait oublié. Seul auprès d'elle, elle n'eût pensé qu'à moi ; que m'importait d'apprendre un mystère qui n'attaquait pas mon bonheur ? Elle consentait, tout finissait là. Il ne fallait qu'un baiser sur les lèvres ; au lieu de cela, voyez ce que je fais.

Un soir que Smith avait dîné avec nous, je m'étais retiré de bonne heure et les avais laissés ensemble. Comme je fermais ma porte, j'entendis Brigitte demander du thé. Le lendemain, en entrant dans sa chambre, je m'approchai par hasard de la table, et à côté de la théière je ne vis qu'une seule tasse. Personne n'était entré avant moi, et par conséquent le domestique n'avait rien emporté de ce dont on s'était servi la veille. Je cherchai autour de moi sur les meubles si je voyais une seconde tasse, et m'assurai qu'il n'y en avait point.

« Est-ce que Smith est resté tard ? demandai-je à Brigitte.

— Il est resté jusqu'à minuit.

— Vous êtes-vous couchée seule, ou avez-vous appelé quelqu'un pour vous mettre au lit ?

— Je me suis couchée seule ; tout le monde dormait dans la maison. »

Je cherchais toujours, et les mains me tremblaient. Dans quelle comédie burlesque y a-t-il un jaloux assez sot pour aller s'enquérir de ce qu'une tasse est devenue ? A propos de quoi Smith et madame Pierson auraient-ils bu dans la même tasse ? La noble pensée qui me venait là !

Je tenais cependant la tasse, et j'allais et venais par la chambre. Je ne pus m'empêcher d'éclater de rire, et je la lançai sur le carreau. Elle s'y brisa en mille pièces, que j'écrasai à coups de talon.

Brigitte me vit faire sans me dire un seul mot. Pendant les deux jours suivants, elle me traita avec une froideur qui avait l'air de tenir du mépris, et je la vis affecter avec Smith un ton plus libre et plus bienveillant qu'à l'ordinaire. Elle l'appelait Henri, de son nom de baptême, et lui souriait familièrement.

« J'ai envie de prendre l'air, dit-elle après dîner ; venez-vous à l'Opéra, Octave ? Je suis d'humeur à y aller à pied.

— Non, je reste ; allez-y sans moi. »

Elle prit le bras de Smith et sortit. Je restai seul toute la soirée ; j'avais du papier devant moi et je voulais écrire pour fixer mes pensées, mais je ne pus en venir à bout.

Comme un amant, dès qu'il se voit seul, tire de son sein une lettre de sa maîtresse et s'ensevelit dans un rêve chéri, ainsi je m'enfonçais à plaisir dans le sentiment d'une profonde solitude, et je m'enfermais pour douter. J'avais devant moi les deux sièges vides que Smith et Brigitte venaient d'occuper ; je les regardais d'un œil avide, comme s'ils eussent pu m'apprendre quelque chose. Je repassais mille fois dans ma tête ce que j'avais vu et entendu ; de temps en temps j'allais à la porte, et je jetais les yeux sur nos malles, qui étaient rangées contre le mur et qui attendaient depuis un mois ; je les entr'ouvais doucement, j'examinais les hardes, les livres rangés en ordre par ces petites mains soigneuses et délicates ; j'écoutais passer les voitures ; leur bruit me faisait palpiter le cœur. J'étalais sur la table notre carte d'Europe, témoin naguère de si doux projets ; et là, en présence même de toutes mes espérances, dans cette chambre où je les avais conçues et vues si près de se réaliser, je me livrais à cœur ouvert aux plus affreux pressentiments.

Comment cela était-il possible ? Je ne sentais ni colère ni jalousie, et cependant une douleur sans bornes. Je ne soupçonnais pas, et pourtant je doutais. L'esprit de l'homme est si bizarre qu'il sait se forger, avec ce qu'il voit et malgré ce qu'il voit, cent sujets de souffrance. En vérité, sa cervelle ressemble à ces cachots de l'Inquisition où les murailles sont couvertes de tant d'instruments de supplice qu'on n'en comprend ni le but ni la forme, et qu'on se demande, en les voyant, si ce sont des tenailles ou des jouets. Dites-moi, je vous le demande, quelle différence il y a de dire à sa maîtresse : « Toutes les femmes trompent, » ou de lui dire : « Vous me trompez ! »

Ce qui se passait dans ma tête était pourtant peut-être aussi subtil, aussi ténu que le plus fin sophisme; c'était une sorte de dialogue entre l'esprit et la conscience. « Si je perdais Brigitte ? disait l'esprit. — Elle part avec toi, disait la conscience. — Si elle me trompait ? — Comment te tromperait-elle, elle qui avait fait son testament, où elle disait de prier pour toi ! — Si Smith l'aimait ? — Fou, que t'importe, puisque tu sais que c'est toi qu'elle aime ? — Si elle m'aime, pourquoi est-elle triste ? — C'est son secret, respecte-le. — Si je l'emmène, sera-t-elle heureuse ? — Aime-la, elle le sera. — Pourquoi, quand cet homme la regarde, semble-t-elle craindre de rencontrer ses yeux ? — Parce qu'elle est femme, et qu'il est jeune. — Pourquoi, quand elle le regarde, cet homme pâlit-il tout à coup ? — Parce qu'il est homme, et qu'elle est belle. — Pourquoi, quand je l'ai été voir, s'est-il jeté en pleurant dans mes bras ? Pourquoi un jour s'est-il frappé le front ? — Ne demande pas ce qu'il faut que tu ignores. — Pourquoi faut-il que j'ignore ces choses ? — Parce que tu es misérable et fragile, et que tout mystère est à Dieu. — Mais pourquoi est-ce que je souffre ? Pourquoi ne puis-je songer à cela sans que mon âme s'épouvante ? — Songe à ton père, et à faire le bien. — Mais pourquoi ne le puis-je pas ? Pourquoi le mal m'attire-t-il à lui ? — Mets-toi à genoux, confesse-toi ! si tu crois au mal, tu l'as fait. — Si je l'ai fait, était-ce ma faute ? Pourquoi le bien m'a-t-il trahi ? — De ce que tu es dans les ténèbres, est-ce une raison pour nier la lumière ? S'il y a des traîtres, pourquoi es-tu l'un d'eux ? — Parce que j'ai peur d'être dupe. — Pourquoi passes-tu tes nuits à veiller ? — Les nouveau-nés dorment à cette heure. — Pourquoi es-tu seul maintenant ? — Parce que je pense, je doute et je crains. — Quand donc feras-tu ta prière ? — Quand je croirai. Pourquoi m'a-t-on menti ? — Pourquoi mens-tu, lâche, à ce moment même ? Que ne meurs-tu, si tu ne peux souffrir ? »

Ainsi parlaient et gémissaient en moi deux voix terribles et contraires, et une troisième criait encore : « Hélas ! hélas ! mon innocence ! Hélas ! hélas ! les jours d'autrefois ! »

CHAPITRE V

L'effroyable levier que la pensée humaine ! C'est notre défense et notre sauvegarde, le plus beau présent que Dieu nous ait fait. Elle est à nous et nous obéit ; nous la pouvons lancer dans l'espace, et, une fois hors de ce faible crâne, c'en est fait, nous n'en répondons plus.

Tandis que, du jour au lendemain, je remettais sans cesse ce départ, je perdais la force et le sommeil, et peu à peu, sans que je m'en aperçusse, toute la vie m'abandonnait. Lorsque je m'asseyais à table, je me sentais un mortel dégoût ; la nuit, ces deux pâles visages, celui de Smith et celui de ma maîtresse, que j'observais tant que durait le jour, me poursuivaient dans des rêves affreux. Lorsqu'ils allaient le soir au spectacle, je refusais d'y aller avec eux ; puis je m'y rendais de mon côté, je me cachais dans le parterre, et, de là, je les regardais. Je feignais d'avoir affaire dans la chambre voisine, et j'y restais une heure à les écouter. Tantôt l'idée de chercher querelle à Smith et de le forcer à se battre avec moi me saisissait avec violence ; je lui tournais le dos pendant qu'il me parlait, puis je le voyais d'un air de surprise, venir à moi en me tendant la main ; tantôt, quand j'étais seul la nuit et que tout dormait dans la maison, je me sentais la tentation d'aller au secrétaire de Brigitte et de lui enlever ses papiers. Je fus obligé une fois de sortir pour y résister. Que puis-je dire ? Je voulais un jour les menacer, un couteau à la main, de les tuer s'ils ne me disaient par quelle raison ils étaient si tristes ; un autre jour, c'était contre moi que je voulais tourner ma fureur. Avec quelle honte je l'écris ! Et qui m'aurait demandé au fond ce qui me faisait agir ainsi, je n'aurais su lui répondre.

Voir, savoir, douter, fureter, m'inquiéter et me rendre misérable, passer les jours l'oreille au guet et la nuit me noyer de larmes, me répéter que j'en mourrais de douleur et croire que j'en avais sujet, sentir l'isolement et la faiblesse déraciner l'espoir dans mon cœur, m'imaginer que j'épiais, tandis que je n'écoutais dans l'ombre que le battement de mon pouls fiévreux; rebattre sans fin ces phrases plates qui courent partout : « La vie est un songe. » « Il n'y a rien de stable ici-bas; » maudire enfin, blasphémer Dieu en moi par ma misère et mon caprice, voilà quelle était ma jouissance, la chère occupation pour laquelle je renonçais à l'amour, à l'air du ciel, à la liberté !

Éternel Dieu, la liberté ! oui, il y avait de certains moments où, malgré tout, j'y pensais encore. Au milieu de tant de démence, de bizarrerie et de stupidité, il y avait en moi des bondissements qui m'enlevaient tout à coup à moi-même. C'était une bouffée d'air qui me frappait le visage quand je sortais de mon cachot; c'était une page d'un livre que je lisais, quand toutefois il m'arrivait d'en prendre d'autres que ceux de ces sycophantes modernes qu'on appelle des pamphlétaires, et à qui on devrait défendre, par simple mesure de salubrité publique, de dépecer et de philosophailler. Puisque je parle de ces bons moments, ils furent si rares que j'en veux citer un. Je lisais un soir les Mémoires de Constant; j'y trouve les dix lignes suivantes :

« Salsdorf, chirurgien saxon attaché au prince Christian, eut à la bataille de Wagram la jambe cassée par un obus. Il était couché sur la poussière, presque sans vie. A quinze pas de lui, Amédée de Kerbourg, aide de camp (j'ai oublié de qui), froissé à la poitrine par un boulet, tombe et vomit le sang. Salsdorf voit que, si ce jeune homme n'est pas secouru, il va mourir d'une apoplexie; il recueille ses forces, se traîne en rampant jusqu'à lui, le saigne et lui sauve la vie. Au sortir de là, Salsdorf mourut à Vienne, quatre jours après l'amputation. »

Quand je lus ces mots, je jetai le livre et je fondis en larmes. Je ne regrette pas celles-là, elles me valurent une bonne journée; car je ne fis que parler de Salsdorf, et ne me souciai de quoi que ce soit. Je ne pensai pas, à coup sûr, à soupçonner personne ce jour-là. Pauvre rêveur ! devais-je alors me souvenir que j'avais été bon ? A quoi cela me servait-il ? A tendre au ciel des bras désolés, à me demander pourquoi j'étais au monde et à chercher autour de moi s'ils ne tomberait pas aussi quelque obus qui me délivrât pour l'éternité. Hélas ! ce n'en était que l'éclair qui traversait un instant ma nuit.

Comme ces derviches insensés qui trouvent l'extase dans le vertige, quand la pensée, tournant sur elle-même, s'est épuisée à se creuser, lasse d'un travail inutile, elle s'arrête épouvantée. Il semble que l'homme soit vide et qu'à force de descendre en lui il arrive à la dernière marche d'une spirale. Là, comme au sommet des montagnes, comme au fond des mines, l'air manque; et Dieu défend d'aller plus loin. Alors, frappé d'un froid mortel, le cœur, comme altéré d'oubli, voudrait s'élancer au dehors pour renaître; il redemande la vie à ceux qui l'environnent, il aspire l'air ardemment; mais il ne trouve autour de lui que ses propres chimères, qu'il vient d'animer de la force qui lui manque, et qui, créées par lui, l'entourent comme des spectres sans pitié.

Il n'était pas possible que les choses continuassent longtemps ainsi. Fatigué de l'incertitude, je résolus de tenter une épreuve pour découvrir la vérité.

J'allai demander des chevaux de poste pour dix heures du soir. Nous avions loué une calèche, et j'ordonnai que tout fût prêt pour l'heure indiquée. Je défendis en même temps qu'on en dît rien à madame Pierson. Smith vint dîner. En me mettant à table, j'affectai plus de gaieté qu'à l'ordinaire, et, sans les avertir de mon dessein, je mis l'entretien sur notre voyage. J'y renoncerais, dis-je à Brigitte, si je pensais qu'elle l'eût moins à cœur; je me trouvais si bien à Paris que je ne demandais pas mieux que d'y rester tant qu'elle le trouverait agréable. Je fis l'éloge de tous les plaisirs qu'on ne peut trouver que dans cette ville; je parlai des bals, des théâtres, de tant d'occasions de se distraire qui s'y rencontrent à chaque pas. Bref, puisque nous étions heureux, je ne voyais pas pourquoi nous changions de place, et je ne songeais pas à partir de si tôt.

Je m'attendais qu'elle allait insister pour notre projet d'aller à Genève, et, en effet, elle n'y manqua pas. Ce ne fut pourtant qu'assez faiblement; mais, dès qu'elle en eût dit les premiers mots, je feignis de me rendre à ses instances; puis, détournant la conversation, je parlai de choses indifférentes, comme si tout eût été convenu.

« Et pourquoi, ajoutai-je, Smith ne viendrait-il pas avec nous? Il est bien vrai qu'il a ici des occupations qui le retiennent, mais ne peut-il obtenir un congé? D'ailleurs, les talents qu'il possède, et dont il ne veut pas profiter, ne doivent-ils pas lui assurer partout une existence libre et honorable? Qu'il vienne sans façon! la voiture est grande, et nous lui offrons une place : il faut qu'un jeune homme voie le monde, et il n'y a rien de si triste à son âge que de s'enfermer dans un cercle restreint. « N'est-il pas vrai? demandai-je à Brigitte. Allons, ma chère, que votre crédit obtienne de lui ce qu'il me refuserait peut-être! Décidez-le à nous sacrifier six semaines de son temps. Nous voyagerons de compagnie, et un tour en Suisse avec nous lui fera retrouver avec plus de plaisir son cabinet et ses travaux. »

Brigitte se joignit à moi, quoiqu'elle sût bien que cette invitation n'était qu'une plaisanterie. Smith ne pouvait s'absenter de Paris sans danger de perdre sa place, et il nous répondit, non sans regret, que cette raison l'empêchait d'accepter. Cependant j'avais fait monter une bouteille de bon vin, et, tout en continuant de le presser, moitié en riant, moitié sérieusement, nous nous étions animés tous trois. Après dîner, je sortis un quart d'heure pour m'assurer que mes ordres étaient suivis; puis je rentrai d'un air joyeux, et, m'asseyant au piano, je proposai de faire de la musique. «Passons ici notre soirée, leur dis-je; si vous m'en croyez, n'allons pas au spectacle; je ne suis pas capable de vous aider, mais je le suis de vous entendre. Nous ferons jouer Smith s'il s'ennuie, et le temps passera plus vite qu'ailleurs. »

Brigitte ne se fit pas prier, elle chanta de bonne grâce; Smith l'accompagnait sur son violoncelle. On avait apporté de quoi faire du punch, et bientôt la flamme du rhum brûlant nous égaya de sa clarté. Le piano fut quitté pour la table; on y revint; nous prîmes des cartes; tout se passa comme je voulais, et il ne fut question que de se divertir.

J'avais les yeux fixés sur la pendule, et j'attendais impatiemment que l'aiguille marquât dix heures. L'inquiétude me dévorait, mais j'eus la force de n'en rien laisser voir. Enfin arriva le moment fixé; j'entendis le fouet du postillon et les chevaux entrer dans la cour. Brigitte était assise près de moi; je lui pris la main et lui demandai si elle était prête à partir. Elle me regarda avec surprise, croyant sans doute que je voulais rire. Je lui dis qu'à dîner elle m'avait paru si bien décidée que je n'avais pas hésité à faire venir des chevaux, et que c'était pour en demander que j'étais sorti. Au même instant entra le garçon de l'hôtel, qui venait annoncer que les paquets étaient sur la voiture et qu'on n'attendait plus que nous.

« Est-ce sérieux? demanda Brigitte; vous voulez partir cette nuit?

— Pourquoi pas, répondis-je, puisque nous sommes d'accord ensemble que nous devons quitter Paris?

— Quoi! maintenant? A l'instant même?

— Sans doute; n'y a-t-il pas un mois que tout est prêt? Vous voyez qu'on n'a eu que la peine de lier nos malles sur la calèche; du moment qu'il est décidé que nous ne restons pas ici, le plus tôt fait n'est-il pas le meilleur? Je suis d'avis qu'il faut tout faire ainsi et ne rien remettre au lendemain. Vous êtes ce soir d'humeur voyageuse, et je me hâte d'en profiter. Pourquoi attendre et différer sans cesse? Je ne saurais supporter cette vie. Vous voulez partir, n'est-il pas vrai? Eh bien! partons, il ne tient plus qu'à vous. »

Il y eut un moment de profond silence. Brigitte alla à la fenêtre et vit qu'en effet on avait attelé. D'ailleurs, au ton dont je parlais, il ne pouvait lui rester aucun doute, et, quelque prompte que dût lui paraître cette résolution, c'était d'elle qu'elle venait. Elle ne pouvait se dédire de ses propres paroles ni prétexter de motif de retard. Sa détermination fut prise aussitôt : elle fit d'abord quelques questions, comme pour s'assurer que tout fût en ordre; voyant qu'on n'avait rien omis, elle chercha de côté et d'autre. Elle prit son châle et son chapeau, puis les posa, puis chercha encore. « Je suis prête, dit-elle, me voilà;

nous partons donc ? Nous allons partir ? » Elle prit une lumière, visita ma chambre, la sienne, ouvrit les coffres et les armoires. Elle demandait la clef de son secrétaire, qu'elle avait perdue, disait-elle. Où pouvait être cette clef ? Elle l'avait tenue il y avait une heure. « Allons ! allons ! je suis prête, répétait-elle avec une agitation extrême ; partons Octave, descendons. » En disant cela elle cherchait toujours, et vint enfin se rasseoir près de nous.

J'étais resté sur le canapé et regardais Smith debout devant moi. Il n'avait pas changé de contenance et ne semblait ni troublé ni surpris ; mais deux gouttes de sueur lui coulaient sur les tempes, et j'entendis craquer dans ses doigts un jeton d'ivoire qu'il tenait, et dont les morceaux tombèrent à terre. Il nous tendit ses deux mains à la fois. « Un bon voyage, mes amis ! » dit-il.

Nouveau silence. Je l'observais toujours et j'attendais qu'il ajoutât un mot. « S'il y a ici un secret, pensai-je, quand le saurai-je si ce n'est en ce moment ? Ils doivent l'avoir tous deux sur les lèvres. Qu'il en sorte l'ombre, et je la saisirai. »

« Mon cher Octave, dit Brigitte, où comptez-vous que nous nous arrêterons ? Vous nous écrirez, n'est-ce pas, Henri ? Vous n'oublierez pas ma famille, et ce que vous pourrez pour moi, vous le ferez ? »

Il répondit d'une voix émue, mais avec un calme apparent, qu'il s'engageait de tout son cœur à la servir, et qu'il y ferait ses efforts. « Je ne puis, dit-il, répondre de rien, et, sur les lettres que vous avez reçues, il y a bien peu d'espérance. Mais ce ne sera pas de ma faute si, malgré tout, je ne puis bientôt vous envoyer quelque heureuse nouvelle. Comptez sur moi, je vous suis dévoué. »

Après nous avoir adressé encore quelques paroles obligeantes, il se disposait à sortir. Je me levai et le devançai ; je voulus une dernière fois les laisser encore un moment ensemble, et, aussitôt que j'eus fermé la porte derrière moi, dans toute la rage de la jalousie déçue, je collai mon front sur la serrure.

« Quand vous reverrai-je ? demanda-t-il.

— Jamais, répondit Brigitte ; adieu, Henri ! » Elle lui tendit la main. Il s'inclina, la porta à ses lèvres, et je n'eus que le temps de me jeter en arrière dans l'obscurité. Il passa sans me voir et sortit.

Demeuré seul avec Brigitte, je me sentis le cœur désolé. Elle m'attendait, son manteau sous le bras, et l'émotion qu'elle éprouvait était trop claire pour s'y méprendre. Elle avait trouvé la clef qu'elle cherchait, et son secrétaire était ouvert. Je retournai m'asseoir près de la cheminée.

« Écoutez, lui dis-je sans oser la regarder ; j'ai été si coupable envers vous que je dois attendre et souffrir sans avoir le droit de me plaindre. Le changement qui s'est fait en vous m'a jeté dans un tel désespoir que je n'ai pu m'empêcher de vous en demander la raison ; mais aujourd'hui je ne vous la demande plus. Vous en coûte-t-il de partir ? Dites-le-moi ; je me résignerai.

— Partons, partons ! répondit-elle.

— Comme vous voudrez ; mais soyez franche. Quel que soit le coup que je reçoive, je ne dois pas même demander d'où il vient ; je m'y soumettrai sans murmurer. Mais si je dois vous perdre jamais, ne me rendez pas l'espérance, car, Dieu le sait ! je n'y survivrais pas. »

Elle se retourna précipitamment. « Parlez-moi, dit-elle, de votre amour, ne me parlez pas de votre douleur.

— Eh bien ! je t'aime plus que ma vie. Auprès de mon amour, ma douleur n'est qu'un rêve. Viens avec moi au bout du monde : ou je mourrai, ou je vivrai par toi. »

En prononçant ces mots, je fis un pas vers elle, et je la vis pâlir et reculer. Elle faisait un vain effort pour forcer à sourire ses lèvres contractées, et, se baissant sur le secrétaire : « Un instant, dit-elle, un instant encore ; j'ai quelques papiers à brûler.» Elle me montra les lettres de N***, les déchira et les jeta au feu ; elle en prit d'autres, qu'elle relut et qu'elle étala sur la table. C'étaient des mémoires de ses marchands, et il y en avait dans le nombre qui n'étaient pas encore payés. Tout en les examinant, elle commença à parler avec volubilité, les joues ardentes comme dans la fièvre. Elle me demandait pardon de son silence obstiné et de sa conduite depuis notre arrivée. Elle me témoignait plus de tendresse, plus de confiance que jamais. Elle frappait des mains en riant et se promettait le plus charmant voyage; enfin elle était tout amour, ou du moins tout semblant d'amour. Je ne puis dire combien je souffrais de cette joie factice; il y avait, dans cette douleur qui se démentait ainsi elle-même, une tristesse plus affreuse que les larmes et plus amère que les reproches. Je l'eusse mieux aimée froide et indifférente que s'excitant ainsi pour se vaincre; il me semblait voir une parodie de nos moments les plus heureux. C'étaient les mêmes paroles, la même femme, les mêmes caresses; et ce qui, quinze jours auparavant, m'enivrait d'amour et de bonheur, répété ainsi, me faisait horreur.

« Brigitte, lui dis-je tout à coup, quel mystère me cachez-vous donc ? Si vous m'aimez quelle comédie horrible jouez-vous donc ainsi devant moi ?

— Moi ! dit-elle presque offensée. Qui vous fait croire que je la joue ?

— Qui me le fait croire ? Dites-moi, ma chère, que vous avez la mort dans l'âme et que vous souffrez le martyre. Voilà mes bras prêts à vous recevoir; appuyez-y la tête et pleurez. Alors je vous emmènerai peut-être; mais, en vérité, pas ainsi.

— Partons, partons ! répéta-t-elle encore.

— Non, sur mon âme ! non, pas à présent; non tant qu'il y a entre nous un mensonge ou un masque. J'aime mieux le malheur que cette gaieté-là. »

Elle resta muette, consternée de voir que je ne me trompais pas à ses paroles, et que je la devinais malgré ses efforts.

« Pourquoi nous abuser ? continuai-je. Suis-je donc si bas dans votre estime que vous puissiez feindre devant moi ? Ce malheureux et triste voyage, vous y croyez-vous donc condamnée ? Suis-je un tyran, un maître absolu ? Suis-je un bourreau qui vous traîne au supplice ?

Que craignez-vous donc de ma colère pour en venir à de pareils détours ? Quelle terreur vous fait mentir ainsi ?

— Vous avez tort, répondit-elle. Je vous en prie, pas un mot de plus !

— Pourquoi donc si peu de sincérité ? Si je ne suis pas votre confident, ne puis-je du moins être traité en ami ? Si je ne puis savoir d'où viennent vos larmes, ne puis-je du moins les voir couler ? N'avez-vous pas même cette confiance de croire que je respecte vos chagrins ? Qu'ai-je fait pour les ignorer ? Ne saurait-on y trouver de remède ?

— Non, disait-elle, vous avez tort ; vous ferez votre malheur et le mien si vous me pressez davantage. N'est-ce pas assez que nous partions ?

— Et comment voulez-vous que je parte, lorsqu'il suffit de vous regarder pour voir que ce voyage vous répugne, que vous venez à contre-cœur, que vous vous en repentez déjà ? Qu'est-ce donc, grand Dieu ! et que me cachez-vous ? A quoi bon jouer avec les paroles quand la pensée est aussi claire que cette glace que voilà ? Ne serais-je pas le dernier des hommes d'accepter ainsi sans murmure ce que vous me donnez avec tant de regret ? Comment cependant le refuserais-je ? Que puis-je faire, si vous ne parlez pas ?

— Non, je ne vous suis pas à contre-cœur ; vous vous trompez ; je vous aime, Octave ; cessez de me tourmenter ainsi. »

Elle mit tant de douceur dans ses paroles que je me jetai à ses genoux. Qui eût résisté à son regard et au son divin de sa voix ? « Mon Dieu ! m'écriai-je, vous m'aimez, Brigitte, ma chère maîtresse, vous m'aimez ?

— Oui, je vous aime, oui, je vous appartiens ; faites de moi ce que vous voudrez. Je vous suivrai ; partons ensemble ; venez Octave ! on nous attend. »

Elle serrait ma main dans les siennes et me donna un baiser sur le front. « Oui, il le faut, murmura-t-elle ; oui, je le veux, jusqu'au dernier soupir. »

« *Il le faut ;* » me dis-je à moi-même. Je me levai. Il ne restait plus sur la table qu'une seule feuille de papier que Brigitte parcourait des yeux. Elle la prit, la retourna, puis la laissa tomber à terre. « Est-ce tout ? demandai-je.

— Oui, c'est tout. »

Lorsque j'avais fait venir les chevaux, ce n'avait pas été avec la pensée que nous partirions en effet. Je ne voulais que faire une tentative ; mais, par la force même des choses, elle était devenue véritable.

— J'ouvris la porte. « Il le faut ! me disais-je ; il le faut ! répétais-je tout haut. Que veut dire ce mot, Brigitte ? Qu'y a-t-il donc que j'ignore ici ? Expliquez-vous, sinon je reste. Pourquoi faut-il que vous n'aimiez ? »

Elle tomba sur le canapé et se tordit les mains de douleur. « Ah ! malheureux ! malheureux ! dit-elle, tu ne sauras jamais aimer !

— Eh bien ! peut-être, oui, je le crois ; mais, devant Dieu ! je sais souffrir. Il faut que vous m'aimiez, n'est-ce pas ? Eh bien ! il faut aussi me répondre. Quand je devrais vous perdre à jamais, quand ces murs devraient crouler sur ma tête, je ne sortirai pas d'ici que je ne sache quel est ce mystère qui me torture depuis un mois. Vous parlerez, ou je vous quitte. Que je sois un fou, un furieux, que je gâte à plaisir ma vie, que je vous demande ce que peut-être je devrais feindre de vouloir ignorer, qu'une explication entre nous doive détruire notre bonheur et élever désormais devant moi une barrière insurmontable, que, par là, je rende impossible ce départ même que j'ai tant souhaité ; quoi qu'il puisse nous en coûter à vous et à moi, vous parlerez, ou je renonce à tout.

— Non ! non ! je ne parlerai pas.

— Vous parlerez. Croyez-vous par hasard que je sois dupe de vos mensonges ? Quand je vous vois, du soir au lendemain, plus différente de vous-même que le jour ne l'est de la nuit, croyez-vous donc que je m'y trompe ? Quand vous me donnez pour raison je ne sais quelles lettres qui ne valent seulement pas la peine qu'on les lise, vous imaginez-vous que je me contente du premier prétexte venu, parce qu'il vous plaît de n'en pas chercher d'autre ? Votre visage est-il de plâtre, pour qu'il soit difficile d'y voir ce qui se passe dans votre cœur ? Quelle opinion avez-vous donc de moi ? Je ne m'abuse pas autant qu'on le pense, et prenez garde qu'à défaut de parole votre silence ne m'apprenne ce que vous cachez si obstinément.

— Que voulez-vous que je vous cache ?

— Ce que je veux ? Vous me le demandez ? Est-ce pour me braver en face que vous me faites cette question ? Est-ce pour me pousser à bout et vous débarrasser de moi ? Oui, à coup sûr, l'orgueil offensé est là, qui attend que j'éclate. Si je m'expliquais franchement, vous auriez à votre service toute l'hypocrisie féminine ; vous attendez que je vous accuse, afin de me répondre qu'une femme comme vous ne descend pas à se justifier. Dans quels regards de fierté dédaigneuse ne savent pas s'envelopper les plus coupables et les plus perfides ! Votre grande arme est le silence, ce n'est pas d'hier que je le sais. Vous ne voulez qu'être insultée, vous vous taisez jusqu'à ce qu'on y vienne. Allez ! allez ! luttez avec mon cœur : là où bat le vôtre, vous le trouverez ; mais ne luttez pas avec ma tête : elle est plus dure que le fer, et elle en sait aussi long que vous.

— Pauvre garçon, murmura Brigitte, vous ne voulez donc pas partir ?

— Non ! je ne pars qu'avec ma maîtresse, et vous ne l'êtes pas maintenant. J'ai assez lutté, j'ai assez souffert, je me suis assez dévoré le cœur. Il est temps que le jour se lève ; j'ai assez vécu la nuit. Oui ou non, voulez-vous répondre ?

— Non.

— Comme il vous plaira ; j'attendrai. »

J'allai m'asseoir à l'autre bout de la chambre, déterminé à ne pas me lever que je n'eusse appris ce que je voulais savoir. Elle paraissait réfléchir et marchait lentement devant moi.

Je la suivais d'un œil avide, et le silence qu'elle gardait augmentait par degrés ma colère. Je ne voulais pas qu'elle s'en aperçût, et ne savais quel parti prendre. J'ouvris la fenêtre. « Qu'on dételle les chevaux, criai-je, et qu'on les paie ! Je ne partirai pas ce soir.

— Pauvre malheureux ! » dit Brigitte. Je refermai tranquillement la fenêtre et me rassis sans avoir l'air d'entendre; mais je me sentais une telle rage que je n'y pouvais résister. Ce froid silence, cette force négative, m'exaspéraient au dernier point. J'aurais été réellement trompé, et sûr de la trahison d'une femme aimée, que je n'aurais rien éprouvé de pire. Dès que je me fus condamné moi-même à rester encore à Paris, je me dis qu'à tout prix il fallait que Brigitte parlât; je cherchais en vain dans ma tête un moyen de l'y obliger, mais pour le trouver à l'instant même j'aurais donné tout ce que je possédais. Que faire? Que dire? Elle était là, tranquille, me regardant avec tristesse. J'entendis dételer les chevaux, ils s'en allèrent au petit trot, et le bruit de leurs grelots se perdit bientôt dans les rues. Je n'avais qu'à me retourner pour qu'ils revinssent, et il me semblait cependant que leur départ était irrévocable. Je poussai le verrou de la porte; je ne sais quoi me disait à l'oreille : « Te voilà seul, face à face avec l'être qui doit te donner la vie ou la mort. »

Tandis que, perdu dans mes pensées, je m'efforçais d'inventer un biais qui pût me mener à la vérité, je me souvins d'un roman de Diderot, où une femme, jalouse de son amant, s'avise, pour éclaircir ses doutes, d'un moyen assez singulier. Elle lui dit qu'elle ne l'aime plus, et lui annonce qu'elle va le quitter. Le marquis des Arcis (c'était le nom de l'amant) donne dans le piège et avoue que lui-même est lassé de son amour. Cette scène bizarre que j'avais lue trop jeune m'avait frappé comme un tour d'adresse, et le souvenir que j'en avais gardé me fit sourire en ce moment. « Qui sait? me dis-je; si j'en faisais autant, Brigitte s'y tromperait peut-être et m'apprendrait quel est son secret. »

D'une colère furieuse je passai tout à coup à des idées de ruse et de rouerie. Était-il donc si difficile de faire parler une femme malgré elle ? Cette femme était ma maîtresse; j'étais bien faible si je n'y parvenais.

Je me renversai sur le sofa d'un air libre et indifférent. « Eh bien ! ma chère, dis-je gaiement, nous ne sommes donc pas au jour des confidences ? »

Elle me regarda d'un air étonné.

« Eh ! mon Dieu ! oui, continuai-je, il faut pourtant qu'un jour ou l'autre nous en venions à nos vérités. Tenez, pour vous donner l'exemple, j'ai quelque envie de commencer : cela vous rendra confiante, et il n'y a rien de tel que de s'entendre entre amis. »

Sans doute qu'en parlant ainsi mon visage me trahissait; Brigitte ne semblait pas m'entendre et continuait de se promener.

« Savez-vous bien, lui dis-je, qu'après tout voilà six mois que nous sommes ensemble ? Le genre de vie que nous menons n'a rien qui ressemble à ce dont on peut rire. Vous êtes jeune, je le suis aussi; s'il arrivait que le tête-à-tête cessât d'être de votre goût, seriez-vous femme à me le dire ? En vérité, si cela était, je vous l'avouerais franchement. Et pourquoi pas ? Est-ce un crime d'aimer ? Ce ne peut donc être un crime de moins aimer, ou de n'aimer plus ? Qu'y aurait-il d'étonnant qu'à notre âge on eût besoin de changement ? »

Elle s'arrêta. « A notre âge ! dit-elle. Est-ce que c'est à moi que vous vous adressez ? Quelle comédie jouez-vous aussi ? »

Le sang me monta au visage. Je lui saisis la main.

« Assieds-toi là, lui dis-je, et écoute-moi.

— A quoi bon ? ce n'est pas vous qui parlez. »

J'étais honteux de ma propre feinte, et j'y renonçai.

« Écoutez-moi, répétai-je avec force, et venez, je vous en supplie, vous asseoir ici près de moi. Si vous voulez garder le silence, faites-moi du moins la grâce de m'entendre.

— J'écoute; qu'avez-vous à me dire ?

— Si on me disait aujourd'hui : « Vous êtes un lâche ! » j'ai vingt-deux ans et je me suis déjà battu; ma vie entière, mon cœur, se révolte-raient. N'aurais-je pas en moi la conscience de ce que je suis ? Il faudrait pourtant aller sur le pré, il faudrait que je me misse vis-à-vis

du premier venu, il faudrait jouer ma vie contre la sienne. Pourquoi ?
Pour prouver que je ne suis pas un lâche ; sans quoi, le monde le croirait.
Cette seule parole demande cette réponse, toutes les fois qu'on l'a
prononcée, et n'importe qui.

— C'est vrai ; où voulez-vous en venir ?

— Les femmes ne se battent pas ; mais, telle que la société est faite,
il n'y a pourtant aucun être, de tel sexe qu'il soit, qui ne doive, à
certains moments de sa vie, fût-elle réglée comme une horloge, solide
comme le fer, voir tout mis en question. Réfléchissez : qui voyez-vous
échapper à cette loi ? Quelques personnes peut-être ; mais voyez ce qui
en arrive : si c'est un homme, le déshonneur ; si c'est une femme,
quoi ? l'oubli. Tout être qui vit de la vie véritable doit, par cela même,
faire preuve qu'il vit. Il y a donc pour une femme, comme pour un
homme, telle occasion où elle est attaquée. Si elle est brave, elle se
lève, fait acte de présence, et se rassoit. Un coup d'épée ne prouve rien
pour elle. Non seulement il faut qu'elle se défende, mais qu'elle forge
elle-même ses armes. On la soupçonne ; qui ? Un indifférent ? Elle
peut et doit le mépriser. Est-ce son amant ? L'aime-t-elle, cet amant ?
Si elle l'aime, c'est là sa vie ; elle ne peut pas le mépriser.

— Sa seule réponse est le silence.

— Vous vous trompez : l'amant qui la soupçonne offense par là
sa vie entière, je le sais ; ce qui répond pour elle, n'est-ce pas ? ce sont
ses larmes, sa conduite passée, son dévouement et sa patience.
Qu'arrivera-t-il si elle se tait ? Que son amant la perdra par sa faute,
et que le temps la justifiera. N'est-ce pas là votre pensée ?

— Peut-être. Le silence avant tout.

— Peut-être, dites-vous ? Assurément je vous perdrai si vous ne me
répondez pas ? mon parti est pris, je pars seul.

— Eh bien ! Octave...

— Eh bien ! m'écriai-je ; le temps donc vous justifiera ? Achevez ;
à cela du moins dites oui ou non.

— Oui, je l'espère.

— Vous l'espérez ! Voilà ce que je vous prie de vous demander sincèrement. C'est la dernière fois sans doute que vous en aurez l'occasion devant moi. Vous me dites que vous m'aimez, et je le crois. Je vous soupçonne : votre intention est-elle que je parte et que le temps vous justifie ?

— Et de quoi me soupçonnez-vous ?

— Je ne voulais pas vous le dire, car je vois que c'est inutile. Mais après tout, misère pour misère, à votre loisir ! J'aime autant celle-là. Vous me trompez, vous en aimez un autre, voilà votre secret et le mien.

— Qui donc ? qui donc ? demanda-t-elle.

— Smith. »

Elle me posa sa main sur les lèvres et se détourna. Je n'en pus dire davantage. Nous restâmes tous deux pensifs, les yeux fixés à terre.

« Écoutez-moi, dit-elle avec effort. J'ai beaucoup souffert, et je prends le ciel à témoin que je donnerais ma vie pour vous. Tant qu'il me restera au monde la plus faible lueur d'espérance, je serai prête à souffrir encore ; mais quand je devrais exciter de nouveau votre colère en vous disant que je suis femme, je le suis pourtant, mon ami. Il ne faut pas aller trop avant, ni plus loin que la force humaine. Je ne répondrai jamais là-dessus. Tout ce que je puis en cet instant, c'est de me mettre une dernière fois à genoux et de vous supplier encore de partir. »

Elle s'inclina en disant ces mots. Je me levai.

« Bien insensé, dis-je avec amertume, bien insensé qui, une fois dans sa vie, veut obtenir la vérité d'une femme ! Il n'obtiendra que le mépris, et il le mérite, en effet. La vérité ! Celui-là la sait qui corrompt des femmes de chambre et qui se glisse à leur chevet à l'heure où elles parlent en rêve. Celui-là la sait qui se fait femme lui-même, et que sa bassesse initie à tout ce qui s'agite dans l'ombre ! Mais l'homme qui la demande franchement, celui qui ouvre une main loyale pour obtenir cette affreuse aumône, ce n'est pas lui qui l'aura jamais. On se tient en garde avec lui ; pour toute réponse, on hausse les épaules ;

et, si la patience lui échappe, on se lève dans sa vertu comme une vestale outragée, et on laisse tomber de ses lèvres le grand oracle féminin, que le soupçon détruit l'amour, et qu'on ne saurait pardonner ce à quoi l'on ne peut répondre. Ah ! juste Dieu, quelle fatigue ! Quand donc finira tout cela ?

— Quand vous voudrez, dit-elle d'un ton glacé ; j'en suis aussi lasse que vous.

— A l'instant même ; je vous quitte pour jamais, et que le temps vous justifie donc ! Le temps ! le temps ! O froide amante ! souvenez-vous de cet adieu. Le temps ! Et ta beauté, et ton amour, et le bonheur, où seront-ils allés ? Est-ce donc sans regret que tu me perds ainsi ? Ah ! sans doute, le jour où l'amant jaloux saura qu'il a été injuste, le jour où il verra les preuves, il comprendra quel cœur il a blessé, n'est-il pas vrai ? Il pleurera sa honte ; il n'aura plus ni joie ni sommeil ; il ne vivra que pour se souvenir qu'il eût pu vivre autrefois heureux. Mais, ce jour-là, sa maîtresse orgueilleuse pâlira peut-être de se voir vengée ; elle se dira : « Si je l'avais fait plus tôt ! » Et, croyez-moi, si elle a aimé, l'orgueil ne la consolera pas. »

J'avais voulu parler avec calme, mais je n'étais plus maître de moi ; à mon tour je marchais avec agitation. Il y a certains regards qui sont de vrais coups d'épée ; ils se croisent comme le fer : c'était de ceux-là que Brigitte et moi nous échangions en ce moment. Je la regardais comme un prisonnier regarde la porte d'un cachot. Pour briser le sceau qu'elle avait sur les lèvres et pour la forcer à parler, j'aurais exposé ma vie et la sienne.

« Où allez-vous ? demanda-t-elle. Que voulez-vous que je vous dise ?

— Ce que vous avez dans le cœur. N'êtes-vous pas assez cruelle de me le faire répéter ainsi ?

— Et vous, et vous, s'écria-t-elle, n'êtes-vous pas plus cruel cent fois ? — Ah ! bien insensé, dites-vous, qui veut savoir la vérité ! — Folle, puis-je dire à mon tour, qui peut espérer qu'on la croie ! Vous voulez savoir mon secret, et mon secret, c'est que je vous aime. Folle que je suis ! vous en cherchez un autre. Cette pâleur qui me vient de vous, vous l'accusez, vous l'interrogez. Folle ! j'ai voulu souffrir en silence, vous consacrer ma résignation ; j'ai voulu vous cacher mes larmes ; vous les épiez comme des témoins d'un crime ; folle ! j'ai voulu traverser les mers, m'exiler de France avec vous, aller mourir, loin de tout ce qui m'a aimée, sur ce cœur qui doute de moi ; folle ! j'ai cru que la vérité avait un regard, un accent, qu'on la devinait, qu'on la respectait ! Ah ! quand j'y pense, les larmes me suffoquent. Pourquoi, s'il en devait être ainsi, m'avoir entraînée à une démarche qui troublera à jamais mon repos ? Ma tête se perd ; je ne sais où j'en suis. »

Elle se pencha en pleurant sur moi. « Folle, folle ! » répétait-elle avec une voix déchirante.

« Et qu'est-ce donc ? continua-t-elle. Jusques à quand persévérerez-vous ? Que puis-je faire à ces soupçons sans cesse renaissants, sans cesse altérés ! Il faut, dites-vous, que je me justifie ! De quoi ? de partir, d'aimer, de mourir, de désespérer ? Et si j'affecte une gaieté forcée, cette gaieté même vous offense. Je vous sacrifie tout pour partir, et vous n'aurez pas fait une lieue que vous regarderez en arrière. Partout, toujours, quoi que je fasse, l'injure, la colère ! Ah ! cher enfant, si vous saviez quel froid mortel, quelle souffrance de voir ainsi la plus simple parole du cœur accueillie par le doute et le sarcasme ! Vous vous priverez par là du seul bonheur qu'il y ait au monde : aimer avec abandon. Vous tuerez dans le cœur de ceux qui vous aiment tout sentiment délicat et élevé ; vous en viendrez à ne plus croire qu'à ce qu'il y a de plus grossier ; il ne vous restera de l'amour que ce qui est visible et se touche du doigt. Vous êtes jeune, Octave, et vous avez encore une longue vie à parcourir ; vous aurez d'autres maîtresses. Oui, comme vous dites, l'orgueil est peu de chose, et ce n'est pas lui qui me consolera ; mais Dieu veuille qu'une larme de vous me paie un jour de celles que vous me faites répandre en ce moment ! »

Elle se leva. « Faut-il donc le dire ? Faut-il donc que vous le sachiez, que depuis six mois je ne me suis pas couchée un soir sans me répéter que tout était inutile et que vous ne guéririez jamais ; que je ne me suis pas levée un matin sans me dire qu'il fallait essayer encore; que vous n'avez pas dit une parole que je ne sentisse que je devais vous quitter, et que vous ne m'avez pas fait une caresse que je ne sentisse que j'aimais mieux mourir; que jour par jour, minute par minute, toujours entre la crainte et l'espoir, j'ai mille fois tenté de vaincre ou mon amour ou ma douleur; que, dès que j'ouvrais mon cœur près de vous, vous jetiez un coup d'œil moqueur jusques au fond de mes entrailles, et que, dès que je le fermais, il me semblait y sentir un trésor que vous seul pouviez dépenser ? Vous raconterai-je ces faiblesses et tous ces mystères qui semblent puérils à ceux qui ne les respectent pas ? que, lorsque vous me quittiez avec colère, je m'enfermais pour relire vos premières lettres; qu'il y a une valse chérie que je n'ai jamais jouée en vain lorsque j'éprouvais trop vivement l'impatience de vous voir venir ? Ah ! malheureuse, que toutes ces larmes ignorées, que toutes ces folies si douces aux faibles te coûteront cher ! Pleure, maintenant ! ce supplice même, cette douleur n'a servi de rien. »

Je voulus l'interrompre. « Laissez-moi, laissez-moi, dit-elle; il faut qu'un jour je vous parle aussi. Voyons : pourquoi doutez-vous de moi ? Depuis six mois, de pensée, de corps et d'âme, je n'ai appartenu qu'à vous. De quoi osez-vous me soupçonner ? Voulez-vous partir pour la Suisse ? Je suis prête, vous le voyez. Est-ce un rival que vous croyez avoir ? Envoyez-lui une lettre que je signerai et que vous mettrez à la poste. Que faisons-nous ? Où allons-nous ? Prenons un parti. Ne sommes-nous pas toujours ensemble ? Eh bien ! pourquoi me quittes-tu ? Je ne veux pas être à la fois près et loin de toi. Il faudrait, dis-tu, pouvoir se fier à sa maîtresse; c'est vrai. Où l'amour est un bien, ou c'est un mal; si c'est un bien, il faut croire en lui; si c'est un mal, il faut s'en guérir. Tout cela, vois-tu, c'est un jeu que nous jouons; mais notre cœur et notre vie servent d'enjeu, et c'est horrible. Veux-tu mourir ? Ce sera plus tôt fait. Qui suis-je donc pour qu'on doute de moi ? »

Elle s'arrêta devant la glace. « Qui suis-je donc? répétait-elle, qui suis-je donc? Y pensez-vous? Regardez donc ce visage que j'ai. »

« Douter de toi? s'écria-t-elle en s'adressant à sa propre image; pauvre tête pâle, on te soupçonne! Pauvres joues maigres, pauvres yeux fatigués, on doute de vous et de vos larmes! Eh bien! achevez de souffrir : que ces baisers qui vous ont desséchés vous ferment les paupières! Descends dans cette terre humide, pauvre corps vacillant qui ne te soutiens plus! Quand tu y seras, on te croira peut-être, si le doute croit à la mort. O triste spectre! sur quelle rive veux-tu donc errer et gémir? Quel est ce feu qui te dévore? Tu fais des projets de voyage, toi qui as un pied dans le tombeau! Meurs! Dieu t'en est témoin, tu as voulu aimer! Ah! quelles richesses, quelles puissances d'amour on a éveillées dans ton cœur! Ah! quel rêve on t'a laissé faire, et de quels poisons on t'a tuée! Quel mal avais-tu fait pour que l'on mît en toi cette fièvre ardente qui te brûle? Quelle fureur l'anime donc, cette créature insensée qui te pousse du pied dans le cercueil, tandis que ses lèvres te parlent d'amour? Que deviendras-tu donc, si tu vis encore? N'est-il pas temps? N'en est-ce pas assez? Quelle preuve de ta douleur donneras-tu pour qu'on y croie, quand toi, toi-même, pauvre preuve vivante, pauvre témoin, on ne te croit pas? A quelle torture veux-tu te soumettre que tu n'aies pas déjà usée? Par quels tourments, quels sacrifices apaiseras-tu l'avide, l'insatiable amour? Tu ne seras qu'un objet de risée; tu chercheras en vain sur la terre une rue déserte où ceux qui passent ne te montrent pas au doigt. Tu perdras toute honte, et jusqu'à l'apparence de cette vertu fragile qui t'a été si chère; et l'homme pour qui tu t'aviliras sera le premier à t'en punir. Il te reprochera de vivre pour lui seul, de braver le monde pour lui, et, tandis que tes propres amis murmureront autour de toi, il cherchera dans leurs regards s'il n'aperçoit pas trop de pitié; il t'accusera de le tromper si une main serre encore la tienne et si, dans le désert de ta vie, tu trouves par hasard quelqu'un qui puisse te plaindre en passant. O Dieu! te souvient-il d'un jour d'été où l'on a posé sur ta tête une couronne de roses blanches ? Était-ce ce front qui la portait ? Ah ! cette main qui l'a suspendue aux murailles de l'oratoire, elle n'est pas tombée en poussière comme elle ! O ma vallée ! ô ma vieille tante, qui dormez maintenant en paix ! ô mes tilleuls, ma petite chèvre blanche, mes braves fermiers qui m'aimiez tant ! vous souvient-il de m'avoir vue heureuse, fière, tranquille et respectée ? Qui donc a jeté sur ma route cet étranger qui veut m'en arracher ? Qui donc lui a donné le droit de passer dans le sentier de mon village ? Ah ! malheureuse, pourquoi t'es-tu retournée le premier le jour qu'il t'y a suivie ? Pourquoi l'as-tu accueilli comme un frère ? Pourquoi as-tu ouvert ta porte et lui as-tu tendu la main ? Octave, Octave, pourquoi m'as-tu aimée, si tout devait finir ainsi ? »

Elle était près de défaillir, et je la soutins jusqu'à un fauteuil, où elle tomba la tête sur mon épaule. L'effort terrible qu'elle venait de faire en me parlant si amèrement l'avait brisée. Au lieu d'une maîtresse outragée, je ne trouvai plus tout à coup en elle qu'un enfant plaintif et souffrant. Ses yeux se fermèrent ; je l'entourai de mes bras, et elle resta sans mouvement.

Lorsqu'elle reprit connaissance, elle se plaignit d'une extrême langueur et me pria d'une voix tendre de la laisser pour qu'elle se mît au lit. Elle pouvait à peine marcher ; je la portai jusqu'à l'alcôve et la posai doucement sur son lit. Il n'y avait en elle aucune marque de souffrance ; elle se reposait de sa douleur comme d'une fatigue, et ne semblait pas s'en souvenir. Sa nature faible et délicate cédait sans lutter ; et, comme elle l'avait dit elle-même, j'avais été plus loin que sa force. Elle tenait ma main dans la sienne ; je l'embrassai ; nos lèvres encore amantes s'unirent comme à notre insu ; et, au sortir d'une scène si cruelle, elle s'endormit sur mon cœur en souriant comme au premier jour.

CHAPITRE VI

Brigitte dormait. Muet, immobile, j'étais assis à son chevet. Comme un laboureur, après un orage, compte les épis d'un champ dévasté, ainsi je commençai à descendre en moi-même et à sonder le mal que j'avais fait.

Je n'y eus pas plus tôt pensé que je le jugeai irréparable. Certaines souffrances, par leur excès même, nous avertissent de leur terme, et plus j'éprouvais de honte et de remords, plus je sentais qu'après une telle scène il ne restait qu'à nous dire adieu. Quelque courage que pût avoir Brigitte, elle avait bu jusqu'à la lie la coupe amère de son triste amour; si je ne voulais la voir mourir, il fallait qu'elle s'en reposât. Il était arrivé souvent qu'elle m'eût fait de cruels reproches, et elle y avait peut-être mis jusqu'alors plus de colère que cette fois; mais, cette fois, ce qu'elle m'avait dit, ce n'étaient plus de vaines paroles dictées par l'orgueil offensé, c'était la vérité qui, refoulée au fond du cœur, l'avait brisé pour en sortir. La circonstance où nous nous trouvions et mon refus de partir avec elle rendaient d'ailleurs tout espoir impossible; elle aurait voulu pardonner qu'elle n'en eût pas eu la force. Ce sommeil même, cette mort passagère d'un être qui ne pouvait plus souffrir, témoignait assez là-dessus; ce silence venu tout à coup, cette douceur qu'elle avait montrée en revenant si tristement à la vie, ce pâle visage, et jusqu'à ce baiser, tout me disait que c'en était fait, et, quelque lien qui pût nous unir, que je l'avais rompu pour toujours. De même qu'elle dormait maintenant, il était clair qu'à la première souffrance qui lui viendrait de moi elle s'endormirait du sommeil éternel. L'horloge sonna, et je sentis que l'heure écoulée emportait ma vie avec elle.

Ne voulant appeler personne, j'avais allumé la lampe de Brigitte; je regardais cette faible lueur, et mes pensées semblaient flotter dans l'ombre comme ses rayons incertains.

Quoi que j'eusse pu dire ou faire, jamais l'idée de perdre Brigitte ne s'était encore présentée à moi. J'avais cent fois voulu la quitter; mais qui a aimé en ce monde et ne sait pas ce qui en est? Ce n'était que du désespoir ou des mouvements de colère. Tant que je me savais aimé d'elle, j'étais bien sûr de l'aimer aussi; l'invincible nécessité venait, pour la première fois, de se lever entre nous deux. J'en ressentais comme une langueur sourde, où je ne distinguais rien clairement. J'étais courbé près de l'alcôve, et, quoique j'eusse vu dès le premier instant toute l'étendue de mon malheur, je n'en sentais pas la souffrance. Ce que mon esprit comprenait, mon âme, faible et épouvantée, semblait reculer pour n'en rien voir. « Allons, me disais-je, cela est certain; je l'ai voulu, et je l'ai fait; il n'y a pas le moindre doute que nous ne pouvons plus vivre ensemble; je ne veux pas tuer cette femme : ainsi je n'ai plus qu'à la quitter. Voilà qui est fait; je m'en irai demain. » Et, tout en me parlant ainsi, je ne pensais ni à mes torts, ni au passé, ni à l'avenir; je ne me souvenais ni de Smith ni de quoi que ce soit en ce moment; je n'aurais pu dire qui m'avait amené là ni ce que j'avais fait depuis une heure. Je regardais les murs de la chambre, et je crois que tout ce qui m'occupait était de chercher pour le lendemain par quelle voiture je m'en irais.

Je demeurai assez longtemps dans cet état de calme étrange. Comme un homme frappé d'un coup de poignard ne sent d'abord que le froid du fer, il fait encore quelques pas sur sa route, et, stupéfait, les yeux égarés, il se demande ce qui lui arrive. Mais peu à peu le sang vient goutte à goutte, la plaie s'entr'ouvre et le laisse couler; la terre se teint d'une pourpre noire; la mort arrive; l'homme, à son approche, frissonne d'horreur et tombe foudroyé. Ainsi, tranquille en apparence, j'écoutais venir le malheur; je me répétais à voix basse ce que Brigitte m'avait dit, et je disposais autour d'elle tout ce que je savais d'habitude qu'on lui préparait pour la nuit; puis je la regardais, puis j'allais à la fenêtre et j'y restais le front collé aux vitres, devant un grand ciel sombre et lourd; puis je revenais près du lit. Partir demain, c'était ma seule pensée, et peu à peu ce mot *partir* me devenait intelligible. « Ah ! Dieu, m'écriai-je tout à coup, ma pauvre maîtresse, je vous perds, et je n'ai pas su vous aimer ! »

Je tressaillis à ces paroles, comme si c'eût été un autre que moi qui les eût prononcées ; elles retentirent dans tout mon être, comme dans une harpe tendue un coup de vent qui va la briser. En un instant, deux ans de souffrances me traversèrent le cœur ; et, après elles, comme leur conséquence et leur dernière expression, le présent me saisit. Comment rendrai-je une pareille douleur ? Par un seul mot peut-être, pour ceux qui ont aimé. J'avais pris la main de Brigitte ; et, rêvant sans doute dans son sommeil, elle avait prononcé mon nom.

Je me levai et marchai dans la chambre ; un torrent de larmes coulait de mes yeux. J'étendais les bras comme pour ressaisir tout ce passé qui m'échappait. « Est-ce possible ? répétais-je. Quoi ! je vous perds ? Je ne puis aimer que vous. Quoi ! vous partez ? C'en est fait pour toujours ? Quoi ! vous, ma vie, mon adorée maîtresse, vous me fuyez, je ne vous verrai plus ? Jamais, jamais, disais-je tout haut ; et, m'adressant à Brigitte endormie, comme si elle eût pu m'entendre : Jamais, jamais, n'y comptez pas ; jamais je n'y consentirai. Et qu'est-ce donc ? Pourquoi tant d'orgueil ? N'y a-t-il plus aucun moyen de réparer l'offense que je vous ai faite ? Je vous en prie, cherchons ensemble. Ne m'avez-vous pas pardonné mille fois ? Mais vous m'aimez, vous ne pourrez partir, et le courage vous manquera. Que voulez-vous que nous fassions ensuite ? »

Une démence horrible, effrayante, s'empara de moi subitement ; j'allais et venais, parlant au hasard, cherchant sur les meubles quelque instrument de mort. Je tombai enfin à genoux et me frappai la tête sur le lit. Brigitte fit un mouvement, et je m'arrêtai aussitôt.

« Si je l'éveillais ! me dis-je en frissonnant. Que fais-tu donc, pauvre insensé ? Laisse-la dormir jusqu'au jour ; tu as encore une nuit à la voir. »

Je repris ma place. J'avais une telle frayeur que Brigitte ne fût éveillée que j'osais à peine respirer. Mon cœur semblait s'être arrêté en même temps que mes larmes. Je demeurai glacé d'un froid qui me faisait trembler; et comme pour me forcer au silence : « Regarde-la, me disais-je, regarde-la, cela t'est permis encore. »

Je parvins enfin à me calmer, et je sentis des larmes plus douces couler lentement sur mes joues. A la fureur que j'avais ressentie succédait l'attendrissement. Il me sembla qu'un cri plaintif déchirait les airs; je me penchai sur le chevet, et je me mis à regarder Brigitte, comme si, pour la dernière fois, mon bon ange m'eût dit de graver dans mon âme l'empreinte de ses traits chéris.

Qu'elle était pâle ! Ses longues paupières, entourées d'un cercle bleuâtre, brillaient encore, humides de larmes; sa taille, autrefois si légère, était courbée comme sous un fardeau; sa joue, amaigrie et plombée, reposait, dans sa main fluette, sur son bras faible et chancelant; son front semblait porter l'empreinte de ce diadème d'épines sanglantes dont se couronne la résignation. Je me souvins de la chaumière. Qu'elle était jeune, il y avait six mois ! Qu'elle était gaie, libre, insouciante ! Qu'avais-je fait de tout cela ? Il me semblait qu'une voix inconnue me répétait une vieille romance que depuis longtemps j'avais oubliée :

> *Altra volta gieri biele,*
> *Bianch' e rossa com' un' fiore ;*
> *Ma ora no. Non son più biele,*
> *Consumatis dal' amore.*

C'était l'ancienne romance de ma première maîtresse, et ce patois mélancolique me semblait clair pour la première fois. Je le répétais comme si je n'eusse fait jusque-là que le conserver dans ma mémoire sans le comprendre. Pourquoi l'avais-je appris et pourquoi m'en souvenais-je ? Elle était là, ma fleur fanée, prête à mourir, consumée par l'amour.

« Regarde-la, me dis-je en sanglotant ; regarde-la ! Pense à ceux qui se plaignent que leurs maîtresses ne les aiment pas ; la tienne t'aime ; elle t'a appartenu ; et tu la perds, et n'as pas su l'aimer. »

Mais la douleur était trop forte ; je me levai et marchai de nouveau. « Oui, continuai-je, regarde-la ; pense à ceux que l'ennui dévore, et qui s'en vont traîner au loin une douleur qui n'est point partagée. Les maux que tu souffres, on en a souffert, et rien en toi n'est resté solitaire. Pense à ceux qui vivent sans mère, sans parents, sans chien, sans ami, à ceux qui cherchent et ne trouvent pas, à ceux qui pleurent et qu'on en raille, à ceux qui aiment et qu'on méprise, à ceux qui meurent et qui sont oubliés. Devant toi, là, dans cette alcôve, repose un être que la nature avait peut-être formé pour toi. Depuis les sphères les plus élevées de l'intelligence jusqu'aux mystères les plus impénétrables de la matière et de la forme, cette âme et ce corps sont tes frères ; depuis six mois, ta bouche n'a pas parlé, ton cœur n'a pas battu une fois, qu'un mot, un battement de cœur ne t'ait répondu ; et cette femme que Dieu t'envoyait comme il envoie la rosée à l'herbe, elle n'aura fait que glisser sur ton cœur. Cette créature qui, à la face du ciel, était venue les bras ouverts pour te donner sa vie et son âme, elle se sera évanouie comme une ombre, et il n'en restera pas seulement le vestige d'une apparence. Pendant que tes lèvres touchaient les siennes, pendant que tes bras entouraient son cou, pendant que les anges de l'éternel amour vous enlaçaient comme un seul être des liens de sang de la volupté, vous étiez plus loin l'un de l'autre que deux exilés aux deux bouts de la terre, séparés par le monde entier. Regarde-la, et surtout fais silence. Tu as encore une nuit à la voir, si tes sanglots ne l'éveillent pas. »

Peu à peu, ma tête s'exaltait, et des idées de plus en plus sombres me remuaient et m'épouvantaient ; une puissance irrésistible m'entraînait à descendre en moi.

Faire le mal ! tel était donc le rôle que la Providence m'avait imposé ! Moi, faire le mal ! moi à qui ma conscience, au milieu de mes fureurs mêmes, disait pourtant que j'étais bon ! moi qu'une destinée impitoyable entraînait sans cesse plus avant dans un abîme, et à qui, en même temps, une horreur secrète montait sans cesse la profondeur de cet abîme où je tombais ! moi qui, partout, malgré tout, eussé-je commis un crime et versé le sang de ces mains que voilà, me serais encore répété que mon cœur n'était pas coupable, que je me trompais, que ce n'était pas moi qui agissais ainsi, mais mon destin, mon mauvais génie, je ne sais quel être qui habitait le mien, mais qui n'y était pas né ! Moi, faire le mal ! Depuis six mois, j'avais accompli cette tâche ; pas une journée ne s'était passée que je n'eusse travaillé à cette œuvre impie, et j'en avais, en ce moment même, la preuve devant les yeux. L'homme qui avait aimé Brigitte, qui l'avait offensée, puis insultée, puis délaissée, quittée pour la reprendre, remplie de craintes, assiégée de soupçons, jetée enfin sur ce lit de douleur où je la voyais étendue, c'était moi ! Je me frappais le cœur, et, en la voyant, je n'y pouvais croire. Je contemplais Brigitte ; je la touchais comme pour m'assurer que je n'étais pas trompé par un songe. Mon propre visage, que j'apercevais dans la glace, me regardait avec étonnement. Qu'était-ce donc que cette créature qui m'apparaissait sous mes traits ? Qu'était-ce donc que cet homme sans pitié qui blasphémait avec ma bouche et torturait avec mes mains ? Était-ce lui que ma mère appelait Octave ? Était-ce lui qu'autrefois, à quinze ans, parmi les bois et les prairies, j'avais vu dans les claires fontaines où je me penchais avec un cœur pur comme le cristal de leurs eaux ?

Je fermais les yeux et je pensais aux jours de mon enfance. Comme un rayon de soleil qui traverse un nuage, mille souvenirs me traversaient le cœur. « Non, me disais-je, je n'ai pas fait cela. Tout ce qui m'entoure dans cette chambre n'est qu'un rêve impossible. » Je me rappelais le temps où j'ignorais, où je sentais mon cœur s'ouvrir à mes premiers pas dans la vie. Je me souvenais d'un vieux mendiant qui s'asseyait sur un banc de pierre devant la porte d'une ferme, et à qui on m'envoyait quelquefois porter, le matin, après déjeuner, les restes de notre repas. Je le voyais, tendant ses mains ridées, faible, courbé, me bénir en souriant. Je sentais le vent du matin glisser sur mes tempes, je ne sais quoi de frais comme la rosée qui tombait du ciel dans mon âme. Puis, tout à coup, je rouvrais les yeux, et je retrouvais, à la lueur de la lampe, la réalité devant moi.

« Et tu ne te crois pas coupable? me demandai-je avec horreur. O apprenti corrompu d'hier! parce que tu pleures, tu te crois innocent? Ce que tu prends pour le témoignage de ta conscience, ce n'est peut-être que du remords? et quel meurtrier n'en éprouve pas? Si ta vertu te crie qu'elle souffre, qui te dit que ce n'est pas parce qu'elle se sent mourir? O misérable! ces voix lointaines que tu entends gémir dans ton cœur, tu crois que ce sont des sanglots; ce n'est peut-être que le cri de la mouette, l'oiseau funèbre des tempêtes, que le naufrage appelle à lui. Qui t'a jamais raconté l'enfance de ceux qui meurent couverts de sang? Ils ont aussi été bons à leurs jours; ils posent aussi leurs mains sur leur visage pour s'en souvenir quelquefois. Tu fais le mal et tu te repens? Néron, aussi, quand il tua sa mère. Qui donc t'a dit que les pleurs nous lavaient?

« Et quand bien même il en serait ainsi, quand il serait vrai qu'une part de ton âme n'appartiendra jamais au mal, que feras-tu de l'autre qui lui appartiendra? Tu palperas de ta main gauche les plaies qu'ouvrira ta main droite; tu feras un suaire de ta vertu pour y ensevelir tes crimes; tu frapperas, et, comme Brutus, tu graveras sur ton épée les bavardages de Platon! A l'être qui t'ouvrira ses bras, tu plongeras au fond du cœur cette arme ampoulée et déjà repentante; tu conduiras au cimetière le reste de tes passions, et tu effeuilleras sur leurs tombes la fleur stérile de ta pitié; tu diras à ceux qui te verront : « Que voulez-« vous! on m'a appris à tuer, et remarquez que j'en pleure encore, « et que Dieu m'avait fait meilleur. » Tu parleras de ta jeunesse, tu te persuaderas à toi-même que le ciel doit te pardonner, que tes malheurs sont involontaires, et tu harangueras tes nuits d'insomnie pour qu'elles te laissent un peu de repos.

« Mais qui sait ? Tu es jeune encore. Plus tu te fieras à ton cœur, plus ton orgueil doit t'égarer. Te voilà aujourd'hui devant la première ruine que tu vas laisser sur ta route. Que Brigitte meure demain, tu pleureras sur son cercueil. Où iras-tu en la quittant ? Tu partiras pour trois mois peut-être, et tu feras un voyage en Italie ; tu t'envelopperas dans ton manteau comme un Anglais travaillé du spleen ; et tu te diras quelque beau matin, au fond d'une auberge, après boire, que tes remords sont apaisés et qu'il est temps d'oublier pour revivre. Toi qui commences à pleurer trop tard, prends garde de ne plus pleurer un jour. Qui sait ? qu'on vienne à te railler sur ces douleurs que tu crois senties ; qu'un jour, au bal, une belle femme sourie de pitié quand on lui contera que tu te souviens d'une maîtresse morte ; n'en pourrais-tu pas tirer quelque gloire et t'enorgueillir tout à coup de ce qui te navre aujourd'hui ? Quand le présent, qui te fait frissonner et que tu n'oses regarder en face, sera devenu le passé, une vieille histoire, un souvenir confus, ne pourrais-tu par hasard te renverser quelque soir sur ta chaise, dans un souper de débauchés, et raconter, le sourire sur les lèvres, ce que tu as vu les larmes aux yeux ? C'est ainsi qu'on boit toute honte, c'est ainsi qu'on marche ici-bas. Tu as commencé par être bon ; tu deviens faible, tu seras méchant.

« Mon pauvre ami, me dis-je du fond du cœur, j'ai un conseil à te donner : c'est que je crois qu'il te faut mourir. Pendant que tu es bon à cette heure, profites-en pour n'être plus méchant ; pendant qu'une femme que tu aimes est là, mourante, sur ce lit, et que tu sens l'horreur de toi-même, étends la main sur sa poitrine : elle vit encore, c'est assez ; ferme les yeux et ne les rouvre plus ; n'assiste pas à ses funérailles, de peur que demain tu n'en sois consolé ; donne-toi un coup de poignard pendant que le cœur que tu portes aime encore le Dieu qui l'a fait. Est-ce ta jeunesse qui t'arrête ? Et ce que tu veux épargner, est-ce la couleur de tes cheveux ? Ne les laisse jamais blanchir, s'ils ne sont pas blancs cette nuit.

« Et aussi bien, que veux-tu faire au monde ? Si tu sors, où vas-tu ?

Qu'espères-tu, si tu restes ? Ah ! n'est-ce pas qu'en regardant cette femme il te semble avoir dans le cœur tout un trésor enfoui ? N'est-ce pas que ce que tu perds, c'est moins ce qui a été que ce qui aurait pu être, et que le pire des adieux est de sentir qu'on n'a pas tout dit ? Que ne parlais-tu il y a une heure ? Quand cette aiguille était à cette place, tu pouvais encore être heureux. Si tu souffrais, que n'ouvrais-tu ton âme ? Si tu aimais, que ne le disais-tu ? Te voilà comme l'enfouisseur mourant de faim sur son trésor : tu as fermé ta porte, avare ; tu te débats derrière tes verrous. Secoue-les donc, ils sont solides ; c'est ta main qui les a forgés. O insensé qui as désiré et qui as possédé ton désir, tu n'avais pas pensé à Dieu ! Tu jouais avec le bonheur comme un enfant avec un hochet, et tu ne réfléchissais pas combien c'était rare et fragile ce que tu tenais dans tes mains ; tu le dédaignais ; tu en souriais, et tu remettais d'en jouir, et tu ne comptais pas les prières que ton bon ange faisait pendant ce temps-là pour te conserver cette ombre d'un jour. Ah ! s'il en est un dans les cieux qui ait jamais veillé sur toi, que devient-il en ce moment ? Il est assis devant un orgue ; ses ailes sont à demi ouvertes, ses mains étendues sur le clavier d'ivoire ; il commence un hymne éternel, l'hymne d'amour et d'immortel oubli. Mais ses genoux chancellent, ses ailes tombent, sa tête s'incline comme un roseau brisé ; l'ange de la mort lui a touché l'épaule, il disparaît dans l'immensité !

« Et toi, c'est à vingt-deux ans que tu restes seul sur la terre, quand un amour noble et élevé, quand la force de la jeunesse allait peut-être faire de toi quelque chose ! Lorsque, après de si longs ennuis, des chagrins si cuisants, tant d'irrésolutions, une jeunesse si dissipée, tu pouvais voir se lever sur toi un jour tranquille et pur ! lorsque ta vie, consacrée à un être adoré, pouvait se remplir d'une sève nouvelle, c'est en ce moment que tout s'abîme et s'évanouit devant toi ! Te voilà, non plus avec des désirs vagues, mais avec des regrets réels ; non plus le cœur vide, mais dépleuplé. Et tu hésites ? Qu'attends-tu ? Puisqu'elle ne veut plus de ta vie, que ta vie ne compte plus pour rien !

Puisqu'elle te quitte, quitte-toi aussi. Que ceux qui ont aimé ta jeunesse pleurent sur toi; ils ne sont pas nombreux. Qui a été muet près de Brigitte doit rester muet pour toujours ! Que celui qui a passé sur son cœur en garde du moins la trace intacte ! Ah ! Dieu ! si tu veux vivre encore, ne faudrait-il pas l'effacer ? Quel autre parti te resterait-il, pour conserver ton souffle misérable, que d'achever de le corrompre ? Oui, maintenant ta vie est à ce prix. Il te faudrait, pour la supporter, non seulement oublier l'amour, mais désapprendre qu'il existe; non seulement renier ce qui a été bon en toi, mais tuer ce qui peut l'être encore; car que ferais-tu si tu t'en souvenais ? Tu ne ferais pas un pas sur terre, tu ne rirais pas, tu ne pleurerais pas, tu ne donnerais pas l'aumône à un pauvre, tu ne pourrais pas être bon un quart d'heure, sans que tout ton sang, reflué au cœur, te crie que Dieu t'avait fait bon pour que Brigitte fût heureuse. Tes moindres actions retentiraient en toi, et, comme des échos sonores, y feraient gémir tes malheurs; tout ce qui remuerait ton âme y éveillerait un regret; et l'espérance, ce messager céleste, ce saint ami qui nous invite à vivre, se changerait lui-même pour toi en un fantôme inexorable et deviendrait frère jumeau du passé; tous tes essais de saisir quelque chose ne seraient qu'un long repentir. Quand l'homicide marche dans l'ombre, il tient ses mains serrées sur sa poitrine, de peur de rien toucher et que les murs ne l'accusent. C'est ainsi qu'il te faudrait faire; choisis, de ton âme ou de ton corps : il te faudrait tuer l'un des deux. Le souvenir du bien t'envoie au mal; fais de toi un cadavre, si tu ne veux être ton propre spectre. O enfant, enfant ! meurs honnête ! Qu'on puisse pleurer sur ton tombeau ! »

Je me jetai sur le pied du lit, plein d'un si affreux désespoir que ma raison m'abandonnait et que je ne savais plus où j'étais ni ce que je faisais. Brigitte poussa un soupir, et écartant le drap qui la couvrait, comme oppressée d'un poids importun, découvrit son sein blanc et nu.

A cette vue, tous mes sens s'émurent. Était-ce de douleur ou de

désir ? Je n'en sais rien. Une pensée horrible m'avait fait frémir tout
à coup. « Eh quoi ! me dis-je, laisser cela à un autre ! Mourir, descendre
dans la terre, tandis que cette blanche poitrine respirera l'air du
firmament ! Dieu juste ! une autre main que la mienne sur cette peau
fine et transparente, une autre bouche sur ces lèvres et un autre amour
dans ce cœur ! Un autre homme ici, à ce chevet ! Brigitte heureuse,
vivante, adorée ; et moi dans le coin d'un cimetière, tombant en poussière au fond d'une fosse ! Combien de temps pour qu'elle m'oublie,
si je n'existe plus demain ? Combien de larmes ? Aucune peut-être !
Pas un ami, personne qui l'approche, qui ne lui dise que ma mort
est un bien, qui ne s'empresse de l'en consoler, qui ne la conjure
de n'y plus songer ! Si elle pleure, on voudra la distraire ; si un souvenir
la frappe, on l'écartera ; si son amour me survit en elle, on l'en guérira
comme d'un empoisonnement ; et elle-même, qui, le premier jour,
dira peut-être qu'elle veut me suivre, se détournera dans un mois,
pour ne pas voir de loin le saule pleureur qu'on aura planté sur ma
tombe ! Comment en serait-il autrement ? Qui regrette-t-on quand on
est si belle ? Elle voudrait mourir de chagrin que ce beau sein lui dirait
qu'il veut vivre, et qu'un miroir le lui persuaderait ; et le jour où les
larmes taries feront place au premier sourire, qui ne la félicitera pas,
convalescente de sa douleur ? Lorsque après huit jours de silence elle
commencera à souffrir qu'on prononce mon nom devant elle, puis
qu'elle en parlera elle-même, en regardant languissamment comme
pour dire : « Consolez-moi ! » puis peu à peu qu'elle en sera venue,
non plus à éviter mon souvenir, mais à n'en plus parler, et qu'elle
ouvrira ses fenêtres, par les beaux matins de printemps, quand les
oiseaux chantent dans la rosée ; quand elle deviendra rêveuse et qu'elle
dira : « J'ai aimé ! » qui sera là, à côté d'elle ? Qui osera lui répondre
qu'il faut aimer encore ? Ah ! alors je n'y serai plus ! Tu l'écouteras,
infidèle ; tu te pencheras en rougissant, comme une rose qui va s'épa-
nouir, et ta beauté et ta jeunesse te monteront au front. Tout en disant
que ton cœur est fermé, tu en laisseras sortir cette fraîche auréole

dont chaque rayon appelle un baiser. Qu'elles veulent bien qu'on les aime, celles qui disent qu'elles n'aiment plus ! Et quoi d'étonnant ? Tu es femme; ce corps, cette gorge d'albâtre, tu sais ce qu'ils valent, on te l'a dit; quand tu les caches sous ta robe, tu ne crois pas, comme les vierges, que tout le monde te ressemble, et tu sais le prix de ta pudeur. Comment la femme qui a été vantée peut-elle se résoudre à ne l'être plus ? Se croit-elle vivante si elle reste à l'ombre et s'il y a silence autour de sa beauté ? Sa beauté même, c'est l'éloge et le regard de son amant. Non, non, il n'en faut pas douter : qui a aimé ne vit plus sans amour; qui apprend une mort se rattache à la vie. Brigitte m'aime et en mourrait peut-être; je me tuerai, et un autre l'aura.

« Un autre ! un autre ! répétais-je en m'inclinant appuyé sur le lit, et mon front effleurait son épaule. N'est-elle pas veuve ? pensai-je. N'a-t-elle pas déjà vu la mort ? Ces petites mains délicates n'ont-elles pas soigné et enseveli ? Ses larmes savent combien elles durent, et les secondes durent moins. Ah ! Dieu me préserve ! Pendant qu'elle dort, à quoi tient-il que je ne la tue ? Si je l'éveillais mainteant, et si je lui disais que son heure est venue et que nous allons mourir dans un dernier baiser, elle accepterait. Que m'importe ? Est-il donc sûr que tout finisse par là ? »

J'avais trouvé un couteau sur la table, et je le tenais dans ma main.

« Peur, lâcheté, superstition ! qu'en savent-ils, ceux qui le disent ? C'est pour le peuple et les ignorants qu'on nous parle d'une autre vie; mais qui y croit au fond du cœur ? Quel gardien de nos cimetières a vu un mort quitter son tombeau et aller frapper chez le prêtre ? C'est autrefois qu'on voyait des fantômes; la police les interdit à nos villes civilisées, et il n'y crie plus du sein de la terre que des vivants enterrés à la hâte. Qui eût rendu la mort muette, si elle avait jamais parlé ? Est-ce parce que les processions n'ont plus le droit d'encombrer nos rues, que l'esprit céleste se laisse oublier ? Mourir, voilà la fin, le but. Dieu l'a posé, les hommes le discutent; mais chacun porte écrit au front : « Fais ce que tu veux, tu mourras. » Qu'en dirait-on, si je tuais Brigitte ? Ni elle ni moi n'en entendrions rien. Il y aurait demain dans un journal qu'Octave de T*** a tué sa maîtresse ; et après-demain on n'en parlerait plus. Qui nous suivrait au dernier cortège ? Personne qui, en rentrant chez soi, ne déjeunât tranquillement ; et nous, étendus côte à côte dans les entrailles de cette fange d'un jour, le monde pourrait marcher sur nous sans que le bruit des pas nous éveillât. N'est-il pas vrai, ma bien-aimée, n'est-il pas vrai que nous y serions bien ? C'est un lit moelleux que la terre ; aucune souffrance ne nous y atteindrait ; on ne jaserait pas dans les tombes voisines de notre union devant Dieu ; nos ossements s'embrasseraient en paix et sans orgueil ; la mort est conciliatrice, et ce qu'elle noue ne se délie pas. Pourquoi le néant t'effraierait-il, pauvre corps qui lui es promis ? Chaque heure qui sonne t'y entraîne, chaque pas que tu fais brise l'échelon où tu viens de t'appuyer ; tu ne te nourris que de morts ; l'air du ciel pèse et t'écrase, la terre que tu foules te tire à elle par la plante des pieds. Descends, descends ! Pourquoi tant d'épouvante ? Est-ce un mot qui te fait horreur ? Dis seulement : « Nous ne vivrons plus. » N'est-ce pas là une grande fatigue dont il est doux de se reposer ? Comment se fait-il qu'on hésite, s'il n'y a que la différence d'un peu plus tôt à un peu plus tard ? La matière est impérissable, et les physiciens, nous dit-on, tourmentent à l'infini le plus petit grain de poussière sans pouvoir jamais l'anéantir. Si la matière est la propriété du hasard, quel mal fait-elle en changeant de torture, puisqu'elle ne peut changer de maître ? Qu'importe à Dieu la forme que j'ai reçue et quelle livrée porte ma douleur ? La souffrance vit dans mon crâne ; elle m'appartient, je la tue ; mais l'ossement ne m'appartient pas, je le rends à qui me l'a prêté. Qu'un poète en fasse une coupe où il boira son vin nouveau ! Quel reproche puis-je encourir ? Et ce reproche, qui me le ferait ? Quel ordonnateur inflexible viendra me dire que j'ai mésusé ? Qu'en sait-il ? Était-il en moi ? Si chaque créature a sa tâche à remplir, et si c'est un crime de la secouer, quels grands coupables sont donc les enfants qui meurent sur le sein de la nourrice ?

Pourquoi ceux-là sont-ils épargnés ? De comptes rendus après la mort, à qui servirait la leçon ? Il faudrait bien que le ciel fût désert pour que l'homme fût puni d'avoir vécu, car c'est assez qu'il ait à vivre, et je ne sais qui l'a demandé, sinon Voltaire au lit de mort ; digne et dernier cri d'impuissance d'un vieil athée désespéré ! A quoi bon ? Pourquoi tant de luttes ? Qui donc est là-haut qui regarde, et qui se plaît à tant d'agonies ? Qui donc s'égaie et se désœuvre à ce spectacle d'une création toujours naissante et toujours moribonde ? à voir bâtir, et l'herbe pousse ; à voir planter, et la foudre tombe ; à voir marcher, et la mort crie « holà ! » ; à voir pleurer, et les larmes sèchent ; à voir aimer, et le visage se ride ; à voir prier, se prosterner, supplier et tendre les bras, et les moissons n'en ont pas un brin de froment de plus ! Qui est-ce donc qui a tant fait, pour le plaisir de savoir tout seul que ce qu'il a fait ce n'est rien ? La terre se meurt ; Herschell dit que c'est de froid. Qui donc tient dans sa main cette goutte de vapeurs condensées, et la regarde s'y dessécher, comme un pêcheur un peu d'eau de mer, pour en avoir un grain de sel ? Cette grande loi d'attraction qui suspend le monde à sa place, l'use et le ronge dans un désir sans fin ; chaque planète charrie ses misères en gémissant sur son essieu ; elles s'appellent d'un bout du ciel à l'autre, et, inquiètes du repos, cherchent qui s'arrêtera la première. Dieu les retient ; elles accomplissent assidûment et éternellement leur labeur vide et inutile ; elles tournent, elles souffrent, elles brûlent, elles s'éteignent et s'allument ; elles descendent et remontent ; elles se suivent et s'évitent ; elles s'enlacent comme des anneaux ; elles portent à leur surface des milliers d'êtres renouvelés sans cesse ; ces êtres s'agitent, se croisent aussi, se serrent une heure les uns contre les autres, puis tombent, et d'autres se lèvent ; là où la vie manque, elle accourt ; là où l'air sent le vide, il se précipite ; pas un désordre, tout est réglé, marqué, écrit en lignes d'or et en paraboles de feu ; tout marche au son de la musique céleste sur des sentiers impitoyables, et pour toujours ; et tout cela n'est rien ! Et nous, pauvres rêves sans nom, pâles et douloureuses apparences, imperceptibles éphémères, nous qu'on anime d'un souffle d'une seconde pour que la mort puisse exister, nous nous épuisons de fatigue pour nous prouver que nous jouons un rôle et que je ne sais quoi s'aperçoit de nous. Nous hésitons à nous tirer sur la poitrine un petit instrument en fer et à nous faire sauter la tête avec un haussement d'épaules ; il semble que si nous nous tuons le chaos va se rétablir ; nous avons écrit et rédigé les lois divines et humaines, et nous avons peur de nos catéchismes ; nous souffrons trente ans sans murmurer, et nous croyons que nous luttons ; enfin la souffrance est la plus forte, nous envoyons une pincée de poudre dans le sanctuaire de l'intelligence, et il pousse une fleur sur notre tombeau. »

Comme j'achevais ces paroles, j'avais approché le couteau que je tenais de la poitrine de Brigitte. Je n'étais plus maître de moi, et je ne sais, dans mon délire, ce qui en serait arrivé ; je rejetai le drap pour découvrir le cœur, et j'aperçus entre les deux seins blancs un petit crucifix d'ébène.

Je reculai, frappé de crainte ; ma main s'ouvrit, et l'arme tomba. C'était la tante de Brigitte qui lui avait, au lit de mort, donné ce petit crucifix. Je ne me souvenais pourtant pas de le lui avoir jamais vu ; sans doute, au moment de partir, elle l'avait suspendu à son cou, comme une relique préservatrice des dangers du voyage. Je joignis les mains tout à coup et me sentis fléchir vers la terre. « Seigneur mon Dieu ! dis-je en tremblant, Seigneur mon Dieu, vous étiez là ! »

Que ceux qui ne croient pas au Christ lisent cette page ! je n'y croyais pas non plus. Ni au collège, ni enfant, ni homme, je n'avais hanté les églises ; ma religion, si j'en avais une, n'avait ni rite ni symbole, et je ne croyais qu'à un Dieu sans forme, sans culte et sans révélation. Empoisonné, dès l'adolescence, de tous les écrits du dernier siècle, j'y avais sucé de bonne heure le lait stérile de l'impiété. L'orgueil humain, ce dieu de l'égoïste, fermait ma bouche à la prière, tandis que mon âme effrayée se réfugiait dans l'espoir du néant. J'étais comme ivre et insensé quand je vis le Christ sur le sein de Brigitte ; mais, bien que n'y croyant pas moi-même, je reculai, sachant qu'elle y croyait. Ce ne fut pas une terreur vaine qui, en ce moment, m'arrêta la main. Qui me voyait ? J'étais seul, la nuit. S'agissait-il des préjugés du monde ? qui m'empêchait d'écarter de mes yeux ce petit morceau de bois noir ? Je pouvais le jeter dans les cendres, et ce fut mon arme que j'y jetai. Ah ! que je le sentis jusqu'à l'âme, et que je le sens maintenant encore ! quels misérables sont les hommes qui ont jamais fait une raillerie de ce qui peut sauver un être ! Qu'importe le nom, la forme, la croyance ? Tout ce qui est bon n'est-il pas sacré ? Comment ose-t-on toucher à Dieu ?

Comme, à un regard du soleil, la neige descend des montagnes, et du glacier qui menaçait le ciel fait un ruisseau dans la vallée ; ainsi descendait dans mon cœur une source qui s'épanchait. Le repentir est un pur encens ; il s'exhalait de toute ma souffrance. Quoique j'eusse presque commis un crime, dès que ma main fut désarmée je sentis mon cœur innocent. Un seul instant m'avait rendu le calme, la force et la raison ; je m'avançai de nouveau vers l'alcôve ; je m'inclinai sur mon idole, et je baisai son crucifix.

« Dors en paix, lui dis-je, Dieu veille sur toi ! Pendant qu'un rêve te faisait sourire, tu viens d'échapper au plus grand danger que tu aies couru de ta vie. Mais la main qui t'a menacé ne fera du mal à personne ; j'en jure par ton Christ lui-même : je ne tuerai ni toi ni moi. Je suis un fou, un insensé, un enfant qui s'est cru un homme. Dieu soit loué ! tu es jeune et vivante, et tu es belle, et tu m'oublieras. Tu guériras du mal que je t'ai fait, si tu ne peux le pardonner. Dors en paix, jusqu'au jour, Brigitte, et décide alors de notre destin ; quel que soit l'arrêt que tu prononces, je m'y soumettrai sans murmure. Et toi, Jésus, qui l'as sauvée, pardonne-moi, ne le lui dis pas. Je suis né dans un siècle impie, et j'ai beaucoup à expier. Pauvre fils de Dieu qu'on oublie, on ne m'a pas appris à t'aimer. Je ne t'ai jamais cherché dans les temples ; mais, grâce au ciel, là où je te trouve je n'ai pas encore appris à ne pas trembler. Une fois avant de mourir, je t'aurai du moins baisé de mes lèvres sur un cœur qui est plein de toi. Protège-le tant qu'il respirera; restes-y, sainte sauvegarde; souviens-toi qu'un infortuné n'a pas osé mourir de sa douleur en te voyant cloué sur ta croix; impie, tu l'as sauvé du mal; s'il avait cru, tu l'aurais consolé. Pardonne à ceux qui l'ont fait incrédule, puisque tu l'as fait repentant; pardonne à tous ceux qui blasphèment ! ils ne t'ont jamais vu, sans doute, lorsqu'ils étaient au désespoir. Les joies humaines sont railleuses elles dédaignent sans pitié; ô Christ ! les heureux de ce monde pensent n'avoir jamais besoin de toi; pardonne : quand leur orgueil t'outrage, leurs larmes les baptisent tôt ou tard; plains-les de se croire à l'abri des tempêtes et d'avoir besoin, pour venir à toi, des leçons sévères du malheur. Notre sagesse et notre scepticisme sont dans nos mains de grands hochets d'enfants; pardonne-nous de rêver que nous sommes impies, toi qui souriais au Golgotha. De toutes nos misères d'une heure, la pire est pour nos vanités qu'elles essaient de t'oublier. Mais, tu le vois, ce ne sont que des ombres, qu'un regard de toi fait tomber. Toi-même, n'as-tu pas été homme ? C'est la douleur qui t'a fait Dieu; c'est un instrument de supplice qui t'a servi à monter au ciel et qui t'a porté les bras ouverts au sein de ton père glorieux; et nous, c'est aussi la douleur qui nous conduit à toi comme elle t'a amené à ton père; nous ne venons que couronnés d'épines nous incliner devant ton image; nous ne touchons à tes pieds sanglants qu'avec des mains ensanglantées; tu as souffert le martyre pour être aimé des malheureux. »

Les premiers rayons de l'aurore commençaient à paraître; tout s'éveillait peu à peu, et l'air s'emplissait de bruits lointains et confus. Faible et épuisé de fatigue, j'allais quitter Brigitte pour prendre un peu de repos. Comme je sortais, une robe jetée sur un fauteuil glissa à terre près de moi, et il en tomba un papier plié. Je le ramassai : c'était une lettre, et je reconnus la main de Brigitte. L'enveloppe n'était pas cachetée; je l'ouvris et lus ce qui suit :

« 25 décembre 18...

« Lorsque vous recevrez cette lettre, je serai loin de vous, et peut-être ne la recevrez-vous jamais. Ma destinée est liée à celle d'un homme à qui j'ai tout sacrifié; vivre sans moi lui est impossible, et je vais essayer de mourir pour lui. Je vous aime, adieu, plaignez-nous. »

Je retournai le papier après l'avoir lu, et je vis sur l'adresse : « A M. Henri Smith, à N***, poste restante. »

CHAPITRE VII

Le lendemain, à midi, par un beau soleil de décembre, un jeune homme et une femme qui se donnaient le bras traversèrent le jardin du Palais-Royal. Ils entrèrent chez un orfèvre, où ils choisirent deux bagues pareilles, et, les échangeant avec un sourire, en mirent chacun une à leur doigt. Après une courte promenade, ils allèrent déjeuner aux *Frères-Provençaux*, dans une de ces petites chambres élevées d'où l'on découvre, dans tout son ensemble, l'un des plus beaux lieux qui soient au monde. Là, enfermés en tête à tête, quand le garçon se fut retiré, ils s'accoudèrent à la fenêtre et se serrèrent doucement la main. Le jeune homme était en habit de voyage ; à voir la joie qui paraissait sur son visage, on l'aurait pris pour un nouveau marié montrant pour la première fois à sa jeune femme la vie et les plaisirs de Paris. Sa gaieté était douce et calme, comme l'est toujours celle du bonheur. Qui eût de l'expérience y eût reconnu l'enfant qui devient homme et dont le regard plus confiant commence à raffermir le cœur. De temps en temps il contemplait le ciel, puis revenait à son amie, et des larmes brillaient dans ses yeux ; mais il les laissait couler sur ses joues et souriait sans les essuyer. La femme était pâle et pensive ; elle ne regardait que son ami. Il y avait dans ses traits comme une souffrance profonde qui, sans faire d'efforts pour se cacher, n'osait cependant résister à la gaieté qu'elle voyait. Quand son compagnon souriait, elle souriait aussi, mais non pas toute seule ; quand il parlait, elle lui répondait, et elle mangeait ce qu'il lui servait ; mais il y avait en elle un silence qui ne semblait vivre que par instants. A sa langueur et à sa nonchalance, on distinguait clairement cette mollesse de l'âme, ce sommeil du plus faible entre deux êtres qui s'aiment, et dont l'un n'existe que dans l'autre et ne s'anime que par écho. Le jeune homme ne s'y trompait pas et en semblait fier et reconnaissant ; mais on voyait, à sa fierté même, que son bonheur lui était nouveau. Lorsque la femme s'attristait tout à coup et baissait les yeux vers la terre, il s'efforçait de prendre, pour la rassurer, un air ouvert et résolu ; mais il n'y pouvait pas toujours réussir et se troublait lui-même quelquefois. Ce mélange de force et de faiblesse, de joie et de chagrin, de trouble et de sérénité, eût été impossible à comprendre pour un spectateur indifférent ; on eût pu les croire tour à tour les deux êtres les plus heureux de la terre et les plus malheureux ; mais, en ignorant leur secret, on eût senti qu'ils souffraient ensemble ; et, quelle que fût leur peine mystérieuse, on voyait qu'ils avaient posé sur leur chagrin un sceau plus puissant que l'amour lui-même, l'amitié. Tandis qu'ils se serraient la main, leurs regards restaient chastes ; quoiqu'ils fussent seuls, ils parlaient à voix basse. Comme accablés par leurs pensées, ils posèrent leurs fronts l'un contre l'autre, et leurs lèvres ne se touchèrent pas. Ils se regardaient d'un air tendre et solennel, comme les faibles qui veulent être bons. Lorsque l'horloge sonna une heure, la femme poussa un profond soupir, et se détournant à demi :

« Octave, dit-elle, si vous vous trompiez !

— Non, mon amie, répondit le jeune homme, soyez-en sûre, je ne me trompe pas. Il vous faudra souffrir beaucoup, longtemps peut-être, et à moi toujours ; mais nous en guérirons tous deux, vous avec le temps et moi avec Dieu.

— Octave, Octave, répéta la femme, êtes-vous sûr de ne pas vous tromper ?

— Je ne crois pas, ma chère Brigitte, que nous puissions nous oublier ; mais je crois que, dans ce moment, nous ne pouvons nous pardonner encore, et c'est çe qu'il faut cependant à tout prix, même en ne nous revoyant jamais.

— Pourquoi ne nous reverrions-nous pas ? Pourquoi un jour... Vous êtes si jeune ! »

Et elle ajouta avec un sourire : « A votre premier amour, nous nous reverrons sans danger.

— Non, mon amie; car, sachez-le bien, je ne vous reverrai jamais sans amour. Puisse celui à qui je vous laisse, à qui je vous donne, être digne de vous ! Smith est brave, bon et honnête; mais, quelque amour que vous ayez pour lui, vous voyez bien que vous m'aimez encore; car, si je voulais rester ou vous emmener, vous y consentiriez.

— C'est vrai, répondit la femme.

— Vrai ? vrai ? répéta le jeune homme en la regardant de toute son âme; vrai ? si je voulais, vous reviendriez avec moi ? » Puis il continua doucement : « C'est pour cette raison qu'il ne faut jamais nous revoir. Il y a de certains amours dans la vie qui bouleversent la tête, les sens, l'esprit et le cœur; il y en a parmi tous un seul qui ne trouble pas, qui pénètre, et celui-là ne meurt qu'avec l'être dans lequel il a pris racine.

— Mais vous m'écrirez cependant ?

— Oui, d'abord, pendant quelque temps, car ce que j'ai à souffrir est si rude que l'absence de toute forme habituelle et aimée me tuerait maintenant. C'est peu à peu et avec mesure que, n'étant pas connu de vous, je me suis approché, non sans crainte, que je suis devenu plus familier, qu'enfin... Ne parlons pas du passé. C'est peu à peu que mes lettres seront plus rares, jusqu'au jour où elles cesseront. Je redescendrai ainsi la colline que j'ai gravie depuis un an. Il y aura là une grande tristesse et peut-être aussi quelque charme. Lorsqu'on s'arrête, au cimetière, devant une tombe fraîche et verdoyante, où sont gravés deux noms chéris, on éprouve une douleur pleine de mystère qui fait couler des larmes sans amertume; c'est ainsi que je veux quelquefois me souvenir d'avoir été vivant. »

La femme, à ces dernières paroles, se jeta sur un fauteuil et sanglota. Le jeune homme fondait en larmes; mais il resta immobile et comme ne voulant pas lui-même s'apercevoir de sa douleur. Lorsque les larmes eurent cessé, il s'approcha de son amie, lui prit la main et la baisa.

« Croyez-moi, dit-il; être aimé de vous, quel que soit le nom que

porte la place qu'on occupe dans votre cœur, cela donne de la
force et du courage. N'en doutez jamais, ma Brigitte, nul ne vous
comprendra mieux que moi ; un autre vous aimera plus dignement, nul
ne vous aimera plus profondément. Un autre ménagera en vous des
qualités que j'offense ; il vous entourera de son amour ; vous aurez
un meilleur amant, vous n'aurez pas un meilleur frère. Donnez-moi
la main et laissez rire le monde d'un mot sublime qu'il ne comprend
pas : « Restons amis, et adieu pour jamais ! » Quand nous nous sommes
serrés pour la première fois dans les bras l'un de l'autre, il y avait
déjà longtemps que quelque chose de nous savait que nous allions
nous unir. Que cette part de nous-mêmes, qui s'est embrassée devant
Dieu, ne sache pas que nous nous quittons sur terre ; qu'une misérable
querelle d'une heure ne délie pas notre éternel baiser ! »

Il tenait la main de la femme ; elle se leva, baignée encore de larmes,
et, s'avançant devant la glace avec un sourire étrange, elle tira ses
ciseaux et coupa sur sa tête une longue tresse de cheveux ; puis elle
se regarda un instant, ainsi défigurée et privée d'une partie de sa plus
belle parure, et la donna à son amant.

L'horloge sonna de nouveau, il fut temps de descendre ; quand
ils repassèrent sous les galeries, ils paraissaient aussi joyeux que
lorsqu'ils y étaient arrivés.

« Voilà un beau soleil, dit le jeune homme.

— Et une belle journée, dit Brigitte, et que rien n'effacera là ! »

Elle frappa sur son cœur avec force ; ils pressèrent le pas et disparurent dans la foule. Une heure après, une chaise de poste passa sur
une petite colline, derrière la barrière de Fontainebleau. Le jeune
homme y était seul ; il regarda une dernière fois sa ville natale dans
l'éloignement, et remercia Dieu d'avoir permis que, de trois êtres
qui avaient souffert par sa faute, il ne restât qu'un seul malheureux.

L'ANGLAIS MANGEUR D'OPIUM

Martin

L'ANGLAIS MANGEUR D'OPIUM [1]

AU LECTEUR

Je vous offre, lecteur bénévole, l'histoire d'une époque remarquable de ma vie : si vous n'y trouvez *l'agréable*, soyez sûr d'y trouver *l'utile ;* c'est dans cette espérance que j'écris, et ce sera mon excuse

(1) « Alfred, à dix-huit ans, s'estima heureux d'avoir à traduire de l'anglais un petit roman pour la librairie de M. Mame. Il avait adopté ce simple titre : *Le mangeur d'opium.* L'éditeur voulut absolument l'*Anglais mangeur d'opium* » (*Biogr.*, p. 90) Le livre parut en 1828. (*L'Anglais mangeur d'opium, traduit de l'anglais par A. D. M.* Paris, Mame et Delaunay-Vallée, 1828, 1 vol, 221 p.) En réalité, ce n'est « ni une traduction, ni une imitation, mais une paraphrase du roman anglais de Thomas De Quincey : CONFESSION OF AN ENGLISH OPIUM-EATER » Musset, modifie, retranche, ajoute. (V. MAURICE CLOUARD : *Doc. inéd.*, pp. 184-187, et Mme ARVÈDE BARINE : *Alfred de Musset*, p. 30.) *L'Anglais mangeur d'opium* a été réimprimé dans le MONITEUR DU BIBLIOPHILE en 1878, de façon à former un volume grand in-8 avec titre spécial. M. Arthur Heulhard a écrit pour cette réimpression une notice dans laquelle il signale les disgressions, les suppressions et les additions du *traducteur. L'Anglais mangeur d'opium* se trouve dans une seule édition des *Œuvres complètes* de Musset; celle de M. Edmond Biré, chez Garnier frères (t. VIII). La reproduction que nous en faisons est conforme au texte de l'édition originale. (Notes communiquées par M. Maurice Allem).

si je parais soulever trop hardiment ce voile de pudeur ou de pitié
dont se couvrent avec tant de soin l'infirmité et l'erreur. Rien, en
effet, n'est plus révoltant pour la délicatesse anglaise que le spectacle d'un être souffrant; l'esprit a ses plaies et ses blessures aussi
cruelles et souvent plus horribles que celles du corps. Tels seront
peut-être les tristes objets qu'il vous faudra voir dans ces confessions
extra judiciaires. Et cependant, si nous eussions voulu nous mettre
en sympathie avec la société décente, où chacun sait tenir son quant-
à-soi, n'avions-nous pas pour point de mire la littérature française,
ou cette partie de la littérature allemande empreinte encore de la
faiblesse et de l'exquise sensibilité des Français? Cela, je le sens si
bien et si fort, que j'ai longtemps hésité à laisser mon livre, ou une
partie de mon livre, m'exposer nu aux yeux de tout le monde; et ce
n'est qu'après avoir mûrement réfléchi à toutes les raisons *pour* ou
contre, que je me suis décidé à me confesser avant ma mort, car
alors, pour plusieurs motifs, tout doit être connu.

Le crime ou la misère s'écartent du grand jour : ce qu'ils doivent
aimer, c'est la solitude; jusque dans le commun cimetière, la mort va
les reléguer à la dernière place, et leur refuse le titre de frère dans la
grande famille des hommes.

Mais, puisque mes confessions ne sont pas des révélations de crimes,
et que d'ailleurs, même dans cette hypothèse, il peut en résulter
quelque bien pour autrui, j'ai dû faire violence à ces sentiments reçus,
et compenser l'exception à la règle par l'utilité d'une expérience,
que le lecteur peut acheter à si bon marché. L'infirmité et la misère,
d'ailleurs, ne sont pas toujours crime; ils forment ou subissent cette
triste alliance en proportion des motifs et des vues du coupable, et
des palliatifs connus ou secrets en proportion des tentations plus ou
moins puissantes et de la résistance plus ou moins heureuse dans ses
efforts. Pour ma part, sans offenser la vérité ou la modestie, je puis
dire que ma vie a été entièrement celle d'un philosophe. Dès ma

naissance, pendant mes jours d'*écolier*, les plaisirs que j'ai poursuivis étaient intellectuels; si les plaisirs de l'*opium* sont sensuels, et si je dois avouer que je les ai recherchés jusqu'à un excès dont on n'avait point gardé d'exemple [1], il n'en est pas moins vrai que j'ai lutté avec un zèle religieux contre cette entraînante passion, et que j'ai fait ce que nul autre n'avait fait. J'ai brisé, presque jusqu'au bout, la chaîne maudite qui m'entourait. Une telle conquête doit faire oublier une telle faiblesse; ajoutez encore que le triomphe est toujours inattaquable, tandis que l'on peut excuser la défaite, selon qu'elle est la consolation d'une peine ou la recherche d'un plaisir.

Pour le crime, j'en repousse donc l'idée; et, quand elle serait juste, il serait possible qu'on me la pardonnât, en considération des services que je veux rendre à la classe entière des *mangeurs d'opium*. Mais où sont-ils? Lecteur, j'en suis fâché, mais ils sont en grand nombre. Je m'en suis convaincu, il y a quelques années, en calculant combien de gens alors, dans une petite classe de la société (celle des hommes distingués par leurs talents ou par les postes éminents qu'ils occupent), pouvaient être comptés parmi les *mangeurs d'opium*. Ainsi, par exemple, l'éloquent M......, le dernier comte de....., lord... M...... le philosophe, un dernier sous-secrétaire d'État (qui me raconta quelle sensation il avait éprouvée le premier jour qu'il en prit, dans les mêmes termes que le comte de..., savoir, « qu'il lui semblait que les rats lui rongeaient l'estomac »), M......, et plusieurs autres aussi connus, qu'il serait trop long de nommer. Maintenant, si une classe si limitée peut fournir tant d'exemples (et cela sur l'enquête d'un seul observateur), n'en doit-on pas inférer que l'entière population de l'Angleterre en donnerait un nombre proportionnel? J'en doutai cependant, jusqu'à ce que des faits venus à ma connaissance m'eussent confirmé dans cette conclusion. J'en rapporterai deux : 1° trois respectables pharmaciens de Londres, dans différents quartiers de la ville, me dirent, en me vendant

(1) *Gardé*, dis-je, car un homme célèbre de ces temps-ci est allé beaucoup plus loin que moi, si l'on dit vrai.

quelques grains d'opium, que la quantité des *mangeurs d'opium* était immense, et que la difficulté de distinguer les personnes à qui l'usage avait rendu ce poison nécessaire, de celles qui en achetaient dans un dessein sinistre, leur attirait chaque jour des reproches. Voilà pour Londres : 2° quelques années après, passant à Manchester, plusieurs entrepreneurs de manufactures de coton m'assurèrent que l'habitude de prendre de l'opium s'introduisait parmi les ouvriers; tellement qu'un samedi, dans l'après-midi, les comptoirs des pharmaciens étaient couverts de petits paquets d'un ou deux grains d'opium, préparés d'avance pour le soir. La cause de cette mode était la modicité des *prix* de journées qui les privait alors du moyen de se procurer de l'ale et des liqueurs spiritueuses; la *hausse* aurait donc pu la faire cesser. Mais, comme je ne puis croire qu'un homme ayant connu de pareilles jouissances puisse revenir ensuite au premier usage de l'alcool, je tiens pour certain :

> Qu'on peut le prendre avant de le connaître,
> Mais non le quitter l'ayant pris.

Sérieusement, le pouvoir de l'opium a été admis par les médecins mêmes qui sont ses ennemis nés; ainsi par exemple, Awsiter, apothicaire de l'hôpital Greenwich, dans les *Essais sur les effets de l'opium* (publiés en l'an 1763), essayant de trouver pourquoi Mead avait trop peu expliqué la nature et les propriétés de ce poison, s'exprime ainsi mystérieusement (φωνᾶντα συνετοῖσι) : « Peut-être a-t-il trouvé le sujet trop délicat pour être communiqué au public, et, comme beaucoup de gens pouvaient en user sans discernement, la crainte qu'il fallait en inspirer a pu détourner les gens sages d'en faire l'expérience; *il y a dans l'opium des propriétés qui, si elles étaient connues, en rendraient l'usage plus commun chez nous que chez les Turcs eux-mêmes;* — et ce résultat, dit-il, prouverait une misère générale. » Je ne suis pas d'accord sur la conclusion; mais j'en parlerai à la fin de mes confessions, où je compte offrir au lecteur la *morale* de cet ouvrage.

PREMIÈRE PARTIE

J'avais sept ans lorsque mon père mourut, me confiant aux soins de quatre tuteurs. Je fus envoyé à plusieurs écoles, grandes et petites ; on m'y distingua surtout pour mes progrès dans la langue grecque. A treize ans, je l'écrivais avec facilité, et à quinze, non seulement je composais des vers grecs en mètre lyrique, mais je le parlais aisément, perfection à laquelle aucun écolier n'était parvenu de mon temps, et que je devais à mon habitude de lire tous les jours les gazettes en grec aussi bon que possible *ex tempore :* car la nécessité d'exercer ma mémoire et mon imagination à trouver toutes les combinaisons des périphrases équivalentes aux idées modernes, aux récits des choses nouvelles, etc., me donna un tact et une mesure, que la traduction de tous les essais moraux ou autres ne m'aurait jamais fait obtenir. « Ce garçon-là, dit un de mes maîtres à un étranger qui visitait la pension, est en état de haranguer un auditoire en grec, mieux que vous ou moi ne pourrions le faire en anglais. » Celui qui parlait ainsi était un savant « et un bon classique », et, de tous mes instituteurs, le seul pour qui j'eusse quelque affection et quelque respect. Malheureusement pour moi (et, comme je le sus plus tard, à la grande indignation de cet honnête homme), je fus enlevé à ses soins pour être transmis à la garde, d'abord d'un imbécile poursuivi perpétuellement d'une frayeur panique que lui valait son ignorance mal déguisée ; et, enfin, d'un vénérable professeur qui dirigeait un grand et ancien collège. C'était un homme bien strict et bien exact, mais (comme la plupart des professeurs du collège d'Oxford) rude et *mal plaisant.* Misérable contraste avec l'élégance étonienne de mon maître favori ! De plus, il ne pouvait cacher à nos observations quotidiennes la pauvreté et la maigreur de son intelligence. C'est une triste chose pour un enfant que de se sentir au-dessus de ses instituteurs, soit en science,

soit en facultés. Je n'étais pourtant pas seul dans ce cas-là, car deux
de mes compagnons d'étude étaient meilleurs hellénistes que le supérieur, quoique non moins inhabiles à sacrifier aux grâces. Lorsque
j'y entrai, je me souviens que nous lûmes Sophocle, et c'était un
continuel triomphe pour le savant triumvirat, de voir notre « Archididascalus » (comme il aimait à être appelé), apprenant notre leçon
avant de nous l'expliquer, et prenant une marche régulière, pour
sauter à pieds joints, au moyen de la grammaire et du *lexicon*, par-
dessus les chœurs trop difficiles. Comme nous ne voulions jamais
ouvrir nos livres avant qu'il eût fini son exercice préparatoire, nous
passions ordinairement le temps à faire des épigrammes sur sa perruque, ou quelque autre chose d'une égale importance. Mes deux
compagnons étaient pauvres, et attendaient tout de l'université, sur
la recommandation du maître ; mais moi, qui possédais un petit patri-
moine suffisant pour mon entretien au collège, je n'avais qu'une idée,
c'était d'en sortir. Je m'épuisai en vaines demandes et rapports inutiles auprès de mes tuteurs. L'un deux, le plus raisonnable et le plus
instruit, demeurait loin ; deux autres avaient laissé leur autorité au
quatrième, avec qui j'avais à négocier : digne homme, mais hautain,
obstiné et impatient. Après un certain nombre de lettres et d'entre-
vues, trouvant mon ennemi incorrigible, et même exigeant, je résolus
de prendre d'autres mesures.

L'été arrivait alors à grands pas, et j'entrais dans ma dix-septième
année, année après laquelle je m'étais fait à moi-même le serment de ne
plus être compté parmi les écoliers. L'argent étant ce dont j'avais surtout
besoin, j'écrivis à une dame de haut rang, qui, bien que très jeune,
m'avait vu très petit, et m'avait dernièrement traité avec une grande
distinction. Je lui demandai qu'elle me prêtât cinq guinées. La réponse se fit attendre une semaine. Je perdais enfin l'espérance, lorsqu'un domestique vint m'apporter une lettre avec une couronne sur
le cachet. L'épître était douce et aimable ; ma belle correspondante

était aux eaux, et c'était là le motif du retard qui m'avait inquiété ; du reste, je trouvai le double de ce que je demandais, et mon heureux caractère me suggéra aussitôt cette idée que, si je ne lui rendais *jamais*, elle n'en serait pas plus pauvre.

Tout, maintenant, était prêt pour mon escapade ; dix guinées à ajouter à deux (ou environ) qui me restaient de mon argent, me semblaient un trésor à n'en jamais finir ; c'est à cet âge heureux, si le pouvoir de créer appartient à l'homme, que l'esprit de plaisir et d'espérance doit le rendre infini !

C'est une juste remarque du docteur Johnson (et même, ce qu'on ne peut pas dire de toutes ses remarques, c'en est une prise dans le cœur humain), que nous ne pouvons, en conscience, faire pour la dernière fois, sans quelque souci, une chose que nous sommes habitués à faire tous les jours. Je sentis profondément cette vérité, lorsque j'en vins à quitter un endroit que je n'aimais pas, et où je n'avais jamais été heureux. Le soir qui précéda ma fuite, lorsque dans la vieille et sombre salle j'entendis pour la dernière fois la prière du soir, et que, l'appel étant fait, mon nom sortit le premier comme d'habitude, je m'avançai, et, passant devant le maître qui se tenait debout, je le saluai et le regardai attentivement en face. — Il est vieux et infirme, pensai-je, je ne le reverrai plus en ce monde. J'avais raison ; je ne l'ai jamais revu, ni ne le verrai jamais. Il me regarda d'un air bienveillant, sourit, me rendit mon salut (ou plutôt mon adieu), et nous nous séparâmes pour toujours. Je ne pouvais l'aimer *intellectuellement ;* mais il avait toujours été bon pour moi, il m'avait traité avec une grande indulgence, et l'idée qu'il serait mortifié de ma fuite me fit de la peine.

Vint enfin le jour qui devait signaler mon entrée dans le monde, et qui a tant influé sur ma vie entière. Je logeais dans le corps de logis du *maître*, et l'on m'avait accordé une chambre particulière, qui me servait de dortoir et de salle d'étude. A trois heures et demie du matin je me levai, et regardai avec émotion les tours « dorées par le jour naissant » qui commençaient à témoigner la présence du plus ardent soleil de juillet. Je demeurai ferme dans ma résolution, mais comme agité par la crainte d'un danger inconnu; et certes, si j'avais vu l'orage prêt à crouler sur ma tête, j'aurais été plus agité encore. Pourtant, le paisible et profond repos dont j'étais entouré dissipa, en quelque sorte, cette vague inquiétude. Le silence du matin est plus profond que celui de minuit, et, pour moi, le silence d'une matinée d'été est plus touchant que tout autre silence; car, la lumière étant vive et pure, il ne diffère alors du jour que par l'absence de l'homme, ainsi la paix de la nature reste et s'étend sur tous les êtres, jusqu'aux moments où l'homme, avec son esprit mobile et impatient, en vient troubler la sainteté ! Je m'habillai, pris mon chapeau et mes gants. Depuis un an et demi, cette chambre avait été la « citadelle de mes pensées »; j'en pouvais dire comme André Chénier :

> Là je dors, chante, lis, pleure, étudie et pense.

Et, quoiqu'il fût vrai que dans les derniers temps, moi qui suis né pour aimer et être heureux, je fusse devenu sombre et morose durant ma fièvre de détention, cependant, d'un autre côté, en ma qualité d'amateur de la science et des plaisirs de l'esprit, je ne pouvais pas avoir été privé de toute espèce de jouissances au milieu de ma tristesse habituelle. Je pleurai en regardant ma chaise, mon écritoire et mes livres. Maintenant que j'écris ceci, il y a dix-huit ans entre moi et ce souvenir; cependant, en ce moment même, je vois, aussi distinctement que si cela s'était passé hier, les traits et l'impression du dernier objet qui eut mon dernier regard : c'était un portrait de la belle... qui pendait sur la cheminée; sa bouche et ses yeux étaient si divins, et tout son air si plein de bienveillance et de grâce, et en même temps de tranquillité plus qu'humaine, que cent fois j'avais laissé tomber ma plume ou mon livre, pour puiser un peu de joie dans cette contemplation céleste, comme un dévot aux pieds de sa madone !

Tandis que je regardais, quatre heures sonnèrent. Je courus au tableau, je l'embrassai, et sortis doucement.

. . . .

Les ris et les pleurs se confondent si bien dans la vie, que je ne puis m'empêcher de rapporter un incident qui pensa faire échouer mon projet, et dont pourtant je souris encore. J'avais un paquet très lourd; car, outre mes habits, il contenait presque toute ma bibliothèque. La difficulté était de le transporter à une voiture; ma chambre, d'autre part, était perdue dans les airs, et, pour comble de malheur, on ne pouvait sortir du palier qu'en traversant la galerie où venait aboutir la chambre du supérieur. J'étais l'enfant gâté de la maison; sachant bien que je ne serais pas trahi, j'avais mis dans ma confidence un des *grooms* du maître. Il arriva donc, ayant juré d'être discret, et se chargea de mon coffre. J'avais peur qu'il ne fût trop lourd, quoique j'eusse affaire à un homme

> Aux épaules d'Atlas, capable de tenir
> Le poids des plus larges royaumes.

Il avait un dos grand comme la plaine de Salisbury. Il persista donc à vouloir emporter seul le paquet fatal, tandis que je prêtais l'oreille aux moindres craquements de la cloison. Pendant quelque temps, je l'entendis descendre d'un pied ferme et léger; mais, hélas ! comme il franchissait le pas dangereux, il glissa, et le terrible fardeau, quittant l'épaule du porteur, continua sa route, si bien que, gagnant de la force à chaque marche, il arriva ou plutôt se lança avec un bruit de trente diables contre la porte de l'Archididascalus. Ma première idée fut que tout était perdu; et ma seule chance de salut était dans le sacrifice de mon bagage. Cependant la réflexion me fit attendre l'issue de l'aventure. Le groom était plus qu'alarmé, autant pour moi que pour lui; mais, en dépit de sa frayeur, le contre-temps redouté avait si irrésistiblement excité sa gaieté bruyante, qu'il se perdait dans un long et éclatant témoignage de sa joie, capable d'éveiller les sept dormeurs. Moi, en l'entendant, je ne pus m'empêcher de l'imiter. Nous attendions dans cette posture que D... sortît de sa chambre : car ordinairement une souris qui remuait le faisait jeter à bas de son lit. Je ne puis comprendre ce qui l'y fit rester alors. D... avait une infirmité qui, le tenant souvent éveillé, rendait probablement son sommeil plus profond. Reprenant toutefois courage, le groom arriva en bas sans autre accident; je restai immobile jusqu'au moment où je vis mon coffre en route vers la voiture. Alors « que la Providence m'accompagne ! » Je partis à pied, emportant un petit paquet sous un bras, et sous l'autre, un volume in-12, qui contenait environ huit pièces d'Euripide.

Mon intention avait été d'abord de gagner le Westmorland, et deux motifs m'y portaient : l'amour que j'ai pour ce pays, puis quelques raisons particulières à moi. Un accident pourtant me fit changer de direction, et je tournai vers le pays de Galles.

Après avoir erré quelque temps dans le Denbighshire, le Merionethshire et le Caernarvonshire, je pris un logement dans une petite maison bien propre, à B..... J'y serais resté longtemps, car la vie y est très facile. Mais le hasard en décida autrement : mon hôtesse avait été la servante, ou la femme, ou la nourrice, d'une dame appartenant à la famille de l'évêque de...., et il n'y avait pas longtemps qu'elle s'était mariée et *établie* (comme disent les gens du peuple). Dans une petite ville comme B..... il suffisait d'avoir vécu dans la famille d'un évêque pour occuper un certain rang. Et ma bonne hôtesse avait plutôt trop que trop peu d'amour-propre à cet égard. Ce que mylord disait et ce que mylord faisait, son importance au parlement, son influence à Oxford, c'était toute la conversation de tous les jours. Je supportais cela très bien, car je suis d'un trop heureux naturel pour jamais rire au nez de personne, et je prenais en patience le bavardage de la digne femme. Pourtant elle dut s'apercevoir infailliblement que je ne partageais que modérément son enthousiasme ; et ce fut peut-être pour se venger de mon indifférence, peut-être par naïveté, qu'elle me répéta un jour une conversation où j'étais pour quelque chose. Elle avait été à l'Évêché présenter ses respects à la famille de son ancienne maîtresse ; et, après dîner, on l'avait admise dans la salle à manger. En faisant l'histoire de son économie domestique, elle vint à dire qu'elle avait loué ses appartements ; là-dessus le bon évêque prit soin de lui conseiller de bien choisir ses hôtes, — car, dit-il, vous devez vous rappeler, Betty, que vous êtes sur la route de la capitale, et qu'ainsi une multitude de banqueroutiers irlandais se sauvant en Angleterre, ou de banqueroutiers anglais se sauvant en Irlande, doivent passer par ce chemin. L'avis, sans doute, était raisonnable, mais elle pouvait se contenter d'en faire le sujet de ses méditations privées, sans me mettre dans sa confidence. Ce qui suivait ne valait pas autant : — Oh ! mylord ! répliqua mon hôtesse (ceci venait après d'autres détails), je ne pense pas réellement que ce jeune homme soit un banqueroutier, parce que... — Vous ne me croyez pas un banqueroutier ? dis-je en l'interrompant avec indignation : je vous épargnerai dorénavant la peine de faire de telles réflexions ! et sans retard je me disposai à partir. La bonne dame paraissait prête à s'excuser de son mieux ; mais une expression énergique de dédain et de dignité, que j'ai peur d'avoir appliquée au savant ecclésiastique lui-même, fit naître à son tour son indignation, en sorte que toute paix devint impossible. J'étais vraiment fort en colère de ce que cet évêque avait fait naître des doutes sur ma probité, quoique d'une manière bien indirecte, et j'eus l'idée de lui dire ma façon de penser à cet égard *en grec*, ce qui en même temps l'aurait peut-être forcé de répondre dans la même langue ; auquel cas il devait paraître aux yeux de tout le monde que j'étais un meilleur helléniste. Des réflexions plus sages m'ôtèrent toutefois cette puérile envie : je pensai que l'évêque avait le droit de conseiller une vieille servante, qu'il ne m'avait nullement désigné, et que la même légèreté d'esprit qui avait fait répéter à miss Betty les discours de Sa Révérence, avait fort bien pu leur prêter un sens trop conforme aux sentiments de l'interprète.

Je quittai la maison dans l'heure même, et cela fut très malheureux pour moi, attendu que, courant d'auberge en auberge, je me fus bientôt débarrassé du peu d'argent qui me restait ; enfin, je me trouvai réduit au régime le plus sobre qui se puisse imaginer, c'est-à-dire un repas par jour ; et quel repas ! Cependant, l'appétit qu'à mon âge devaient exciter un exercice violent et l'air vif des montagnes, me causait d'étranges douleurs, car je ne prenais qu'un peu de café ou de thé. Il fallut même bientôt m'en priver, et, tout le temps que je demeurai dans le pays de Galles, je vécus de fruits de buissons, de pommes, ou de ce que je pouvais gagner de temps en temps, lorsque je trouvais l'occasion de me rendre utile. J'écrivais quelquefois des lettres pour des fermiers qui avaient des relations à Liverpool ou à Londres ; plus souvent des lettres d'amour pour des jeunes filles de Shrewsbury ou d'autres villes environnantes. J'étais alors reçu avec une grande joie, et traité généralement avec hospitalité.

Une fois, surtout, près du village de Llan-y-Styndw (ou un nom à peu près pareil), dans une partie peu habitée du Merionethshire, je restai trois ou quatre jours dans une maison où des jeunes gens m'accueillirent avec tant de bienveillance que j'en ai conservé un souvenir ineffaçable. Cette famille consistait en quatre sœurs et trois frères, tous d'un âge raisonnable, et tous remarquables par l'élégance et la délicatesse de leurs manières. Je ne me rappelle pas avoir jamais rencontré tant de beauté réunie à un cœur si compatissant et si bon, excepté peut-être une ou deux fois dans le Westmorland et le Devonshire. Ils parlaient tous anglais ; et c'est une chose qu'on trouve difficilement dans une famille si nombreuse, surtout dans les villages éloignés de la grande route. J'écrivis, à mon entrée chez eux, une lettre d'affaires,

pour un des jeunes gens qui traitait avec un militaire anglais; et, plus
en secret, deux lettres d'amour pour deux des sœurs. Ces jeunes filles
étaient plus intéressantes qu'on ne peut dire, et très aimables. Au
milieu de leur confusion et de leur rougeur, tandis qu'elles me dic-
taient, ou plutôt qu'elles me donnaient des instructions générales, je
n'eus pas besoin de beaucoup de pénétration pour sentir qu'elles
voulaient des lettres aussi tendres que possible, sans pourtant blesser
la délicatesse de l'orgueil féminin. Je parvins à si bien modérer mes
expressions, que l'un et l'autre de ces sentiments se trouva observé,
et elles furent si contentes de la manière dont j'exprimais leur pensée,
que (dans leur simplicité) elles s'étonnèrent d'avoir été si vite devinées.

La réception qu'on éprouve de la part des femmes dans une famille
détermine généralement celle qu'on doit attendre de la famille entière.
J'avais rempli mes fonctions de secrétaire-interprète à la satisfaction
générale (peut-être aussi les amusais-je par ma conversation); enfin,
je fus pressé de rester, avec une cordialité à laquelle je ne pus résister
bien fort. Je couchais avec les frères, la seule chambre vacante étant
dans l'appartement des jeunes femmes; mais du reste, j'étais traité
comme on ne doit pas avoir la prétention de l'être avec une bourse
aussi légère que la mienne, comme si ma science eût suffi pour me
faire croire « de bonne famille ». C'est ainsi que je vécus trois jours
et une partie du quatrième; et les marques d'amitié dont ils me com-
blaient me prouvent qu'ils m'auraient gardé jusqu'à présent si leur
volonté avait suffi pour cela. Mais, le dernier jour, je m'aperçus à
déjeuner qu'ils voulaient me dire quelque chose qui les embarrassait;
et, en effet, l'un des jeunes gens m'expliqua que leurs parents étaient
partis, la veille de mon arrivée, pour une assemblée annuelle de
méthodistes qui se tenait à Caernarvon, et qu'ils devaient revenir le
jour même; et, s'ils n'étaient pas aussi polis qu'ils devaient l'être, il
me demandait, au nom de tous, de ne pas m'en offenser. Les parents
revinrent avec des visages grognons, et *Dym sassenach* (il n'est pas

anglais) fut tout ce que je pus obtenir pour réponse à mes politesses. Je vis de quoi il s'agissait; et, prenant congé de mes jeunes hôtes, je continuai ma route; car, bien qu'ils plaidassent auprès de leurs parents avec zèle en ma faveur, et qu'ils voulussent auprès de moi excuser leurs parents eux-mêmes, en me disant que « c'était leur manière », je compris aisément que mon talent pour les lettres d'amour ne me réussirait pas beaucoup mieux auprès de deux graves sexagénaires, de plus méthodistes, que mes saphiques ou mes alcaïques grecs; et ce qui avait été de l'hospitalité; lorsque je devais tout à l'aimable courtoisie de mes jeunes amis, devenait de la charité avec la rude allure de ces vieilles têtes. Certes, M. Shelley a raison dans ses réflexions sur la vieillesse; à moins qu'elle ne soit puissamment contrebalancée par des agents de nature contraire, son souffle stérile corrompt et dessèche misérablement tout noble élan du cœur humain.

J'eus presque aussitôt, par des moyens qui sont indifférents au lecteur, l'occasion d'aller à Londres. Et alors commença la dernière et la plus triste période de mes longues souffrances que je pourrais appeler mon agonie.

DEUXIÈME PARTIE

Il me fallut souffrir pendant plus de seize semaines, c'est-à-dire plus de quatre mois, la douleur physique de la faim, à différents degrés de force ; mais je crois avoir enduré, en somme, tout ce qu'un homme peut endurer sans mourir. Je n'en ferai point le détail pour le lecteur ; car de pareilles horreurs, lorsqu'elles n'ont été méritées par aucun crime, ne peuvent se raconter sans exciter une pitié vive, et pénible pour celui qui la ressent. Il suffira de savoir que quelques petits morceaux de pain ramassés après le déjeuner d'un homme (qui me croyait malade, mais non dans une telle misère) et cela à de certains intervalles, faisaient toute ma nourriture. Durant la première époque de mes souffrances (généralement dans le pays de Galles, et toujours dans les deux premiers mois que je passai à Londres), je n'avais pas d'asile et je dormais rarement sous un toit. J'attribue à cette constante habitude d'être exposé à l'air la force qui m'empêcha de succomber à mes tourments. Plus tard cependant, lorsque le temps devint froid, et lorsque mes longues douleurs eurent commencé à m'affaiblir et à me mettre dans un état de langueur qui s'augmentait chaque jour, il fut certainement très heureux pour moi que ce même homme, qui me permettait de vivre de ses restes à déjeuner, me donnât pour la nuit une grande maison déserte, dont il était propriétaire ; je l'appelle déserte, car il n'y avait dedans qu'une table et quelques chaises.

J'y trouvai, cependant, en y entrant, un pauvre enfant tout seul, qui semblait avoir environ dix ans ; mais la faim l'avait probablement aussi fatigué ; c'était une petite fille, et des souffrances de cette nature font paraître les enfants beaucoup plus âgés qu'ils ne sont. J'appris d'elle que, depuis quelque temps, elle dormait seule dans cet endroit ; et elle témoigna une grande joie quand elle apprit que dorénavant elle aurait un compagnon dans l'obscurité. La maison était grande; les rats, manquant aussi de nourriture, faisaient un tapage infernal dans les cloisons énormes; et, au milieu des douleurs réelles du froid, et sans doute aussi de la faim, la pauvre enfant, délaissée, semblait avoir souffert encore davantage de la frayeur. Je lui promis de la défendre contre tous les fantômes à l'avenir; mais, hélas ! je ne pus lui offrir d'autre assistance. Nous étions couchés par terre, avec une liasse de papiers pour oreiller, et sans autre couverture qu'un grand manteau de cocher. Nous découvrîmes, cependant, plus tard, dans un grenier, une vieille garniture de sopha et quelques vieux morceaux de toile qui servirent à nous préserver un peu du froid excessif. La pauvre fille se pressait contre moi pour se réchauffer et pour se défendre des spectres qui lui faisaient peur.

Lorsque je n'étais pas plus mal qu'à l'ordinaire, je la prenais dans mes bras, en sorte qu'elle avait assez chaud, et reposait souvent tandis que je veillais; car, pendant cet espace de temps, je dormais plutôt pendant le jour et je tombais très fréquemment dans des faiblesses extrêmes. Mais dormir me faisait plus mal que veiller; car, outre les rêves affreux qui m'agitaient sans cesse (et qui, pourtant, n'avaient rien d'aussi horrible que ceux que je décrirai plus tard), mon sommeil n'était jamais autre chose que ce qu'on appelle *dog-sleep* [1]; de sorte que je pouvais m'entendre moi-même gémir, et, quand je m'éveillais, souvent il me semblait que c'était au bruit de ma propre voix.

Une horrible sensation commença alors à me *hanter;* dès que je tombais endormi, j'étais saisi d'une espèce de soulèvement d'estomac, qui me forçait à jeter mes pieds violemment en avant pour le faire cesser. Cette sensation commençant avec mon sommeil, et l'effort que je faisais pour m'en débarrasser m'éveillant infailliblement, je ne dormais que d'épuisement et de lassitude, et j'ai déjà dit que ma faiblesse, qui augmentait, m'endormait et m'éveillait continuellement. De plus,

(1) *Dog-sleep*, sommeil de chien

le maître de la maison arrivait quelquefois à l'improviste, et de très bonne heure ; il avait constamment peur des baillifs ; chaque nuit donc il allait coucher dans un quartier différent de la ville, et j'observai qu'il ne manquait jamais d'examiner, par une fenêtre particulière, tous ceux qui frappaient à la porte, avant de permettre qu'on l'ouvrît.

Il déjeunait seul, et, en vérité, sa mesure ordinaire et sa provision de thé lui auraient difficilement permis d'inviter un hôte. Durant ce repas, je trouvais presque toujours une raison pour rester auprès de lui, et, avec l'air le plus indifférent possible, je prenais les morceaux de pain qu'il avait laissés. Il arrivait quelquefois qu'il ne laissait rien. En agissant ainsi, je ne volais que lui, qui était obligé d'envoyer chercher un second biscuit d'*extra* ; car, pour la pauvre fille, *elle* n'était jamais admise dans son étude (si l'on peut appeler ainsi la chambre où il entassait ses parchemins et ses papiers) ; cette chambre était pour elle comme le cabinet de la Barbe-Bleue ; fermée régulièrement lorsqu'il partait pour aller dîner, environ à six heures, après quoi il ne revenait qu'au lendemain matin. Cette enfant était-elle une fille naturelle de M..... ou seulement une domestique ? C'est ce que je ne puis affirmer ; elle n'en savait rien elle-même ; mais assurément elle était traitée tout au plus comme une servante. Dès que M..... paraissait, elle descendait en bas pour brosser ses souliers, son habit, etc., et, excepté lorsqu'on l'appelait, elle ne sortait jamais de la cuisine, jusqu'à ce que ma manière habituelle de frapper à la porte le soir l'eût fait bien vite accourir d'un petit pas tremblant. Je n'appris de ce qu'elle faisait pendant la journée que les détails qu'elle m'en put faire la nuit ; car, dès que le jour venait, je voyais qu'on n'attendait que mon départ, et, en général, je me levais et j'allais m'asseoir dans les promenades, ou autre part, jusqu'à ce que le soleil se couchât.

Mais quel homme était le maître de la maison ? Lecteur, c'était un des exemples de ces anomalies, dans les départements inférieurs de la législation, qui... que dirai-je?... qui, par prudence ou par nécessité, se refusent toute espèce de luxe de conscience (périphrase qu'on pourrait abréger, mais je *le* laisse au goût du lecteur). Dans plusieurs occasions de la vie, une conscience peut encombrer, gêner, embarrasser, plus encore qu'une femme ou un équipage; et, comme le peuple dit : se défaire de son équipage, je suppose que mon ami M..... s'était défait, pour un temps seulement, de sa conscience, mais dans la ferme intention de la reprendre le plus tôt qu'il pourrait. La manière de vivre d'un tel homme présenterait un étrange tableau si je pouvais me décider à amuser le lecteur à ses dépens; mais, dans cet assemblage bizarre de qualités et de défauts, je dois tout oublier, excepté qu'il était obligeant envers moi, et même généreux, eu égard à ce qu'il pouvait faire.

Il est vrai qu'il ne pouvait pas faire grand'chose; cependant, je jouissais de toute liberté, en commun avec les rats; et, puisque Dr Johnson a dit que dans sa vie il ne s'était jamais trouvé qu'une fois logé à son aise, ne dois-je pas être bien heureux d'avoir eu à ma disposition un local aussi grand que je le pouvais désirer? Excepté la chambre de la Barbe-Bleue, que la pauvre enfant croyait habitée par des revenants, le reste, depuis le grenier jusqu'à la cave, était à notre service; et nous posions notre tente pour la nuit où nous le jugions à propos. J'ai déjà dit que cette maison était très vaste; elle est bien située, et dans un quartier connu de Londres; plusieurs de mes lecteurs doivent, sans aucun doute, avoir passé devant, avant de rentrer pour lire ce chapitre. Pour moi, je ne manque jamais de la visiter, lorsque mes affaires m'appellent à Londres; environ à 10 heures, ce soir même, 15 août 1821, jour de ma naissance, je me suis dérangé de ma promenade de tous les jours, pour aller à la rue d'Oxford. La maison est maintenant occupée par une famille respectable; et, à travers les carreaux d'une chambre éclairée, j'ai vu plusieurs personnes assemblées, sans doute autour d'une table à thé; singulier contraste avec l'obscurité, le froid, le silence et la désolation qu'offrait cette même maison dix-huit ans auparavant, lorsqu'elle n'avait pour hôtes qu'un malheureux mourant de faim et un enfant abandonné. Cette pauvre fille n'était ni jolie, ni spirituelle, ni agréable dans ses manières; mais, Dieu du ciel ! elle n'en avait pas besoin pour être aimée de moi ! La nature humaine, dans sa plus triste et sa plus humble forme, était assez pour moi; et je l'aimais parce que j'étais aussi malheureux qu'elle. Si elle vit encore à présent, elle est probablement mère, elle a des enfants à son tour; mais je serais incapable de la reconnaître.

J'en suis fâché pourtant; mais je vis alors une autre personne dont les traits ne s'effaceront jamais de ma mémoire. C'était une jeune femme, et l'une de ces malheureuses qui vivent sur les gages de la prostitution. Et c'est sans aucune honte, et sans aucune raison d'en avoir, que j'avoue avoir été lié alors assez familièrement avec plusieurs femmes de cette triste condition. Le lecteur ne doit ici ni sourire ni froncer le sourcil; car, pour ne pas rappeler aux classiques le vieux proverbe latin : *Sine Cerere*, etc., on supposera sans doute que l'état de ma bourse m'empêchait d'avoir avec de telles créatures d'autres relations que des relations très pures. Mais la vérité est qu'à aucune époque de ma vie, je n'ai été homme à me croire souillé par le contact ou par l'approche d'un être ayant forme humaine; au contraire, dès ma première jeunesse, j'étais fier de converser familièrement, *more socratico*, avec tout le monde : hommes, femmes et enfants que je pouvais rencontrer; habitude nécessaire pour la connaissance du cœur humain, la bonté propre et la franchise qui doivent honorer un philosophe. Car il ne regarde pas avec les yeux de ces âmes bornées qui s'appellent des gens du monde, et qui sont pleines de préjugés absurdes, dont le plus petit se rapporte à l'égoïsme le plus parfait. L'homme instruit et l'homme du peuple, le coupable et l'innocent, il doit tout connaître.

Étant forcément à cette époque un péripatéticien, j'eus donc naturellement des relations fréquentes avec les péripatéticiennes.

Plusieurs de ces femmes m'avaient défendu souvent contre les *watchmen* qui voulaient me renvoyer des bancs sur lesquels je me reposais. Mais une surtout, la seule pour laquelle j'ai dit tout ici. — Ah ! non, que je ne te mêle pas, noble créature, Anna, avec cette espèce de femmes ! Que je trouve, s'il est possible, un nom plus doux pour appeler celle dont la bonté et la compassion n'ont pas oublié celui qui était oublié du monde ! C'est à toi que je dois la vie ! Pendant plusieurs semaines, je marchais la nuit avec cette pauvre fille dans la rue d'Oxford, où je m'asseyais à côté d'elle sur les bancs des péristyles. Elle était plus jeune que moi : elle me dit qu'elle n'avait pas encore seize ans. Mes questions eurent bientôt obtenu d'elle l'histoire de ses malheurs. On en a vu bien d'autres exemples, et les lois devraient plus souvent les punir ou les venger. Mais qui prête l'oreille à de misérables vagabonds ? On ne peut nier qu'à Londres la classe élevée, en général, ne soit dure, cruelle et repoussante. Je pressai plusieurs fois Anna de porter ses plaintes devant un magistrat, l'assurant qu'elle attirerait aussitôt l'attention, et que la justice punirait l'infâme qui lui avait pris tout ce qu'elle possédait. Elle me promit souvent de le faire, mais elle reculait toujours ce moment ; car elle était timide et honteuse à un point qui montrait combien elle était profondément affligée ; et peut-être pensait-elle que le juge le plus impartial, le tribunal le plus juste, ne pouvait rien pour réparer le mal qu'on lui avait fait.

Elle aurait pourtant obtenu quelque chose, j'en suis sûr ; car nous convînmes plus tard entre nous, malheureusement au moment même où nous fûmes séparés, que, dans un jour ou deux, nous irions ensemble devant un magistrat, et que je parlerais en sa faveur. Cependant, il était décidé que je ne lui rendrais pas ce faible service ; et celui qu'elle m'avait rendu était trop grand pour que je pusse jamais l'acquitter.

Une nuit, tandis que nous marchions lentement dans la rue

d'Oxford, comme je souffrais plus qu'à mon ordinaire, je la priai de venir avec moi au Soho-Square; nous y allâmes, et nous nous reposâmes sur les marches d'une maison devant laquelle je ne puis maintenant passer sans attendrissement et sans respect. Au moment où je m'assis, je me sentis beaucoup plus mal; j'avais appuyé ma tête dans ses mains, et, tout d'un coup, je tombai raide sur le pavé. Je serais mort infailliblement, si ma pauvre compagne ne m'eût tiré de cet affreux danger. Elle poussa un cri de terreur, et disparut; un instant après elle revint avec un verre de vin et un peu de pain qu'elle me donna et qui me firent un bien extrême; et pour cela elle avait payé de sa bourse. Oh ! que l'on s'en souvienne ! lorsqu'elle-même, réduite à la plus horrible misère, ne savait pas si un sort pareil au mien ne l'attendait pas aussi. O ma jeune bienfaitrice ! combien de fois, dans mes promenades solitaires, marchant tristement et les bras croisés, j'ai béni ton souvenir ! Je voudrais, comme autrefois la malédiction paternelle poursuivait le crime, que les souhaits ardents d'un cœur accablé de sa reconnaissance, eussent aussi leur pouvoir pour t'accompagner, te poursuivre au fond d'une maison infâme de Londres, au fond d'un tombeau, et là te rapporter encore le cri de mon amour, de mon respect, de mon admiration pour toi !

Je ne pleure pas souvent, car, ou ma douleur passagère est trop profonde pour demander des larmes, ou ma tristesse habituelle m'empêche d'en trouver dans mes yeux. Les esprits légers seuls pleurent aisément. Mais, lorsque je marche dans la rue d'Oxford et que j'entends jouer sur un orgue les airs de ce temps-là, je pleure, et, devant un tel souvenir, je sens que le temps s'arrête et que les années s'effacent de ma vie.

Peu de temps après ce que je viens de raconter, un gentilhomme de la maison du roi m'aborda dans la rue Albemarle; il avait reçu à différentes occasions l'hospitalité de ma famille. Je ne cherchai point à me cacher; je répondis sincèrement à ses questions; et, lorsqu'il m'eût donné sa parole d'honneur de ne pas me dénoncer à mes tuteurs, je lui dis où je demeurais. Le lendemain, je reçus de sa part un billet de 1,000 livres. La lettre qui le renfermait arriva avec des lettres d'affaires du notaire; mais, quoique son regard voulût dire qu'il en savait le contenu, il me la donna sans faire d'observations.

Je puis maintenant expliquer ce qui m'avait amené à Londres, et ce que j'y sollicitai depuis le jour de mon arrivée jusqu'à celui de mon départ.

Dans une ville comme Londres, on sera étonné que je n'aie pas trouvé quelque moyen d'éviter la dernière misère. Deux ressources se présentaient au moins; ou de chercher du secours auprès des amis de ma famille, ou d'employer mes talents à gagner ma vie. Mais, d'abord, je ne craignais rien tant que de retourner sous la puissance de mes tuteurs, et je ne pouvais, de peur d'être réclamé par eux, me découvrir même à ceux qui m'auraient servi. Pour le second moyen, j'avoue que je suis aussi surpris que le lecteur de l'avoir oublié; je savais le grec, mieux qu'il ne le faut savoir pour l'enseigner; mais j'avais besoin de connaître quelque respectable professeur à qui m'adresser; et comment le faire sans me trahir encore? A dire vrai, je n'avais qu'une idée, c'était d'obtenir ce que je demandais.

J'avais fait part à un juif et à d'autres usuriers de mes espérances pour l'avenir; et ils s'étaient assurés de ma véracité, en examinant le testament de mon père aux Doctor's Common. La personne qu'on y mentionnait comme le second fils de... avait tous les droits, ou plus que les droits que j'avais annoncés. Mais les juifs se firent une autre question : *étais-je* cette personne? Je n'avais jamais pensé à cette difficulté : je craignais plutôt de n'être que trop connu de mes amis les juifs, et que leur zèle ne me remît entre les mains de mes tuteurs. Il me sembla bien étrange de me voir, moi, pris *materialiter*, accusé, ou du moins soupçonné de vouloir passer faussement pour moi, considéré *formaliter*. Je leur montrai pourtant différentes lettres que j'avais reçues de mes amis, tandis que j'étais dans le pays de Galles. C'était, je crois, les seuls restes de mon équipage (avec les habits que je portais) dont je n'eusse pas disposé.

Plusieurs de ces lettres étaient du comte de..., qui était alors mon seul ami intime; j'en avais aussi du marquis de..., son père, datées d'Eton. Le vieux gentilhomme, amateur de sciences et d'agriculture, me parlait de grands changements qu'il faisait ou qu'il méditait dans les terres de M... et de Sl..., ou du mérite d'un poète latin, ou d'un sujet qu'il me conseillait de mettre en vers.

Sur la foi de ces lettres, un des juifs me proposa 2 ou 3,000 livres sterling par an, pourvu que le jeune comte, qui était de mon âge, voulût garantir le paiement des intérêts et du capital, à l'époque de notre majorité. En conséquence, huit ou neuf jours après avoir reçu les 1,000 livres, je me préparai à partir pour Eton. J'avais donné environ 300 livres de mon argent à mon usurier, qui disait que, pendant mon absence, il allait préparer les papiers nécessaires au contrat. J'étais sûr qu'il mentait; mais je ne voulais lui laisser aucun sujet de retard. J'avais donné une moindre somme à mon ami le notaire (qui connaissait mes juifs); et, en vérité, je lui devais quelque chose pour le loyer de sa triste maison. J'avais employé environ 15 shillings à ma toilette, qui pourtant n'était pas brillante. Je donnai la moitié du reste à Anna, comptant à mon retour partager encore avec elle ce que j'aurais gardé. Tous ces arrangements faits, à six heures, par une sombre soirée d'hiver, je partis avec elle; mon intention était d'aller par Salt-Hill. Nous traversions un quartier de la ville qui n'existe plus; c'était je crois, la rue Swallow.

Ayant du temps devant moi, je marchais lentement; nous nous

assîmes au coin de la rue de Shersan. Je lui avais déjà parlé de mes projets ; je l'assurai qu'elle partagerait ma fortune, si mon sort venait à changer. Je regardais cette promesse comme m'imposant un devoir sacré ; car je l'aimais comme ma sœur ; et, voyant à quels malheurs j'avais résisté, j'étais plein de joie et d'espérance ; Anna, au contraire, se séparant du seul être qui voulût lui servir d'ami, était accablée de tristesse. Lorsque je lui dis adieu en l'embrassant, elle jeta ses bras autour de mon col, et pleura sans dire une parole.

J'espérais revenir dans une semaine au plus tard, et je convins avec elle que la sixième nuit, à partir de celle qui commençait, et chaque nuit suivante, elle m'attendrait à dix heures, au bout de la Grande Rue de Titch-Field. Je pris encore d'autres mesures pour la retrouver ; j'en oubliai une : elle ne m'avait jamais dit son nom de famille. Les filles d'un rang plus élevé s'appellent miss Douglas, miss Montague, etc. ; mais, quand on est pauvre, on n'a qu'un nom : Mary, Jane, Francis, etc. Il était huit heures lorsque j'entrai au café Glocester, et, le Bristol étant sur le point de partir, j'y montai, et bientôt je m'endormis.

Un petit incident m'apprit, à cette occasion, qu'un homme qui n'a jamais souffert peut vivre et mourir sans se douter des travers ou de la bonté du cœur humain. Les physionomies se ressemblent si souvent qu'un observateur ordinaire remarque une espèce d'hommes, puis une autre espèce opposée, et rapporte à ces deux types contraires toutes les nuances qui peuvent s'y confondre. Ils ont leur alphabet, avec lequel ils veulent juger toutes les combinaisons des mots. Voici ce qui m'arriva. Pendant les quatre ou cinq premières lieues en quittant la ville, je fatiguais mon voisin en tombant sur lui chaque fois que la voiture penchait de son côté ; et, en conscience, si la route eût été moins unie et moins douce, je serais tombé de faiblesse. Il s'en plaignit amèrement, et tout le monde s'en serait plaint ; mais il exprima son mécontentement en des termes que tout le monde n'aurait pas choisis ;

et certes, si je l'avais quitté à ce moment, ou je ne me serais pas souvenu
de lui du tout, ou je m'en serais souvenu comme du plus grand brutal
qu'on pût trouver. Cependant, je vis que j'avais tort ; je lui demandai
pardon en l'assurant que ce n'était pas ma faute ; et en même temps
je lui dis, aussi brièvement que possible, la cause de l'état où je me
trouvais. Le personnage changea tout à coup ; lorsque je m'éveillai un
instant en passant à Hounslow (car, en dépit de mes efforts, je m'étais
rendormi deux minutes après avoir parlé), je trouvai qu'il avait
allongé le bras de manière à m'empêcher de tomber ; et, pendant le
reste du voyage, il me traita avec une douceur de femme ; de sorte qu'à
la fin j'étais presque couché dans ses bras, et c'était d'autant plus
obligeant de sa part, qu'il ne savait pas si j'allais à Bath ou à Bristol.
Malheureusement, j'allai plus loin que je ne voulais ; car mon sommeil
me faisait tant de bien que je ne me réveillai qu'au premier relai après
Hounslow ; je demandai où nous étions ; on me répondit Maidenhead,
six ou sept milles, je crois, plus loin que Salt-Hill.

Je descendis ; mon voisin me conseilla de m'aller mettre au lit ; ce
que je lui promis de faire, bien qu'ayant une autre intention. Je me
mis à marcher. Il était environ minuit ; mais j'allais si doucement que
j'entendis quatre heures sonner à une petite maison, avant de tourner
la route qui conduit de Slough à Eton. J'étais encore bien faible ; il
me vint pourtant alors une idée qui me consola de ma pauvreté. On
avait commis quelques jours auparavant un assassinat à Hounslow. Je
crois que la personne qui avait été tuée s'appelait Steele, et que c'était
le propriétaire d'un petit bien dans le voisinage. Chaque pas que je
faisais me rapprochait de la place où le meurtre avait été commis,
et il me passa dans l'esprit que, si le meurtrier était sorti cette nuit,
nous allions nous rencontrer dans l'obscurité ; auquel cas, dis-je, si,
au lieu d'être, comme je le suis,

Riche en science seulement,

j'avais, comme mon ami Lord.... 70,000 livres de rente, quelle frayeur panique viendrait m'assaillir ! Il est vrai qu'il n'était pas probable que lord.... se trouvât jamais dans ma position. Mais, quoi qu'on dise, la remarque n'en est pas moins vraie, qu'une grande fortune doit inspirer une terrible peur de mourir; et je suis convaincu que les trois quarts au moins de ces intrépides aventuriers, à qui la pauvreté permettait d'avoir du courage, si, au moment de se battre, on leur eût annoncé qu'ils héritaient de 50,000 livres de rente, auraient senti leur humeur belliqueuse considérablement diminuée.

J'oublie mon voyage. Dans la route entre Slough et Eton, je m'endormis. Au moment où le soleil allait se lever, je fus réveillé par la voix d'un homme qui était debout à côté de moi. Je ne le connaissais pas; il avait une triste physionomie; mais il ne s'ensuit pas que ce fût un méchant homme; et même il aurait pu mériter ce nom sans qu'il y eût danger pour un dormeur en plein champ, à sept heures du matin, en hiver. Pourtant, je suis bien aise de le désabuser sur ce qu'il a pu croire, s'il est au nombre de mes lecteurs. Je le regardai en face, et il s'en alla. Je ne fus pas fâché d'arriver à Eton avant le jour. La nuit avait été humide, mais la matinée était fraîche, et les arbres se couvraient de bruine. Je traversai Eton sans être vu; je me lavai, et me rhabillai de mon mieux dans un petit café de Windsor; enfin il était huit heures lorsque je me dirigeai vers Pote's.

Sur ma route, je rencontrai un petit garçon que je questionnai; un Etonien est toujours gentilhomme; et, malgré ma pauvre apparence, il me répondit poliment. Mon ami lord.... était parti pour l'université de.... « *Ibi omnis effusus labor !* » J'avais pourtant d'autres amis à Eton; mais ceux qui veulent bien s'appeler ainsi dans la prospérité, ne sont pas toujours disposés à s'en souvenir. Cependant, je demandai le comte de D... Il me reçut à déjeuner.

Lecteur, qui me voyez tant de connaissances nobles, ne me croyez pas noble pour cela. Je suis le fils d'un bon commerçant anglais.

Lord D... étala devant moi un déjeuner magnifique. Il me parut bien plus magnifique encore à moi qui, depuis tant de jours, tant de semaines, tant de mois, ne m'étais pas assis à « une table honnête ». Je mangeai pourtant fort peu; je me souvins de l'histoire d'Otway, et j'eus peur d'obéir trop promptement à une tentation qui pouvait être dangereuse. Je ne me fis même aucune violence pour cela; car, pendant deux semaines encore, je ne pus prendre que très peu de chose à mes repas; mon appétit se changeait aussitôt en satiété, et quelquefois en dégoût.

J'expliquai à mylord D... l'affaire qui m'amenait. C'était le meilleur jeune homme du monde, et le, plus obligeant; il hésita cependant, fit ses conditions, et accepta. Lord D... avait alors tout au plus dix-huit ans; mais je doute, en me rappelant quelle prudence et quel bon sens il sut mêler à tant de courtoisie (courtoisie qui chez lui avait le caractère de la franchise), qu'un homme d'État le plus vieux et le plus accompli diplomate possible, se fût mieux tiré d'un pas semblable. Il y a bien des gens qu'on ne pourrait aborder avec une pareille question, sans les voir prendre un visage plus sévère et plus chagrin que la tête d'un Turc.

Consolé par cette promesse, quoique mes espérances eussent été en partie trompées, je retournai dans une voiture de Windsor à Londres trois jours après en être parti. Et voici maintenant la fin de mon histoire : les juifs ne voulurent pas des conditions de lord D... Je ne sais pas s'ils auraient consenti enfin à cet arrangement, et s'ils retardaient seulement l'affaire pour avoir le temps d'aller aux informations; mais ils me demandèrent de grands délais. Le temps s'écoulait. Mon billet s'en allait par morceaux, et, avant la conclusion de cette affaire, je me voyais déjà retombé dans ma première misère. Tout à coup, il se fit entre moi et mes amis un raccommodement par hasard. Je quittai Londres en toute hâte pour une partie éloignée de l'Angleterre, et, après quelque temps, je retournai à l'université.

Cependant, qu'est devenue la pauvre Anna? C'est à elle que j'ai réservé la fin de mon récit. Ainsi que nous en étions convenus, je la cherchais tous les jours, et je l'attendais au coin de la rue de Titch-Field. Je parlai d'elle à tous ceux qui pouvaient la connaître, et, pendant les dernières heures de mon séjour à Londres, j'employai tous les moyens possibles pour la découvrir. Je connaissais la rue où elle logeait, mais non pas la maison; et je me rappelai enfin que les mauvais traitements d'un hôte bourru dont elle m'avait parlé avaient pu la faire partir. Elle connaissait peu de monde; presque tous, d'ailleurs, attribuaient mes recherches à un motif qui les faisait rire et cligner de l'œil; et d'autres, pensant qu'elle avait pu me voler quelque chose sur son compte et s'enfuir, me donnaient le moins de renseignements possibles. Désespérant enfin de la trouver, je remis, à mon départ, entre les mains de la seule personne qui pût certainement connaître Anna, mon adresse dans le comté de...., où demeurait alors toute ma famille.

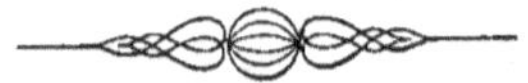

TROISIÈME PARTIE

Il y a si longtemps que j'ai pris de l'opium pour la première fois, que, si jamais j'en ai su la date, je l'ai oubliée ; mais, comme des événements plus importants se rapportent à ce souvenir, je puis croire, en m'en servant pour m'aider, que ce fut dans l'automne de 1804 ; et voici comme l'idée m'en vint (j'étais alors à Londres) : dès mon enfance, on m'avait accoutumé à me baigner la tête dans l'eau froide, au moins une fois par jour. Étant saisi d'une rage de dents, je l'attribuai à une interruption momentanée de ma méthode ordinaire ; je sautai à bas du lit, plongeai ma tête dans un bassin rempli d'eau froide, et retournai me coucher sans essuyer mes cheveux. Le lendemain matin, je m'éveillai avec les plus effroyables douleurs de rhumatisme à la tête et au visage ; douleurs qui ne me laissèrent aucun répit pendant environ vingt jours. Le vingt et unième jour, ce fut, je crois, un dimanche, je sortis, plutôt pour me faire oublier mes maux que dans aucune intention fixe. Le hasard me fit rencontrer un camarade de collège qui me recommanda l'opium ; opium, redoutable instrument de plaisir ou de peine ! J'en entendis parler comme de la manne ou de l'ambroisie ; mais rien de plus. Quel mot vide et insignifiant c'était alors pour moi ! combien de cordes ne fait-il pas maintenant vibrer dans mon âme ! Tout mon cœur s'agite à ces doux et tristes souvenirs ; en me rappelant ces détails, je sens comme un voile mystérieux qui couvre les plus petites circonstances, et la place, et le temps, et l'homme (si c'en était un) qui le premier m'ouvrit ce paradis des *mangeurs d'opium !*

J'ai déjà dit que c'était un dimanche dans l'après-midi ; et il n'y a pas sur terre un plus triste spectacle qu'un dimanche pluvieux à Londres. Ma route, pour m'en retourner, était la rue d'Oxford ;

et près de l'immobile Panthéon (comme l'appelle obligeamment
M. Wordsworth), je vis la boutique d'un apothicaire. L'apothicaire, dis-
pensateur indigne des célestes plaisirs, plus triste et plus stupide que
ce jour pluvieux lui-même, avait justement ce regard d'un apothicaire
mortel, un jour de dimanche; et, lorsque je lui demandai mon opium,
il me le donna comme l'aurait fait l'homme le plus ordinaire; bien
plus, il me rendit sur mon shilling ce qui lui parut être la moitié d'une
pièce de monnaie, qu'il prit dans un tiroir de bois.

Malgré cela, en dépit de toutes ces preuves d'humanité, je l'ai
toujours considéré en moi-même comme l'ombre ou l'apparition divine d'un immortel apothicaire, descendu sur la terre à mon intention.
Et ce qui me confirme dans cette idée, c'est que, lorsque je revins à
Londres, je le cherchai autour de l'immobile Panthéon, et ne le trouvai
pas; et, pour moi qui ne savais pas son nom (si toutefois il avait un
nom), il était plus croyable qu'il s'était *évanoui*[1] de la rue d'Oxford
dans les airs que de toute autre manière plus matérielle. Le lecteur
est pourtant libre de ne le regarder, s'il le veut, que comme un apothicaire sublunaire et terrestre; pour moi je le crois évanoui ou évaporé,
tant il me répugne de rattacher quelque souvenir mortel à ce moment,
à cette place, et à cette créature, qui me fit faire ma première
connaissance avec le céleste présent.

Arrivé chez moi, on doit supposer que je ne tardai guère à prendre
la quantité désignée. J'ignorais nécessairement tout l'art et le mystère
qui doivent accompagner une pareille action; et ce que je pris, je le
pris de la manière la plus désavantageuse possible; mais je le pris. —

(1.) Évanoui. Ce mode de quitter la scène du monde paraît s'être établi dans le dix-
septième siècle ; mais il fut regardé alors comme un privilège particulier à la famille
royale, et nullement aux apothicaires ; car, en l'an 1686, un poète distingué M. Flatman,
parlant de la mort de Charles II, s'étonne qu'un prince puisse faire une action aussi
absurde que de mourir ; car dit-il :

« Les rois doivent dédaigner de mourir, et seulement *disparaître*. »

Et en une heure, ô ciel ! quel changement ! du plus profond abîme à la plus sublime exaltation ! C'était l'*Apocalypse* que j'avais au dedans de moi. — Le soulagement de mes douleurs était la chose la moins importante à mes yeux ; cet effet négatif disparaissait devant la multitude des effets positifs que je ressentais à la fois. C'était un trésor, un φάρμακον νεωενθεος pour toutes les souffrances humaines ; c'était le secret du bonheur tant cherché et si longtemps discuté par les philosophes de tous les temps ; on achèterait maintenant son bonheur deux sous et on le porterait dans la poche de son gilet. Les divines extases devaient s'envoyer en bouteilles cachetées, et la tranquillité de l'âme pouvait se communiquer par le coche. Mais le lecteur va croire que je plaisante ; celui qui connaît l'opium n'est pas disposé à rire ; ses plaisirs ont un aspect grave et solennel, et, dans les plus grandes joies, ce n'est jamais l'*allegro*, c'est toujours *il penseroso*.

Et d'abord, un mot sur les effets de l'opium ; car pour tout ce qui a été écrit sur ce sujet, soit par les voyageurs en Turquie (qui ont conservé leur habitude de mentir comme un droit d'origine immémoriale), soit par les professeurs de médecine, écrivant *ex cathedrâ*, je n'ai qu'un mot à dire : Mensonge ! Je me souviens qu'une fois, en feuilletant un étalage de bouquiniste, j'ai trouvé ces paroles dans un auteur satirique : « En ce temps-là, je devins convaincu que les journaux de Londres disent la vérité au moins deux fois par semaine, savoir : le mercredi et le samedi, et qu'on pouvait s'en rapporter à eux pour la liste des banqueroutiers. » Ce n'est pas pourtant que je prétende accuser de fausseté tout ce qui a été dit sur l'opium : des savants nous ont appris qu'il avait une couleur brune : remarquez bien que j'en conviens ; deuxièmement, qu'il coûtait très cher, et cela est vrai ; car de mon temps l'opium des Indes-Orientales coûtait trois guinées la livre, et celui de Turquie huit guinées ; troisièmement, que, si vous en preniez beaucoup à la fois, vous finiriez probablement par faire... ce qui est toujours désagréable à un homme rangé dans ses habitudes savoir : mourir [1]. Tout cela est très beau et incontestable, et la vérité aura toujours son mérite, car elle est rare. Mais dans ces trois théorèmes, je crois que nous avons épuisé la mesure du savoir jusqu'à présent amassé par les hommes au sujet de l'opium. Ainsi, digne docteur, comme il me paraît qu'on peut aller plus loin encore, restez derrière, et laissez-moi vous dire ma façon de penser.

Premièrement donc, j'ai vu qu'on regardait généralement comme assuré que l'opium produisait ou pouvait produire l'ivresse. Mais, lecteur, je vous assure, *meo periculo*, que jamais de la plus forte quantité d'opium n'a résulté un pareil effet. Pour la teinture d'opium (appelée communément laudanum), elle produirait certainement l'ivresse, si un homme en pouvait supporter une dose assez considérable; mais pourquoi ? parce qu'on y trouverait plus de liqueur spiritueuse, et non plus d'opium. Mais l'opium cru (je l'affirme d'une manière péremptoire) est incapable de donner aucun des symptômes qui suivent l'enivrement de l'alcool, et non pas *en degrés*, mais *en nature*; ce n'est pas en quantité qu'ils diffèrent, mais en qualité. Le plaisir causé par le vin monte sans cesse, tendant à une crise, après laquelle il redescend; celui de l'opium, une fois excité, reste huit ou dix heures : le premier, pour emprunter à la médecine un terme technique, donne une jouissance brève, le second une jouissance *chronique*. L'un est une flamme, l'autre un foyer.

Mais la principale distinction consiste en ceci, que toujours le vin dérange les facultés mentales, et que l'opium (s'il est pris comme il

(1.) Les savants ont pourtant mis en doute cette proposition ; car, dans une édition de contrebande de la *Médecine domestique* de Buchan, que j'ai vue une fois dans les mains de la femme d'un fermier, qui s'en servit pour se soigner, on faisait dire au docteur : « Prenez garde surtout de ne jamais prendre plus de vingt-cinq onces de laudanum à la fois. » Il fallait probablement dire : plus de vingt-cinq gouttes, ce qui fait à peu près un grain d'opium cru.

doit l'être), loin de les altérer, y apporte l'ordre et l'harmonie. Le vin ôte à l'homme la connaissance de lui-même; l'opium la rend plus sensible et plus forte. Le vin, couvrant la pensée de nuages, grandit l'admiration ou le dédain, l'amour ou la colère; l'opium, au contraire, introduit la tranquillité et l'équilibre dans toutes les facultés de l'homme, actives ou passives; et, respectant le caractère et le jugement habituel, leur ajoute seulement cette chaleur vivifiante qu'approuve la raison, et qui devrait probablement accompagner une santé éternelle et *antédiluvienne*. Ainsi, par exemple, l'opium, comme le vin, donne de l'expansion au cœur et aux affections bienveillantes; mais alors avec cette différence remarquable, que, dans ces témoignages soudains d'amour ou d'amitié qui accompagnent l'ivresse, il y a toujours un côté ridicule qui excite le mépris : on se serre la main, on se jure une immortelle fidélité, on pleure; nul ne sait à propos de quoi; la créature sensuelle se montre à tous les regards. Mais l'expansion donnée par l'opium aux sentiments les plus doux, loin d'être un accès de fièvre, ne semble qu'un retour à cet état naturel d'un cœur bon et juste, que la douleur seule a endurci en le déchirant. En un mot, c'est la passion brutale et grossière opposée à l'exaltation pure des puissances morales de l'âme.

Telle est la doctrine de la véritable église, au sujet de l'opium, de laquelle église j'avoue que je suis l'alpha et l'oméga; mais on doit se souvenir que je parle d'après une longue et profonde expérience. Pour les auteurs qui ont traité expressément cette matière, il est évident, par l'horreur qu'ils disent en avoir, qu'ils n'ajoutèrent jamais la pratique indispensable aux vaines théories. J'avouerai, cependant, que j'ai rencontré un exemple d'ivresse causée par l'opium, malgré mon incrédulité; c'était un chirurgien qui en prenait beaucoup. Je lui disais que ses ennemis (à ce que j'avais entendu dire) l'accusaient de raisonner comme un fou en politique, attendu qu'il s'enivrait sans cesse avec de l'opium. — Je le maintiendrai, me répondit-il, et je ne déraisonne pas par principe, mais purement et simplement parce que je m'enivre, purement et simplement, répéta-t-il trois fois, et cela *tous les jours*. L'autorité d'un chirurgien doit être assurément d'un grand poids ; je lui oppose pourtant mes propres expériences, plus fortes que ses plus fortes, de 7.000 gouttes par jour. D'ailleurs, j'ai vu des gens me soutenir qu'ils s'étaient enivrés avec du thé ; et un étudiant en médecine à Londres, pour les connaissances duquel j'ai le plus grand respect, m'assurait l'autre jour qu'un malade, en sortant de son lit, s'était enivré avec un beafsteak.

Ayant détruit cette première erreur, j'en combattrai vite une seconde ; c'est que l'exaltation d'esprit causée par l'opium soit désagréablement suivie d'abattement ou de sommeil, comme on le croit. Certainement, l'opium doit être compté au nombre des narcotiques ; il doit donc produire le sommeil après un certain temps ; mais ses premiers effets sont toujours, au plus haut degré, d'exciter le système entier du cerveau. La durée de son action est toujours de huit heures à peu près ; ce sera donc la faute du *mangeur d'opium*, s'il ne calcule pas sa dose de manière à n'avoir besoin de se coucher qu'au moment de le faire. Les Turcs sont assez absurdes pour s'asseoir, comme des statues équestres, sur des escabelles de bois aussi stupides qu'euxmêmes ; mais, pour que le lecteur puisse juger du degré de stupidité dont l'opium peut frapper les facultés morales d'un Anglais, je vais raconter la manière dont je passai *un soir d'opium* à Londres entre 1804 et 1812. (Pour ce qui est de l'abattement supposé, je me contente de le nier attendu que, pendant des expériences de dix années, jamais le jour qui en suivit une ne fut pour moi qu'un jour de bien aise et de tranquillité parfaite.)

Le dernier duc de... avait coutume de dire : — Jeudi prochain, si le Ciel me prête vie, j'ai l'intention de me griser. C'est ainsi que je fixais toujours à l'avance combien de fois, dans quel temps et en quel lieu je ferais une débauche d'opium : rarement plus d'une fois en trois semaines; car, dans ce temps-là, je ne me serais pas hasardé à demander (comme je le fis ensuite) un verre de laudanum chaud et sans sucre. J'en buvais, dis-je, rarement et plus souvent le mercredi et le samedi soir. Ces jours-là, Grassini chantait à l'Opéra, et la voix de cette actrice était pour moi la chose la plus délicieuse du monde. Je ne sais pas ce qu'on fait maintenant à l'Opéra, vu que je n'y ai pas mis le pied depuis sept ou huit ans; mais je sais que dans ce temps-là on n'aurait pu trouver un meilleur endroit pour passer une soirée. Cinq shillings vous permettaient d'entrer à la galerie, aussi curieuse à voir que la scène; l'orchestre se distinguait, par sa douce mélodie, des orchestres anglais où je ne puis supporter les instruments criards et l'aigreur dominante des violons. Les chœurs étaient divins à entendre, et, lorsque Grassini paraissait dans quelque interlude sous le voile noir d'Andromaque à la tombe d'Hector, etc., jamais Turc ne goûta un plaisir comparable au mien. L'erreur du peuple est de croire que c'est par les oreilles qu'il communique avec l'harmonie, et qu'il reçoit l'effet d'une manière purement passive. Il n'en est pas ainsi; c'est par la réaction de l'âme que le plaisir est ressenti; de là vient la différence entre les sensations éprouvées, qui varient selon les facultés de celui qui éprouve. Or, maintenant l'opium augmentant les facultés de l'âme, augmente nécessairement ce mode particulier d'activité qui fait la jouissance. — Mais, me dit un ami, une succession de sons et de notes est pour moi comme une collection de caractères arabes : je n'y attache aucune idée; des idées ! mon bon sire ! il n'en faut point attacher; laissez-vous faire. L'harmonie d'un chœur me déploie comme un tissu de soie tous les souvenirs de ma vie, non pas comme un écho, mais comme une sensation présente, non pas ramassés à grands frais de mémoire ou tirés dans quelque sombre abstraction, mais les faits oubliés et les passions exaltées, ressuscitées redevenues sublimes ! Tout cela pour cinq shillings.

Et, autour de moi, outre la scène et l'orchestre, j'avais pour remplir les vides de l'action, la musique de la langue italienne parlée par des femmes italiennes, et j'écoutais avec un plaisir semblable à celui qu'éprouva Weld le voyageur en écoutant au Canada le rire gracieux des femmes indiennes; car, moins vous entendez les mots, plus l'harmonie est douce. Il était donc avantageux pour moi de n'être qu'un pauvre apprenti, lisant peu l'italien, ne le parlant pas du tout, et ne comprenant pas les trois quarts de ce que j'écoutais.

Tels étaient mes plaisirs à l'Opéra : mais un autre plaisir, que je ne pouvais avoir non plus que le samedi soir, luttait avec mon amour pour le premier. J'ai peur d'être obscur sur ce sujet; mais je puis assurer le lecteur que je ne le serai pas plus que Marinus dans sa vie de Proclus, et plusieurs autres biographes et autobiographes de même réputation. Ce plaisir, dis-je, ne pouvait exister que le samedi soir. Qu'avait-il donc, ce samedi, de plus que tout autre jour pour moi? Je n'avais à me reposer d'aucun travail; point de paiement à recevoir; cela est vrai, judicieux lecteurs. Mais vous savez qu'il y a des âmes compatissantes qui aiment à partager les maux des pauvres en les soulageant; moi j'aime à partager leurs plaisirs; j'avais senti leurs peines.

Or, maintenant, le samedi soir est le régulier et périodique témoin de la gaieté du pauvre : en ce point les sectes en hostilité s'unissent, et reconnaissent une marque de fraternité; toute la chrétienté se repose. Ce jour est séparé du travail par un jour entier et deux nuits, et moi-même je suis aussi heureux le samedi soir que si j'avais à me reposer. Dans l'intention donc de jouir, sur une échelle aussi large que possible, d'un spectacle avec lequel je me sentais si bien en sympathie, souvent, après avoir pris mon opium, j'allais sans regarder la direction ni la distance, sur toutes les places, à tous les endroits de la ville où le pauvre vient le samedi soir recevoir le gain de la semaine. Plus d'une famille, consistant en un seul homme avec sa femme, quelquefois un ou deux de leurs enfants, se consultait sur l'emploi de la journée, sur ses plaisirs, sur ses peines, parlait du prix des choses de ménage. Peu à peu je me familiarisais avec leurs désirs, leurs embarras et leurs opinions. Quelquefois on pouvait entendre des murmures de mécontentement ; mais plus souvent on ne trouvait que l'expression muette ou expansive de la patience, de l'espérance et de la tranquillité ; et généralement l'on peut dire que, sur ce point du moins, le pauvre a plus de philosophie que le riche. Il se soumet plus vite à toute perte qu'il doit considérer comme inévitable. Partout où j'en pouvais trouver l'occasion sans paraître les gêner, je me mettais de la partie, et mon opinion sur le point contesté, sinon judicieuse, était toujours reçue avec bonté. Si les prix étaient un peu plus haut, ou qu'on rapportât que les oignons et le beurre allaient baisser, j'étais heureux. Cependant, si le contraire était vrai, je m'en allais, et je demandais à mon opium mes consolations. Et combien de fois, essayant de retrouver ma route, d'après les règles de la navigation, en fixant l'étoile polaire et cherchant audacieusement un passage au nord-ouest, au lieu de doubler tous les caps et les isthmes que j'avais rencontrés, en sens inverse, j'arrivais subitement dans des carrefours tellement inconnus, des endroits si difficiles, qu'ils auraient raillé l'impudence des porteurs et confondu l'intelligence des cochers ! Je crus, d'abord, plusieurs fois avoir découvert quelques *terras incognitas*, et me proposais bien de consulter la carte de Londres. Tout cela, cependant, me coûta cher plus tard, lorsque la face humaine peupla mes rêves, et que mes longs détours dans la ville revinrent effrayer mon sommeil, et m'apporter une douleur plus grande que l'inquiétude, plus affreuse que le remords.

Je crois avoir prouvé que l'opium ne produit ni l'engourdissement, ni l'inaction, mais, au contraire, fait courir les carrefours et les théâtres. Franchement pourtant, ce ne sont pas là des places dignes d'un *mangeur d'opium*, lorsqu'il est parvenu au plus haut degré de l'exaltation. La solitude lui plaît alors, et la foule l'oppresse ; la musique même est une jouissance trop grossière et trop sensuelle pour lui. Il cherche le silence, aliment des profondes rêveries et des méditations délicieuses. Pour moi, je n'étais que trop enclin à méditer; et les misères, dont j'avais été la victime aussi bien que le témoin, avaient augmenté ce penchant à la mélancolie. Je ressemblais, en vérité, à celui qui, suivant la vieille légende, entrait dans la cave de Trophonius; et mon remède était de me contraindre à vivre en société, et à occuper mon esprit des choses extérieures. Mais, après avoir pris de l'opium, je tombais dans de longues rêveries; et, plus d'une fois il m'est arrivé, dans une nuit d'été, lorsque je m'asseyais à une fenêtre qui donnait à la fois sur la mer et sur toute la ville de L..., de rester, depuis le lever jusqu'au coucher du soleil, sans bouger et sans vouloir bouger.

On va m'accuser de mysticisme, de behménisme, de quiétisme, etc.; mais cela ne m'*inquiète* pas. Sir H. Vane, le plus jeune, était un de nos plus grands sages, et pourtant l'on peut voir dans ses œuvres de philosophie s'il n'est pas plus mystique que moi. Je soutiens que la scène elle-même ressemblait aux impressions qu'elle faisait naître. La ville de L..., avec ses clochers et ses toits tout couverts de fumée et de brumes, représentait la terre avec ses chagrins et ses tombeaux qu'elle oublie, et pourtant qu'elle laisse voir encore. L'Océan, tranquille et infini, c'était l'âme du sage qui la contemple; et il me paraissait que le tumulte, la fièvre étaient suspendus pour un temps; la paix était garantie aux secrètes blessures du cœur; il y avait un repos, un sabbat! Alors les espérances et les illusions se réconciliaient avec l'horrible réalité de la mort et des jours qui sont passés. Ce n'était pas la tranquillité de l'inertie, mais des forces opposées et égales qui se maintiennent et s'arrêtent; non pas l'oiseau qui se repose, mais celui dont les ailes vont si vite qu'on le dirait immobile et suspendu dans les airs. Éternelle activité! éternel repos!

Maintenant, lecteur bénévole, qui m'avez suivi jusqu'ici, si vous

voulez me suivre encore, lecteur indulgent, il faut être encore indulgent. Vous savez, sans doute, par vous-même que ceux qui ont beaucoup lu, ou beaucoup vu, ou beaucoup rêvé, ont beaucoup comparé;
or, si le voyageur a parcouru le monde dans sa chaise de poste, ou le
curieux dans son cabinet de travail ou enfin le penseur dans son imagination vagabonde, n'ont-ils pas dû choisir, chacun de leur côté,
parmi tous ces peuples bigarrés qui s'agitent à la surface de la terre,
celui où ils auraient voulu, sinon oublier leur patrie, du moins séjour-
ner, comme les hirondelles qui suivent les jours du printemps? Où
l'on peut trouver l'antipathie, on peut rencontrer aussi l'amour. On
verra plus tard que j'ai rencontré plus que l'antipathie. — Je veux
parler à présent de mes plaisirs. — L'Espagne a de tout temps été
pour moi un lieu de délices où se reportaient mes pensées et mes rêves;
car, de si loin, j'écartais de ma baguette magique la funèbre inquisition, la triste jalousie des Castillans et les embuscades des assassins
de grande route. Mais si, dans un théâtre, assis à l'écart, je voyais de
loin, sous les plis d'une écharpe molle, quelqu'une de ces femmes dont
Raphaël aurait peuplé son Paradis, c'était en Espagnole que j'aimais
à la transformer; je la plaçais sous les bois touffus d'oliviers noirs,
sous les berceaux d'orangers blancs que Madrid ou Séville étalent dans
leurs campagnes; ou bien le soir, lorsque tout se taisait dans la ville,
c'était derrière la jalousie de fer ou de bois peint que je voulais la voir
se pencher au bruit d'une sérénade; c'est alors qu'agissait l'opium,
prolongeant une douce vision qui, sans son aide, eût passé comme
une ombre; ne pouvais-je pas dire, la réalisant? Car, si l'impression
est durable et forte, si elle a laissé son souvenir, que lui manque-t-il
pour cesser de s'appeler un rêve? Et quel rêve délicieux ! ce n'était
pas seulement le soir, mais dans la journée, aux plus grandes chaleurs
de midi, que je la trouvais encore derrière sa jalousie; le soleil, à travers la soie rouge des stores, répandait une lumière aussi douce que
les rayons de la lune, sans être pourtant aussi triste, et par la fenêtre,
ouverte du côté de l'ombre et du jardin, le bruit de la cascade arrivait

faible jusqu'à nous. Elle, à demi voilée, reposait sur un divan couleur d'azur clair (couleur inséparable de ces sortes de rêves) et c'était là que, pendant des journées entières, je restais à lui parler, à la voir, *mon œil sous le sien* (comme l'a dit quelqu'un), effleurant de ma main sa robe de soie ou de velours, quelquefois sa main délicate et petite, rien de plus, mais il y avait, dans cette sensation seule, de quoi peupler ma vie entière de souvenirs; sensation qu'on ne peut se représenter qu'après l'avoir éprouvée !

J'étais encore jeune alors; et ne me taxerait-on pas de folie, si je rapportais des dialogues, des événements, des intrigues qui jamais n'ont existé ailleurs que dans ma tête, lorsque, sur le rivage de la mer, je me couchais au fond d'une petite barque, regardant le ciel et l'eau, tandis que mon batelier chantait à voix basse. J'avais aussi adopté, pour voir le coucher du soleil, une position que je n'ai jamais vu prendre à d'autre qu'à moi; il s'agit de se coucher horizontalement sur le côté, de sorte qu'on ait en face de soi la ligne de démarcation du ciel et de la terre; car alors il semble qu'une roue énorme tourne au-dessus de vous; le ciel paraît parfaitement arrondi, et les montagnes bleues, les nuages dorés, les brumes grisâtres se mêlent si bien à tout ce qui s'élève sur l'horizon, ou tout ce qui paraît s'abaisser du ciel, qu'emporté, d'ailleurs, par le mouvement doux et régulier de ma barque, j'aurais passé ma vie à rêver devant ce prisme éblouissant. C'était comme une musique de l'âme, qui la faisait bondir et s'élancer hors d'elle-même; alors paraissaient à mes yeux tous ces fantômes charmants que créait mon imagination.

Ces rêves étaient trop délicieux pour durer longtemps ! il faut que j'en raconte un, où l'on trouvera un singulier mélange de tristesse et de joie.

Il me semblait que j'avais commis un grand crime (ce rêve me poursuivit souvent), et dans la funèbre cour, à la lueur des torches et des flambeaux, au milieu des piques et des hallebardes qui brillaient dans l'obscurité, la voix monotone du greffier me lisait ma sentence, qui finissait comme toujours « pendu jusqu'à ce que mort s'en suive »; cependant, chose étrange, on me laissait ma liberté pour tout un jour. C'était alors que mon songe devenait plus doux : ou dans les fêtes étincelantes, parmi les danses légères et les groupes entremêlés; ou sur des lacs immenses, dans une barque dont le vent faisait enfler la voile aux sons des instruments, et tandis que la lune versait sur les flots d'argent ses rayons,

Comme des pleurs d'amour;

ou dans l'été, sur le sommet des montagnes, au milieu des herbes, des fleurs, des brises embaumées du soir, partout un sentiment inconnu de volupté m'accompagnait. Il me semblait avoir à mes côtés un être (une femme ou un ange, je ne sais) qui se penchait sur moi pour me consoler, quand, parfois, au milieu de ma joie, le souvenir de ma condamnation et du sort qui m'attendait le soir venait me saisir et m'abattre, comme un coup de tonnerre pendant la moisson. Car tel était mon rêve; si, une mandoline à la main, chacun, selon la mode italienne, chantait après le repas champêtre, une ballade ou une romance, quand venait mon tour, je saisissais l'instrument, et les femmes, enivrées *de joie, de vin et d'amour*, applaudissaient de leurs mains blanches et délicates; mais, tout à coup, la guitare me tombait des mains, je pâlissais, et l'idée de la mort me faisait tressaillir et pleurer. Mon ange, alors, essuyant mes larmes, peu à peu la joie revenait dans mon cœur, jusqu'à ce qu'une volupté nouvelle vînt me rapporter un moment d'horreur nouveau.

Ce rêve est certainement un des plus tristes qu'on puisse imaginer; je le donne pourtant aussi pour l'un des plus délicieux; car il tient un milieu entre les rêves purement agréables et les apparitions terribles qui vinrent m'épouvanter plus tard, comme la mélancolie tient le milieu entre la gaieté folle et le sévère ennui.

Oh! gracieux, subtil et puissant opium! toi qui verses le baume sur la plaie ardente, la consolation sur les peines qui ne finiront jamais; toi qui, pour une nuit, rends à l'âme criminelle les espérances de la jeunesse et des mains pures du sang des hommes; à l'âme fière du philosophe, montres

> Les torts redressés et les insultes vengées;

toi qui élèves dans les ténèbres ton architecture fantastique, devant laquelle pâlissent les Phidias et les Praxitèle, la splendeur de Babylone et d'Hécatompylos; toi qui, sous les rayons pâles de la lune, vas éveiller ceux qui dorment dans leurs tombeaux pour rendre aux jeunes trépassées leur visage de quinze ans! les hommes qui ont peuplé le paradis de l'Orient des houris immortelles; le paradis de Rome des anges au front vermeil; ceux à qui Dieu a donné le céleste don de poésie, le génie de l'harmonie immense, ceux-là ne connaissent pas encore tout le charme de tes voluptés divines, ô gracieux, subtil et puissant opium!

INTRODUCTION DE LA QUATRIÈME PARTIE

De 1804 nous devons passer à 1812. Maintenant, les années de ma vie *académique* sont loin de moi. Le bonnet d'écolier ne presse plus mes tempes ; si mon bonnet existe encore, il est sur la tête de quelque autre amant de la science et de la vérité. Mes livres partagent la triste condition de beaucoup d'autres in-folio et in-octavo du Bodleian ; c'est-à-dire qu'ils sont devenus la pâture des vers et des souris. La cloche de la chapelle n'interrompt plus mon sommeil ; le portier qui en secouait si régulièrement la chaîne d'airain est mort, et ses victimes l'ont oublié ! Cependant, la cloche fait encore le désespoir de bien d'honnêtes gens ; mais, pour que son bruit monotone vînt m'éveiller, il faudrait que le vent y mît de la malice, car je suis séparé d'elle par deux cent cinquante lieues, et enterré au fond des montagnes.

Et que fais-je au milieu de ces montagnes ? Je prends de l'opium. Mais quelle vie puis-je y mener ? Je vis dans une petite maison, et je n'ai qu'une servante (honni soit qui mal y pense !) et... Mais ne croyez pas qu'il ne se soit rien passé de 1804 à 1812. Songez qu'à présent, me voyant vivre de mes rentes, mes voisins m'ont accordé le titre de membre indigne de cette société universelle qu'on appelle gentlemen ; et même la courtoisie de la jeunesse anglaise me fait l'honneur de m'écrire : à Monsieur, etc., *esquire*[1]. Je ne suis pourtant ni juge de paix, ni *custos rotulorum*. Suis-je marié ? Non. Et je prends encore de l'opium ? Oui, le samedi soir ; et cela ne m'a pas fait de mal, depuis le dimanche pluvieux où je vis le bienheureux apothicaire, près de l'immobile Panthéon. En somme, comment est-ce que je me porte ? — Très bien. Mais il faut écouter mon histoire.

(1.) *Esquire.* Terme qui correspond à peu près au titre de chevalier en France.

Un jour d'hiver de 1810, je me promenais sur les longues terrasses de la rue d'Oxford, absorbé dans mes réflexions ordinaires, lorsqu'un jeune officier de mes amis m'aborda. Il me trouva l'air sombre; je voulus m'excuser; il faisait froid, et cependant humide; je souffrais de l'estomac; il n'en crut rien. — Pour dissiper vos rêveries, dit-il, ce soir je vous emmène au bal. — Au bal ! lui dis-je en secouant la tête. — Ce n'est ni un concert, ni un *rout*, c'est un bal *à la française* que nous nous donnons; vous y verrez tous les officiers du corps. Du reste, point de prudes, ajouta-t-il en souriant; au lieu de vous montrer les plus sévères, je vous montrerai les plus jolies. — Vous ne me connaissez pas, lui répondis-je; j'ai eu des moments de gaieté dans ma vie, mais au bal je suis comme un enterrement. — Nous vous égayerons, dit-il. Je me laissai emmener par distraction.

Nous entrons; c'était la réunion la plus brillante. Moi, vêtu de noir, et les bras croisés, je m'en allai m'appuyer sur une colonne tout au fond de la salle. Si j'avais pris de l'opium ce soir, me disais-je, sans doute je serais plus en train de me divertir. Cependant on arrivait en foule; j'entendais le *groom* principal crier à tue-tête le nom de ceux qui paraissaient dans la salle; peu à peu, ces visages nouveaux, qui souvent même étaient fort jolis, me firent relever la tête. On annonça le marquis de C...; il entrait, donnant la main à une femme que plusieurs jeunes gens entourèrent aussitôt. Un petit mouvement de curiosité me prit; mais, au moment où je me levais, attendu que les coiffures et les plumes me gênaient, je sentis au cœur une douleur aiguë, et un frisson qui me parcourut des pieds à la tête; je retombai assis. Ce que j'avais vu, je ne puis le dire. Lorsque je revins à moi, je ne trouvai dans ma mémoire qu'une robe de satin, un teint d'ivoire, des cheveux d'ébène, tressés en nattes et relevés derrière la tête : c'était la mode.

C'est elle, me dis-je, je l'ai vue. Je me mis debout, mais je la cherchai vainement dans la foule. Étrange vision ! me serais-je trompé ?

Anna, celui qui m'aurait dit que je devais te retrouver ainsi, je l'aurais
appelé un fou.

Cependant, le bruit des instruments se faisait entendre; toute mon
âme avait passé dans mes yeux; mais elle n'était point parmi les danseuses; il me fallut attendre qu'une longue et mortelle contredanse
fût terminée... Alors... je la revis...

Elle était pâle et couverte de diamants; pourtant, elle avait plutôt
l'air sérieux que triste; appuyée sur son bras nonchalamment, elle
refusait avec obstination quelques empressés. Ma première idée fut
d'aller droit à elle... Je tâchai de sortir de mon coin; mais c'est alors
que je me repentis de l'humeur taciturne qui m'avait conseillé de
m'y mettre; j'étais à une extrémité de la salle et toutes les mères,
les tantes, les sœurs aînées étaient devant moi. J'attendais donc, en
frappant du pied et en sifflant entre mes dents, qu'une nouvelle contredanse, me débarrassant de ce rempart, ne laissât plus que la *tapisserie*.

Anna ou lady C..., ou je ne sais qui (car, dans cette société plus que
mêlée, mille idées différentes m'assiégeaient et me tourmentaient encore), refusait absolument de quitter sa place. Cependant, lord C...,
qui se tenait d'un air froid à côté d'une table de jeu, alla lui parler à
l'oreille; elle se leva, prit la main d'un de ses *attentifs*, et vint se mettre
devant moi.

Comment faire? Elle me vit en passant, mais sans paraître m'observer ni me reconnaître; cependant, à un second coup d'œil jeté de
mon côté, il me sembla la voir plus pâle encore qu'auparavant; je
me trompais, sans doute, car, dès que la contredanse fut achevée,
elle prit le bras du marquis et sortit de la salle.

Nul ne peut concevoir mon profond étonnement; stupéfait, debout comme une pierre, je croyais avoir rêvé. Anna, te souvient-il,

lorsqu'à la lueur des lampes nous marchions dans la rue d'Oxford ? te souvient-il de m'avoir vu ? te souvient-il de m'avoir aimé ? de n'avoir eu sur la terre que moi seul pour ami, pour consolation, lorsque, partageant tout entre nous, nous ne pouvions partager que nos douleurs ? Cela est impossible, elle ne m'a pas reconnu. Et ce lord C... qu'est-il pour elle ? son mari ? son amant ? Je sortis aussi ; mon jeune officier me joignit à la porte. — Eh bien ! me dit-il, vous ai-je tenu ma promesse ? N'avons-nous pas ici les plus jolies femmes de Londres ? — Quelle est donc, lui répondis-je, celle qui vient de partir à l'instant avec le marquis de C... ? — Ah ! me dit-il en riant, c'est une espèce de *dame ;* ne l'avez-vous pas trouvée charmante ? — Charmante, je vous assure. — Vous sortez ? Quoi ! à la première entrevue, déjà prêt à la suivre ? Votre philosophie s'est égayée, j'avais raison ; adieu, adieu ! — Je vous jure... — Ne jurez pas. Je ne veux pas vous retenir... adieu...

Je descendis lentement et me mis à marcher plus lentement encore ; je ne pris même pas garde qu'il pleuvait à verse, et que j'avais une longue route à faire. J'étais comme un homme à qui l'on vient de lire sa sentence de mort ; un coup terrible m'avait brisé. Si l'on disait à un homme : Ton ami vient d'être assassiné, il crierait, il s'arracherait les cheveux dans son désespoir. Mais, si vous disiez : Ton ami vient de commettre un assassinat, alors il se tairait, il baisserait la tête et cesserait de croire à la Providence. C'est dans cet état que je me trouvais. Oui, plutôt que de voir ainsi tomber toutes mes espérances comme tous mes souvenirs, se détruire le seul rêve de mes nuits, se rompre la seule corde qui vibrât encore dans mon cœur ; plutôt que de voir Anna devenir la maîtresse d'un marquis de C... j'aurais voulu la voir morte.

Je m'aperçus ou crus m'apercevoir que j'étais suivi. Deux hommes enveloppés de manteaux marchaient de toutes leurs forces derrière moi, et semblaient tâcher de m'atteindre ; je ralentis le pas, et bientôt je les vis distinctement s'avancer de mon côté. L'un d'eux me dit :

— Ne vous nommez-vous pas...? — Oui, répondis-je, que me
voulez-vous? — Si vous avez du cœur, me répondit-il plus bas,
trouvez-vous demain à dix heures précises, rue Albemarle, nᵒ 6.
Ils disparurent plus vite encore qu'ils n'étaient venus.

Le lendemain, je fus exact au rendez-vous; j'avais aussi peu d'ennemis que de bonnes fortunes; je ne m'attendais ni à un duel ni à un
déjeuner. On me fit entrer dans une petite pièce basse et assez mal
éclairée, où je vis une femme près de la cheminée, assise sur un sopha.
— Laissez-nous, dit-elle, quand je fus introduit. C'était sa voix. Je
restai debout sans pouvoir parler. Elle se jeta à mon col. — C'est
moi! s'écriait-elle, ne me reconnaît-il plus? — Anna, lui dis-je, je te
reconnais. Puis, revenant à moi : — Madame, je vous ai reconnue
hier; si j'avais pu vous approcher! — Asseyez-vous, dit-elle, et écoutez-
moi; nous n'avons pas de temps à perdre. Je m'assis auprès d'elle.
— Ce que je craignais est donc arrivé! Le seul homme qui eût
compris mon cœur m'a jugée comme tout le monde! Tant d'amitié,
tant de souvenirs se sont effacés devant une toilette de bal, devant
une parure de diamants! C'est bien, cela devait être ainsi, et pourtant,
ô mon Dieu! en quoi l'ai-je donc mérité? Écoutez-moi : je vous ai
vu hier, j'ai deviné votre pensée, et, ne pouvant la supporter, je me
suis en allée.

— Mais pourquoi, l'interrompis-je, pourquoi ce lord C... à votre
bras? pourquoi cette fuite? Anna, expliquez-moi...
— Si vous m'aviez parlé hier, répondit-elle, c'eût été le plus grand
de tous les malheurs, car je serais tombée par terre de faiblesse; j'en
étais sûre, vous m'avez jugée ainsi!

Lorsque vous me laissâtes, il y a deux ans, sur un banc, au coin
d'une rue, pleurant votre départ, j'eus à peine la force de retourner
chez moi. Il ne me restait plus rien. J'entrais dans ma maison, lorsque

mon hôte, que je rencontrai sur le pas de la porte, me voyant dans l'état où j'étais, se mit à plaisanter : — Est-il parti, dit-il en riant, ce cher ami ? Je passais sans répondre ; il m'en empêcha ; je me dégageai de ses bras en criant. Ce furent alors les injures qui succédèrent aux railleries. Sentant que je les méritais, je m'enfuyais pour les éviter ; il m'arrêta encore. — Écoutez, me dit-il, je veux faire quelque chose pour vous ; montez dans votre chambre, faites un paquet de vos hardes, et puis alors..., et puis..., ajouta-t-il avec un grand éclat de rire, vous irez coucher où vous pourrez, ou bien où vous voudrez. Il y a assez longtemps que je vous garde chez moi par charité.

Je montai chez moi, je fis un paquet de mes hardes, je le payai [1] et je sortis à onze heures du soir sans un gîte, sans savoir où aller. Je m'assis sur une borne et j'y demeurai comme immobile ; puis, tout à coup, je me mis à fondre en larmes.

Je marchai toute la nuit sans penser à rien, regardant la terre et les pavés humides, que je comptais machinalement ; le froid était aigu. Lorsque le jour commença à paraître, me sentant accablée de fatigue, je m'endormis sur le boulevard. Je ne sais pas si je reposai longtemps, mais un homme, qui me secouait le bras rudement, m'éveilla ; je ne le connaissais point. — Qui êtes-vous ? me dit-il ; pourquoi êtes-vous là ? Au lieu de lui répondre, je cherchais autour de moi le paquet que j'avais laissé tomber en m'endormant : il n'y était plus. Je commençai à me tordre les mains et à pousser des cris de douleur. Qu'allais-je devenir ! — Il ne faut pas vous désespérer, me dit-il (je crois encore l'entendre) : il ne faut pas pleurer ; venez avec moi. Que vous est-il arrivé ? qu'avez-vous ? — Je n'avais pas la force de lui répondre ; il m'aida à me relever, je m'appuyai sur lui ; puis, essayant de marcher, je me trouvai mal.

(1.) On se souvient que j'avais laissé à Anna un peu d'argent avant mon départ.

C'est une chose bien singulière que tout ce qui m'arriva dans cette matinée ; je pouvais aller coucher dans une autre maison, il me restait de quoi vivre quelques jours ; mais je n'avais plus ma tête : votre départ m'avait tuée.

Lorsque je revins à moi, j'étais dans une chambre très riche et bien meublée, sur un lit de repos ; le même homme se tenait auprès de moi et semblait me prodiguer des soins : c'était le marquis de C..., celui que vous avez vu hier. « Vous allez me dire qui vous êtes, s'écriat-il, car il faut que je sache. Mes genoux tremblaient sous moi ; je n'osais pas lui dire toute la vérité. C'est bien, répliqua-t-il ; je ne serai pas pour vous comme un *tyran de mélodrame*, mais il faut m'écouter et m'obéir. » Alors, il me fit donner à manger, puis, voyant que nous étions seuls, il s'assit près de moi, appuya son bras sur son genou, et d'une voix presque basse, il me tint un discours qui me fit horreur.

Je me levai tout à coup comme sortant d'un songe pénible, et je marchai vers la porte. Ah ! ah ! dit-il en riant, c'est très bien ; mais la porte est fermée. Il courut après moi et me retint. Je le repoussai ; il riait plus fort. Voyant que je prenais un couteau pour me défendre, il me l'ôta de la main et me jeta rudement par terre ! « Écoutez, me dit-il d'une voix de tonnerre ! ceci est une plaisanterie ; vous êtes bien jeune pour être si méchante : si vous voulez vivre, il faut rester ici. Qui sait où vous êtes ? qui vous connaît ? qui vous réclamera ? Si vous étiez morte de faim et de froid au coin du boulevard, qui s'en serait inquiété ? Songez que vous n'existez plus pour le monde, que vous n'existez que pour moi. » A ces mots, il se leva, ferma la porte et me laissa seule.

Mon ami, vous savez toute mon histoire ; je vécus comme dans un tombeau, ne voyant que lui et une vieille domestique qui me gardait. Hélas ! je n'avais qu'une ressource, c'était de me tuer ; mais, mon ami, je suis une faible femme... je n'en ai pas eu le courage [1]. Ainsi, le sort a épuisé sur moi toute sa colère ! Et pourtant, qu'avais-je fait, ô mon Dieu ?

Cependant, quelques mois après, il me vint chercher en voiture, m'ordonna de m'habiller, et me mena au bal ; et, de temps en temps, il continua ainsi de me tirer de ma prison pour une soirée. J'ai su plus tard que ces sortes de prisons avaient un nom plus noble, et que le monde les connaissait et les permettait.

Et puis à qui m'adresser ? Qui m'eût voulu croire ? J'aurais excité le sourire et non la pitié ! J'ai passé là, mon ami, plus d'une année, je ne crois pas qu'on puisse être plus malheureuse que je l'étais. Hier, enfin, je vous ai aperçu. Rentrée chez moi à la hâte, pour la première fois, chose étrange, l'idée me vint de gagner ma vieille gardienne ; je lui offris un écrin de diamants ; elle l'accepta ; je vous fis suivre par mes gens, et c'est ainsi que j'ai pu vous retrouver.

— Anna, lui répondis-je, c'est à moi de vous sauver. Quand puis-je vous revoir ? — Demain matin, me dit-elle, à la même heure.
Elle regarda à une petite montre couverte de pierreries, qui pendait à sa ceinture. — Déjà si tard ! s'écria-t-elle ; s'il est rentré, je suis perdue ! — Écoutez, écoutez, lui dis-je, je vous attends demain ; j'aurai des chevaux de poste et une épée. Que le ciel...

Et une voix forte cria derrière la porte : « Anna, ouvrez, c'est moi ; ouvrez sur-le-champ. » Anna se leva et voulut aller ouvrir, mais elle n'en eut pas la force, et resta appuyée sur un fauteuil.

J'ouvris. Le marquis de C... entra.
— Mort et damnation ! s'écria-t-il. — Monsieur, lui dis-je d'un

(1) Songez qu'Anna, beaucoup plus jeune, avait été vendue par ses parents.

grand sang-froid, voulez-vous que nous passions chez moi pour prendre des épées ? — Me battre pour une fille ! dit-il. Mais qui se fait
son champion ? Quelque misérable, digne de ses bonnes grâces. —
(J'avoue qu'ici mon sang-froid se démentit.) Je lui donnai un soufflet.
— Un valet ! s'écria-t-il, un misérable ! — Monsieur, répliquai-je,
venez avec moi, si vous n'êtes pas un lâche ! Il me prit au collet. —
Oui, dit-il, je vous suis ; venez avec moi. Puis il s'arrêta tout à coup :
— Non, non, restons dans cette chambre. Pourquoi sortir ? Il alla à
une petite armoire qui était dans le mur au fond de la chambre, et
en tira deux épées et deux pistolets. — Ceci fait moins de bruit, lui
dis-je en prenant une épée. Nous ôtâmes nos habits.

J'ai déjà dit que la chambre était petite. Nous n'avions pour nous
battre que l'espace du lit à la cheminée, et il était presque impossible
de reculer. Anna était trop faible pour crier. Je la pris et l'assis sur le
sopha qui était derrière moi. Lord C... ne disait plus rien ; il avait
repris son air impassible, et essayait la pointe de son épée sur le tapis.

Nous commençâmes à nous battre. A la première attaque, je reçus
un coup d'épée dans l'épaule gauche, et fus forcé de m'appuyer sur
le sopha. J'y portai la main ; ne voyant pas de sang, je me remis en
garde, quoique sentant une douleur froide et cuisante. Lord C... pa-
rait tous mes coups avec une tranquillité et une adresse qui m'ins-
pirèrent de la rage. Je criais et je tournais autour de lui. Il demeurait
ferme ; mais, me voyant faire une faute, tout à coup ses yeux s'animè-
rent ; il fondit sur moi de toutes ses forces. Il était grand, je parai le
coup en levant son épée, qui perça le rideau. Alors, reprenant tout
mon avantage, je l'atteignis au-dessous du bras, et l'étendis sur la
place.

Sans dire un seul mot, et, comme si je venais de faire la chose la
plus simple du monde, je pris Anna dans mes bras. Le marquis, nous

voyant sortir, jura et se débattit. Nous descendîmes. Trouvant une voiture de place sur mon passage, je la mis dedans, et nous gagnâmes promptement la rue de..., où je logeais. En deux heures de temps nous eûmes des chevaux de poste; j'envoyai un chirurgien au marquis, et nous partîmes.

Ce fut alors seulement que je pus réfléchir à l'action que je venais de commettre; en même temps à ma blessure, qui, commençant à saigner beaucoup, m'affaiblissait. Nous nous arrêtâmes au premier relais, où je me fis panser (je n'étais pourtant pas blessé grièvement), en sorte que nous arrivâmes jusqu'ici sans accident.

Heureuse ou malheureuse, telle fut l'issue de cette affaire. Et pendant longtemps une tristesse mortelle, avec des irritations d'estomac, me tourmentèrent dans ma retraite. Mais Électre veillait auprès d'Oreste, pour écarter de sa couche les songes funèbres et les apparitions. Toi, la compagne de mes dernières années, tu étais mon Électre ! tu pleurais avec moi, afin de me faire oublier mes pleurs; mes lèvres brûlantes se rafraîchissaient à ton haleine douce et pure; non, jamais, lorsque ton âme était triste de mes plus noirs chagrins, lorsque mes fantômes t'épouvantaient toi-même dans la nuit, jamais alors il ne t'échappa une plainte ou un murmure; ton sourire d'ange restait sur ta bouche, comme sur celle de la bienveillante Électre. Car, elle aussi, quoi-qu'elle fût la fille du pasteur [1] des peuples, elle pleurait quelquefois, et cachait son visage [2] dans sa robe.

Mais ces temps de douleur sont passés; et tu nous liras cette page si terrible de notre histoire comme la légende d'un drame hideux qui ne reviendra jamais.

Qu'on se figure une chaumière, au fond d'une vallée, à dix-huit

(1) Ἄναξ ἀνδρῶν Ἀγαμέμνων.
(2) Ὄμμα θεῖς᾽ εἴσω πέπλων.

milles de la ville la plus prochaine ; la vallée n'étant pas bien grande, deux milles de long sur un demi de large ; des montagnes, mais de véritables montagnes, de trois ou quatre mille pieds de haut ; et une chaumière, mais une véritable chaumière, non pas (comme l'a dit un spirituel auteur) avec remises et écuries ; mais une petite maison blanche, toute couverte de feuilles et de fleurs ; et les roses de mai commençant à l'entourer d'un berceau que les jasmins finissent. Que ce ne soit pourtant ni le printemps, ni l'été, ni l'automne, mais l'hiver dans sa plus grande rigueur. C'est un point très important pour qui sait être heureux. Je suis surpris de voir tant de gens se féliciter de la fin de l'hiver, ou, s'il vient, dè ce qu'il ne s'annonce pas bien tristement. Pour moi, au contraire, je demande au bon Dieu, chaque année, autant de neige, de grêle, de glaces, de tempêtes que la terre peut en porter et que les cieux en peuvent fournir. Et qui n'a goûté les divins plaisirs d'un *coin du feu* d'hiver ! Des lumières à quatre heures, les pieds bien chauds, du thé, une jolie main pour le verser, les portes et les fenêtres bien fermées et les rideaux lourds tombant jusqu'à terre, tandis que le vent et la pluie font rage sur les carreaux et sur les toits.

> En novembre il fait froid ; et mieux vaut un asile
> Que le toit d'un ciel noir par d'humides sentiers.

Donnez-moi un hiver de Russie pour mon argent ; hiver charmant, où l'on dispute ses oreilles au vent de bise ! Mais ici il me faudrait un peintre pour me représenter une petite chambre de dix-sept pieds sur douze, et qui n'a que sept pieds et demi de haut. Ma famille lui avait donné le titre ambitieux de Cabinet de travail. Mais je l'appelle prosaïquement ma Bibliothèque : car je ne suis plus riche que mes voisins, qu'en livres. J'en ai environ cinq mille, que j'ai peu à peu rassemblés depuis ma dix-huitième année. Ainsi donc, que l'artiste en mette le plus qu'il pourra dans la chambre. Peignez-moi aussi, monsieur, un bon feu ; et auprès de ce feu une table à thé ; et, comme il est clair que nous n'aimons pas beaucoup les tiers, ne mettez que deux tasses sur cette table ; et, si vous pouvez me représenter une chose aussi rare, peignez-moi une théière éternelle. Éternelle à *parte post* et à *parte ante ;* car, à l'ordinaire, je prends du thé depuis huit heures du soir jusqu'à quatre heures du matin. Et, comme il est ridicule de faire du thé pour un, faites-moi, je vous prie, une jeune et jolie femme, assise à côté de moi. Mettez-lui des bras comme ceux d'Aurore, une bouche comme celle d'Hébé. Mais non, mon cher monsieur, faites-moi un mangeur d'opium avec sa petite soucoupe d'or devant lui. Ceci vaut mieux que toutes les tasses de thé du monde.

A propos d'opium, il faut que je vous conte un petit incident qui ne laissa pas que d'influer beaucoup sur les rêves que j'ai à vous décrire. Un jour, un Malais frappa à ma porte. Quelle affaire amenait un Malais dans les montagnes de l'Angleterre ? je n'en puis rien vous dire ; mais peut-être allait-il à un port de mer qui est à quarante milles de ma maison.

La servante qui lui ouvrit était une jeune fille née et élevée dans les montagnes, qui n'avait jamais vu le turban d'un Asiatique ; il lui fit donc une grande peur ; et, comme il ne se trouva pas beaucoup plus familiarisé avec le costume anglais qu'elle ne l'était avec le sien, ils restèrent tous deux sans dire mot. Dans cet embarras, la jeune fille, me croyant sans doute plus qu'érudit dans tous les langages de la terre (si je ne l'étais pas même dans quelques-uns de ceux de la lune), vint me chercher et me fit entendre qu'une espèce de démon me demandait. Je ne descendis pas aussitôt ; mais, quand je descendis, je trouvai l'étranger dans la cuisine. — Son turban de lin blanc posé sur le tapis, il s'était placé plus près de la jeune fille qu'elle ne semblait le vouloir elle-même ; en sorte que sa frayeur contrastait singulièrement avec cette expression de hardiesse qu'ont toutes les jeunes filles des montagnes. Rien n'était si beau à la fois et si bizarre, que la finesse et la blancheur de son visage, auprès des traits basanés et de la barbe noire de l'homme aux grosses lèvres et aux yeux ardents. Il y avait un petit garçon du voisinage, à moitié effrayé, à moitié content, qui le regardait en face, en s'accrochant d'une main au tablier de la jeune fille. Je ne suis pas bien fort sur les langues orientales, car je ne sais du turc que le mot *Madjoon* (opium), que j'ai lu dans Anastase; et, comme je n'avais ni un dictionnaire malais, ni même un *Mithridates* d'Adelung, qui pût m'aider pour quelques mots, je lui dis quelques lignes de l'Iliade, pensant que, de toutes les langues que je savais, le grec était celle qui se rapprochait le plus de celle de mon hôte; il me salua de la manière la plus polie et me répondit en une langue qui était sans doute du malais. C'est ainsi que je sauvai ma réputation aux yeux des voisins, car le Malais était incapable de trahir mon secret. Il s'assit par terre environ une heure, et continua sa route. A son départ, je lui présentai un morceau d'opium. Je pensais qu'en sa qualité d'Asiatique l'opium devait lui être connu : l'expression de sa physionomie suffit pour m'en convaincre. Cependant, j'avoue que je tombai de mon haut en le voyant porter sa main à ses lèvres et avaler le tout en trois bouchées. Il y en avait assez pour tuer trois cuirassiers et leurs chevaux; et je fus d'abord effrayé; mais que faire? Je lui avais donné cet opium en pensant qu'il avait peut-être traversé à pied les provinces et la ville, et que, depuis trois semaines, il n'avait pas échangé une pensée avec une créature humaine. Il s'en alla; et, comme je n'entendis point dire qu'on l'eût trouvé mort nulle part, j'en conclus qu'il avait l'habitude de prendre de l'opium.

J'ai fait cette digression, parce qu'elle était nécessaire pour l'intelligence de certaine partie de mon récit; mais je m'empresse de revenir à mon texte, et de dire ce que j'ai encore à raconter.

QUATRIÈME PARTIE

> Comme lorsque quelque grand peintre trempe
> son pinceau dans les sombres couleurs du tremble-
> ment de terre et de l'éclipse.
>
> SHELLEY, *Révolte de l'Islam.*

Lecteur, qui m'avez accompagné jusqu'ici, je réclame votre attention pour une explication en trois points.

I

Pour plusieurs raisons, je n'ai pas pu composer les notes qui ont servi à cette partie de mon récit d'une manière suivie et régulière. Je les donne comme je les trouve, ou comme ma mémoire peut me les rappeler. Les unes sont datées, les autres ne le sont pas. Quand j'ai eu besoin de les déranger de leur ordre chronologique, je n'ai gardé aucun scrupule là-dessus; quelquefois je parle du présent, quelquefois du temps passé.

II

Vous trouverez peut-être que je suis trop prodigue de ma propre histoire : cela doit être. Mais ma manière d'écrire est plutôt de penser tout haut et de suivre mon envie, que de prendre garde à qui m'écoute; et, si j'en viens à examiner si l'on peut dire telle ou telle chose, j'en viendrai bientôt à croire qu'on ne peut rien dire du tout. Je me place moi-même à quinze ou vingt ans d'ici, et je suppose que j'écris pour ceux qui prendront alors quelque intérêt à moi. Cherchant ainsi à rassembler tous les événements connus de moi seul, je travaille avec tous les efforts que je suis capable de faire à présent, attendu que je ne sais pas si je pourrai jamais retrouver le temps de les faire une autre fois.

III

Vous serez souvent prêt à me demander pourquoi je ne me débarrasse pas des horreurs de l'opium en le quittant, ou en diminuant la quantité des doses. Je vais bientôt avoir répondu. On a pu supposer que je cédais trop aisément au charme de cette passion; on ne supposera pas que je trouve du charme dans mes propres terreurs. Que le lecteur croie donc que j'ai essayé de bien des manières, et bien souvent, à réduire la quantité. J'ajouterai que ceux qui m'ont vu souffrir de tels essais, ont été les premiers à me supplier d'y mettre fin. Mais n'aurais-je pas pu retrancher une goutte par jour, ou, en y ajoutant de l'eau, partager une goutte en deux ou trois? Mille gouttes, ainsi partagées, auraient duré près de six ans à réduire. C'est là l'erreur commune de ceux qui ne connaissent pas l'opium par eux-mêmes.

J'en appelle à ceux qui en ont fait l'expérience; ils ont dû voir que, jusqu'à un certain point, on peut le réduire aisément et sans aucune douleur; mais qu'ayant une fois passé outre, il ne faut plus songer à revenir. Sans doute, diront ceux qui ne savent de quoi ils parlent, vous souffrirez pendant quelques jours un abattement d'esprit, un engourdissement. Rien de tout cela. Au contraire, les esprits sont exaltés, le pouls est fort, la santé est meilleure. Ce n'est pas là qu'est la souffrance. Ceci n'a aucune ressemblance avec ce qu'on éprouve en renonçant à l'usage du vin. C'est un état d'irritation d'estomac intolérable, accompagné de respiration précipitée, et de telles douleurs qu'il serait inutile d'essayer de les décrire.

Maintenant je vais entrer *in medias res*, et reprendre une narration commencée.

Mes études depuis longtemps sont interrompues. Je ne puis lire moi-même avec aucun plaisir; il m'est difficile surtout de lire quelque temps de suite. Cependant, je lis parfois tout haut pour amuser les autres, parce que la lecture est un de mes talents principaux, presque le seul que je possède. Il m'a rendu longtemps très fier, attendu qu'il est assez rare. Les acteurs sont les plus méchants lecteurs qu'on puisse voir : Mr... lit assez bien; et Mrs... dont on parle tant, ne sait lire que les pièces de théâtre; elle ne peut lire Milton d'une manière supportable. En général, ou on lit la poésie sans la comprendre, ou on dépasse les bornes du naturel. Si quelque chose m'a jamais ému dans un livre, ce sont les grandes lamentations de Samson Agonistes, ou les grandes harmonies des discours de Satan dans le *Paradis recouvré*, lorsque je les lisais tout haut. Une jeune dame venait quelquefois prendre le thé avec nous, et je lisais les poèmes de M. W...th. (W....., par parenthèse, est le seul poète que j'aie jamais vu lire bien ses propres vers; il lit admirablement.)

Depuis près de deux ans, je crois que je n'ai lu qu'un seul livre. Les mathématiques, la philosophie, etc., me sont devenues insipides. Je leur trouve une pauvreté et une faiblesse enfantine qui m'attristent lorsque je pense qu'elles ont fait mes occupations et mes plaisirs d'autrefois. Dans l'état où je me trouve, je me suis tourné pour m'amuser vers l'économie politique. En 1819, un ami que j'ai à Édimbourg m'envoya l'ouvrage de M. Ricardo; et je m'écriai, avant d'avoir fini le premier chapitre : C'est toi qui es l'homme ! L'admiration et la curiosité étaient des sentiments morts depuis longtemps dans mon sein, j'admirai pourtant. Ce fut là le seul livre que je pus écouter. C'est à ce sujet que je composai mes *Prolégomènes à tout système futur d'économie politique*. J'espère qu'on ne trouvera pas qu'ils sentent l'opium, quoique pour bien des gens ce soit un narcotique assez puissant.

J'avais intention de publier cet ouvrage : l'arrangement fut fait avec un imprimeur de province; de plus un prote fut retenu pour quelques jours. Mais il me restait une préface à faire, et une dédicace que je comptais adresser à M. Ricardo. Je me trouvai totalement incapable de l'entreprendre. Les arrangements furent contremandés, le prote renvoyé, et mes « Prolégomènes » restèrent paisiblement à côté de leur frère aîné plus heureux.

J'ai ainsi décrit et raconté ma propre imbécilité, en termes qui s'appliquent, plus ou moins, à chaque partie des quatre ans durant lesquels je fus sous *le pouvoir de Circé*. Mais pour ce qui est de la souffrance et des maux que j'ai endurés, rien ne peut les exprimer. J'étais bien rarement capable d'écrire une lettre; une réponse de deux mots à celles que je recevais était tout ce que je pouvais faire; et cela, souvent après avoir laissé ma lettre ouverte pendant des semaines ou des mois sur ma table. Sans l'assistance de M..., tout billet à faire payer ou à payer serait resté de même, et il en eût été de mon économie domestique comme de mon économie politique.

Le *mangeur d'opium* pourtant ne perd rien de sa sensibilité morale. Il désire, il attend, il espère aussi vivement qu'auparavant; il sent ce qu'il doit faire; mais ce qui est possible est au delà de ses forces, non seulement sous le rapport de l'exécution, mais encore sous le rapport de la détermination. Il reste à souhaiter tout ce qu'il devrait faire, justement comme un homme qu'une langueur mortelle contraint à garder le lit se sentirait l'envie de venger une injure ou un outrage fait à quelqu'un qui lui est cher. Il maudit les chaînes qui paralysent ses mouvements. Il donnerait sa vie pour se lever et marcher; mais, aussi faible que le plus faible enfant, il ne peut même l'essayer.

Je passe maintenant à ce qui fait le sujet de ces dernières confessions, à l'histoire, au journal de ce qui occupait mes rêves; car c'était là la cause immédiate et perpétuelle de mes plus cruelles douleurs.

La première chose qui me força de remarquer en moi un changement notable, fut le retour de ces visions auxquelles l'enfance seule ou les grands états d'irritabilité sont sujets. Je ne sais si le lecteur se souvient que plusieurs enfants, peut-être tous, ont la faculté de se peindre dans l'obscurité toute sorte de fantômes. Dans les uns, ce pouvoir est simplement une affection mécanique de l'œil; d'autres ont la volonté ou la *demi-volonté* d'appeler ou d'écarter ces effets singuliers; un enfant que je questionnais là-dessus, me dit un jour : « Je puis leur dire de venir, et ils viennent; mais ils viennent quelquefois lorsque je ne leur dis pas de venir. » Sur quoi je lui répondis qu'il avait sur les apparitions un pouvoir presque égal à celui des centurions romains sur leurs soldats. Vers le milieu de l'année 1817, je crois, cette faculté vint décidément s'attacher à moi. La nuit, lorsque j'étais éveillé dans mon lit, de longues processions passaient avec une pompe lugubre autour de moi; je m'entendais raconter d'interminables histoires, plus tristes et plus solennelles que celles d'avant Œdipe ou Priam, avant Tyr, avant Memphis. Et, dans le même temps, un changement s'opéra dans mes rêves; un théâtre semblait tout à coup s'ouvrir et s'éclairer dans mon cerveau, et me présenter des spectacles de nuit d'une splendeur plus qu'humaine; et les quatre faits suivants doivent être mentionnés comme remarquables.

I

Au moment où s'augmentait la faculté de créer dans mes yeux, une espèce de sympathie s'établissait entre l'état de rêve et l'état de veille où je me trouvais. Tous les objets qu'il m'arrivait d'appeler et de me retracer volontairement dans l'obscurité, étaient aussitôt transformés en apparitions; de sorte que j'avais peur d'exercer cette faculté redoutable; car, semblable à Midas, dont l'avarice se punissait elle-même, et qui changeait en or tout ce qui l'approchait, dès qu'une chose pouvait se présenter aux yeux, je n'avais qu'à y penser dans l'obscurité, et je la voyais paraître comme un fantôme ; et, par une conséquence apparemment inévitable, une fois ainsi tracée en couleurs imaginaires, comme un mot écrit en encre sympathique, elle arrivait jusqu'à un éclat insupportable qui me brisait le cœur.

II

Car ceci, comme tous les autres changements advenus dans mes rêves, était accompagné par une inquiétude et une mélancolie profonde, impossible à exprimer. Il me semblait chaque nuit que je descendais, non pas en métaphore, mais littéralement, dans des souterrains et des abîmes sans fond, et je me sentais descendre, sans avoir l'espérance de pouvoir remonter. Même à mon réveil je ne croyais pas avoir remonté.

III

Le sentiment de l'espace, et plus tard le sentiment de la durée, étaient tous deux excessivement augmentés. Les édifices, les montagnes s'élevaient dans des proportions trop vastes pour être mesurées par le regard. La plaine s'étendait et se perdait dans l'immensité. Ceci pourtant m'effrayait moins que le prolongement du temps ; je croyais quelquefois avoir vécu soixante-dix ans ou cent ans en une nuit ; j'ai même eu un rêve de milliers d'années ; et d'autres qui passaient les bornes de tout ce dont les hommes peuvent se souvenir.

IV

Les circonstances les plus minutieuses de l'enfance, les scènes oubliées de mes premières années, revivaient souvent dans mes songes ;

je n'aurais pu me les rappeler; car, si on ne me les avait racontées
le lendemain, je les aurais cherchées vainement dans ma mémoire,
comme faisant partie de ma propre expérience. Mais, placées devant
moi comme elles étaient, dans des rêves et des apparitions, et revêtues
de toutes les circonstances environnantes, je les reconnaissais sur-le-
champ. Un de mes propres parents me racontait un jour que, dans
son enfance, il était tombé dans une rivière, et qu'au moment où la
mort allait l'atteindre, sans un secours imprévu, il avait vu en un
instant sa vie entière, jusqu'aux plus petits accidents, se présenter à
ses yeux comme dans un miroir; et qu'il s'était senti en même temps
la faculté singulière d'en saisir l'ensemble aussi bien que les parties.
J'ajoute foi à ce récit, d'après les expériences que l'opium m'a fait
faire. Et j'ai retrouvé la même chose dans les livres modernes, accompagnée d'une remarque que je crois également vraie : c'est que le livre
redoutable des comptes dont parle l'Écriture, est l'âme elle-même de
chaque individu. De tout cela, du moins, je tirai cette conclusion que :
oublier est impossible à l'homme. Mille événements peuvent et doivent
tirer un voile entre la conscience présente et les secrètes *inscriptions*
de l'âme; des accidents de même nature peuvent aussi le déchirer;
mais, voilée ou découverte, l'inscription reste toujours; comme les
étoiles paraissent s'enfuir devant la lumière du soleil, tandis que la
lumière se place entre elles et nous comme un grand voile. Elles
attendent, pour se révéler, que l'obscurité succède au jour.

Ayant noté ces quatre faits, comme distinguant spécialement mes
rêves de ceux qu'on a dans l'état de santé, je citerai maintenant un cas
qui éclaircit ma première assertion; et ensuite tous ceux que je pourrai
me rappeler, soit dans leur ordre chronologique ou de toute autre
manière, propre à produire plus d'effet sur le lecteur.

J'ai été dans ma jeunesse, et même depuis, pour mon plaisir, un
grand amateur de Tite-Live dont j'avoue que je préfère le style et la

forme, autant que le fond, à ceux de tout autre historien romain; et je regardais comme le mot le plus redoutable et le plus solennel, comme une espèce de représentation de toute la dignité romaine, ce mot si souvent rencontré dans Tite-Live, *consul romanus*; surtout le consul étant revêtu de sa puissance militaire. Je veux dire que les mots de roi, sultan, régent, etc., etc., ou tout autre titre donné à ceux qui s'arrogent la majesté collective d'un peuple entier, avait moins de pouvoir sur moi. De même, quoique je n'aie jamais été bien curieux d'histoire, je m'étais rendu familier avec une période de l'histoire d'Angleterre, celle de la guerre du Parlement, ayant été frappé de la grandeur de quelques-uns des principaux personnages, et de l'intérêt qu'offrent les mémoires qui ont survécu à ces temps de troubles. Ces deux parties principales de mes connaissances m'ayant servi de sujet dans mes réflexions, me servaient maintenant de sujet dans mes rêves. Souvent, après m'être représenté dans les ténèbres une espèce d'assemblée, un cercle de dames, une fête et des danses, j'entendais dire, ou je me disais : Ce sont des dames anglaises du malheureux temps de Charles Ier. Ce sont les femmes et les filles de ceux qui se sont rencontrés dans la paix, se sont assis à la même table, alliés par le mariage ou le sang; et pourtant, après un certain jour du mois d'août 1642, ils ne se virent plus qu'au champ de bataille; et à Marston-Moor, à Newbury ou à Heseby, ils se donnaient des coups de sabre, et lavaient dans le sang la mémoire de leur ancienne amitié. Les dames dansaient et souriaient comme à la cour de Georges IV. Cependant je savais, même dans mon rêve, qu'elles étaient mortes depuis près de deux siècles. Tout à coup, on frappait des mains, j'entendais prononcer le formidable mot : *Consul romanus*, et venaient immédiatement *Paulus* ou *Marius*, entourés par une compagnie de centurions, avec la tunique écarlate, et suivis des *alalagmos* des légions romaines.

Quelques années après, comme je regardais les Antiquités de Rome de Piranesi, M. Coleridge, qui était à côté de moi, me décrivit une suite de tableaux de cet artiste, appelés ses rêves, et qui ne sont autre chose que de semblables visions pendant un accès de fièvre. Quelques-uns (je parle toujours d'après le récit de M. Coleridge) représentaient de vastes salles gothiques : sur le plancher étaient semées toutes sortes de machines, des câbles, des poulies, des roues, des leviers, des cata-pultes, etc., etc. Et, sur le côté des murs, on apercevait un plateau ; et, s'aidant à grimper sur ce plateau, Piranesi lui-même ; suivez l'édifice un peu plus haut et vous voyez qu'on arrive à un précipice escarpé, sans aucune balustrade ; et cependant aucun moyen de retourner sur ses pas. Il faut descendre au fond des abîmes. Quoi qu'il arrive à l'infortuné Piranesi, vous le supposez pour le moins à la fin de ses tour-ments et de ses efforts. Mais levez les yeux et voyez une seconde échappée plus haute encore ; et encore Piranesi sur le bord de l'abîme. Levez encore les yeux, et encore Piranesi sur un plateau plus élevé ; et ainsi de suite jusqu'à ce qu'on le perde dans les voûtes ténébreuses des salles. Avec le même pouvoir de s'agrandir et de se multiplier, l'architecture s'introduisit dans mes songes. Dans les derniers temps de ma maladie surtout ; et je voyais des cités et des palais que l'œil ne trouva jamais que dans les nuages. Je ne connais de poète que Shadwell qui se soit inspiré avec de l'opium ; pourtant, dans l'antiquité, Homère est, je pense, justement réputé avoir connu sa puissance et sa vertu.

A mon architecture succédèrent des rêves de lacs, d'étendues im-menses d'eau ; ils me tourmentèrent tellement que je craignis (quoique cela doive paraître bien hasardé à un médecin) que quelque affection de semblable nature n'altérât mon cerveau, et que l'organe sentant ne se prît lui-même ainsi pour objet. Je souffris horriblement de la tête pendant deux mois ; et, jusque-là, jamais pareille chose ne m'était arrivée ; j'en pouvais dire ce que le dernier lord Oxford disait de son estomac, qu'elle était capable de survivre au reste de mon corps. Je n'y avais encore senti ni migraine, ni douleur, excepté ces

rhumatismes causés par ma propre folie. Je résistai pourtant, quoique voyant fort bien à quoi je m'exposais.

Les eaux changèrent de caractère; au lieu de lacs transparents, brillants comme des miroirs, ce furent maintenant des mers et des océans. Et il se fit encore un changement plus terrible, qui me promettait de longs tourments, et qui ne me quitta, en effet, qu'à la fin de ma maladie. Jusqu'alors la face humaine s'était mêlée à mes songes, mais non d'une manière absolue, sans aucun pouvoir spécial de m'effrayer. Mais alors ce que j'appellerai la tyrannie de la face humaine vint à se découvrir : peut-être dois-je l'attribuer à quelques événements de ma vie à Londres. Quoi qu'il en soit, ce fut maintenant sur les flots soulevés de l'Océan que la face humaine commença de se montrer; la mer était comme pavée d'innombrables figures, tournées vers le ciel; pleurant, désolées, furieuses, se levant par milliers, par myriades, par générations, par siècles; mon agitation était sans bornes; mon âme s'élançait vers les flots.

Mai 1818.

Le Malais m'a poursuivi pendant plusieurs mois comme un ennemi acharné. Chaque nuit me transportait au milieu de scènes de l'Asie. Je ne sais si d'autres partageront mes idées sur ce point; mais j'ai toujours dit que, si j'étais forcé de quitter l'Angleterre, pour vivre en Chine, au milieu des usages chinois et de ce peuple inconnu, je deviendrais fou. Les causes de cette horreur sont en grand nombre; quelques-unes doivent se rencontrer dans l'esprit de tout le monde. L'Asie méridionale, en général, est un lieu plein d'associations et de croyances épouvantables. Personne ne prétendra que les stupides et barbares superstitions de l'Afrique, ou des peuples sauvages, l'affectent de la même manière que les religions anciennes de l'Indostan, si raffinées dans leur barbarie. La seule antiquité des choses de l'Asie, de leurs institutions, de leurs histoires, de leurs usages, etc., me fait une telle impression qu'à mes yeux l'ancienneté de la masse fait disparaître la jeunesse même des individus. Un jeune Chinois est pour moi un homme d'avant le déluge, *renouvelé*. Des Anglais même, quoique ignorant tout à fait de telles institutions, avaient horreur des cérémonies mystiques de leurs castes, et refusaient de s'y mêler; ce qui contribue à cela, c'est le manque total de sympathies entre leurs manières et les nôtres. J'aimerais mieux vivre avec des lunatiques ou des bêtes brutes. Il faut que le lecteur entre dans toutes ces idées, avant de pouvoir comprendre l'inimaginable horreur dont ces rêves orientaux et ces tortures, conseillés par la superstition, m'avaient frappé. Sous le soleil ardent du tropique, je rassemblais toutes les créatures hideuses, les oiseaux, les animaux, les reptiles, les arbres et les plantes de toutes les régions inconnues, dans la Chine et l'Indostan; l'Égypte même et ses dieux y venaient aussi. J'étais arrêté, heurté, mordu par des perroquets, des singes; je me frappais sur des pagodes; j'étais fixé pour des siècles à leur sommet, ou dans leurs chambres secrètes; j'étais l'idole, j'étais le prêtre, j'étais la victime; on me sacrifiait. Je fuyais la colère de Brahma à travers toutes les forêts de l'Asie : Vishnu me haïssait; Seeva m'attendait. Je tombais dans les mains d'Isis et d'Osiris; j'entendais dire à tout le monde que j'avais commis une action dont le récit faisait trembler l'ibis et le crocodile. On m'ensevelissait, pour des milliers d'années, dans des cachots de pierre, avec des mines et des sphinx, dans des chambres sombres et tristes, au cœur des pyramides éternelles. Je sentais les baisers froids et hideux des crocodiles, et je tombais, au milieu des serpents et des monstres, dans les sables et les herbes du Nil.

Je ne sais si le lecteur comprend toute l'horreur de ces visions; elle était si grande pour moi, qu'elle ressembla d'abord à de l'étonnement. Vinrent ensuite, non pas tant la terreur que l'aversion et le dégoût. Chaque cérémonie, chaque menace, chaque punition, était accompagnée d'une idée d'éternité qui m'accablait jusqu'à me faire perdre la raison. Jusque-là, ce qui m'avait effrayé dans mes rêves sortait de mon imagination ; ici les causes, les agents étaient physiques : des oiseaux, des serpents ou des crocodiles, des crocodiles surtout. Cet animal maudit m'épouvantait à lui seul plus que tous les autres. J'étais forcé de vivre avec lui, et (comme toujours) pendant des siècles. Je me sauvais quelquefois, et je me trouvais dans des maisons chinoises, avec des tables de bambous. J'avais alors une grande frayeur de ces petits animaux qui s'introduisent dans leurs habitations ; de sorte qu'en dormant, en mangeant, ils sont toujours en danger de mort. Mais les sophas sur lesquels j'étais assis venaient à se mouvoir eux-mêmes ; l'abominable tête du crocodile, avec ses yeux de flamme, me regardait, et je restais comme fasciné. L'affreux reptile se retrouvait si souvent dans mes songes, que plusieurs fois le même rêve finissait de la même manière. J'entendais de douces voix qui me parlaient (j'entends tout ce qui se passe autour de moi pendant mon sommeil), et je m'éveillais aussitôt. Il était grand jour, et je trouvais mes enfants, se tenant la main, à mon chevet. Ils venaient me montrer leurs souliers de couleur, ou leurs habits neufs qu'on leur avait mis pour sortir. Je vous jure que passer de ces rêves effroyables à la vue de ces innocentes créatures me causait une révolution si forte, que je pleurais en les embrassant, sans pouvoir m'en empêcher.

Juin 1819.

J'ai eu occasion de remarquer, à différentes époques de ma vie, que la mort de ceux à qui nous sommes attachés, et l'idée même générale de la mort, est *(cæteris paribus)* plus frappante pendant l'été que pendant toute autre saison. Et voici pourquoi, du moins à ce que je pense : d'abord ce que nous pouvons voir du ciel nous paraît alors plus élevé, plus grand et (si on peut se permettre une telle expression) plus infini. Les nuages, au moyen desquels l'œil mesure ordinairement l'éloignement de ce pavillon bleu suspendu au-dessus de notre tête, sont en été plus grands, accumulés en masses plus énormes; secondement, la lumière et le spectacle du soleil couchant et du soleil levant sont plus propres à faire naître l'idée de l'infini; et troisièmement (ce qui est la plus forte raison), la nature, vivifiée par la chaleur et la puissance du soleil plus ardent, lutte avec horreur contre la pensée de la mort et la froide stérilité du tombeau. Mais l'on peut observer généralement que, si deux idées s'opposent l'une à l'autre et se repoussent, elles se font naître mutuellement. C'est pour cela qu'il m'est impossible de bannir la pensée de la mort, lorsque je me promène seul dans les jours si longs de l'été; et un récit de mort particulier, s'il ne me touche pas davantage, du moins reste dans mon esprit d'une manière plus opiniâtre. Peut-être cette raison et un petit événement que je passe sous silence ont été les causes du rêve suivant. Mon âme, cependant, y était disposée d'avance; mais, s'étant une fois déclaré, il ne me quitta plus, et, prenant mille formes fantastiques, il les réunissait ensuite toutes à la fois, et composait de nouveau la première vision.

Il me semblait que c'était un dimanche matin du mois de mai. J'étais debout, à la porte de ma chaumière. Devant moi se passait une scène, que la position du lieu même pouvait amener, mais que mon imagination rendait plus solennelle et plus forte. Je voyais nos montagnes et, à leurs pieds, les mêmes vallées; mais les montagnes étaient plus hautes que les Alpes. D'ailleurs, aucune créature humaine, excepté quelques personnes dormant tranquillement dans le cimetière sur des tombeaux couverts de feuilles et de fleurs, et particulièrement sur le tombeau d'un enfant que j'aimais beaucoup. J'avais vu tout cela, justement une matinée d'été, lorsque était mort ce même enfant. Je regardais cette scène, qui n'était pas nouvelle pour mes yeux, et je me disais tout haut : « Il manque à tout cela un lever du soleil. C'est un triste jour. Et c'est le jour où ils célèbrent les premiers fruits de la résurrection. Je vais sortir. Il faut oublier aujourd'hui les vieux chagrins; car l'air est frais, et les montagnes sont élevées. Les forêts sont tranquilles comme le cimetière. Cela va m'ôter ma fièvre, et je ne serai plus malheureux dorénavant. »

Je me retournai et j'ouvris la porte de mon jardin. Alors s'offrit à moi une scène toute différente, mais que pourtant mon rêve me faisait trouver en harmonie avec l'autre. C'était une scène orientale : et c'était aussi un dimanche, et aussi une matinée. On voyait dans l'éloignement les dômes et les coupoles légères d'une grande cité... puis une image, prise, sans doute, de quelque peinture de Jérusalem; et, à deux pas de moi, sur une pierre, et sous des palmiers de Judée, était assise une femme. Je regardai de son côté; et c'était... Anna ! Elle me fixa d'un regard prompt. Et je lui dis enfin : « Ainsi, je vous retrouve après tant d'années ! » J'attendais une réponse : elle ne m'en fit aucune. Je reconnaissais ses traits; pourtant, qu'ils étaient changés ! Dix-sept ans auparavant, lorsque la clarté de la lampe tombait sur son visage, et que, pour la dernière fois, je déposai un baiser sur ses lèvres (qui n'étaient pas souillées, ô Anna !), ses yeux étaient baignés de larmes; maintenant, elle ne pleurait plus. Elle semblait plus belle qu'elle n'était alors, et les années n'avaient laissé sur elle aucune trace. Ses regards étaient tranquilles; mais ils avaient une expression grave et solennelle. Je la contemplais avec une sorte de vénération; mais, tout à coup, elle devint triste, et je vis du côté des montagnes une vapeur qui s'élevait entre nous. Tout disparut. Les ténèbres revinrent; et, en un clin d'œil, je me trouvai bien loin de mes montagnes, dans la rue d'Oxford, à la lueur de la lampe, marchant à côté d'Anna... comme nous marchions dix-sept ans auparavant, lorsque nous étions des enfants tous les deux.

Décembre 1816.

J'ai étudié l'anatomie dans ma jeunesse, et sérieusement. La

première fois que j'entrai dans les salles de l'École de Médecine, je
me souviens encore de l'effet que la vue des cadavres produisit sur
moi. Nous étions deux ou trois écoliers ensemble, qui revenions d'une
classe de philosophie, où l'on nous avait dit beaucoup de belles choses
que nous croyions probablement avoir comprises. Nous arrivons. Il
y avait sur la table un grand cadavre étendu dans un drap blanc :
on n'en voyait que les pieds ; et, à côté, sur la table, un bras écorché
qui nageait dans le sang caillé. Je ne sais pourquoi une idée risible,
qui me vint à l'esprit, me fit tressaillir en ce moment. Je me disais
tout bas : Voilà un bras qui à l'air de demander l'aumône. Et, en effet,
la main pendante avait assez cette singulière expression.

Le professeur n'arrivait pas, et, cependant j'attendais avec impatience que ce drap, qui me cachait le cadavre, fût soulevé ; cet instant
vint enfin ; je croyais voir quelque chose de beaucoup plus horrible.
La leçon commença. Je riais de mes camarades que le mal de cœur
prenait. Mais, lorsque le scalpel vint à entrer dans la chair, et que le
sang noir qui coulait lentement sur la poitrine ouverte commença à
exhaler une épouvantable odeur, je m'enfuis à toutes jambes.

Que le caractère de l'homme est bizarre ! il va dans les cimetières
arracher les cadavres aux vers et aux corbeaux ; une odeur dangereuse
et dégoûtante l'avertit de laisser en paix les morts. Mais la soif de
connaître l'anime, et il emporte sous son manteau la tête d'une femme
ou le corps d'un enfant ! Vouliez-vous que le mal de mer arrêtât de
pareils hommes et leur ordonnât de s'en tenir au continent, lorsqu'ils
voyaient s'élever, en rêve, derrière l'Atlantique, les montagnes d'or
de la Colombie ?

Cependant, rentré chez moi, je voulus manger ; cela me fut impossible. J'ai même pris tout à fait en horreur le premier plat qu'on me
servit, et il m'a été impossible d'en manger depuis.

Ces impressions, reçues dans ma jeunesse, donnèrent lieu à un rêve que j'avais assez fréquemment.

Il me semblait que j'étais couché, et que je m'éveillais dans la nuit; en posant la main à terre pour relever mon oreiller, je sentais quelque chose de froid qui cédait lorsque j'appuyais dessus. Alors je me penchais hors de mon lit et je regardais. C'était un cadavre étendu à côté de moi. Cependant, je n'en étais ni effrayé, ni même étonné. Je le prenais dans mes bras, et je l'emportais dans la chambre voisine, en me disant : Il va être là, couché par terre; il est impossible qu'il rentre si j'ôte la clef de ma chambre.

Et là-dessus je me rendormais; quelques moments après j'étais encore réveillé; c'était par le bruit de ma porte qu'on ouvrait; et cette idée qu'on ouvrait ma porte, quoique j'en eusse pris la clef sur moi, me faisait un mal horrible. Alors je voyais entrer le même cadavre que tout à l'heure j'avais trouvé par terre. Sa démarche était singulière; on aurait dit un homme à qui l'on aurait ôté ses os sans lui ôter ses muscles, et qui, essayant de se soutenir sur ses membres pliants et lâches, tomberait à chaque pas. Pourtant, il arrivait jusqu'à moi sans parler, et se couchait sur moi; c'était alors une sensation effroyable, un cauchemar dont rien ne saurait approcher; car, outre le poids de sa masse informe et dégoûtante, je sentais une odeur pestilentielle découler des baisers dont il me couvrait. Alors je me levais tout à coup sur mon séant, en agitant les bras, ce qui dissipait l'apparition. Un autre rêve lui succédait.

Il me semblait que j'étais assis dans la même chambre, au coin de mon feu, et que je lisais devant une petite table où il n'y avait qu'une lumière; une glace était devant moi au-dessus de la cheminée; et, tout en lisant, comme je levais de temps en temps la tête, j'apercevais dans cette glace le cadavre qui me poursuivait, lisant par-dessus mon épaule dans le livre que je tenais à la main. Or, il faut savoir que ce cadavre était celui d'un homme de soixante ans environ, qui avait une barbe grise rude et longue, et des cheveux de même couleur qui lui tombaient sur les épaules. Je sentais ces poils dégoûtants m'effleurer le cou et le visage.

Qu'on juge de la terreur que doit inspirer une vision pareille : je restais immobile dans la position où je me trouvais, n'osant pas tourner la page, et les yeux fixés dans la glace sur la terrible apparition. Une sueur froide coulait sur tout mon corps; cet état durait bien longtemps; et l'immobile fantôme ne se dérangeait pas; cependant, j'entendais, comme tout à l'heure, la porte s'ouvrir, et je voyais derrière moi (dans la glace encore) entrer une procession sinistre; c'étaient des squelettes horribles, portant d'une main leurs têtes et de l'autre de longs cierges, qui, au lieu d'un feu rouge et tremblant, jetaient une lumière terne et bleuâtre comme celle des rayons de la lune. Ils se promenaient en rond dans la chambre qui, de très chaude qu'elle était auparavant, devenait glacée, et quelques-uns venaient se baisser au foyer noir et triste, en réchauffant leurs mains longues et livides, et en se tournant vers moi pour dire : « Il fait bien froid. »

Comme dernier exemple, je cite un rêve d'un caractère différent, qui m'arriva en 1820.

Le rêve commença par une musique que j'entends aujourd'hui souvent dans mes songes; une harmonie qui semble m'annoncer ce qui doit m'arriver : c'est comme l'ouverture de *Coronation Anthem*, une marche vigoureuse, le bruit d'une armée immense. Je croyais être au matin d'un jour mémorable; un jour de crise et d'espérance pour le genre humain, affligé alors d'un malheur mystérieux, et se débattant contre quelque terrible extrémité. Quelque part, je ne sais où; d'une sorte, je ne sais laquelle; entre des gens, je ne sais qui, il y avait un combat, une lutte, une agonie, qui se déroulait comme un grand drame ou comme un grand morceau de musique; et j'y prenais une telle part qu'il m'était insupportable de n'en connaître ni la place, ni la nature, ni l'issue probable; et, comme, dans de semblables visions, nous nous faisons ordinairement le centre de tous les mouvements qui se passent autour de nous, j'avais le pouvoir d'éclaircir mes doutes en me levant, et cependant je m'en sentais incapable, car le poids de vingt montagnes pesait sur moi, en punition d'un crime que je ne pouvais jamais expier. Alors, comme un cœur qui se rapproche, l'action augmentait de force; un grand intérêt se décidait; une cause plus grande que jamais épée n'en avait plaidé, trompette n'en avait proclamé. Venaient les alarmes, les froissements de la mêlée, les trépignements de pieds d'innombrables fuyards; je ne savais s'ils étaient du bon ou du mauvais parti; les ténèbres et les lumières, la tempête et les faces humaines, et enfin, lorsque tout était perdu, des figures de femmes avec des visages dont la vue valait pour moi le monde entier, et qui ne restaient qu'un moment : elles se serraient la main; c'étaient des adieux déchirants, et puis, adieu pour jamais ! et avec un soupir, semblable à celui que poussaient les abîmes de l'enfer, lorsque Proserpine prononçait le nom maudit de *mort*, le son était répété : — Adieu pour jamais ! — et encore et encore répété : — Adieu pour jamais !

Et je m'éveillai dans des convulsions; et je criai tout haut : « Je ne veux plus dormir. »

Mais il est temps de terminer un récit qui s'est déjà trop étendu. L'intérêt du lecteur s'attache à l'opium, non au *mangeur d'opium*. Il lui suffira de savoir qu'il vint un moment où je vis que j'allais mourir si je continuais. Je ne puis dire combien j'en prenais alors. La quantité des doses variait de cinquante ou soixante grains à cent cinquante par jour. Je la réduisis d'abord à quarante, puis à trente, puis enfin à vingt-quatre grains. Mais qu'on ne croie pas mes souffrances terminées. Je passai quatre mois à me débattre, à crier, à me promener, à m'agiter sans pouvoir fermer l'œil. Telle est la morale de l'histoire que j'ai promise au lecteur dans mon avant-propos.

Mes rêves ne sont pas parfaitement tranquilles; mon sommeil est encore tumultueux, et, comme les portes du paradis de Milton *(Après le péché du premier homme)*,

Armé de bras vengeurs et de facets hideuses.

TABLE DES MATIÈRES

La Confession d'un Enfant du Siècle

L'Anglais Mangeur d'Opium

ACHEVÉ D'IMPRIMER LE VINGT-NEUF
MARS MIL NEUF CENT VINGT-NEUF
PAR L'IMPRIMERIE SAINTE-CATHERINE
BRUGES (BELGIQUE).